Der Preis dieses Bandes versteht sich einschließlich
der gesetzlichen Mehrwertsteuer.

Umwelthinweis:
Dieses Buch wurde auf chlor- und säurefreiem Papier gedruckt.

Laurin Wittig

Retter in dunkler Nacht

Roman

Aus dem Amerikanischen von
Meriam Pstross

MIRA®

MIRA® TASCHENBUCH
Band 25397
1. Auflage: September 2009

MIRA® TASCHENBÜCHER
erscheinen in der Cora Verlag GmbH & Co. KG,
Valentinskamp 24, 20350 Hamburg
Deutsche Taschenbucherstausgabe

Titel der nordamerikanischen Originalausgabe:
Chaming the Shrew

erschienen bei: Berkley Books, New York
Published by arrangement with Laurin Wittig.
Dieses Werk wurde vermittelt durch die Literarische Agentur
Thomas Schlück GmbH, 30827 Garbsen.

Konzeption/Reihengestaltung: fredebold&partner gmbh, Köln
Umschlaggestaltung: pecher und soiron, Köln
Redaktion: Bettina Steinhage
Titelabbildung: Harlequin Books S.A.
Autorenfoto: © by Glamour Shots
Satz: Buch-Werkstatt GmbH, Bad Aibling
Druck und Bindearbeiten: CPI – Ebner & Spiegel, Ulm
Printed in Germany
ISBN 978-3-89941-644-2

www.mira-taschenbuch.de

PROLOG

23. Dezember 1307, Inverurie, Schottland

Warum nur lag Robert the Bruce, König von Schottland, im Sterben? Tayg Munro versuchte, diese seltsame Wendung des Schicksals zu verstehen, während er sich neben dem kärglichen Feuer zusammenkauerte. Als Schutz gegen die Eiseskälte des schottischen Winters, die ihn bis auf die Knochen frieren ließ, hatte er sich fest in sein Plaid eingewickelt. Dünner Rauch stieg von den Kochstellen des Heeres auf und hinterließ einen feinen Dunstschleier innerhalb und außerhalb der Palisaden der nahen Festung. Nur mit Mühe konnte Tayg die Umrisse der mit schmutzigem Schnee bedeckten *mota* ausmachen, eines großen Erdhügels, auf dem der hölzerne Turm stand, in dem der König jetzt dahinsiechte und immer schwächer wurde.

Obwohl Edward I. von England im Hochsommer gestorben war und trotz der Erleichterung der Schotten über das mangelnde Interesse seines Nachfolgers Edwards II. an einem Krieg, hatte sich Schottlands Schicksal noch immer nicht entschieden. Jetzt schien alles von einer unerbittlich ihren Tribut fordernden Krankheit abzuhängen.

Tayg entging nicht die Ironie der Lage. Die Herrschaft Edwards I. hatten die Schotten erduldet und überlebt. Und jetzt war wegen dieser zerstörerischen Krankheit vielleicht doch alles umsonst gewesen. Tayg selbst glaubte nicht, dass es einen zweiten Anführer geben würde, der die unterschiedlichen Stämme Schottlands einen konnte. Der Verlust von Sir William Wallace war für die Schotten in ihrem Befreiungskrieg gegen die Engländer ein schrecklicher Schlag gewesen. Doch dann war *the Bruce* an seine Stelle getreten und hatte mit bewundernswerter Kraft und großer Leidenschaft wieder Sir Williams Freiheitsbanner erhoben.

Aber nun ging das Gerücht um, der König würde die Nacht nicht überleben. Diener waren in alle Himmelsrichtungen ausgeschickt worden, um nach einem Heilmittel zu suchen. Sogar aus dem weit entfernten engen Bergtal Kilmartin im tiefen Westen des Landes waren Heiler angereist. Doch wie es schien, würde der raue Winterwind alle Hoffnungen davontragen.

Tayg schürte das Feuer und blickte über die kümmerlichen Flammen hinweg zu seinen Kameraden: dem rothaarigen Duncan MacCulloch, seinem Cousin und besten Freund, dem alten Gair of MacTavish, den er kannte, seitdem er sich Bruce' Truppe angeschlossen hatte. Dann waren da noch der stille, junge Tearlach Munro, ein anderer Cousin, und Taygs älterer Bruder Rob the Braw, den alle, die ihn kannten, verehrten. Taygs Ansicht nach war nur der König ein noch besserer Anführer.

Doch selbst Robs Gesicht drückte aus, was alle in der Gruppe empfanden: an Verzweiflung grenzende Erschöpfung. Auch seinen anderen Gefährten war sie anzusehen, während alle zusammen am Feuer kauerten. Es waren gute Männer, und jeder von ihnen hatte irgendjemanden oder irgendetwas in diesem Krieg verloren, den sie sowohl gegen die Engländer als auch gegen ihre eigenen Landsleute führten. Jeder hatte einen Grund, hier zu sein, und der unerschütterliche Glaube, dass König Robert Schottlands letzte Hoffnung sei, war sicher nicht der unwichtigste von allen. Für einen so jungen Monarchen war es wirklich eine schwere Krone.

Die schottischen Earls hatten es nicht eilig gehabt, sich der Sache anzuschließen. Munros eigener Nachbar und Verbündeter, der Earl of Ross, war nicht sehr erfreut gewesen, als Munros Söhne dem König folgten, denn Ross stand auf der Seite desjenigen, der den Kampf für Schottland gewann, wer immer es auch sein würde. Bis jetzt hatte Ross sich noch nicht endgültig entschieden, wem er sein Schwert zu Füßen legen wollte. Doch Taygs Bruder Rob hatte beschlossen, *the Bruce* zu unterstützen, und der Vater war damit einverstanden gewesen.

Bei der ganzen Aufregung hatte Tayg selbst sich noch gar keine eigene Meinung gebildet, als Rob ihn bereits in die Schlacht schleifte. Er hatte geglaubt, es würde ein großes Abenteuer werden. Er würde Rob den Rücken freihalten und dabei weiterhin seine egoistischen Interessen für seine Zukunft verfolgen. Am Ende war es dann weit mehr als nur das gewesen.

Er hatte begonnen, die Männer zu bewundern, mit denen er Seite an Seite kämpfte. Noch mehr bewunderte er den Mann, der jetzt oben auf dem Hügel in dem hölzernen Turm im Sterben lag. Es war bitter, hier zu sitzen und auf seinen Tod zu warten.

Erst vor zwei Tagen hatte der Earl of Buchan einen Spähtrupp angegriffen und einen Großteil der Männer niedergemacht. Danach hatte er sie den Aaskrähen und Elstern überlassen. Man erzählte sich, *the Bruce* hätte daraufhin versucht, sich von seinem Totenbett zu erheben, um eine Gegenattacke anzuführen. Doch der König war nicht im Lager aufgetaucht.

Plötzlich waren überraschte Schreie zu hören. Wie ein einziger Mann sprangen Tayg und seine Gefährten auf und versuchten, im Halbdunkel etwas zu erkennen. Da tauchte in voller Rüstung ein Ritter auf einem silbergrauen Schlachtross aus der Dämmerung auf. Als er sich näherte, war auf seinem Surkot der sich zum Sprung erhebende schottische Löwe zu erkennen, blutrot auf glühend goldenem Grund.

Gerade als Tayg für sich selbst des Rätsels Lösung gefunden hatte, erklangen im Chor die Hochrufe.

„Der König!“

„Der König lebt!“

Jubel brandete auf, als sich die fast siebenhundert Männer um den Mann scharten, den sie schon für Schottland verloren geglaubt hatten.

Der König hob die Hand, und Stille senkte sich über das ganze Heer.

„Ich bin's!" Seine zuerst etwas zitternde Stimme wurde fester.

Um ihn herum erklangen wieder Freudenrufe, diesmal lauter. Die Luft war von Aufregung und Hoffnung erfüllt. Tayg fühlte, wie ihm eine Last vom Herzen fiel.

Wieder gebot der König mit einer Handbewegung Ruhe. „Heute Nacht haben wir eine wichtige Arbeit vor uns, und ich werde sie euch nicht allein tun lassen." Seine Stimme war jetzt kräftig und trug weit über die Köpfe der schweigenden Menge hinweg.

Tayg bahnte sich einen Weg, um näher an den Mann heranzukommen, der nur wenig älter war als Rob. Jetzt stand er nahe genug bei ihm, um die Blässe auf seinem Gesicht erkennen zu können, die dunklen Schatten der eingefallenen Wangen. Doch die Haltung des Monarchen war aufrecht, seine Stimme stark. In seinen Augen lag ein Glanz, der von dem inneren Feuer kündete, das die Krankheit nicht hatte auslöschen können. Es war ein Wunder!

„Wir müssen Buchan die Metzelei an unseren Männern vor zwei Tagen heimzahlen. Ich will solch edle schottische Krieger nicht ungerächt lassen. In einer Stunde brechen wir auf!"

Wieder ging ein Jubelschrei durch die Menge, und Tayg stimmte ein.

Der König ritt zur Festung zurück, während das Heer begann, das Lager abzubrechen und sich auf die Schlacht vorzubereiten. Befehle hallten durch die eiseskalte Luft. Jeder beeilte sich, seine Habseligkeiten zusammenzupacken und zum Kriegsalltag zurückzukehren.

Tayg kämpfte sich durch die Menge zum knisternden Feuer zurück. Duncan und die anderen Gefährten gesellten sich zu ihm. Jeder war mit seinen Gedanken immer noch bei dem folgenschweren Erscheinen von *the Bruce*. Tayg sah eine Gruppe Frauen in der Nähe vorübergehen. Eine von ihnen, er kannte das mollige Mädchen mit dem langen bernsteinfarbenen Zopf, blieb zurück und huschte zu ihm.

„Dann wirst du also auch fortgehen, Tayg?“, fragte es.

Tayg grinste die junge Frau an. „Wird man mich vermissen, Siusan?“ Sie war eine der Frauen, die dem Heer folgten, fürs Essen sorgten und die Kleidung der Soldaten einigermaßen sauber hielten. Tayg schäkerte schamlos mit all diesen Frauen, freute sich fast genauso über ihre Aufmerksamkeiten, wie er sich darüber freute, sie bei ihrer Arbeit zu beobachten, zu sehen, wie sie die Hüften schwenkten und sich anmutig bewegten.

„Aye, man wird dich vermissen. Obgleich es viel weniger Streit zwischen den Mädchen geben wird, wenn du hübscher Kater in die Schlacht ziehen musst.“ Sie gab ihm einen herzhaften Kuss und wurde dann ernst. „Sei vorsichtig.“

„So vorsichtig, wie man im Kampf nur sein kann, mein Schatz.“ Er zwinkerte ihr zu. „Mach dir keine Sorgen. Ich werde zurückkehren, um bald noch mehr Zankereien zu verursachen.“

Siusan sah ihn an. Einen Augenblick lang glaubte Tayg, sie würde gleich in Tränen ausbrechen. Er ergriff ihre von der Arbeit rauen Hände und küsste sie so galant, als wären es die Hände einer Königin. „Sei auch du vorsichtig, Mädchen.“ Es nickte und eilte dann den anderen Frauen nach.

Duncan schüttelte verwundert den Kopf, während er seine Sachen zusammenpackte. „Selbst wenn *the Bruce* persönlich dich in die Schlacht ruft, du kannst es einfach nicht lassen, den Mädchen schöne Augen zu machen!“

„Warum auch?“, erwiderte Tayg und verstaute einen Holzbecher in seinem Bündel. „Sie hat Angst, genau wie die anderen auch. Was ist Schlimmes daran, wenn man ihr ein wenig die Sorgen nimmt und sie daran erinnert, dass es noch Besseres für Männer und Frauen gibt, als in den Krieg zu ziehen?“

„Und keiner vertreibt einem Mädchen die Angst so gut wie Tayg“, sagte der junge Tearlach, trat die Reste des Feuers auseinander und schob den schmutzigen Schnee darüber, bis die

Glut mit einem Mitleid erregenden Zischen erlosch.

Tayg unterdrückte ein Schaudern. Fast hätte den König das Schicksal des Feuers ereilt.

„Ein Wunder, dass er wieder auf den Beinen ist", sagte Duncan leise. Er schien an das Gleiche wie Tayg gedacht zu haben. „Unter den Männern hatte man sich schon erzählt, er sei tot, und dann sitzt er da auf seinem Pferd, als käme er gerade von einem Kriegsrat."

„Es ist schon seltsam." Rob starrte in die verlöschende Glut. „Einer der Heiler muss einen Weg gefunden haben, den Feind des Königs zu besiegen, was immer das auch gewesen war."

„Eine Hexe", sagte Gair. „Norval of Dummaglas hat sie gesehen. Kastanienbraunes Haar, groß. Sie kam aus Kilmartin, sagte Norval."

Tayg zuckte die Achseln. „Vielleicht sind's auch nur die Gefälligkeiten eines hübschen Mädchens gewesen, die ihn gesund gemacht haben. Ich habe selbst gesehen, wie schnell der tapfere Duncan sich immer erholt hat, wenn seine Mairi sich um seine Verletzungen kümmerte." Er sah zu Duncan hinüber und grinste, froh, die düstere Stimmung vertrieben zu haben. Das blasse, sommersprossige Gesicht seines Freundes wurde rot. Die Röte ging vom Nacken aus und stieg rasch bis zu den Haaren hinauf, die fast die gleiche Farbe hatten, nur mit einem leichten Stich ins Blond.

„Lass dich nicht von dem Kleinen ärgern, Duncan", bemerkte Rob und steckte sich die Streitaxt in den Gürtel. „Du weißt ja, wie *er* den Mädchen schöntut."

Gelächter erklang rings ums Feuer.

„Aye. Der war schon immer so." Duncan grinste zurück, doch in dem vertrauten Lachen lag ein gewisser Ernst. „Umwirb sie, hol sie ins Bett, und lass sie völlig verwirrt zurück. Es wird Monate dauern, bis die Mädchen einen anderen Burschen auch nur ansehen werden. Das ist unser Tayg. Er hat nie nur ein Mädchen lieben können."

„Warum sollte ich, wo es doch so viele gibt, die Tag ...“ Er zwinkerte dem stillen Tearlach, dem Jüngsten im Bunde zu. „... und Nacht meine Gesellschaft suchen?“

„Aye, warum?“, pflichtete ihm Gair bei. „Ich bin ein bisschen neidisch, wenn ich sehe, wie der Junge die Mädchen herumkriegt. Aber meine Tochter möchte ich nicht in seiner Gesellschaft sehen ... und meine Frau auch nicht“, fügte er hinzu. Selbst wenn auf seinem von Kriegsnarben gezeichneten Gesicht immer noch ein Grinsen lag, klang seine Stimme etwas besorgt.

„Ich habe nie die Frau eines anderen Mannes verführt, noch seinen Schatz.“ Als Duncan daraufhin etwas brummte, drehte Tayg sich zu ihm um. „Ich weiß von keinem einzigen Mal.“

„Da sagt er die Wahrheit. Auch wenn ich ihm habe in den Hintern treten müssen, um mich bemerkbar zu machen“, bemerkte Duncan. „Zu meinem Glück hattest du dein Interesse – und deinen Charme – erst kurz auf meine Mairi gerichtet. Sie stand noch nicht unter deinem Zauber.“

„Ein reizendes Mädchen, diese Mairi“, meinte Gair.

Tearlach lachte, und die anderen grinsten bei diesem Geplänkel, das vor ein paar Minuten in diesem Lager voll frierender und entmutigter Männer undenkbar gewesen wäre.

Verbissen zurrte Rob die Stricke seines Bündels etwas heftiger fest, als es unbedingt nötig gewesen wäre. „Du kannst gerne einmal versuchen, meiner schüchternen kleinen Verlobten den Hof zu machen, Bruder“, knurrte er.

Die plötzliche Stille fiel umso mehr auf, da um sie herum das laute, geschäftige Treiben eines aufbrechenden Heeres herrschte.

„Nein“, erwiderte Tayg mit übertriebenem Schaudern. „Für meinen Geschmack ist sie mir zu unscheinbar. Und auch zu alt.“

Rob lachte, wenn es auch etwas gezwungen klang. „Aye, sie ist beides. Auch für mich.“ Er zuckte die Achseln.

Tayg verbarg seine Verwunderung über die ungewohnte

Offenheit seines Bruders und machte sich an die Überprüfung seiner Waffen: auf dem Rücken das Breitschwert, der Dolch an seiner Hüfte, ein *sgian dhu* – das kleine Messer, verborgen in einer besonderen Scheide in seiner Achselhöhle. Er wusste, dass Rob sich seine Verlobte nicht ausgesucht hatte, doch noch nie hatte er es offen ausgesprochen.

Sein Bruder war ein besserer Mann als er, überlegte Tayg, während er sich sein Bündel über die Schulter schwang, den runden hölzernen Schild ergriff und sich mit den anderen zusammen in der eher lockeren Art der Highlander aufstellte.

Das Heer verließ das Lager und zog die Straße entlang auf Buchans wartende Armee zu. Der Krieg hatte Tayg gelehrt, dass das Leben hart und kurz sein konnte und dass man sich sein Vergnügen nehmen musste, wo und wie man es bekommen konnte, denn zu diesen Zeiten und an diesem Ort waren die Freuden dünn gesät. Trotzdem würde Rob sich an eine Frau ketten, bei der er keine Freuden fand.

„Warum hast du sie nicht abgelehnt?“, fragte er schließlich.

Rob schwieg so lange, dass Tayg schon glaubte, er habe seine Frage nicht gehört. „Ich konnte nicht“, meinte er schließlich. „Du weißt sehr wohl, dass die Verbindung aus politischen Gründen zustande kommt, um die Bedenken des Earl of Ross zu beruhigen.“

Tayg nickte.

„Das Mädchen abzulehnen hätte Ross misstrauisch gemacht. Es hätte dem Clan geschadet, und das wollte ich nicht. Es reicht schon, dass ich den Clan in diese Lage gebracht habe, indem ich *the Bruce* folge. Da war es nur recht und billig, dass ich tat, was ich musste, um für den Schutz derer zu sorgen, die zu Hause geblieben sind.“

„Du bist aber nicht der Einzige, der hier kämpft.“

„Nein, aber eines Tages werde ich der Chief sein, und der Clan soll wissen, dass ich tue, was für sein Wohlergehen notwendig ist.“

Tayg dankte dem Himmel, dass er der Zweitgeborene war. Rob konnte das Leben eines Chiefs des Clans der Munro führen. Tayg, als Kämpfer seines Bruders, würde auch dem Clan dienen, doch in der Wahl seiner Frau und in der Art und Weise, wie er sein Leben lebte, würde er mehr Freiheiten haben.

Einige Pferde galoppierten heran, vornweg *the Bruce* auf seinem silbergrauen Streitross, und hielten auf die Spitze des Zugs zu.

Taygs Brust war von Stolz erfüllt, und eine unerschütterliche Entschlossenheit hüllte ihn wie ein warmer Mantel ein.

Bevor Rob heiraten konnte, bevor jeder von ihnen das Leben leben konnte, das er sich erwählt hatte, musste diese Schlacht gewonnen werden. Tayg wusste nur zu gut, wie viele junge Männer bereits durch die Hand der Engländer und ihrer schottischen Verbündeten gestorben waren. Er wusste auch, dass noch mehr in dem bevorstehenden Kampf sterben würden. Doch er glaubte nicht länger, dass er eine andere Wahl hatte. Nicht in dieser Sache. Er würde für König Robert streiten. An der Seite seines Bruders würde er für Schottland kämpfen.

Und wenn der Kampf gewonnen war, so Gott wollte, würde er sehen, wie Rob ihren Clan in eine friedlichere Zukunft führte.

1. KAPITEL

Früher Dezember, 1308, Hochland

Tayg hielt sein zottiges Hochlandpony an und blickte auf Culrain hinunter, das Tal seiner Kindheit. Fast ein Jahr hatte er seine Rückkehr hinausgezögert und während dieser Zeit in *the Bruce'* Diensten gestanden. Doch er durfte seine Bestimmung nicht länger verleugnen.

Rob war tot. Tayg wollte nicht Chief werden, aber er hatte keine andere Wahl. Das wusste er. Denn Rob hatte Tayg das Versprechen abgenommen, seine Pflicht dem Clan gegenüber, die er nicht mehr hatte erfüllen können, zu übernehmen.

Jetzt war die Zeit gekommen, sich dem Schicksal zu stellen, und er wollte es tun, wie auch Rob es getan hätte. Tayg richtete sich auf, ordnete seinen Mantel und bemühte sich um den gleichen ernsten Zug um den Mund, den er bei Rob immer gesehen hatte.

Er trieb das Pony vorwärts. Es trug ihn einen von Schnee gesäumten Pfad hinunter, der direkt in die Mitte des Dorfes führte. Als er an den äußeren Hütten vorbeiritt, ohne auch nur einen von den Bewohnern zu sehen, war er seltsam erleichtert. So entging er dem üblichen Geschrei, mit dem man sonst einen begrüßte, der lange fort gewesen war.

Doch er hatte sich zu früh gefreut. Ein Hund bellte. Ein Kind rannte um die Ecke einer anderen Hütte und kam schlitternd zum Stehen. „Rob?", fragte der Bursche, und Tayg blickte über die Schulter, halb hoffend, seinen Bruder hinter sich zu sehen. „Nein. Tayg! Vater, es ist Tayg!", schrie der Kleine, rannte zur Hütte und riss die Tür auf. „Es ist Tayg!", brüllte er wieder.

Türen flogen auf, und rasch säumte Taygs Verwandtschaft den Weg, stand rechts und links und rief laut seinen Namen, als wäre er ein großer Held – gerade so, wie sie Rob begrüßt hätten.

Tayg wartete, dass Stille einkehrte, aber dazu kam es nicht.

Nur Schreie, Gelächter und strahlende Gesichter, wie er sie beim letzten Mal nicht gesehen hatte. Das war vor fast einem Jahr gewesen, als er den toten Rob nach Hause gebracht hatte, damit sie ihn beerdigten.

Er hielt sein Pony vor dem größten Gebäude des Dorfes an, dem Hallhouse. Das dreigeschossige Steinhaus beherrschte das untere Ende des Pfades und wurde auf drei Seiten vom Fluss umgeben, der hier eine Schleife zog. Deswegen konnte es besser verteidigt werden als jeder andere Platz im Dorf. Es diente sowohl seinen Eltern als Wohnraum als auch als Vorratslager und Versammlungshalle des Clans. Oben, am Ende einer langen, schmalen Treppe, die zum einzigen Eingang führte, stand Taygs Mutter, Sorcha Munro. Ihr schmales Gesicht sah älter aus, als Tayg es in Erinnerung hatte, doch ihr dickes, zu Zöpfen geflochtenes Haar war noch tiefschwarz. In ihren Augen lag dieses Funkeln. Es sagte ihm, dass sie ihren Mann und den verbliebenen Sohn immer noch nach ihrer Pfeife tanzen lassen konnte.

Tayg schenkte ihr ein Lächeln und freute sich, dass es erwidert wurde. Als sie Rob beerdigt hatten, war sie vom Leid fast erdrückt worden, und er hatte nicht geglaubt, je wieder ein Lächeln auf ihrem Gesicht zu sehen. Sein Lächeln verwandelte sich in das Was-kostet-die-Welt-Grinsen, das ihren Ärger schon hatte dahinschmelzen lassen, als er noch ein zu jeder Dummheit bereiter Junge gewesen war. Sie strahlte, und kopfschüttelnd begann sie, die Treppe hinabzusteigen.

Sein Vater, Angus Dubh, Chief of Munro, stand am Fuß der Treppe. In seinem nachtschwarzen Haar zeigten sich erste silberne Strähnen an den Schläfen und im Bart, doch dieser Bär von einem Mann sah noch so stark und kräftig aus wie immer.

Tayg stieg vom Pferd und drückte einem jungen Burschen die Zügel in die Hand. Der stand da und starrte ihn mit offenem Mund an, als wäre er ein Monster mit Hörnern und nicht ein Krieger, der aus dem Kampf heimkehrte. Tayg blinzelte ihm zu, und dem Jungen stieg die Röte in die Wangen. Dann wandte Tayg sich seinen Eltern zu.

„Vater. Mutter." Er wusste nicht so recht, was er als Nächstes tun sollte. Aber seine Mutter wusste es, wie immer. Sie kam zu ihm und nahm ihn stürmisch in die Arme. Sein Vater schloss sich ihr an, und Tayg fühlte, wie ein Großteil der Anspannung, die er die vielen Monate mit sich herumgeschleppt hatte, von ihm abfiel.

Es war gut, zu Hause zu sein.

Einige Stunden später, nachdem er seiner Mutter ausführlich über das Wohlbefinden seiner vielen Cousins, die ebenfalls unter *the Bruce* dienten, Bericht erstattet und außerdem in einem richtigen Zuber ein schönes heißes Bad genommen hatte, war Tayg damit beschäftigt, die Falten seines nagelneuen Plaids zu ordnen, das seine Mutter ihm gebracht hatte. Die Weberin hatte neue Farben und Muster ausprobiert, und dieses Plaid war ihr am besten gelungen und für diese besondere Gelegenheit aufgehoben worden.

Tayg bewunderte das Karmesinrot, das sich mit dem strahlendsten Grün kreuzte, das er je auf einem Plaid gesehen hatte. Dazu kam noch ein Hellblau mit einer hauchfeinen leuchtend gelben Linie, die sich durch das ganze Muster zog. Es war kein Plaid, das er bei der Jagd oder zum Kampf tragen konnte. Dazu waren die Farben zu auffällig, und man würde sie zu leicht sehen können. Doch es war eine wunderbare Abwechslung nach all dem Braun und Grau, das er in der Vergangenheit getragen hatte. Die Farben schienen seine Stimmung zu heben, und er fing an, sich auf den Abend im Kreise seiner Freunde und seiner Familie zu freuen.

Seine Mutter hatte ihm erzählt, dass ein Barde den Winter bei ihnen verbrachte. Das war ein Glück, denn üblicherweise überwinterten Barden lieber in den größeren Burgen, wo sie mit mehr Münzen rechnen konnten. Allem Anschein nach machte dieser hier einem Mädchen im Dorf schöne Augen. Schon in den vergangenen Monaten hatte er häufig den Clan besucht.

Tayg griff nach seinem Breitschwert. Dann fiel ihm ein, wo er war. Heute Abend würde er zu seiner festlichen Kleidung kein Schwert tragen müssen. Er ließ den Dolch in die Scheide gleiten und versicherte sich, dass der *sgian dhu* an seinem Platz war. Ganz gleich, wo er sich aufhielt, einige Dinge würde er nie beiseitelegen. Zufrieden, dass er jetzt bereit war, dem Clan gegenüberzutreten, verließ er seine Kammer im obersten Stockwerk des Hallhouse und stieg die enge Wendeltreppe zum mittleren Stock hinunter. Er bestand aus einer einzigen großen Halle. Heute Abend war sie mit Schragentischen voll gestellt, die sich unter der Last des Essens bogen, und man hatte fast den Eindruck, der große Saal wäre überfüllt, so viele Menschen waren gekommen. Trotzdem herrschte eine gemütliche Stimmung. An der einen Seite des Raums brannte ein loderndes Feuer in einem Kamin, an der gegenüberliegenden war ein Podest errichtet worden, auf dem ein langer Tisch stand. Zur Mitte des Tisches hin hatte man vier Stühle so aufgestellt, dass sie den im Saal Versammelten zugewandt waren.

Tayg sah, dass seine Mutter und sein Vater dort bereits Platz genommen hatten. Der Stuhl neben seiner Mutter war leer, auf dem daneben saß Duncan MacCulloch, sein Cousin und bester Freund seit der Kinderzeit. Vor ungefähr sieben Monaten hatte Duncan das Kriegshandwerk aufgegeben, nachdem er bei Balvenie Castle schwer verletzt worden war. Anscheinend hatte sich sein Freund wieder völlig erholt, und Tayg freute sich darüber. Die Art, wie er das Fleisch schnitt, ließ erkennen, dass sein Schwertarm keinen bleibenden Schaden zurückbehalten hatte. Tayg war erleichtert. Ihm war gar nicht bewusst gewesen, dass er sich mehr als nur flüchtige Sorgen um Duncan gemacht hatte. War er einmal Chief, konnte Duncan sein Champion sein. Er zählte auf die Hilfe seines aufrichtigen Freundes, wenn er einmal in Robs Fußstapfen treten musste.

Schnell bahnte er sich einen Weg zum Podest, nickte seinem Vater zu, küsste seine Mutter auf die Wange und setzte sich neben sie. Duncan klopfte ihm auf den Rücken und brachte es fertig zu lächeln, obwohl er gerade mit vollem Mund kaute.

„Du siehst gut aus", meinte Tayg, während er sich eine Platte heranzog, auf der dicke Scheiben gebratenes Rindfleisch aufgetürmt waren. „Wo ist Mairi?"

Duncan grinste. „Sie fühlt sich nicht wohl."

Tayg sah seinen Freund an. Dessen Lächeln verwirrte ihn.

„Sie ist guter Hoffnung", sagte seine Mutter und reichte ihm eine Schüssel mit Rüben und Lauch.

Tayg richtete wieder den Blick auf Duncan. Der Stolz im Gesicht des anderen war nicht zu übersehen. „Gratuliere! Du wirst also Vater. Schon bald?"

„Noch zwei Monate. Die Heilerin meint allerdings, es könnte auch noch ein wenig länger dauern. Mairi fühlt sich nicht gerade gut, aber glücklich."

Duncan füllte einen Humpen mit dem dunklen Bier, das Tayg auf seinen Fahrten so sehr vermisst hatte, und Tayg hob ihn hoch.

„Auf ein gesundes und starkes Kind", sagte er und nahm genüsslich einen langen Zug.

Eine Zeit lang war es still, während sie aßen und Tayg über Duncans bevorstehende Vaterschaft nachdachte. Er hatte sich keine großen Gedanken gemacht, als Duncan verkündet hatte, er und Mairi würden heiraten. Für Tayg hatte sich dadurch nur wenig geändert. Obwohl es den Abschied von Mairi bedeutete, war Duncan ihm und Rob voller Glück in den Krieg gefolgt. Aber nachdem seine Verwundungen geheilt waren, war er nicht mehr zu ihnen zurückgekehrt. Tayg wusste nun, warum. Duncan trug jetzt eine Verantwortung, die über die Ehe mit einer hübschen Frau weit hinausging.

Wie es aussah, trugen sie beide Verantwortungen, an die sie vor einem Jahr nicht gedacht hatten.

Nachdem Tayg sich von allem noch eine zweite Portion genommen hatte, füllte er erneut seinen Humpen und ließ den Blick durch die Halle schweifen. Der Barde hatte sein Essen beendet. Er saß jetzt am Kamin und spielte auf seiner Harfe. Zärtlich, als würden seine langgliedrigen Finger über die Wangen einer Frau streichen, schlug er die Saiten. Kein Wunder, dass es die Mädchen zu den Barden zog, dass sie kichernd um ihre Aufmerksamkeit buhlten. Allein mit ihrem Spiel und ihrem Singen hatten die Sänger sie schon fast verführt.

Tayg schüttelte bei dem Gedanken den Kopf und wandte sich wieder Duncan zu. Eine Weile tauschten sie Geschichten über all die Männer aus, mit denen sie Seite an Seite gekämpft hatten, und beschlossen sogar einen Besuch beim alten Gair, der nur einen Tagesritt entfernt lebte. Als dann das Gespräch langsam versiegte, saßen sie in Gedanken versunken einträchtig beieinander, tranken ihr Bier, und jeder erinnerte sich vergangener Zeiten. Nach und nach merkte Tayg, dass man seinen Namen sang. Es war ein Lied, das er zuvor noch nicht gehört hatte, ein Lied, das immer und immer wieder seinen Namen wiederholte. Er beugte sich vor und richtete seine Aufmerksamkeit auf den schlanken Barden und die Worte, die jener mit solcher Inbrunst sang.

Der tapfere Tayg of Culrain schlug sich seinen Weg durch die Linien.
Doch dort fand er noch zweihundert Engländer mehr.
Nur mit dem Schwert nahm er es mit Buchans Männern auf,
Bis keiner außer ihm noch aufrecht stand an jenem kalten Wintertag.

„Das ist purer Unsinn“, brummte Tayg und sah Duncan um Zustimmung heischend an. „So war es überhaupt nicht, als wir Buchan bei Balnevie gegenüberstanden.“

„Stimmt“, sagte Duncan. „Aber trotzdem ist es ein äußerst beliebtes Lied.“ Er nickte in Richtung des Barden. Taygs rascher Blick ertappte mehr als ein Mädchen dabei, wie es zu ihm hersah und ihn anhimmelte. Die Burschen waren weniger vorsichtig und grinsten den zurückgekehrten Sohn offen an. Eine Alte erwiderte einen Moment lang seinen Blick. Dann nickte sie vor sich hin, als hätte sie an ihm Maß genommen und wäre jetzt zu einem Schluss gekommen.

Es gab Gruppen von Frauen, hier drei, dort fünf, die die Köpfe zusammensteckten und heimlich miteinander tuschelten. Dann kicherten sie, jede warf ihm einen heimlichen Blick zu, noch mehr Gekicher und noch mehr Flüstern.

„In dieser Halle wird es bald Ärger geben, denkt an meine Worte“, brummte Duncan.

„Welchen Ärger denn?“, fragte Tayg.

„Die Art von Ärger, die nur du verursachen kannst, mein mutiger Junge“, erwiderte seine Mutter von der anderen Seite. Lange Zeit hatte sie alles schweigend beobachtet. „Die Mädchen – und ihre Mütter – haben es auf dich abgesehen.“

Tayg lachte. „Das hat mir noch nie Ärger bereitet – na ja, jedenfalls keinen großen.“

„Lach nicht, mein lieber Junge. Es gibt kaum ein Mädchen innerhalb eines Tagesrittes von Culrain, das nicht bei den Geschichten über den ‚tapferen Tayg‘ im Kampf und den ‚bezaubernden Tayg‘ in der Halle in Ohnmacht gefallen wäre. Die Tage, die du im Dienst des Königs verbracht hast, haben dir einen Schliff gegeben wie einem schönen Schwert. Du bist hübscher, als es dein Bruder, Gott segne seine Seele, je war. Du bist als mutiger Kämpfer des Königs aus dem Krieg heimgekehrt, und nach dem Tod deines Vaters wirst du Chief sein. Nein, im Umkreis eines *Zweitagesritts* gibt es kein Mädchen, das nicht davon träumt, du würdest zurückkehren und ihm, einen Heiratsantrag auf den Lippen, zu Füßen fallen.“

Etwas zerstreut hörte er dem Barden zu, beobachtete dabei die Mädchen und fragte sich, ob eines Tages eines von ihnen in ihm wohl den Wunsch wecken würde zu heiraten. Sie schienen ... sich alle irgendwie zu gleichen. Er war nicht so lange fort gewesen, dass er nicht jede von ihnen wiedererkennen würde. Schließlich kannte er sie seit ihrer Kindheit. Es gab hübsche und unscheinbare, manche waren dünn, andere mehr mollig. Manche hatten kastanienbraunes Haar und andere wieder blondes, doch keine von ihnen hob sich auf irgendeine Art hervor. Keine war wirklich anders als die anderen Mädchen. Die meisten von ihnen erschienen ihm von angenehmem Wesen zu sein und würden daher schon zur Ehefrau taugen. Doch keine von ihnen weckte sein Interesse. Nun ja, einige schon, aber nur auf physische Weise. Keine von ihnen eroberte seinen Verstand und sein Herz so, wie Mairi es bei Duncan gelungen war oder wie selbst seine Mutter seinen Vater für sich eingenommen hatte. Trotzdem, vielleicht würde eines der Mädchen, die immer noch hingerissen dem Barden lauschten ...

Tayg hörte genauer hin. Das war doch wohl nicht noch ein Lied, das von ihm handelte! Er stützte den Kopf in die Hand und verharrte eine Weile so. Das musste ein Ende haben. Diese Lieder waren lachhaft. Sie erhoben einen einfachen Krieger zum Helden.

Der Barde beendete seine Weise mit ein paar gefühlvollen Akkorden auf seiner Harfe, und Applaus brandete auf. Einige der Mädchen kicherten und warfen Tayg über die Schulter bedeutungsvolle Blicke zu. Immer schon hatten ihn die Mädchen umschwirrt wie schöne Falter eine flackernde Flamme.

„Wie es scheint, werde ich viel Spaß haben", sagte er mehr zu sich als zu den anderen.

„Daran solltest du nicht denken", mahnte Sorcha. Ihr ernster Ton ließ ihn aufhorchen. „Es ist an der Zeit, über deine Zukunft zu sprechen."

Er hatte seinen Frieden mit der Zukunft gemacht, trotzdem lief es ihm bei ihren Worten kalt über den Rücken. Die Grimasse, die sein Vater zog, verstärkte nur noch seine Beklemmung. Er lehnte sich bequem im Stuhl zurück und versuchte, einen unbekümmerten Eindruck zu erwecken. „Wünsch mir Glück, Duncan. Wir reden jetzt über meine Zukunft."

Duncan lächelte. „Vielleicht wirst du deine Zukunft mögen. Mir scheint, du bist jetzt bereit für sie." Er prostete Tayg mit seinem Humpen zu und trank aus. „Was mich betrifft, ich bin weg. Muss mich um Mairi kümmern."

„Grüße sie von mir", sagte Tayg noch, bevor er seine ganze Aufmerksamkeit den Eltern widmete.

Nach dem Jahr im Dienste des Königs war es sinnlos, die Angelegenheit noch länger aufzuschieben. „Meine Zukunft?"

Angus erhob sich und ging auf dem Podest auf und ab. Sorcha beobachtete ihn und mied Taygs Blicke. Das ungewöhnliche Betragen seiner Eltern verursachte ihm Gänsehaut. Fast das gleiche Gefühl hatte er immer, kurz bevor der Feind zur Schlacht anstürmte. Er schaute von einem zum anderen und wartete, dass sie etwas sagten.

Schließlich seufzte Angus und setzte sich halb auf den Tisch. So war Tayg jetzt zwischen seinen Eltern gefangen. Von dem Barden klang eine fröhliche Melodie zu ihnen herüber, die im Gegensatz zu den ernsten Mienen von Angus und Sorcha stand.

„Du weißt, dass du Chief sein wirst, aye?"

„Aye."

„Du hast im vergangenen Jahr deinen Mut bewiesen. Ich glaube, du wirst dem Clan gut dienen."

Tayg zwang sich, seine entspannte Haltung beizubehalten. Er beobachtete und wartete ab, gerade so, wie er es auch im Krieg oft getan hatte. „Ich werde mein Bestes tun. Ich habe es Rob versprochen."

Jetzt lächelte Angus. „Da habe ich keine Zweifel. Rob würde es nicht zulassen, dass man seinen Verantwortlichkeiten nicht nachkommt. So etwas nahm er immer sehr ernst."

„Aye, das tat er."

„Und das erwarten wir auch von dir", sagte Sorcha.

Tayg spürte, wie ihm ein Schauer über den Rücken lief, und stellte fest, dass er sich kampfbereit machte.

„Sorcha, ich denke, jetzt ist nicht die Zeit, um über diese Dinge zu sprechen."

„Still, für den Jungen ist es an der Zeit zu heiraten."

„Heiraten?" Abrupt setzte sich Tayg auf und griff nach seinem Bierhumpen. Das immer stärker werdende Funkeln in den blauen Augen seiner Mutter beunruhigte ihn, und er erkannte, dass es für eine Flucht zu spät war. Was immer sie auch für ihn plante, gleich würde sie ihn damit überraschen.

„Wenn wir eine Menge Aufruhr in diesen Mauern vermeiden wollen, müssen wir dafür sorgen, dass du sofort heiratest. Sollten all die Mädchen sich wegen dir in die Haare kriegen, wird es ein langer und trostloser Winter werden. Besonders wenn ich an ihre Mütter denke, die sie auch noch dazu drängen."

„Ich habe keine Lust zu heiraten."

„Das haben wenige Männer, bis man sie damit konfrontiert", erwiderte Sorcha. „Es gibt eine Menge williger Mädchen hier in Culrain. Noch bevor der Monat um ist, bist du verheiratet, und alles ist gut."

„Nein, nichts wird gut sein! Nein", wiederholte er und versuchte, Zeit zu gewinnen, während er nach den richtigen Argumenten suchte, um seiner Mutter den Plan auszureden. „Ich brauche mindestens ein Jahr, vielleicht auch zwei."

Angus lachte still in sich hinein. „Ich würde dir ja mehr als das geben, mein Junge, aber ich fürchte, deine Mutter hat etwas dagegen."

Tayg hielt ihm seinen Humpen hin, und Angus füllte ihn rasch nach. Sein Sohn lehnte den Kopf an die Stuhllehne und starrte zur rauchgeschwärzten Decke hinauf. Er war gerade erst nach Hause gekommen, hatte sich in die neue Rolle gefügt, die er nun im Clan spielen würde, da drängte ihn seine Mutter schon wieder weiter.

Er wusste, man würde ihn nach seiner Reaktion beurteilen, aber diese Aufgabe konnte er nicht erfüllen. Es genügte, dass er in Robs Spuren treten und den Clan anführen würde. Es war seine Pflicht, und er würde sie erfüllen. „Ich möchte nicht heiraten … noch nicht“, sagte er und starrte weiterhin zur Decke hinauf, damit er dieses eigensinnige Funkeln in den Augen seiner Mutter nicht sehen musste, von dem er wusste, dass es da war.

„Aber …“ Sorcha legte ihm die Hand auf den Arm.

Er hob die Hand, um seine Mutter zu unterbrechen.

„Wenn ich Robs Platz einnehmen soll“, sagte er und sah sie dabei endlich an, „dann musst du mir auch vertrauen bei dem, was ich tue. Ich tue das, was ich für das Beste halte. Eine übereilte Heirat bringt diesen guten Leuten hier nur Streit. Und mir auch. Erzählt jedem, besonders dem Barden da, dass ich mir eine Frau suchen werde, wenn ich dazu bereit bin. Sollte es Ärger geben, werde ich mein Bestes tun, um ihn aus dem Weg zu räumen. Und sagt dem Barden, er soll aufhören, diese verdammten Lieder zu singen.“

„Siehst du, Sorcha, hab ich dir’s nicht gesagt?“, meinte Angus und grinste dabei, als hätte Tayg den kapitalsten Hirsch des ganzen Waldes erlegt.

„Aye, das hast du. Aber all das genügt nicht.“

„Ich will nicht gezwungen werden, eines dieser Mädchen zu heiraten. Wäre nicht ich es, dann wäre es eben ein anderer, um den sie sich zanken. Außerdem“, fügte er hinzu und ließ den Blick über die jungen Frauen schweifen, die sich an den Künsten des Barden erfreuten, „kenne ich sie alle schon lang genug, um zu wissen, dass keine darunter ist, die ich heiraten möchte.“

„Dann werden wir eben eine andere …“

„Nein. Ich werde mir meine Frau selber suchen.“

Sorcha sah ihn fest und ohne mit der Wimper zu zucken an. „Du wirst Chief sein. Es ist deine Pflicht, für deinen Clan das Beste zu tun. Solange du hier bist und nicht heiratest, wirst du Streit zwischen den Frauen verursachen. Das wird niemandem nützen."

Tayg seufzte und flehte zum Himmel um Beistand gegen den starken Willen seiner Mutter. „Dann werde ich eben wieder gehen. Ich werde wieder in des Königs Dienste treten ..."

„Warte", unterbrach ihn Angus. „Zufällig habe ich eine Aufgabe, die erledigt werden muss und die dazu dienen könnte", er warf Sorcha einen scharfen Blick zu, „das, was deine Mutter befürchtet, etwas aufzuschieben. Es wird dir auch Gelegenheit geben, andere Mädchen zu treffen, die dich vielleicht mehr ... anziehen." Er bedeutete Tayg, ihm in sein eigenes Gemach zu folgen.

„Angus", erklang leise Sorchas Stimme. Ihr Missvergnügen über seine Einmischung war nicht zu überhören.

„Der Bursche ist schon in Ordnung, meine Liebe. Er sollte nicht zu so einer übereilten Heirat gezwungen werden. Es gefiel mir schon nicht, dass Rob ein Mädchen heiraten sollte, das er nicht mochte. Der Junge hier ist klug genug, um zu erkennen, wie verrückt solch ein Plan ist. Wir werden Tayg und dir ein wenig Zeit verschaffen." Er beugte sich vor und küsste seine Frau auf die Wange. „Geh. Verbreite die Nachricht, dass Tayg sofort im Dienste des Königs aufbrechen muss. Mach dem Barden klar, wenn er weiterhin die Gesellschaft des Munro-Mädchens, das er so mag, genießen will, muss er mit uns zusammenarbeiten – und aufhören, diese Lieder zu singen."

„Und solche Geschichten zu erzählen", fügte Tayg noch hinzu.

Sorcha sah erst zu ihrem Mann, dann zu ihrem Sohn. Sie erhob sich und umarmte Tayg. „Ich möchte dich nicht unglücklich sehen. Unglück gibt es genug im Leben, aber wir müssen auf den Clan Rücksicht nehmen ..."

„Geh jetzt, Liebes“, sagte Angus, und Tayg war von der Sanftheit in der Stimme seines Vaters überrascht.

Die beiden Männer sahen, wie sie zu dem Barden ging und ihn aus dem Kreis seiner Zuhörer zog. Dann legte Angus Tayg den Arm um die Schulter und führte ihn in die Kammer des Chiefs. Für Tayg war dieser Raum immer die Bärenhöhle gewesen, ein dunkler, kleiner Raum, in den Vater und Rob sich für Stunden zurückzogen, alle anderen ausschlossen und über Gott weiß was redeten.

Nach der zugigen Halle war es ihm in dem kleinen Gemach fast zu warm. Deshalb ließ er die Tür offen und erlaubte so der warmen Luft, sich mit der kühleren zu vermischen, wie sich die düstere Atmosphäre der Kammer mit der heiteren Musik des Barden mischte.

Taygs Vater stand an einem roh behauenen Holztisch, der fast die ganze Mitte des Raumes einnahm. Mit seinem dicken Finger tippte er auf ein Pergament, das, an den Ecken mit Torfstücken beschwert, auf dem Tisch lag.

„Das habe ich gerade vor einem Tag erhalten. Der Earl of Ross, dieser dumme Bastard, hätte mir auch durch den Barden mitteilen lassen können, was er möchte, anstatt mir dieses Gefasel hier zu schicken …“ Dabei hieb er mit der Faust auf den Tisch. „… aber er liebt es, mit seiner Schreibkunst anzugeben.“

„Du weißt doch, dass er jemanden hat, der für ihn schreibt, oder?“, fragte Tayg.

„Schon, aber er versäumt es nie, damit zu prahlen, dass er geschriebene Botschaften schickt. Er hat die dumme Vorstellung, so könnte ein Bote seine Worte nicht durcheinanderbringen. Pah! Als ob ein Barde irgendein Wort verstümmeln würde. Was für eine törichte Idee! Eine Botschaft aufzuschreiben, wo andere sie dann vielleicht lesen können. Wenn etwas wirklich wichtig ist, darf man es nie auf ein Pergament schreiben!“

Tayg nickte nur, während er die krakelige Schrift überflog.

Er konnte lesen, aber Lesen war keine Kunst, in der er sich oft übte. Jetzt war diese Kunst etwas eingerostet, wie jede Fertigkeit, der es an Übung fehlt. Doch nach und nach ging es besser, und er begann, laut vorzulesen.

„Ich sende Angus Dubh of Munro meine Grüße."

Mit dem Finger fuhr er die Zeilen auf dem Pergament entlang, während er langsam auch noch den Rest des Textes entzifferte:

„Wisse, dass Lord Robert, der ruhmreiche König von Schottland, am dritten Tag vor Silvester Dingwall Castle und dessen Bewohner mit seiner allergnädigsten Gegenwart beehren wird, um dort der Heirat seiner Schwester, Lady Maude, mit meinem Sohn und Erben, Hugh O'Beolan, beizuwohnen.

Er befiehlt jedem seiner loyalen Chiefs, dort zu erscheinen, sodass er sie kennenlernen und ihre Treueschwüre entgegennehmen kann. Unserem König liegt besonders viel daran, die MacDonells of Dun Donell zu empfangen.

Es ist Deine Pflicht, dafür zu sorgen, dass diese Botschaft dem Chief der MacDonells sowie jedem anderen Chief, den Dein Diener zwischen Culrain und Dun Donell finden mag, ausgehändigt wird."

Das Schreiben war mit dem Zeichen des Earls und einem ziemlich verschnörkelten roten Wachssiegel versehen, in das ein kleiner Wacholderzweig gepresst war.

Tayg dachte einen Moment lang über das Gelesene nach, dann überflog er noch einmal die Nachricht, um ihren Sinn zu verstehen. Er blickte auf und sah seinen Vater an, der ein finsteres Gesicht machte.

„Warum schickt er denn nicht einen seiner Leute zu den MacDonells?", wollte Tayg wissen.

„Frag lieber, warum er sich die Mühe machte, so einen Befehl auf Pergament festzuhalten“, sagte sein Vater, während er immer im Kreis um Tayg und den Tisch herumlief.

„Um sicherzugehen, dass seine Worte auch nicht missverstanden werden?“

„Nein. Das ist eine einfache Botschaft. Die dürfte beim Überbringen kaum Schwierigkeiten machen. Da steckt mehr dahinter. Aber ich weiß noch nicht, was.“

„Da steckt nichts dahinter, Vater.“

„Oh doch, mein Junge“, knurrte er. „So wie die Stimme die wahre oder die verborgene Absicht eines gesprochenen Wortes verraten kann, so können dir auch Pergament und Feder mehr mitteilen als nur das, was da geschrieben steht.“

Tayg lehnte sich gegen den Tisch und wartete, dass sein Vater ihm das etwas genauer erklärte.

„Du bist beim König gewesen. Was weißt du hiervon?“ Angus deutete auf das Sendschreiben.

Tayg war überrascht. Sein Vater fragte ihn nach seiner Meinung? Nun gut, er wollte ihn sicher prüfen. „Die Verbindung zwischen dem König und dem Earl of Ross ist ziemlich unsicher, trotz der bevorstehenden Heirat des Sohns mit der Schwester des Königs. Es ist kein Geheimnis, dass der König und der Earl bis jetzt einander nicht sehr vertrauen.“

„So“, meinte sein Vater und strich sich den schwarz-silbernen Bart. „Dann muss Ross also dem König beweisen, dass er sein loyaler Diener ist. Und wie könnte er das besser, als wenn so viele Leute wie möglich ihm seine Treue bescheinigen, nachdem sie das Dokument hier gesehen oder davon gehört haben.“

Tayg nickte und spann den Gedankengang seines Vaters weiter. „Er will, dass dieses auffallende Schriftstück zu jedem Chief gebracht wird, damit sie alle seine Loyalität bestätigen können, wenn sie den König in Dingwall begrüßen.“

Angus nickte und schritt weiter im Kreis.

„Aber warum soll einer der unsrigen die Botschaft übermitteln?“

„Ach, das ist ganz einfach. Der Earl möchte keinen seiner eigenen Leute in diese Festung schicken. Zwischen dem Earl of Ross und den MacDonells herrscht nicht gerade die große Liebe.“

„Und da hat man uns als treue Verbündete des Earls, die aber keinen Streit mit den MacDonells haben, auserwählt, bei Winteranbruch in die Berge zu ziehen.“

„Du verstehst also?“, sagte Angus und grinste, als hätte Tayg ihn überrascht. „Das Sendschreiben hier enthält mehr als nur die auf das Pergament geschriebenen Worte. Vielleicht hat die Zeit, die du beim König verbracht hast, deinen Verstand genauso gestärkt wie deinen Schwertarm.“

Tayg versuchte, die Anspielung auf seinen früheren Mangel an Interesse, was die Politik des Clans betraf, zu überhören. Ein Mann, der über ein Jahr lang die Sache des Königs vertrat, konnte außer der Kriegskunst auch noch eine Menge anderes lernen.

„Das wird keine leichte Reise“, sagte Tayg. „Und in weniger als einem Monat ist Neujahr.“

„Aye, sicher wird es zwei Wochen oder mehr brauchen, um den Auftrag auszuführen, und das auch nur, wenn der Schnee noch auf sich warten lässt.“ Angus zog ein zusammengerolltes Pergament aus einem Regal unter dem Tisch hervor, breitete es aus und betrachtete eingehend, was eine Landkarte zu sein schien.

Tayg dachte über den Auftrag nach. Eine zwei Wochen dauernde Reise durch das Hochland. Selbst im Hochsommer, wenn die Tage lang waren und das Wetter gut, war eine Reise nach Dun Donell keine einfache Sache. Alles in allem würde er zwei Wochen lang ganz allein in der Kälte von Dorf zu Dorf und von Burg zu Burg ziehen. Aber zwei Wochen verschafften ihm auch die Zeit, die er brauchte, um nachzudenken, und zwar darüber, wie er der Lösung, die seine Mutter für das Problem mit den Mädchen gefunden hatte, entkommen konnte.

Und falls er wirklich heiraten musste, so hatte er zwei Wochen lang Zeit, sich unter den Mädchen, die er auf seiner Reise traf, eins auszusuchen. Langsam wurde ihm der Plan seines Vaters klar.

„Ich werde also diese Botschaft zu den MacDonells bringen", sagte er, „damit dem König und dem Earl of Ross dienen und nebenbei nicht nur Mutters Klauen, sondern auch denen aller anderen Ränke schmiedenden Frauen entrinnen." Er versuchte, ein Lächeln zu unterdrücken, das um seine Mundwinkel zuckte. „Und vielleicht finde ich ein Mädchen, das ich heiraten möchte – eins, das nicht in *den* Tayg of Culrain verliebt ist, den der Barde erfunden hat." Er warf einen Blick auf die Karte.

Vielleicht war es auch noch in anderer Hinsicht gut für ihn, sein angenehmes Heim für längere Zeit zu verlassen. Vielleicht wäre der Barde bei seiner Rückkehr nicht mehr da, oder wenigstens seine Lieder wären verstummt. Oder er wäre in ein anderes Dorf gewandert, wo er dieselben Geschichten und dieselben Weisen singen und so dieses Geschwätz noch weiter in die Highlands tragen würde ... wenn andere das nicht schon längst getan hatten.

Er war dumm zu glauben, er könnte das Problem lösen, indem er aus Culrain floh. Sicher hatten die Barden diese Lieder und Geschichten bereits über die ganzen Highlands verbreitet. Solche Unterhaltung war dazu da, die Stimmung zu heben. Lieder über Tapferkeit im Krieg waren immer die ersten, die überall gesungen wurden. Kein Wunder, dass seine Mutter behauptete, die Mädchen würden Heiratspläne schmieden. Sie würden daliegen, von diesem dummen Geschwätz träumen und auf ihn warten. Besonders wenn es sich herumsprach, dass er auf dem Weg in die Berge war. Teufel noch mal, dem Plan seiner Mutter würde er entkommen, aber nicht den heiratswütigen Mädchen.

Durch die Tür war Applaus zu vernehmen, und er hörte,

wie die helle, klare Stimme des Barden sich bei der Menge dafür entschuldigte, dass er nun eine kleine Pause machte.

Das dort drüben war das wahre Leben. Ein Barde reiste frei umher, unbelastet von Verantwortlichkeiten. Er hatte die Aufmerksamkeit der Mädchen, war aber nicht das Ziel ihres Strebens. Er hatte alles Gute, das das Leben bieten konnte, und nur sehr wenig von dem Schlechten. Wenn nur …

Natürlich! Ein einfacher Barde konnte tun, was Tayg of Culrain nicht tun konnte. Ein Barde konnte Earl of Ross' Sendschreiben überbringen, mit den Mädchen schäkern und die Gastfreundschaft eines jeden genießen, dem er auf seiner Reise begegnete. Die einzige Pflicht, die er zu erfüllen hatte, war, seine Gastgeber mit Liedern, Geschichten und dem neuesten Klatsch und Tratsch zu unterhalten. Nun gut, Tayg sang nicht gerade gut, aber Geschichten erzählte er genauso gut wie irgendein *seanachaidh*, und als Junge hatte er sogar ein wenig die Trommel geschlagen. Aus der Zeit in der Armee des Königs kannte er eine Menge Klatschgeschichten. So schwer dürfte es nicht sein, einen Barden zu spielen – zumindest nachdem er die Gegend, in der man sein Gesicht kannte, verlassen hatte.

„Bei Tagesanbruch reite ich los." Tayg rollte rasch das Pergament des Earls of Ross zusammen.

Angus grinste vergnügt. „Kluger Junge. Ich tue, was ich kann, um deine Mutter davon abzubringen, dir eine Frau zu suchen. Ehrlich gesagt, ich glaube, sie sieht Ärger, wo keiner ist. Vielleicht sehnt sie sich auch einfach nach Enkeln. Sieh zu, dass du nicht zu früh zurückkehrst, sonst erleben wir doch noch, dass du ganz schnell verheiratet wirst."

Tayg musste jetzt packen und eine Trommel auftreiben. Noch vor Sonnenaufgang würde er diese Mauern verlassen. Er nickte seinem Vater zu und verließ die Bärenhöhle, glücklich über die neuen Möglichkeiten, die sich für ihn auftaten, zumindest für den Augenblick.

2. KAPITEL

Verlasse sofort meine Kammer!“ Catriona MacLeod starrte wütend ihren ältesten Bruder Broc an, während sie auf die Tür wies.

Der Name passte zu ihm. Er ähnelte schon sehr einem Dachs, im Aussehen wie auch im Temperament. Groß, mit scharfen Gesichtszügen, pechschwarzem Haar und kleinen Augen, scheute er vor keinem Kampf zurück und verteidigte unbarmherzig sein Recht, den vielen jüngeren Familienangehörigen Befehle zu geben. Catriona, die Jüngste, verstand es sehr gut, mit dieser Art von Arroganz umzugehen.

Er ging auf sie zu. „Ich habe dir noch nicht alle meine Anweisungen ...“

„Mir ist, als wären nach deinen letzten ‚Anweisungen‘, die du mir erteiltest, ein Monat lang dein Haferbrei jeden Morgen angebrannt, dein Bett unter dir zusammengebrochen und ...“

„Genug!“, bellte er. Catriona gefiel es, wie er blutrot anlief.

„Ich bin eine erwachsene Frau, und ich führe den Haushalt dieser Burg, wie ich es für richtig halte. Wenn es dir nicht gefällt, kannst du ja gehen. Dann würde es hier gleich besser riechen.“

Er kam noch näher, bis sie sich fast Nase an Nase gegenüberstanden und sie die Unerbittlichkeit in seinen Augen erkennen konnte.

„Du wirst nicht mehr lange mit deinen Drohungen und Forderungen über diese Burg gebieten, Catriona“, sagte Broc. „Bald werde ich Chief sein, und dann wird meine Frau hier nach dem Rechten sehen. Endlich werde ich dann Frieden haben, ein anständiges Essen und Ruhe vor deiner scharfen Zunge.“

„Hast du nicht etwas vergessen?“, erwiderte sie und trat etwas von ihm fort. Sie war aber nicht so dumm, ihn aus den Augen zu lassen.

„Ich vergesse nie ...“

„Leider hast du keine Frau. Wie schade, dass niemand so einen mächtigen Lümmel wie dich heiraten will."

„Anders als du, liebe Schwester." Er schoss vor und packte sie hart am Arm. Catriona fluchte innerlich, dass sie dem Griff nicht ausgewichen war. Aber er sollte nicht wissen, dass er ihr wehtat. Diese Befriedigung sollte er nicht bekommen. „Du wirst schneller verheiratet sein, als du dir vorstellen kannst."

Sie bekam eine Gänsehaut bei dem leise drohenden Ton in seiner verhassten Stimme.

„Was meinst du damit?", fragte sie, als sich jetzt sein Gesicht zu einem unverhohlenen Lachen verzog. Sie hasste das Glitzern, das dabei in seinen Augen tanzte. Brocs vorgeblich freundliche Laune hatte noch nie etwas Gutes bedeutet.

„Das wirst du noch früh genug herausfinden." Er ließ ihren Arm los und wandte sich zum Gehen. Sie hörte ihn kichern. „Du bekommst, was du verdienst."

„Sag mir, was du weißt, oder ich sorge dafür, dass das, was von deinem kostbaren Haar noch übrig ist, bis zum Ende dieses Monats ausfällt." Catriona kannte jede Schwäche ihrer fünf Brüder. Die von Broc war sein Haar. Lange hatten die Mädchen die schimmernden, ebenholzfarbenen Locken bewundert. Aber jetzt wurde sein Haar immer dünner, obwohl er noch nicht einmal achtundzwanzig Jahre alt war.

Broc zog eine Grimasse, aber er drehte sich um. „Dein Verlobter …" Das Lächeln auf seinem Gesicht verwandelte sich in ein höhnisches Grinsen. „… wird in acht Tagen hier ankommen. Drei Tage mehr, und du bist verheiratet. Dann sind wir dich los."

Sprachlos starrte Catriona ihn an. „Wer?" Sie war wütend, dass sie das Wort nur flüsternd hervorbrachte.

„Das ist eine gute Frage", meinte Broc. „In den ganzen Highlands gibt es nur einen Clan, der so verzweifelt auf eine Verbindung mit einem anderen Clan hofft, dass er bereit ist, Catriona das Biest als Braut zu akzeptieren."

„Wer?", fragte sie noch einmal mit finsterem Blick. Diesmal schwankte ihre Stimme nicht. Broc war gefährlich nahe daran, zu lächeln. „Wer?"

Er lächelte über das ganze Gesicht, und am liebsten hätte sie mit der Faust in dieses Lächeln geschlagen. Aber so hatte sie bei ihrem Bruder nie großen Erfolg gehabt, und sie musste ihr Schicksal erfahren. Sie grub die Fingernägel in die Hände und zwang sich, die Fäuste ruhig an ihrer Seite zu lassen.

„Wen soll ich heiraten, Broc?" Ihre Stimme triefte vor Verachtung für ihren Bruder, aber sie wusste, dass er es nicht bemerken würde. Dazu war er zu beschränkt, zu sehr damit beschäftigt, sie zu quälen.

„Eigentlich sollte Vater derjenige sein, der es dir sagt ..."

„Es wäre wirklich schade, wenn du die restlichen Haare auch noch verlieren würdest. Sie sind das Einzige, was den Mädchen an dir gefällt."

Er erbleichte.

Sie zog spöttisch eine Augenbraue hoch. Es war die perfekte Imitation seines Lieblingsausdrucks, den er immer aufsetzte, wenn er sie in die Enge getrieben hatte.

„Meinetwegen, ich werde es dir sagen", knurrte er. „Aber dann tust du auch nichts, was mein Haar ausfallen lässt."

Catriona nickte. Bis jetzt hatte sie beim Verlust seiner Haare nicht die Hand im Spiel gehabt. Es war also ein Leichtes, ihm das Versprechen zu geben.

„Es ist einer der MacDonell-Burschen, der dich nehmen will." Seine Stimme klang so lässig, als spräche er übers Wetter, doch aus seinen Augen leuchtete wieder die Bosheit.

Catriona fühlte, wie ihr alles Blut aus den Wangen wich. Plötzlich war ihr kalt bis auf die Knochen. „Nein, das ist nicht ..."

Bei Brocs breitem Grinsen und seinem Nicken bekam sie weiche Knie. Aber sie war vernünftig genug, ihn nicht merken zu lassen, wie schrecklich sie diese Nachricht traf. Sie drängte sich an ihm vorbei. Dabei riskierte sie, dass er sie packte. Dann würde sie reagieren, wie sie es schon als Kind getan hatte, würde nur noch aus wirbelnden Füßen und Fäusten bestehen, die auf seine empfindlichste Stelle zielten. Doch es war lange her, dass ihr das etwas genutzt hatte. Voller Verzweiflung rannte sie zur Kammer ihres Vaters, während Broc sie durch den Gang verfolgte.

„Vater!“, schrie sie, als sie sich dem Gemach des Chiefs näherte.

Ohne auf die geschlossene Tür zu achten, stieß sie sie auf und ging schnurstracks auf den schmalen, grauhaarigen Mann zu, der hinter einem Tisch saß und blinzelnd ein Pergament voll winziger Zeichen betrachtete.

„Broc soll aufhören, mich zu quälen, oder man darf es mir nicht übel nehmen, wenn er keinen Erben mehr zeugen kann.“

Ohne aufzublicken, antwortete Neil MacLeod: „Still! Catriona, ich rechne.“

Catriona ärgerte sich, aber sie gab nicht auf. Es war nicht ungewöhnlich, dass ihr Vater sie nicht beachtete.

„Broc sagt, ich soll mit diesem hundsgesichtigen MacDonell-Sohn verheiratet werden.“

Ihr Vater beachtete sie immer noch nicht, während er lautlos die Zahlen vor sich hin murmelte, die er mühsam zusammenzählte.

„Vater!“

Er murmelte weiter seine Zahlen.

So war es immer mit ihm. In allen Einzelheiten widmete er sich der Bestandsaufnahme der Burg, den unbedeutenden Streitereien des Clans. Und nie schenkte er ihr auch nur annähernd die gleiche Aufmerksamkeit. In ihrer Verzweiflung nahm sie ihm das Tintenfass fort, in das er gerade gedankenversunken die Feder tauchen wollte, und hielt es außer Reichweite.

„Catriona! Verdammtes Mädchen! Jetzt habe ich die Zahl vergessen, die ich niederschreiben muss.“

„Siebenhunderteinunddreißig." Sie hielt ihm das Tintenfass hin, damit er seine Feder hineintunken konnte, und wartete, bis er langsam die Zahl geschrieben hatte. Als er damit fertig war und bevor er wieder anfangen konnte, erneut Zahlen zu addieren, sagte sie: „Broc sagt, du willst mich mit dem Hundsgesicht MacDonell verheiraten."

Broc kicherte hinter ihr. „Sein Name ist Duff MacDonell, und er ist ihr Chief. Du machst eine gute Partie, Catriona."

Sie fuhr herum, nur um zu entdecken, dass drei weitere Brüder sich hinter ihm zusammendrängten. Callum, Gowan und Jamie, die immer gern zu dritt auftraten. Sie standen da wie die Orgelpfeifen, das Haar von Rostbraun bis fast so schwarz wie das von Broc, und wie immer hatten sie den Gesichtsausdruck ruhig glotzender Schafe. Zumindest kam es Catriona so vor. Und ebenfalls wie immer hatten sie sich hinter Broc aufgestellt. Nur Ailig, der jüngste Sohn, der zeitweise Catrionas Verbündeter gegen die anderen war, fehlte. Aber das war auch nicht verwunderlich. Seine Art, mit ihrem ältesten Bruder umzugehen, war, sich einfach von ihm fernzuhalten.

„Mit dir habe ich nicht gesprochen", sagte sie und funkelte Broc voller Verachtung an. Sie ging um den Tisch herum. So konnte sie besser die Aufmerksamkeit ihres Vaters auf sich ziehen.

„Du weißt, dass ich ihn nicht heiraten will. Ich beuge mich dem Hundsgesicht MacDonell nicht!"

„Wie es scheint, auch keinem anderen, Tochter."

„Sich zu beugen bringt keinen Nutzen. Du beugst dich auch niemandem. Meine Brüder tun es nicht. Warum sollte ich es tun?"

„Man kann sich beugen, und man kann wählen. Keines von beidem hast du getan. Du beugst dich nicht meinem Willen, noch wählst du dir einen Gatten. Was soll ich mit so einem eigensinnigen Kind anfangen?"

„Ich bin nicht eigensinnig." Sie zog es vor, nicht zur Kenntnis zu nehmen, dass jeder im Raum erstaunt die Augenbrauen hob. „Ich will ganz einfach nicht geopfert werden."

„Wir opfern dich doch nicht."

„Nein", murmelte Broc leise, aber immer noch laut genug, dass sie es hören konnte, „wir sind froh, dich loszuwerden." Eines der Schafsgesichter prustete los.

Catriona umklammerte das Tintenfass. Nur mit Mühe konnte sie der Versuchung widerstehen, es Broc ins selbstgefällig grinsende Gesicht zu schleudern. Stattdessen knallte sie es auf den Tisch. Zu spät erinnerte sie sich daran, dass der Stöpsel fehlte.

„Catriona!" Rasch riss ihr Vater das Pergament an sich und rettete es mit knapper Not davor, völlig besudelt zu werden. Im Hintergrund gluckten ihre Brüder. Sie starrte sie wütend an, während Tinte von ihren geballten Fäusten tropfte und auf dem jetzt leeren Tisch eine Menge Flecken hinterließ.

„Was gibt's denn hier zu lachen?" Ihr Bruder Ailig betrat die Kammer und drängte sich an den Schafsgesichtern vorbei. Er machte einen Schritt auf Catriona zu und schien sofort zu begreifen, was geschehen war. Von einem Tisch nahe der Tür nahm er einen Lappen und drückte ihn seiner Schwester in die Hand.

Er lächelte sie an, doch das Lächeln erreichte seine Augen nicht, und seine Stimme klang müde.

Er war ihr Lieblingsbruder, eigentlich der Einzige, den sie wirklich gern mochte. Blond wie er war, ähnelte er weder im Aussehen noch im Wesen den anderen.

„Wer hat wem dieses Mal was getan?" Ailig sah zuerst Catriona an, dann Broc und die anderen, die sich noch immer hinter ihm zusammendrängten.

„Du hast es Ailig nicht gesagt?" Sie wandte sich damit an ihren Vater. „Hattest du Angst, er würde es mir sagen?"

„Nein. Broc hat zur Unzeit gesprochen", erwiderte Neil und schenkte seinem Ältesten einen strengen Blick. „Wir wollten die Verlobung beim abendlichen Mahl verkünden."

Zum zweiten Mal an diesem Morgen wurde ihr ein Schock versetzt.

„Du hättest mir nichts davon gesagt, bis du es vor dem ganzen Clan verkündest?“ Sie strich sich mit den Händen über das Kleid und hinterließ lange schwarze Streifen auf dem bernsteinfarbenen Stoff. Neil studierte geflissentlich das gerettete Pergament in seinen Händen.

„Ich will ihn nicht heiraten“, sagte sie mehr zu sich als zu irgendjemandem in der Kammer. Mit tintenverschmierten Fäusten umklammerte sie den Stoff ihres Gewandes, während sie sich zu ihrem Vater umdrehte. „Wenn du mich dazu zwingst, dann werde ich ... werde ich ... werde ich ihn im Schlaf erdolchen. Und dann wirst du eine Menge Ärger bekommen!“

„Catriona ...“ Ihr Vater wollte nach ihr greifen, doch sie wich ihm aus und rannte hinaus. Brocs selbstzufriedenes Gekicher verfolgte sie durch den ganzen leeren Korridor.

Kinder und Hühner stoben auseinander, während Catriona über den Hof hin zum Haupttor stürmte. Als sie die Mauern der Burg hinter sich gelassen hatte, breitete sich vor ihr Loch Assynt in all seiner frühwinterlichen Pracht aus. Am gegenüberliegenden Ufer erhoben sich die schneebedeckten Spitzen des Quinag und spiegelten sich im See. Als Catriona sich dem steinigen Ufer näherte, ging sie langsamer. Am Rand hatte sich Eis gebildet, und auch die Felsen, die aus den dunklen Wassertiefen ragten, trugen eine dicke eisige Kappe.

Eine für Dezember zwar milde, aber doch kalte Brise zerrte an ihrem ruinierten Gewand. Zitternd schlang Catriona die Arme um sich. Hätte sie sich doch bloß die Zeit genommen und ihren Umhang geholt, ehe sie einfach nach draußen gelaufen war. Der Winter hielt Einzug, und ihr wurde klar, dass man diesen verhängnisvollen Versuch, sie zu verheiraten, gar nicht besser hätte planen können. Bald würde der Schnee von den Bergen bis hinunter in die Täler reichen. Jeder in den Highlands würde sich vor dem Winter in den Hütten verkriechen. Dort würden sie während der langen, dunklen Monate ausharren und auf Beginn des Tauwetters warten, wenn es langsam wieder wärmer würde. Erst dann würde man sich wieder aus den sicheren Behausungen trauen.

Sie blickte zum Quinag hinauf. Scharf hob sich seine weiße Spitze gegen den kristallklaren blauen Himmel ab. Catriona liebte diesen Anblick, diesen friedlichen Flecken, wo sie nicht vor den ständigen Feindseligkeiten ihrer Brüder auf der Hut sein musste.

Sicher war diese Heirat Brocs Einfall gewesen. Er war derjenige, der sie am liebsten los sein wollte. Und wie konnte er das besser erreichen, als wenn er sie gerade jetzt verheiratete, wo der Winter vor der Tür stand, der sie bald vom Rest der Welt abschneiden würde? Monatelang gäbe es für sie keine Hoffnung, nach Hause zurückzukehren. Nicht, dass sie irgendeinen Grund gehabt hätte zurückzukehren, außer dem einen, Broc das Leben zur Hölle zu machen. Es war nicht zu übersehen, dass sie hier keiner haben wollte. In ihr vermischten sich Ärger, Zorn und das schmerzliche Gefühl, allein inmitten dieser Horde von Männern zu sein. Nicht zum ersten Mal wünschte sie sich eine Schwester, eine Mutter, vielleicht auch eine Tante. Sie brauchte eine Verbündete.

Catriona hob einen weiß gefleckten Stein auf und ließ das Eis auf ihm an ihrer vom Zorn erhitzten Haut schmelzen. Verdammt sollten sie alle sein, Brüder, Vater, einfach jeder, dachte sie, während sie auf einen der eisigen Felsen weit draußen im Loch zielte. Sie ließ den Stein fliegen und traf ihr Ziel so hart, dass dessen Eiskruste zersprang.

„Kann ich zu dir kommen, oder bin ich der Nächste, den du mit Steinen bewirfst?“

Sie drehte sich um und starrte Ailig wütend an. Sein sandfarbenes Haar hing in dünnen Wellen um sein ernstes Gesicht. Seine Augen waren von einem so hellen Blau, dass sie manchmal silbern aussahen, so wie jetzt. Er trug ein verschossenes blaues Plaid über nackten Beinen, doch wegen der Kälte hatte er seine kurzen Lederstiefel angezogen.

Dieser jüngste Bruder, nur zwei Jahre älter als sie mit ihren neunzehn Jahren, war der tapferste von allen. Auch wenn Broc es genoss, ihren Zorn zu wecken, so war Ailig der Einzige, der es je wagte, sich ihr zu nähern, wenn sie schon wütend war.

„Wirst du?“, fragte er.

„Was? Oh, dich mit Steinen bewerfen?“ Sie schüttelte den Kopf und wandte sich wieder dem Loch zu. „Du bist vor mir sicher. Aber hier sind jede Menge Steine zur Hand, sollte ich sie benötigen.“

„Die Warnung ist angekommen. Ich dachte mir, du könntest das hier brauchen.“ Er legte ihr einen Mantel um die Schultern.

Ailigs ruhige Stimme hob sich gegen Brocs herablassenden Ton genauso scharf ab wie die Bergspitze gegen den Himmel. Am liebsten hätte Catriona sich ihm in die Arme geworfen, hätte sich von ihm trösten lassen, wie er es damals getan hatte, als sie noch Kinder waren. Um sie die Sticheleien ihres älteren Bruders vergessen zu lassen, hatte er ihr Geschichten über seine Tage in Edinburgh erzählt. Doch schon vor langer Zeit hatte sie sich geschworen, nie wieder Schwäche zu zeigen, vor keinem von ihnen, nicht einmal vor Ailig. Sie zog den Mantel enger um sich und wandte sich wieder dem See zu. „Der Schnee zieht sich heute Morgen tiefer über die Hänge herab“, sagte er. „Nicht lang, und er füllt die Täler.“

„Deswegen geschieht es jetzt, nicht wahr? Weil der Winter vor der Tür steht.“

Ailig nickte. „Zweifellos.“ Er legte ihr den Arm um die Schultern und zog sie an sich. „Wenn ich davon gewusst hätte, hätte ich die Nachricht nicht vor dir verborgen.“

Catriona zuckte die Achseln. Sie durfte jetzt nichts sagen, oder sie würde dem zarten Gefühl nachgeben, das sie tief in ihrer Seele begraben hatte, wo es sicher war vor jeder Verletzung. Brocs Toben und seine höhnischen Bemerkungen drohten sie nie so aus der Fassung zu bringen wie die sanfte Fürsorge dieses Bruders. Seit zwölf Sommern hatte sie nicht mehr geweint, doch Ailigs schlichte Geste schnürte ihr die Kehle zu und brachte sie fast dazu. Doch sie würde keine Träne vergießen. Sie lehnte den Kopf an seine Schulter und nahm den Trost an, um den sie ihn nie bitten würde.

„Was wirst du tun?“, fragte er nach einiger Zeit.

Wieder stieg die Wut in ihr auf. Sie holte tief Luft und löste sich aus seinen Armen. Sie sog die frische, kalte Luft in sich ein und hüllte sich in ihren Zorn wie in einen schweren Mantel.

„Ich werde das Hundsgesicht MacDonell nicht heiraten. Weder ich noch mein Clan hätten dadurch irgendeinen Vorteil. In Wahrheit hat Broc den einzigen Vorteil, der sich so von mir befreien kann. Und die MacDonells, die von unserer Stärke und unserem Ruf profitieren werden.“

„Aye, so sehe ich das auch.

„Warum erlaubt es Vater dann?“

Ailig zuckte mit den Schultern und stieß einige Steine ins Wasser. Nach einem kurzen Moment drehte er sich zu ihr um. „Ich glaube, Vater ist der ständigen Streitereien zwischen euch beiden und auch Brocs Klagen müde. Du hast dich geweigert, dir selbst einen Ehemann auszusuchen …“

„Keiner war …“

„Ich weiß. Du hast ihm aber auch kaum eine Chance gelassen. Er muss dich mit irgendeinem, den er dazu bringen kann, dich zu nehmen, verheiraten, und zwar noch vor der Sommersonnenwende, denn ab dann liegt es in Brocs Verantwortung.“

Catriona zuckte zusammen. „Also werde ich dafür bestraft, dass ich offen meine Meinung gesagt habe. Glaubst du wirklich, dass das mein Schicksal sein wird?“

„Nein, tue ich nicht. Immer wieder habe ich mit Vater und

den anderen darüber gesprochen. Aber du kennst das ja, sie hören mir genauso wenig zu wie dir."

Sie drehte ihm den Rücken zu. Er sollte nicht merken, wie sehr die Wahrheit seiner Worte sie verletzte. Was ihren Vater und die anderen betraf, waren sie beide wirklich so gut wie unsichtbar. Nun gut, *sie* war jedenfalls nicht völlig unsichtbar, aber nur deshalb, weil sie keinen in Ruhe ließ und Wahrheiten aussprach, die niemand hören wollte. Doch Ailig *war* unsichtbar. Er war still und nachdenklich und hatte keine Lust, sich mit den anderen zu raufen. Weder gesehen noch wahrgenommen zu werden bedeutete schon ein Unglück. Es machte einen verbittert und wütend. Immerhin schien Ailig es besser ertragen zu können als sie.

Als sie ihre Stimme wieder unter Kontrolle hatte, sah sie ihn erneut an. „Was war das denn für ein Ratschlag, dem sie keine Beachtung schenkten?"

Sie sah, wie er seine Worte sorgsam bedachte, überlegte, wie er ihr auf die netteste Art etwas sagen konnte, von dem er wusste, dass es ihre Wut wecken würde. Selbst Ailig war hin und wieder nicht ganz immun gegen ihre spitze Zunge.

„Sprich, Bruder."

„Nun gut. Ich schlug vor, sie sollten ein Kloster aussuchen, das dich aufnehmen würde, oder sie sollten in einem weit entfernten Clan nach einem Gatten für dich suchen, der nichts von ... von deinem Ruf weiß."

„Du würdest mich also auch zu irgendwelchen Fremden stecken."

„Aye, aber nur zu deinem Besten, nicht dem von Broc. Vielleicht würdest du glücklich an einem Ort, wo du neu anfangen könntest, wo man dich vielleicht schätzen lernen würde, ganz unabhängig von deiner Zugehörigkeit zu unserem Clan. Einem Ort, wo du noch einmal von vorne anfangen könntest."

„Ich brauche nicht von vorne anzufangen. Das hier ist mein Heim, und ich werde Broc nicht die Freude machen, es einfach so zu verlassen."

Ailig schüttelte den Kopf. „Nein, aber du wirst es deines eigenen Stolzes wegen verlassen."

„Nein!"

„Doch, Mädchen. Du kämpfst so wild gegen Broc, dass du nur daran denkst, wie du ihm den größten Kummer bereiten kannst. Denke doch einmal daran, was für dich das Beste ist. Ist es hierzubleiben, bis man dich zwingt, das Hundsgesicht zu heiraten? Wenn du dich weigerst, einen anderen Weg einzuschlagen, wirst du ihn heiraten müssen. Und weder du noch der Clan werden davon einen Nutzen haben. Wenn du selbst deine Entscheidung triffst, was für eine Bedeutung hat es dann, wenn sie auch Broc in den Kram passt."

„Was faselst du da für einen Unsinn zusammen?"

„Ich bitte dich nur, einmal etwas weiter zu blicken und nicht nur daran zu denken, wie du unseren Bruder reizen kannst. Ich bitte dich, mal deinen Kopf zu benutzen. Wie kannst du einen Vorteil aus dieser ganzen Geschichte ziehen? Wenn dir das nicht gelingt, wird man dich mit dem Hundsgesicht verheiraten. In einer Woche wird die Heirat verkündet werden. Drei Tage später hat Broc gewonnen – und du hast alles verloren, was du dir vielleicht für dieses Leben gewünscht hast."

Ailig trat erneut dicht an sie heran, umfasste ihre Schultern und zwang sie, ihn anzusehen. „Schwester, deine scharfe Zunge wirkt auf die meisten, die dich kennen, wie ein Funke auf trockenem Zunder. Unterschätze Duff MacDonell nicht. Er gehört nicht zu denen, die sich von irgendjemandem scharfzüngige Reden gefallen lassen, und wird sich als Revanche bestimmt nicht mit den belanglosen Streichen von Brüdern begnügen. Bei dem habe ich mehr Angst als nur um dein Glück."

„Mach dir keine Sorgen. Ich werde ihn nicht heiraten – noch irgendeinen anderen MacDonell. Ailig, du erinnerst dich doch …"

„Aye, Catriona, aber du selbst bist an allem schuld. Hast die paar Burschen, die es wagten, um deine Hand zu bitten, abgelehnt. Vater ist verzweifelt, und Broc drängt ihn jetzt, dich aus Assynt fortzuschaffen."

„Aber es gibt doch noch andere, die ich heiraten könnte. Wir haben Verbündete, die Söhne haben. Einer von ihnen wird sicher ..."

„Glaubst du wirklich, Vater würde ein Bündnis aufs Spiel setzen, indem er dich mitten in einen befreundeten Clan schickt?" Er schüttelte sie an den Schultern, bevor er sie losließ und einen Schritt zurücktrat. „Jetzt weißt du selbst nicht mehr, was du sagen sollst. Wenn du doch nur endlich einmal innehalten und zuerst denken würdest, bevor du sprichst. Dann gäbe es vielleicht noch eine Chance für dich, glücklich zu werden."

„Ich denke ja."

„Schon, aber immer erst, wenn der Ärger schon da ist und man ihn nicht mehr gutmachen kann. Du hast ein gutes Herz, Catriona. Doch es ist nicht stark genug, um dein Mundwerk in Zaum zu halten. Nein, Vater kann es nicht riskieren, dass ein Freund diesem Mundwerk ausgeliefert wird."

Catriona wusste nicht, was sie darauf antworten sollte. Ailig hatte schon in vielem die Wahrheit gesprochen. Warum sollte er, was sie betraf, weniger wahr reden?

Er trat zu ihr, nahm sie in die Arme und drückte einen leichten Kuss auf ihre Stirn. „Denke nach, Catriona. Denke nach. In einer Woche werden die MacDonells hier sein. Du musst dich entscheiden, was du zuvor tun willst. Deine Zukunft hängt davon ab, und du hast nicht viel Zeit."

„Das hat Broc ja fein eingefädelt." Sie sah in die hellen blauen Augen ihres Bruders. „Für jeden hier wäre es besser, wenn du der Älteste wärst."

Ailig lächelte sie traurig an. „Ich bin es aber nicht. Nur wenn ein Befehl vom König käme, würde man mich hier als Führer dieses oder eines anderen Clans sehen."

Catrionas Kopf fuhr hoch. Natürlich! „Dann beschaff dir einen."

„Was?"

„Beschaff dir den Befehl des Königs. Du kennst doch seine Brüder gut, nicht wahr? Du selbst hast mir erzählt, wie du in Edinburgh die Zeit mit ihnen verbracht hast."

„Das waren doch nur Geschichten. Ich habe dort ..."

„Und wenn du jetzt zu König Robert gehst und ihm erklärst, dass du der einzige Bruder bist, der die Fähigkeit hat ..."

„Das werde ich nicht." Der ungewohnt harte Ton in seiner Stimme ließ sie innehalten, zwang sie, ihn genau anzusehen. „Ich werde nicht zum König gehen und so etwas sagen. Ich bin den MacLeods und Assynt verpflichtet. Was ist deine Pflicht, Catriona? Was ist in dieser Angelegenheit das Beste für den Clan?"

Erschrocken über die Kälte in seiner Stimme, das harte Funkeln seiner Augen, konnte sie ihm nur nachstarren, als er sich jetzt umdrehte und zurück zur Burg schritt.

Noch lange nachdem Ailig gegangen war, stand Catriona am See und versuchte nachzudenken, nicht in Panik zu verfallen. Sie versuchte zu verstehen, was ihr Bruder ihr zu tun geraten hatte und warum er die Lösung ihrer beider Probleme, die doch so einleuchtend erschien, ablehnte. Immer würde Ailig das sagen, was man erwartete, doch auch das, was erst im Nachhinein zu verstehen war. Wo Catriona der Herausforderung ihrer anderen Brüder und jedem Zusammenstoß mit ihrem gleichgültigen Vater mit Zorn und scharfen Worten begegnete, hielt Ailig sich aus allem Streit heraus und drängte sie doch alle auf den Weg, den er für den besten hielt. Es genügte ein Wort hier, eine vorsichtige Äußerung da, und manchmal genügte schon sein Schweigen. Doch dieses Mal hatte er nicht geschwiegen. Noch hatte er sich vorsichtig ausgedrückt.

Ihr Leben war vorbei, und es schadete sicherlich dem Clan,

wenn es ihr nicht gelang, die Meinung ihres Vaters zu ändern. Sie wünschte sich weder das eine noch das andere, und sie hatte herzlich wenig Zeit, um eine Katastrophe zu verhindern. Sie durfte nicht zusehen, wie die MacDonells die MacLeods mit sich in den Sumpf hinunterzogen, der das Los der MacDonells hier auf Erden war. Von ihrer Seite gesehen war diese Loyalität sicher nicht angebracht, doch sie musste tun, was das Beste für ihren Clan war. Sie war die Tochter des Chiefs, und trotz des Ärgers mit ihren Brüdern hatte sie die Pflicht – es war immer ihre Pflicht gewesen –, ihren Clan zu schützen. Selbst wenn das wie in diesem außergewöhnlichen Fall bedeutete, dass sie ihn vor Broc schützen musste, ihrem zukünftigen Chief.

Verdammte Narren!

Aber was sollte sie tun? Sie brauchte einen Plan.

Sie konnte einen anderen Gatten finden und die Hochzeit verkünden, bevor das Hundsgesicht eingetroffen war. Sie schüttelte den Kopf. Selbst wenn es einen geben sollte, mit dem sie selbst sich eine Ehe vorstellen konnte, wollte doch keiner der Burschen, die sie kannte, etwas mit ihr zu tun haben. Innerhalb eines Tagesritts von Assynt gab es keinen, dem je der Gedanken gekommen wäre, sie zu heiraten.

Und auch keinen, mit dem sie sich eine Heirat vorstellen konnte, selbst wenn es um das Wohl des Clans ging.

Blieben also nur noch ein Kloster und ein frommes Leben. Armut, Keuschheit und Gehorsam. Ihr schauderte. Für so ein Leben war sie nicht geschaffen, und das wusste sie auch. Die Armut würde ihr nichts ausmachen, doch sie wünschte sich eines Tages Kinder – ein kleines Lebewesen, das sie nur um ihrer selbst lieben würde. Und Gehorsam? Das war nun wirklich nicht ihre Stärke. Und wenn sie nicht gehorchen konnte? Bei Broc wusste sie wenigstens, was sie als Vergeltung zu erwarten hatte. Und sie hatte ihre eigene Art, damit umzugehen. Die Vergeltung in einem Haus Gottes wäre ganz was anderes, und sie verspürte keine Lust, sie kennenzulernen. Nein, das spartanische Leben einer Nonne war ganz und gar nicht nach ihrem Geschmack, besonders da dann niemand mehr da wäre, um Broc wegen seiner abgrundtiefen Dummheit zu kontrollieren. Nein, sie wurde hier so lange gebraucht, wie Broc und die Schafsgesichter die Verantwortung hatten.

Was also tun? Heirat oder Kloster, das war die einzige Wahl, die eine Frau hatte, außer sie war eine der wenigen tief im Wald allein lebenden Kräuterhexen. Catriona drehte sich um und sah hinauf zu dem wuchtigen grauen Gemäuer von Assynt Castle. Wenn ihre Familie sie auch noch so ärgerte, der Gedanke, für immer allein leben zu müssen, nicht nur einsam, sondern wirklich allein, ließ sie erbeben. Sie wollte nicht ohne die Gesellschaft von Menschen sein – selbst die MacDonells waren noch besser als das … vielleicht. Aber der Clan …

Catriona war wie gelähmt, während sich in ihrem Kopf die Gedanken drehten und wanden wie Schlangen in einem Korb – genauso grässlich.

Es gab kein Entrinnen. Kein Ausweg fiel ihr ein, bei dem ihr nicht schauderte. Eine Heirat mit dem Hundsgesicht oder ein Leben im Kloster. Und sie hatte niemanden, den sie um Hilfe bitten konnte, niemanden, der ihr auch nur eine Sekunde lang Mitleid entgegenbrachte. Das Einzige, das sie tun konnte, war, sich so schrecklich, so abscheulich, so entsetzlich widerspenstig zu benehmen, dass das Hundsgesicht seine Meinung ändern und keine Lust mehr haben würde, sie zu heiraten. Doch der Gedanke, ihm Angesicht zu Angesicht gegenüberzutreten, ließ sie zittern. Und diese Schwäche machte sie wütend. Sie umklammerte ihre Hände, damit sie nicht so stark bebten. Nein, sie würde sich ihm nicht stellen.

Die Wut kochte in ihren Adern, erhitzte sie, bis sie mit großen, schnellen Schritten den Strand entlangstürmte, auf der Suche nach etwas, das sie werfen konnte, etwas, womit sie ihre Brüder und ihren Vater genauso verletzen konnte, wie sie verletzt sein würde, wenn man sie in die Arme des Hundsgesichts

MacDonell stieß. Sie konnte sich ihm nicht hingeben. Und sie würde es auch nicht.

Eher würde sie sterben als Assynt mit dem Hundsgesicht verlassen – oder er würde sterben. Irgendeinen Weg musste es doch geben …

Plötzlich hatte sie einen Einfall, der sie mit Hoffnung und Furcht zugleich erfüllte. Doch es blieb ihr keine andere Wahl. Sie durfte nicht in Assynt sein, wenn das Hundsgesicht ankam. Wenn sie dafür sorgte, dass sie – für einige Zeit – aus ihrem Heim verschwand, konnte sie Broc und dem Hundsgesicht einen Strich durch die Rechnung machen. Eine Erinnerung an längst vergangene Zeit kam ihr wieder in den Sinn. Sie hatte sich so sehr nach einer Schwester oder Mutter gesehnt, doch sie hatte weder Schwester noch Mutter. Aber sie hatte eine Tante, die Schwester ihrer Mutter. Sie lebte irgendwo in einem Dorf nahe der Küste. Als Catriona noch klein gewesen war, war sie einmal, bevor ihre Mutter starb, zu ihr gereist. Bis zum Meer war es nicht weit. Sie waren Verwandte. Wenn Catriona ihre Tante um Gastfreundschaft bat, konnte die nicht ablehnen. Sie musste nur früh am Morgen aufbrechen und würde vor Anbruch der Nacht dort sein. Keiner käme auf den Gedanken, sie dort zu suchen.

Zufrieden, doch noch eine vorübergehende Lösung gefunden zu haben, genoss sie noch einmal das Bild der vor ihr liegenden Landschaft. Sie würde gehen, aus eigenem Entschluss, wie Ailig es ihr geraten hatte. Und alles würde gut werden.

Denn wenn sie hierblieb, hatte sie keine andere Wahl, als das Hundsgesicht im Schlaf zu erdolchen.

Tayg Munro saß auf einem wackeligen dreibeinigen Stuhl im großen Rittersaal von Dun Donell Castle, den Rücken angenehm nahe am warmen Feuer, die flache Trommel auf den Schenkel gestützt, und lächelte der kleinen Gruppe zu, die sich um ihn versammelt hatte.

Es hatte ihn drei harte Tage gekostet hierherzukommen. Das Wetter war klar geblieben, wenn auch kalt, sonst hätte er noch länger gebraucht. Die erste Nacht hatte er im Dorf der MacKensies verbracht. Es war kein angenehmer Aufenthalt gewesen, denn man kannte ihn dort und begrüßte ihn als einen Helden. Er hatte sich so benommen, wie es auch Rob getan hätte. Er war sogar froh gewesen, dass er das tun musste, denn viele Mädchen, einige davon noch viel zu jung zum Heiraten, hatten ihm immer wieder Getränke aufgedrängt. Einige hatten ihm auch noch anderes angeboten als nur Bier und Wein. Keines dieser Mädchen wusste mehr über ihn, als dass er der Tayg aus den Liedern und Geschichten war, die die Barden und *seanachean* verbreiteten. Und dass er bald Chief der Munros sein würde und ein hübsches Gesicht hatte. *Nichts* wussten sie von ihm.

Erleichtert war er wieder aufgebrochen und, ohne sich irgendwo aufzuhalten, weitergezogen, bis er ein anderes Dorf erreichte, in dem er wieder eine unangenehme Nacht verbrachte. Diesmal aber aus anderen Gründen. Er hatte seine neu gefundene Anonymität genossen, doch sein erster Auftritt als Barde war gar nicht gut verlaufen. Noch vor Sonnenaufgang hatte er sich davongemacht. Von da aus war er zügig nach Dun Donell geritten. Er wollte seine Aufgabe so rasch wie möglich hinter sich bringen, damit er danach in Ruhe durch die Highlands ziehen konnte.

Kurz nach dem frühen Sonnenuntergang war er heil auf der Burg angekommen. Um nicht das Risiko einzugehen, doch noch erkannt zu werden, nahm er sich vor, nur eine Nacht zu bleiben.

Zuerst einmal musste er sich aber als ein besserer Barde zeigen. So leicht, wie er es sich vorgestellt hatte, war das nämlich nicht. Die Leute hatten ihre Erwartungen, und im letzten Dorf waren die sicherlich nicht erfüllt worden. Zum Glück hatte er sich dank seines natürlichen Charmes durch den Abend schwindeln können. Dieses Mal hatte er eine bessere Idee von dem, was er tun musste.

Zuerst würde er eine alte Ballade singen, etwas Melancholisches, das die, die ihn umringten, kannten. Dann würde er ein oder zwei Geschichten erzählen. Er konnte nächtelang Geschichten erzählen. Es war das Singen und Spielen, das ihm Schwierigkeiten bereitete. Nach den Geschichten würde er ein weiteres, etwas lebhafteres Lied vortragen und dann zu den Neuigkeiten und dem Klatsch und Tratsch übergehen. Wenn er es richtig anstellte, würden ein paar Lieder genügen, um ihn über den Abend zu retten – und keines davon würde von Tayg of Culrain handeln.

Also, auf denn! Er trank sich mit einem langen Zug aus seinem Bierhumpen Mut an und begann, den Rhythmus auf der Trommel zu schlagen. Als er glaubte, es gut genug zu können, um jetzt auch noch eine Melodie hinzuzufügen, begann er, leise vor sich hin zu summen. Vielleicht konnte er ja seine immer größer werdende Zuhörerschaft dazu animieren mitzusingen, damit nicht seine Stimme allein das Lied vortragen musste. Er summte ein wenig lauter, doch keiner stimmte ein.

Als er merkte, dass er das Singen nicht länger hinauszögern konnte, fing er mit der traurigen Ballade an und erkannte sofort, dass er die Trommel viel zu schnell schlug. Während er das Tempo verlangsamte und sich dabei prompt im Text verhedderte, entging ihm nicht die Verwunderung auf den Gesichtern einiger Zuhörer. Ein Kind kicherte, und Tayg spürte, wie seine Wangen heiß wurden. Was hatte er sich bei diesem Einfall nur gedacht?

Wieder stolperte er über die Worte und kam völlig aus dem Takt. Er riss sich zusammen, konzentrierte sich auf das Lied und brachte es rasch zu Ende. Er nahm noch einen großen Schluck Bier.

„Wie ihr seht, bin ich kein großer Sänger", gab er offen zu. Vereinzeltes Gelächter war zu hören, und Tayg versuchte, sich nicht darüber zu ärgern. „Doch ich bin ein ausgezeichneter Geschichtenerzähler. Ich könnte es mit dem des Königs aufnehmen." Er grinste ein neben sich sitzendes Mädchen an und wurde mit einem Grübchenlächeln belohnt.

„Was für eine Geschichte wirst du uns erzählen?", meinte es.

„Nun, was für Geschichten möchtet ihr denn hören?", erwiderte er und blickte die Menge fragend an.

„Eine mit Monstern und viel Blut!", brüllte ein Bursche mit schmutzigem Gesicht und verfilztem blonden Haarwust.

„So, du willst also etwas von den Engländern hören und von Langbein, ihrem teuren verstorbenen König?"

Ein lauter Chor von Buhs und wütendem Zischen folgte seinen Worten.

„Eine Geschichte von Krieg und Sieg!", schrie einer.

„Eine Liebesgeschichte!", kreischte ein Mädchen von der anderen Seite des Kreises.

„Ah, da habe ich genau das Richtige", meinte Tayg, eifrig bemüht, jedem Lied, das man vielleicht vorschlagen könnte, aus dem Weg zu gehen. „Und es ist auch noch eine wahre Begebenheit. Habt ihr je die Geschichte von dem wahnsinnigen Chief und dem blonden Heiler gehört? Nein? Nun denn, kommt näher, und ich werde euch von dem bösen Treiben drunten in Kilmartin erzählen."

Tayg begann mit einer Geschichte, die er letzten Winter kurz nach der wunderbaren Genesung König Roberts gehört hatte. Und er tat sein Bestes, die Liebesgeschichte mit so viel Intrigen und Gräueln auszuschmücken, wie er nur konnte. Als er geendet hatte, applaudierten seine Zuhörer und verlangten nach mehr. Also erzählte er die Geschichte eines Mannes, der aus dem Nebel der Zeiten kam, um seine Geliebte für sich zu fordern. In der Legende wimmelte es nur so von Schwertkämpfen und Wundern, und bis zum Ende, wo der Böse in ein loderndes Feuer geworfen wurde, hielt Tayg die Menge in seinem

Bann. Dieses Mal ließen ihn alle im Chor hochleben, und er war sehr zufrieden mit sich. Vielleicht war das alles doch nicht so schwer.

„Erzähl uns noch eine Geschichte, Barde."

„Aye, gleich. Doch jetzt bin ich zuerst einmal hungrig. Der Duft, der von diesen Platten dort aufsteigt, ist zu verführerisch."

Alle blickten sich um und staunten, dass das Essen bereits aufgetragen worden war, ohne dass sie es bemerkt hatten. Jeder stimmte ihm zu und drängte zu seinem Platz. Vorsichtig stellte Tayg die Trommel neben dem Stuhl auf den Boden und schlenderte dann gemächlich zu einem Tisch, von wo aus er während des Essens den ganzen Saal überblicken konnte. Er setzte sich zwischen zwei hübsche Mädchen, das eine blond, das andere braun. Beide fingen an zu kichern, als er ihnen zulächelte. Gerade als er nach der Platte mit den kleinen Pasteten griff, wurde es in der großen Halle still.

Tayg blickte rechtzeitig auf, um zu sehen, dass der Chief am anderen Ende des Saals seinen Platz am Kopf der Tafel einnahm. Duff MacDonell war ein großer, hässlicher Mann. Sein Gesicht war pockennarbig, und das glatte braune Haar hing ihm über die fast farblosen Augen. Seine Nase war so lang, dass es beinahe aussah, als würde sie seinen Mund in das vorspringende Kinn drücken.

Sein Charakter passte zu seinem Aussehen.

Gleich nachdem Tayg angekommen war, hatte er dem Chief die Botschaft des Earls übermittelt. Seltsamerweise schien Duff sich über die Aufforderung, zur Begrüßung vor dem König zu erscheinen, zu freuen. Solch eine Reaktion hatte Tayg ganz und gar nicht erwartet.

Duff MacDonell war als größenwahnsinniger Unruhestifter bekannt. Er war ein Tyrann und sein Clan deswegen unbeliebt. Irgendetwas stimmte hier nicht. Vielleicht war es das merkwürdige Leuchten, das in Duffs Augen lag, während Tayg die Botschaft vorgetragen hatte. Oder die Art, wie der junge Chief ihm befahl, auf eine Antwort zu warten und sie dann nach Assynt zu bringen. Er hatte überhaupt nicht gefragt, ob Tayg dazu verpflichtet war.

Gut möglich aber, dass er den Mann ganz einfach nicht mochte.

Tayg verdrängte das sonderbare Gefühl und wandte sein Interesse wieder dem vor ihm stehenden Essen zu. Eine Minute später erfüllte schon wieder das Summen leise geführter Gespräche die Luft.

„Weißt du schon, dass er bald dieses zänkische Weib hierher bringen wird, damit sie bei uns lebt?“, sagte seine Tischnachbarin zur Rechten.

„Ein zänkisches Weib?“ Tayg blickte die Blonde bewundernd an und überlegte, wie groß wohl seine Chancen waren, später ein kleines Abenteuer mit ihr zu haben.

„Aye, er wird doch das böse Weib von Assynt heiraten. Und dann bringt er sie hierher nach Dun Donell. Man sagt, sie sei genauso hässlich wie Duff und zwei Mal so niederträchtig.“

„Warum will er dann so ein Mädchen heiraten? Wohl kaum aus Liebe, nicht wahr?“

„Oh nein“, sagte das braunhaarige Mädchen zu seiner Linken. „Unser Duff hat einen Plan. Diese Kratzbürste hat fünf Brüder, und ihr Vater ist ein naher Verwandter der MacLeods of Lewes, die einen Großteil der Insel und der Küste beherrschen. Duff will uns mit ihnen verbünden.“

Tayg kaute eine Zeit lang an einem zartem Stück Wildbret. Mit einem Mal wurde ihm klar, was diese Allianz bedeutete.

„Dann hat euer Chief kein großes Vertrauen in König Roberts Sache?“ Vielleicht ahnte der König gar nicht, wie richtig es war, dem MacDonell zu befehlen, in Dingwall zu erscheinen und der Krone die Treue zu schwören? Oder war es bereits zu spät?

Die Braunhaarige zuckte die Achseln. „Das weiß ich nicht,

und es interessiert mich auch nicht, was für Bündnisse durch die Heirat entstehen. Es sind die Frauen des Clans, die die meiste Zeit mit dem bösen Weib zusammenleben müssen. Es sind die Frauen des Clans, die ihr beibringen müssen, sich anständig zu benehmen, wenn sie nicht möchte, dass man sie raus aufs Meer bringt und sie dort auf einem Felsen zurücklässt, wo sie dann ertrinken mag."

Tayg grinste. „Ich beneide die Frau nicht um die Zeit hier unter euch."

„Ich beneide sie ebenso wenig um die Hochzeit mit Duff", erwiderte das Mädchen. „Netta hier", sie deutete mit dem Kopf auf seine blonde Tischnachbarin, „hat gehofft, ihn zu heiraten. Aber was mich betrifft ..." Sie hakte sich bei ihm unter und schmiegte sich so eng an ihn, dass er ihre weichen Brüste fühlte. „... ich ziehe einen hübscheren Mann vor." Sie schenkte ihm ein breites Lächeln und klimperte mit den Wimpern.

Tayg grinste zurück und warf einen Blick auf die blonde Netta. Eine dicke Träne quoll unter ihren Wimpern hervor und lief hübsch langsam die Wange hinunter. Vor langer Zeit schon hatte Tayg gelernt, dass viele Mädchen auf Kommando weinen konnten, wenn sie es für angebracht hielten. Er kannte dieses Spiel, doch er war bereit mitzuspielen. Vielleicht erfuhr er so mehr über seinen Gastgeber, dem der König allem Anschein nach mit Recht misstraute. Er wischte dem Mädchen die Träne fort und rückte ein wenig näher.

Während er mit den Lippen ihr Ohr liebkoste, murmelte er: „Dieser Lümmel verdient dich gar nicht."

Sie machte große Augen, und schon war das Lächeln wieder da. Vergnügt grinste er sie an und ließ die Augenbrauen spielen, was ihm ein leises Lachen von ihr einbrachte.

„Willst du uns noch eine Geschichte erzählen?", fragte das andere Mädchen, seine Aufmerksamkeit wieder auf sich ziehend.

„Das werde ich, sobald ich dieses köstliche Wildbret aufgegessen habe.“ Er machte ein Zeichen, man solle ihm den Bierkrug nachfüllen, und aß dann schnell zu Ende. Auch wenn er nicht heiraten wollte, würde höchstwahrscheinlich heute Nacht eines dieser hübschen Mädchen ihm das Bett wärmen. Und wenn er dabei etwas erfuhr, das dem König von Nutzen sein konnte, so war es seine Zeit doppelt wert. Vielleicht sollte er den Aufenthalt auf Dun Donell doch nicht so schnell beenden.

Als Tayg mit seinem Mahl fertig war, kehrte er zu seinem Stuhl am Feuer zurück. Seine beiden Tischnachbarinnen folgten ihm auf dem Fuß und eroberten sich Plätze, von wo aus niemand Tayg den Blick auf ihre Reize verstellen konnte. Er wärmte sich die Hände, lächelte den beiden Mädchen zu und griff dann wieder nach seiner Trommel. Ruhig begann er, einen Rhythmus zu schlagen, und sang ein paar einfache Lieder, die er kannte, seit er ein kleiner Junge gewesen war. Der Lärm derer, die immer noch beim Essen waren, übertönte seine Fehler und gab ihm das Gefühl, unauffällig im Hintergrund bleiben zu können. Er entspannte sich ein wenig.

Langsam kamen immer mehr Leute, setzten sich um ihn herum und hörten ihm zu, während sie sich dabei auch noch leise mit ihren Nachbarn unterhielten. Er zwinkerte Netta und dem anderen Mädchen zu und ließ dann den Blick über die freundlichen Gesichter wandern. Während er immer gelassener wurde, entdeckte er, dass es ihm jetzt auch leichtfiel, die Melodie mit dem Rhythmus der Trommel zu verknüpfen, statt wildes Durcheinander zu fabrizieren. Als er sein Lied beendet hatte, griff er nach dem Humpen. Er nahm einen langen Zug und beobachtete über den Rand, wie sein Gastgeber durch die Menge auf ihn zukam.

Er verspürte keine große Lust auf ein erneutes Gespräch mit dem Mann. Wie es schien, würde es sich aber nicht vermeiden lassen.

Tayg setzte seinen Krug ab, stellte sich wieder die Trommel auf den Schenkel und war bereit, das nächste Lied zu singen.

Doch so weit kam es nicht.

„Komm mit“, sagte Duff und packte ihn beim Ellenbogen. Dabei hätte er fast die Trommel zu Boden geworfen.

Tayg schüttelte die Hand des Mannes ab und lehnte das Instrument vorsichtig wieder gegen den Stuhl. Dann wandte er sich seinen Zuhörern zu und verbeugte sich tief, so wie er es bei vielen Barden beobachtet hatte. „Ich werde bald zurück sein, um euch zu unterhalten“, sagte er mit einem bedeutungsvollen Blick auf den Chief.

Der Mann schnaubte kurz und ging ihm durch die Menge voran, hin zu einem verlassenen Tisch in einer dunklen Ecke des Saals.

„Bring dies hier nach Assynt“, sagte er und schob ihm ein zusammengefaltetes Pergament zu.

Tayg nahm es und drehte es um. Auf der anderen Seite war aber kein Siegel, das den Verfasser des Dokuments nannte. Nur ein dicker, unsignierter grauer Wachsklecks.

„Wollt Ihr mir sagen, was es enthält, damit ich es in Assynt wiederholen kann?“

„Nein. Das ist ... vertraulich. Eine Nachricht für meine Verlobte. Sieh zu, dass ihr Bruder Broc es erhält. Er wird dafür sorgen, dass man es ihr vorliest.“

Tayg hob die Brauen.

„Sieh zu, dass es erledigt wird“, sagte Duff. „Wenn du im ersten Tageslicht aufbrichst und schnell reitest, kannst du Assynt bei Sonnenuntergang erreichen.“

„Ich dachte, ich könnte ein oder zwei Tage hierbleiben.“ Er betrachtete das Gesicht des Chiefs und erkannte, dass hier ein Mann vor ihm stand, der keinen Widerspruch duldete. Entweder man tat, was er wollte, oder man hatte die Konsequenzen zu tragen. Tayg hatte bei solchen Männern im Dienst gestanden und wenig übrig für diese Art Mensch.

„In der Früh wirst du aufbrechen.“

„Aber ... ich habe so meine Gründe ... um länger hierzubleiben", sagte Tayg mit frechem Grinsen. Wenn da nicht seine beiden hübschen Tischnachbarinnen gewesen wären, hätte er keinen Wert darauf gelegt, auch nur eine Nacht hier zu verbringen. Aber er konnte es sich nicht verkneifen, Duff ein wenig zu kitzeln. Er mochte es nicht, von diesem Mann herumkommandiert zu werden.

„In der Früh wirst du aufbrechen. Solltest du nach dem Morgenmahl noch hier sein, bist du nicht willkommen."

Tayg betrachtete wieder das Pergament in seiner Hand. Aus dem, was die Mädchen erzählt hatten, schloss er, dass das hier kein Liebesbrief war. Sein Verstand arbeitete schnell. Dieser Mann wusste nicht, dass er lesen konnte. Er vertraute ihm eine Botschaft an, die er dem Bruder seiner Zukünftigen aushändigen sollte. Wenn Tayg nun das Wachssiegel lockern und den Inhalt entziffern könnte ...

„Wie du willst", meinte er und steckte den Brief in den kleinen Lederbeutel, der an seinem Gürtel hing. Er ging rasch fort, um MacDonell keine Gelegenheit zu geben, ihn zu entlassen.

Was war an diesem anderen Clan und seiner Kratzbürste bloß so wichtig? Wieso schlossen sich alle gegen König Robert zusammen? Sobald er das Gebiet dieses elenden Clans verlassen hatte, würde er den Brief lesen, und dann musste er ihn nur noch überbringen. Gab es denn schließlich einen besseren Weg herauszufinden, was die beiden Clans im Schilde führten und ob sie den König und Schottland bedrohten, denn als Barde unter dem Volk zu sitzen und ein, zwei Geschichten zum Besten zu geben?

3. KAPITEL

Catriona führte das Pferd mit dem blau-schwarz schimmernden Fell über den Hof. Es gehörte ihrem mittleren Bruder. Sie hätte ihre Stute genommen, doch das Tier war trächtig, und mit ihm konnte sie weder so weit noch so schnell reiten, wie sie es an diesem Tag musste. Catriona führte nur wenig bei sich, ein Kleid zum Wechseln und genug Proviant für einen Tag. Mehr hätte Verdacht erregt, und das durfte sie nicht riskieren.

Ihr Plan baute auf ihren täglichen Gewohnheiten auf. Also hatte sie das Morgenmahl eingenommen und sich dann ihren alltäglichen Pflichten gewidmet. Wie immer suchte Broc sie auf, um dafür zu sorgen, dass sie sich elend fühlte. Er verhöhnte sie wegen des ihr drohenden Schicksals, was zur Folge hatte – zum Teil auch, weil es zu ihrem Plan passte –, dass alles in einem ihrer üblichen Kräche endete. Jetzt verließ sie die Burg, um sich die Wut von der Seele zu reiten. Zumindest würde jedermann das vermuten. Seit drei Tagen borgte sie sich nun schon Gowans Pferd und ritt, nachdem sie sich zuerst um ihre häuslichen Pflichten gekümmert hatte, für einige Stunden aus. Jeden Tag war sie ein wenig später nach Hause gekommen. Bis lange nach dem Mittagsmahl würde sie heute also keiner zurückerwarten. Bis dahin wäre sie schon nahe beim Dorf ihrer Tante am Meer. Einmal dort angekommen, würde Catriona dafür sorgen, dass die ihr half und sie versteckte, bis das verhasste Hundsgesicht MacDonell aufgab und sich wieder nach Hause trollte. Somit hätte sie den ganzen Winter lang Zeit, ihren Vater davon zu überzeugen, dass nichts Gutes dabei herauskommen würde, wenn er sie mit diesem niederträchtigen Mann verheiratete.

Draußen vor dem Tor stieg sie auf und hielt auf den See zu. Dort würde sie dann von der geplanten Richtung abweichen. Sobald sie außer Sichtweite der Burg war, würde sie einen Bogen schlagen und den richtigen Pfad nehmen. So hoffte sie, jeden, der nach ihr suchen würde, in die Irre zu führen.

Vor ihr breitete sich der See aus. An seinem fernen Ufer erhob sich Quinag. Doch heute war der Himmel grau wie Stahl, und die Spitze des Gebirges lag unter einem schweren Wolkenmantel verborgen. Wie immer hielt sie für einen Augenblick an und bewunderte diesen friedlichen Ort. Aber sie durfte nicht säumen. Bald würde sie wieder in ihr Heim zurückkehren, doch jetzt musste sie weiterreiten und so tun, als wäre es ein Tag wie jeder andere. Sie wendete ihr Pferd und ließ Assynt hinter sich.

Als sie eine Felsnase umrundete, von wo aus die Burg nicht mehr zu sehen war, hieb sie ihrem Pferd die Fersen in die Seiten und stob in rasendem Galopp den Pfad entlang, fort von ihrem Zuhause, fort von ihrer Familie, die schuld daran war, dass sie sich so elend fühlte, und fort von einer Heirat, die für sie auf keinen Fall in Betracht kam. Sie beugte sich über den kraftvollen Hals des Pferdes und gab ihm die Zügel frei. Der kalte Wind zerrte an ihrem Mantel, aber die Freude über ihre Freiheit ließ sie alle Unannehmlichkeiten vergessen. Als sie den Wildwechsel erreichte, den sie gestern entdeckt hatte, führte sie das Pferd dort entlang, umrundete rasch die Burg und kehrte auf den Pfad zurück, der sie zu ihrem Ziel führen sollte. Nicht lange, und sie würde den salzigen Tanggeruch des Meeres riechen. Bald würde sie bei ihrer Tante sein. Ihr Vater, Broc und die Schafsgesichter würden nicht wissen, wohin sie verschwunden war. Dann würden sie dem Hundsgesicht erklären müssen, warum er den weiten Weg gemacht hätte, wo es in Assynt doch nie eine Braut für ihn geben würde.

Dass sie ihre Familie in einer schwierigen Lage zurückgelassen hatte, erfüllte sie mit tiefer Befriedigung. Sie trieb das Pferd an, krallte die Hände in seine Mähne und ließ den Wind ihre Zöpfe lösen. Lange Zeit genoss sie es, wie der kalte Wind ihr in die Wangen biss. Schließlich wurde ihr Pferd von selbst langsamer. Erst als es stehen blieb, merkte sie, dass ihr der Magen knurrte. Sie blickte zum Himmel und versuchte zu erkennen, wie spät es wohl war. Doch der graue Himmel hatte sich so tief über die Landschaft gesenkt, dass er dicht über ihrem Kopf zu hängen schien. Die Sonne lag dahinter verborgen. Die Berge waren in Dämmerung gehüllt, und nur noch die unteren Felshänge waren zu erkennen. Der Wind, von dem sie geglaubt hatte, er käme vom schnellen Reiten, zerrte an ihrem Mantel und ließ ihn wehen, als wollte er ihn hinwegblasen.

Wie weit war sie geritten? Sie entdeckte nichts, das ihr bekannt vorgekommen wäre. Langsam wirbelten immer mehr Schneeflocken im Wind. Sicher hätte sie jetzt schon am Meer sein müssen. Catriona blickte sich um. Bestimmt musste man schon hören können, wie sich die Brandungswellen brüllend gegen die Felsenküste warfen. Vielleicht dämpften die Wolken jeden Laut? Aber der Geruch … Sie schnupperte. Sie hatte nur einmal die Verwandten ihrer Mutter besucht, aber sie erinnerte sich ganz genau an den Geruch der See. Doch der Wind trug nicht den scharfen, klaren Duft nach Salz und Gischt. Er roch nur nach Schnee.

Einen Augenblick lang wurde sie von Angst gepackt, bis sie sich zwang, tief durchzuatmen und klar zu denken. Hatte sie den falschen Weg genommen? Es stimmte schon, sie hatte einen schauderhaften Orientierungssinn. Aber sie hatte doch alles genau geplant. Wenn sie sich nicht so sehr dem Rausch der Freiheit hingegeben hätte, hätte sie vielleicht mehr auf ihre Umgebung geachtet. Vielleicht hatte sie ja nur eine falsche Abzweigung genommen … Aber nein, da war immer noch das Loch. Sie musste nur bis zum Ende des Lochs reiten und dann dem ausgetretenen Pfad bis zur Küste folgen.

Das Pferd rupfte die spärlichen Flechten, die entlang des Weges wuchsen. Sie zog am Zügel und versuchte, seinen Kopf von dem Grünzeug fortzuziehen. Das Tier schüttelte unwillig den Kopf und fraß weiter. Catriona wollte nicht riskieren, auch noch in einen Schneesturm zu kommen. Sie musste einen Unterschlupf finden, und zwar bald. Der Winter war hereingebrochen. Noch einmal holte sie tief Luft und versuchte, ruhig zu bleiben, was allerdings noch nie eine ihrer Stärken gewesen war. Sie hätte umkehren und nach Assynt zurückkehren können. Doch das wollte sie auf keinen Fall. Sie musste weiterreiten und einen schützenden Ort finden. Wenn sie erst einmal vor dem heraufziehenden Sturm in Sicherheit war, würde sie schon herausbekommen, wo sie sich geirrt hatte, und dann auch den Weg zum Meer finden. Doch eines nach dem anderen. Im Augenblick brauchte sie einen Unterschlupf, und den Wolken nach zu schließen, die sich schnell immer tiefer über das Land legten, war es gut, wenn sie ihn bald fand.

Wieder zog sie am Zügel, wieder schnaubte das Pferd und warf den Kopf. Sie stieß ihm in die Flanken, aber es rührte sich nicht.

Der Schnee stach ihr ins Gesicht. Da packte sie die Wut. „Du blödes Tier!“ Sie trat ihm hart in die Seiten und riss gleichzeitig am Zügel. Das Tier reagierte augenblicklich, aber nicht so, wie sie es sich gewünscht hatte.

Catriona flog durch die eisige Luft und landete so hart auf ihrem Hinterteil, dass es ihr den Atem verschlug. Einen Moment lang wurde die Welt um sie herum dunkel. Als sie wieder Luft bekam, stand sie vorsichtig auf und war froh, dass das elende Pferd sie in die niedrigen Hügel aus Moos und toter Heide geworfen hatte statt auf den steinigen Teil des Wegs.

Sie sah zu dem widerspenstigen Tier hin und griff nach dem Zügel. Das Pferd tänzelte rückwärts, bis es knapp außer ihrer Reichweite war. Catriona machte einen Schritt auf das Tier zu. Es wich seitwärts aus. Sie preschte vor. Das Pferd drehte sich um, stürmte davon und verschwand schnell hinter einer Steigung.

Catriona stand da, mitten auf dem Weg, und starrte in die leere Landschaft. Das Pferd hatte sie verlassen.

„Aaaargh!“ All ihre Wut und ihren Zorn legte sie in diesen

Schrei. Dann brüllte sie dem Pferd jedes Schimpfwort hinterher, das sie je aus dem Mund ihrer Brüder gehört hatte, und noch einige dazu, für die ihre Brüder zu fantasielos gewesen waren, um sie sich einfallen zu lassen.

„Das ist aber eine vornehme Sprache, die du da sprichst."

Catriona schrie auf und wirbelte herum. Sie fand sich Auge in Auge mit einem anderen Pferd.

„Wie kannst du es wagen, dich einfach so an mich heranzuschleichen?", fauchte sie und trat einen Schritt zurück, um den Reiter besser sehen zu können.

Das spöttische Lächeln, das um die vollen Lippen des Mannes spielte und in seinen Augen funkelte, wich schnell einem Ausdruck amüsierter Bewunderung, wie Catriona sie noch nie zuvor in den Augen eines Mannes gesehen hatte.

„Brauchst du Hilfe?", fragte er lächelnd und hob fragend die Brauen.

Er war ein schöner Mann, und er saß mit ausgezeichneter Haltung im Sattel. Seine Schultern waren breit, sein braunes Haar dicht und voll, und sein Mund … etwas an diesem Mund ließ ihren Atem stocken und umnebelte ihr den Verstand. Catriona versuchte, etwas zu sagen, doch sie fand keine Worte.

Sie wandte den Blick ab und bemühte sich, ihre verwirrten Gedanken so weit zu ordnen, dass sie etwas anderes herausbrachte als nur ein unartikuliertes Gurgeln.

„Ich tue dir nichts", meinte er.

Sie sah wieder zu ihm auf, doch dieses Mal richtete sie den Blick lieber auf die Ohren seines Pferdes und nicht auf sein faszinierendes Gesicht. „Mein Pferd ist davongelaufen." Sie wunderte sich, dass ihre Stimme so atemlos klang. Das verunsicherte sie noch mehr.

Der bewundernde Ausdruck auf seinem Gesicht wich und machte einer sorgenvollen Miene Platz. „Bist du verletzt? Soll ich dich nach Hause bringen? Da du allein bist, kann es sicher nicht weit sein."

„Nein, ich …“ Was sollte sie nur sagen? Sie konnte nicht nach Hause zurückkehren. Ihr Schicksal wäre damit besiegelt gewesen. Und niemals mehr würde Broc ihr eine zweite Gelegenheit zur Flucht geben, das wusste sie.

„Wir müssen einen Unterschlupf finden. Ich bin auf dem Weg nach Assynt Castle.“

Catriona schüttelte den Kopf, während sich ihre Gedanken überschlugen. Er war auf dem Weg nach Assynt. Dorthin konnte sie unmöglich. Doch sie hatte kein Pferd, weder Schutz noch Essen, noch nicht einmal eine Decke, mit der sie sich vor der Kälte schützen konnte. Ohne die Hilfe dieses Mannes gab es für sie wenig Hoffnung, die hereinbrechende Nacht zu überleben.

Er streckte ihr vom Pferd herunter die kräftige Hand entgegen. „Steig auf den Felsen dort, und gib mir die Hand. Ich werde dich heraufziehen. Lass mich dich nach Assynt bringen. Als Gegenleistung für meine gute Tat kannst du dafür sorgen, dass sie mir ein warmes Mahl und für die Nacht einen Platz am Feuer geben.“

Sie ergriff seine Hand und war verwirrt durch den sicheren Ton seiner Stimme und dem Gefühl seiner schwieligen Haut an der ihren. Er fühlte sich warm, rau und stark an. Während er darauf wartete, dass sie zu ihm in den Sattel kletterte, drangen seine Worte in ihr Bewusstsein.

„Ich gehe nicht nach Hause“, erklärte sie und zwang sich, ihm in die erstaunten Augen zu sehen, die von der gleichen Farbe wie sein Haar waren.

„Über unseren Köpfen braut sich ein Sturm zusammen, und du willst nicht Schutz suchen?“

„Nein.“ Sie nagte an der Unterlippe. „Ich gehe nicht nach Assynt.“

„Der Sturm bricht gleich los. Ich fürchte, uns bleibt gar keine andere Wahl.“

Sie versuchte, ihre Hand aus seinem warmen Griff zu befreien, aber er hielt sie fest. „Ich sagte, ich gehe nicht nach Assynt."

„Du musst. Hier in der Nähe gibt es nichts anderes. Dun Donell ist einen Tagesritt entfernt, wenn man schnell reitet."

„Dahin werde ich auch nicht gehen. Ich will ans Meer, ins Dorf meiner Tante."

„Ans Meer? Das Meer ist hinter dir, Mädchen."

„Nein, es ist jenseits des Lochs", sagte sie, doch ihre Stimme klang nicht so fest, wie sie sich's wünschte. Schnee verfing sich in seinen Brauen und Wimpern, und sie schien sich auf nichts anderes mehr konzentrieren zu können als auf sein Gesicht.

„Stimmt, aber dort", sagte er und deutete hinter sie. „Ich weiß nicht, wovor du fortläufst, aber es kann doch nicht schlimmer sein als ein Wintersturm in der Nacht."

„Du hast ja keine Ahnung."

„Ich habe genug Ahnung, um ein dickköpfiges Mädchen zu erkennen, wenn es mir über den Weg läuft. Wenn du mit mir reitest, kannst du mich außerdem so lange anstarren, wie du willst", meinte er mit frechem Grinsen.

„Warum sollte ich das tun?" Catriona riss den Blick von seinem Gesicht los und heftete ihn auf seine breite Brust. Aber die war nicht weniger verstörend. Wieder versuchte sie, ihre Hand zu befreien. Aber er hielt sie fest. Entschlossen schüttelte sie ihre Verwirrung ab. Er würde sie nicht gehen lassen. Er hatte vor, sie nach Assynt zurückzubringen. Erneut packte sie die Angst. Sie zerrte mit aller Macht, und plötzlich gab er sie frei. Sie taumelte rückwärts und wäre um ein Haar über einen Felsen gestürzt. Wütend raffte sie sich auf und schenkte ihm ihren kältesten Blick.

„Reite deines Weges. Um mein Wohlergehen kann ich mich schon selbst kümmern."

Die kalte Hand des hübschen, störrischen Mädchens in seiner – Tayg vermisste dieses Gefühl. Aber er fürchtete, ihr wehzutun, wenn er sie nicht losließ.

Er war verwirrt. Jetzt hatte er wirklich keine Zeit für verloren gegangene dickköpfige Mädchen. Sturm drohte, sie mussten einen Unterschlupf finden, und nach der Lektüre des Briefs, den Duff MacDonell ihm übergeben hatte, war er sich sicher, dass man im Begriff war, ein Komplott zu schmieden. Er konnte nur noch nicht genau sagen, worum es ging. Deswegen musste er nach Assynt. Dazu war er seinem König gegenüber verpflichtet. Und ausgerechnet jetzt kam ihm dieses Mädchen in den Weg.

Er hatte es auf die charmante Art versucht. Er hatte es mit Vernunft versucht. Dem immer dichter fallenden Schnee und dem stürmischen Wind nach zu urteilen, blieb ihm nicht mehr viel Zeit zum Diskutieren. Er konnte das Mädchen aber auch nicht einfach hier erfrieren lassen – ganz gleich, was er sonst noch zu erledigen hatte. Er musste ihnen beiden sofort einen Unterstand suchen. Sie könnte sicher nicht für sich selbst sorgen. Allein und unvorbereitet befand sie sich hier mitten in der Wildnis. Er konnte sich doch nicht gut ihren Tod aufs Gewissen laden. Auch ohne das hatte er schon genug Ärger.

Tayg seufzte und setzte sein Nimm's-leicht-und-lächle-Grinsen auf. „Ich will dir nichts Böses, Mädchen." Ihr wütender Blick sagte ihm, dass sie ihm nicht glaubte. „Noch will ich dich nach Assynt bringen, denn dafür scheint es jetzt sowieso zu spät zu sein." Er blickte sich in der immer stärker werdenden Dunkelheit um und sah dann wieder zu ihr. Sie ließ die Schultern hängen und nagte an der Unterlippe. Allein, zu sehen, wie der glatte, kleine weiße Zahn sich in ihre Lippe grub, ließ ihm den Mund trocken werden. Er zwang sich, an die Schwierigkeiten zu denken, in denen sie steckten, und streckte noch einmal die Hand aus.

„Komm, Mädchen. Ich werde nicht zulassen, dass du hierbleibst." Er beobachtete die schwarzhaarige Schönheit, wie sie das Kinn vorreckte. Es sah aus, als würde sie ihn von oben herab ansehen, obwohl er auf einem Pferd saß und sie zu seinen Füßen stand. Sie straffte die Schultern, und er hätte schwören können, dass sie sich auf einen Kampf vorbereitete. Was war es denn, das ihre Aufmerksamkeit geweckt hatte? Für so etwas hatte er jetzt keine Zeit.

„Wir müssen ...“ Er trieb sein Pferd auf sie zu. „... Schutz ...“ Schnell beugte er sich vor, packte sie um die Taille und warf sie mit einem kurzen Ruck vor sich über den Sattel. „... suchen.“ Sie lag mit dem Gesicht nach unten über seinen Knien. Nach einer Sekunde verblüfften Schweigens begann sie zu schreien, zu treten und um sich zu schlagen. Tayg ließ sein Pferd antraben und brachte sie durch die Bewegung des Pferdes zum Schweigen.

„Das hat mir gerade noch gefehlt“, brummte er vor sich hin. „Dumme Mädchen, die es sich in den Kopf gesetzt haben, sich und mich umzubringen.“

„Ich habe ... es mir ... gar nicht ... in den ... Kopf gesetzt ... irgendjemanden ... umzubringen!“ Ihre Stimme klang erstickt und auf eine ganz andere Art atemlos als noch wenige Augenblicke zuvor.

Verrücktes Ding. So eine närrische schöne Frau. Tayg schüttelte den Kopf. Sie *war* hübsch. Ihr Haar so dunkel wie Ebenholz, helle, makellose Haut, Augen so blau, dass ihm die Worte fehlten, um sie zu beschreiben. Und dieser volle, taufrische Mund! Doch dann erinnerte er sich an ihre Schimpfworte und an ihr trotzig erhobenes Kinn. Nein, das hier war sicher nicht die übliche Sorte Mädchen.

Die Wärme des Tieres unter ihr und die Wärme des Mannes, die sie einhüllten, waren eine willkommene Abwechslung gegenüber den eisigen Fingern der heftigen Windstöße, obwohl ihre entsetzliche Lage sie vor Wut kochen ließ. Im Gegensatz zu der Panik, die sie bei seiner Ankündigung, sie nach Assynt zurückzubringen, ergriffen hatte, empfand Catriona die vertrauten Gefühle von Wut und Ärger seltsamerweise als tröstend. Im Augenblick konnte er sein Vorhaben jedenfalls nicht wahr machen. Sobald sich die Gelegenheit ergab, würde sie verschwinden.

Sie versuchte, den Atem anzuhalten, während das Pferd sie durchschüttelte. Langsam merkte sie, dass sie bergan ritten. Doch sie konnte sich an keinen Hügel am Ufer des Lochs erinnern.

„Wo bringst du mich hin?“, schrie sie und versuchte, den Wind und den polternden Hufschlag zu übertönen.

Er antwortete nicht, aber sie spürte, wie er das Pferd noch mehr antrieb. Catriona versuchte, den Kopf so zu halten, dass er weder gegen das Bein des Mannes schlug noch frei hin und her schwang. Schließlich fand sie eine einigermaßen erträgliche Position, in der sie die Stirn an seinen Schenkel lehnen konnte. Sie rang immer noch nach Luft, doch wenn sie sich nicht gegen den Rhythmus des Pferdes sträubte, konnte sie atmen.

Langsam lernte sie den Mann, über dessen Schoß sie lag, besser kennen. Seine Beine waren hart und sehr muskulös. Er hatte einen flachen, genauso harten Bauch, wie ihre Schulter bestätigen konnte. Sie erinnerte sich an seine breiten Schultern. Sicher würde sie auch eine schmale Taille entdecken. Der Mann strahlte die Stärke eines Kriegers aus. Sie entspannte sich ein wenig. Trotz allem fühlte sie sich getröstet. Eigentlich hätte sie ihn fürchten müssen … nein, sie hätte wütend auf ihn sein müssen, und das war sie auch. Aber etwas war an ihm, das sie fast schon wieder besänftigte.

Er hatte recht. Sie war töricht.

Gerade als ihr endlich richtig warm geworden war, blieb das Pferd stehen, und der Mann ließ sie hinuntergleiten. Beim Absteigen warf er sie fast um. Catriona sog tief die kalte Hochlandluft ein und spürte das schlimme Brennen in ihren Füßen, als das Blut wieder zurückströmte.

„Warte hier!“, rief er. Bei dem wütenden Wind und dem wirbelnden Schnee konnte sie ihn kaum verstehen. Er deutete auf einen kaum sichtbaren dunklen Spalt in der Felswand über ihnen. „Ich will mich überzeugen, dass sie leer ist." Er übergab ihr die Zügel und ließ sie neben dem Pferd zurück. Sie kochte vor Zorn bei seinem Befehlston, aber ihr war noch immer schwindlig von dem Ritt mit dem Kopf nach untern, und ihre Füße fühlten sich an wie Blei. Also blieb sie stehen, zwar immer noch wütend, aber sie wusste ja, dass sie nirgendwo sonst hingehen konnte. Sie sah zu, wie er in der Höhle verschwand und kurze Zeit darauf wieder auftauchte und sie heranwinkte. Catriona zog an den Zügeln und zwang ihre Füße, sich zu bewegen.

Der Mann sagte etwas, doch sie war zu sehr damit beschäftigt, das Gleichgewicht zu halten, um ihm zuzuhören. Als sie in die Höhle trat, nahm er ihr die Zügel aus der Hand. Drinnen blieb sie stehen und schüttelte den schweren, nassen Schnee von ihrem Mantel. Dann ging sie tiefer in den schützenden Unterschlupf hinein.

Es war ein behaglicher Raum, wenn auch nicht groß. Vielleicht konnte der Mann in der Nähe des Eingangs ein Feuer machen. Dann könnte sie ihre Kleider trocknen. Wenn sie nur etwas anderes zum Anziehen hätte – aber Gowans Pferd war mit allem, was sie hatte, davongelaufen. Der Mann schob sie beiseite und führte das Tier ebenfalls aus dem Unwetter heraus in ihren Unterschlupf.

„Hier ist kaum Platz für uns. Gibt es für das Pferd keine andere Höhle?", fragte sie.

„Vielleicht schon, aber Pferde geben wunderbar viel Wärme ab. Um heute Nacht warm zu bleiben, brauchen wir seine Hilfe." Er führte das große braune Tier in den hinteren Teil der Höhle und sicherte die Zügel mit einem schweren Stein am Boden.

Catriona stellte fest, dass das Fell des Pferdes und die Haare des Mannes die gleiche Farbe hatten, ein warmes, schimmerndes Braun wie das von Kastanien, fast schwarz.

„Ich suche etwas, womit wir Feuer machen können."

Seine klangvolle Stimme zog ihren Blick auf seinen Mund, und ein seltsam ziehendes, warmes Gefühl erfüllte sie.

„Hol meine Gerätschaft zum Feueranzünden. Es ist alles in meiner Satteltasche", sagte er. Sein ungeduldiger Ton, der dem von Broc so sehr ähnelte, machte dem interessanten Gefühl rasch ein Ende. Sie sah ihm finster nach, als er aus der Höhle und zurück in den tobenden Sturm stapfte, der mittlerweile draußen tobte.

Ihre tauben Zehen und Finger erinnerten sie daran, dass es trotz seines rüden Tons besser war, zu tun, was er sagte. Sie zog die Satteltaschen vom Pferd und ließ sie auf den Boden fallen. Dann durchsuchte sie seine Sachen. Da waren Kleider zum Wechseln, ein Sack mit einer Trommel, Reiseproviant und ein kleiner Lederbeutel, der zwei Flintsteine, etwas zerkleinerte Rinde und getrocknete Heidekrautblüten enthielt. Das Messer, das sie an der Hüfte trug, würde das Eisen sein, womit man einen Funken aus dem Feuerstein schlagen konnte.

Sie nahm die Sachen und dazu noch den Essensvorrat an sich und schob den Rest wieder in die Satteltaschen zurück. Dann setzte sie sich mit dem Rücken zur Wand nieder, legte alles neben sich und wartete auf seine Rückkehr.

Sie wartete eine ganze Weile. Sie zog die Füße unter sich und versuchte so, sie ein wenig zu wärmen. Jetzt hatte sie genug Zeit, um über ihre Lage nachzudenken.

Als Erstes brauchte sie einen neuen Plan. Dieser Mann wollte nach Assynt zurückkehren. Das ging nicht. Wenn er recht hatte und sie in die falsche Richtung geritten war, so musste sie noch einmal zurück und an Assynt vorbei. Das ging auch nicht. Wenn sie ihren Weg fortsetzte, würde sie vielleicht noch auf Dun Donell landen, und das wollte sie auch nicht.

Alles, was sie im Augenblick tun konnte, war, hier zu sitzen, in einer Höhle irgendwo in den wilden Highlands, während draußen ein Schneesturm wütete, und darauf zu warten, dass ein fremder Mann zurückkehrte. Sie wusste nicht, ob sie den Himmel bitten sollte, er möge bald wiederkommen, oder eher darum, dass er gar nicht mehr auftauchte. Eine einfache, kurze Reise war wegen ihres miserablen Orientierungssinns und eines plötzlichen Wintersturms zu einer komplizierten Sache geworden. In was für eine Lage hatte sie sich nur gebracht?

Gerade schwand das letzte Tageslicht, als ihr Retter durch den Eingang stolperte, die Arme voller Äste und dürrem Heidekraut. Auf allem lag feiner Schnee.

Catriona erhob sich erleichtert. Doch sie traute sich nicht, ihm zu zeigen, wie groß ihre Angst während seiner Abwesenheit gewesen war, noch, wie dankbar sie war, dass er zurückkam. Schwäche zu zeigen bedeutete nur weiteres Leid.

„Ich dachte schon, du hättest dich verirrt", meinte sie.

„Ich habe einen ausgezeichneten Orientierungssinn." Er warf ihr einen Blick zu, während er das Holz nahe dem Eingang zu Boden fallen ließ.

Seine Stichelei ignorierend, sagte sie: „Ich habe das hier gefunden." Sie nahm die Gerätschaft zum Feueranzünden und drückte sie ihm in die Hand. Dann zog sie schnell wieder den Arm unter ihren Umhang zurück. Dort war es doch ein wenig wärmer.

Der Mann stand jetzt am Eingang der Höhle und schüttelte den Schnee von seinen Kleidern. Catriona beobachtete ihn dabei. Er fuhr sich mit den Fingern durch das feuchte Haar, und schon wieder lenkte er ihre Aufmerksamkeit auf dessen üppige Locken und ihr tiefes Braun. Sie bewunderte die natürliche Anmut, mit der er sich daranmachte, eine Grube für das Feuer vorzubereiten und dann das Holz aufzuschichten. Seine Bewegungen zeugten von einem natürlichen Selbstvertrauen und besaßen doch auch eine winzige Spur von Großtuerei, als würde er erwarten, dass Catriona ihn beobachtete. Es dauerte einige Zeit, doch schließlich gelang es ihm, den Zunder zum Glimmen zu bringen, dann das feuchte Brennholz anzuzünden, und endlich flackerten die ersten Flämmchen eines kleinen Feuers auf. Sofort rückte Catriona näher.

„Das ist kaum genug Holz, um uns die ganz Nacht lang warm zu halten“, meinte sie, während er sorgfältig einen weiteren Zweig in die kleine Flamme legte.

„Das ist es schon, doch wenn du willst, kannst du gerne noch mehr zusammensuchen.“

„Ich habe keine Lust, in diesen Sturm hinauszugehen.“ Catriona rieb die Hände aneinander und streckte sie zum Feuer hin, bis sie merkte, dass sie zitterten. Schnell zog sie sie zurück und verschränkte die Arme unter dem Mantel, damit der Mann die verräterischen Zeichen ihrer Schwäche nicht sah.

„Außerdem ist es dein Fehler, dass wir in dieser misslichen Lage sind. Also solltest du auch Holz sammeln.“

Er hörte auf, Scheite nachzulegen, und blickte auf. Schatten spielten auf seinem Gesicht. „Wieso ist es mein Fehler?“, fragte er. Da war ein gefährlicher Unterton in seiner Stimme, den Catriona zuvor noch nicht gehört hatte.

„Hättest du nicht mit mir herumgestritten, hätten wir einen richtigen Unterschlupf finden können, ein Cottage vielleicht oder eine Schutzhütte. In Schutzhütten wird immer Torf oder Holz für die Feuer der Wanderer zurückgelassen.“

Er nickte und machte sich wieder an seine Arbeit. „Da hast du recht.“

„Ach ja?“ Die Worte waren heraus, noch bevor es Catriona bewusst war. „Natürlich habe ich recht.“

Er schmunzelte. „Aye, natürlich hast du recht, auch wenn es kein Cottage und keine Schutzhütte gewesen wäre. Wir säßen jetzt warm und gemütlich in Assynt Castle, würden uns die Bäuche füllen und uns die Füße an einem lodernden Feuer wärmen. Du wärst zu Hause.“

Catriona kauerte sich hin. Sie wollte nicht länger auf dem kalten Steinboden sitzen, aber sie wollte nahe genug am Feuer sein, um das Gesicht des Mannes zu sehen. Was wusste er über sie?

„Wieso willst du unbedingt nach Assynt?“, fragte sie.

„Ich muss dort eine Botschaft überbringen, und ich mag ganz gern eine Unterkunft haben und gutes Essen.“ Er beugte sich nieder und blies ins Feuer. Für einen kurzen Augenblick loderte es auf und brannte ein wenig heller.

„Wieso bist du in dieser Jahreszeit unterwegs?“ Sie raffte ihren Rock und den Mantel wie zu einem Kissen zusammen und machte es sich darauf gemütlich. Ihre Beine waren bleischwer von der Reise.

„Sagte ich dir doch. Eine Botschaft.“

„Hm. Jeder kann Botschaften überbringen. Du hast eine Trommel. Bist du ein Barde?“ Der eigenartige Ausdruck auf seinem Gesicht verschwand schnell wieder, doch Catriona meinte, Verlegenheit erkannt zu haben.

„Aye, ein Barde und ein Bote. Und, wie es scheint, der Retter einer jungen Frau, die zu verwirrt ist, um Ost von West zu unterscheiden.“

Catriona errötete. Aber sie wollte nicht zulassen, dass er ihren Fragen auswich. „Für wen ist deine Botschaft?“

Er fuhr fort, sich um das Feuer zu kümmern. „Sie ist für Duff MacDonells Verlobte. Catriona heißt sie. Vielleicht kennst du sie. Vom Hörensagen weiß ich, dass sie eine hässliche Kratzbürste von einem …“ Catriona zuckte zusammen, als hätte er sie geschlagen. Er betrachtete ihr Gesicht. „Nein, du bist doch nicht etwa …“

„Ich bin nicht hässlich“, brachte Catriona mühsam heraus. Sie hatte diese Beschreibung von sich zu oft gehört, um sich noch darüber zu wundern. Jedoch hatte sie sich nie anmerken lassen, wie sehr sie sie hasste. Catriona streckte die Hand aus. „Deine Botschaft ist angekommen. Jetzt musst du nicht mehr nach Assynt reiten.“

Der Mann sprang auf die Füße. „Du kannst es nicht sein.

Du bist nicht hässlich."

„Nein, bin ich nicht." Sie straffte die Schultern, reckte das Kinn vor und richtete ihren drohendsten Blick auf ihn. „Ich bin Catriona, Tochter von Neil, Chief des Clans Leod of Assynt. Sag mir die Botschaft, und du hast deine Pflicht erfüllt."

„Eine wichtige Information zu deiner Person hast du vergessen", sagte er mit einer Stimme, die so eisig war wie der Wind, der vor der Höhle heulte.

„Und die wäre?"

„Dass du Duff MacDonell versprochen bist."

„*Nie* werde ich diesen hundsgesichtigen Sohn einer ..." Catriona biss die Zähne zusammen. Ihr wollte kein Name einfallen, der ihre Verachtung für diesen Mann ausdrückte. „Ich verdiene einen Besseren."

„Ach wirklich? Wie viel besser denn?"

„Jedenfalls besser als du", erwiderte sie, auch wenn sie sich keinen Mann vorstellen konnte, der einen angenehmeren Anblick bieten würde als dieses arrogante Prachtexemplar.

„Wenn du den dummen romantischen Geschichten gelauscht hättest, so wie jedes andere Mädchen hier in den Highlands, wüsstest du, dass es keinen Besseren als mich geben kann."

Sie lachte, und ihr Lachen hatte einen silberhellen Klang. „Ich habe sehr wohl den Geschichten über Sir William Wallace, über König Robert und all die tapferen Krieger, die für Schottlands Freiheit kämpfen, gelauscht."

„Wie Tayg of Culrain?"

„Aye, wie der tapfere Tayg of Culrain."

Catriona las Stolz in seinen Augen. Dann Zorn. Und dann stand er ohne ein weiteres Wort auf und verließ die Höhle.

Was hatte ihn nur geritten, so etwas zu fragen? Tayg stapfte durch die Dunkelheit. Er wagte es nicht, sich weit vom schwachen Licht des Feuers im Eingang der Höhle zu entfernen. Ihm war kalt. Doch daran war nicht das Wetter schuld. Dieses Mädchen, dieses schöne Mädchen mit dem wundervoll geschwungenen Mund war das böse Weib von Assynt, die zukünftige Verlobte von Duff MacDonell. Wenn man sie hier allein mit ihm fand, würde es für ihre Familie ein Leichtes sein, darauf zu bestehen, dass er sie heiratete. Am Ende stellte er für sie und ihre Kratzbürste einen viel besseren Fang dar als der Emporkömmling MacDonell mit seinen dummen Träumen von Größe. Was für ein grausamer Witz wäre das, wenn er den Machenschaften seiner Mutter entkommen wäre, nur um jemandem in den Schoß zu fallen, mit dem selbst seine Mutter ihn nicht im Traum verheiratet hätte.

Er würde diese Frau nicht heiraten. Dieses schreckliche Weibsbild. Ganz gleich, wie schön ihre mitternachtsblauen Augen auch im Schein des Feuers blitzten oder wie sehr ihr seidig schwarzes Haar einen Mann einlud, es durch die Finger gleiten zu lassen. Immerhin musste er im Dienste des Königs einen Auftrag ausführen und nicht hinter einem schwierigen, törichten Mädchen her sein, das ihn vernichten konnte, wenn es dahinterkam, wer er wirklich war.

Was sollte er also tun? Was konnte er tun? Er musste bald wieder in den Schutz der Höhle zurück. Der Schnee fiel dicht und nass. Und er fiel schräg. Tayg war hungrig. Er war müde. Ihm war kalt. Und er hatte Angst, das Mädchen da drinnen könnte durch seine reine Gegenwart sein Leben ruinieren.

Tayg atmete tief durch, sog die kalte Luft ein und versuchte, Ordnung in seine Gedanken zu bekommen. Im Augenblick konnte er nichts tun, außer dafür zu sorgen, dass sie die Nacht überlebten. Bei Tagesanbruch, ganz gleich, was für ein Wetter sein würde, würde er sie in die Nähe von Assynt bringen und es ihr überlassen, ob sie zurückkehren wollte oder nicht. So wusste er sie einigermaßen in Sicherheit, und ihr Schicksal würde nicht sein Gewissen belasten. Wenn er sich auf der Burg nicht sehen ließ, würde auch keiner erfahren, wer ihr Retter war. *Sie* wusste ja noch nicht einmal, wer er in Wirklichkeit war, auch wenn er sich beinah verraten hätte. In Zukunft musste er vorsichtiger sein und die Rolle des Barden spielen, als hinge sein Leben davon ab. Er fürchtete, dass es auch so war.

Allerdings würde er auch für den König keine weiteren Neuigkeiten erfahren. Aber vielleicht wusste er ja bereits genug. Er hatte die Botschaft überbracht und hatte die von Duff erhalten, die leider nur wenig Sinn ergab. Also war sein Auftrag erfüllt.

Er hatte jetzt einen Plan: Zuerst musste er dafür sorgen, dass sie die Nacht so gut wie möglich überstand und dass der Abstand zwischen dieser Frau und ihm gewahrt wurde. Morgen würde er sie dann zu ihrer Familie zurückbringen und ungesehen verschwinden. So würden all seine Probleme, die dieses Mädchen betrafen, gelöst. Am frühen Vormittag würde er wieder seines Weges ziehen, allein und in Frieden, frei, um den König aufzusuchen und ihm die kleinen Neuigkeiten zu berichten, die er bei Duff aufgelesen hatte.

Er hatte kein gutes Gefühl bei diesem Plan, doch er sah keine andere Lösung für seine unvorhergesehenen Probleme. Und so kehrte er in die Höhle zurück, bereit, alles zu tun, um die Nacht in Begleitung dieser hübschen Furie zu überleben.

Ziemlich still teilten sie sich ein Mahl aus getrocknetem Rindfleisch und noch trockeneren Haferkuchen. Tayg sah keinen Grund, warum er dem Mädchen seinen Plan für den morgigen Tag mitteilen und damit den zerbrechlichen Waffenstillstand, der zwischen ihnen herrschte, zerstören sollte. Am Morgen würde er sich einverstanden erklären, sie hinzubringen, wo immer sie hinwollte. Bis sie ihr Ziel erreicht hätten, würde sie sicher nicht merken, wohin er sie wirklich brachte. Dort würde er sie dann auf ihre eigenen zwei Füße stellen, ihr die Richtung nach Hause zeigen und schnell außer Sichtweite reiten.

„Warum schaust du so böse?“, fragte Catriona.

„Tue ich das?“

„Du siehst aus wie ein dicker Stallkater, der einen Eindringling betrachtet. Oder schmeckt dir nur einfach das Essen nicht?“ Im Licht des Feuers untersuchte sie ein Stück Fleisch und schüttelte den Kopf. „Es macht mir keinen großen Spaß, Leder zu essen.“

„Das ist Rindfleisch, und du solltest froh sein. Es ist mehr, als du ohne mich hättest.“

Sie zog ein Gesicht. Aber sie sah ihn nicht an, noch gab sie zu, dass er die Wahrheit sprach.

„Ich will meine Botschaft haben“, sagte sie nach einer Weile. „Sag mir, was drinsteht.“

„Von dir kommen wirklich nur Liebenswürdigkeiten.“ Er kramte in dem Beutel an seinem Gürtel und zog das zerknitterte Stück Pergament hervor, das MacDonell ihm gegeben hatte. „Ich weiß nicht, was drinsteht“, meinte er, während er es ihr reichte. „Der MacDonell sagte, ich soll es deinem Bruder Broc geben. Der würde es dir vorlesen.“

„Der Lümmel kann auch nicht besser lesen als ich“, sagte sie und brach das Wachs, das den Brief versiegelte. „Ailig, er war in Edinburgh und wurde in der Lese- und Schreibkunst unterrichtet. Und im Rechnen. Broc hatte für so etwas nie Zeit.“

Tayg beobachtete, wie sie sich wegen des Schreibens den Kopf zerbrach.

„Ich wüsste nicht, warum das Hundsgesicht mir eine Botschaft schicken sollte, außer um mir zu drohen. Glaubst du, dass es eine Drohung ist?“

Tayg griff nach dem Pergament und hielt es so, dass das Licht des Feuers auf das krakelige Geschreibsel fiel.

Ich werde in drei Tagen in der Früh ankommen. Die Hochzeit muss unverzüglich stattfinden. Der Spinnengucker erwartet Seonas Gruß, und wir wollen ihn nicht enttäuschen. Ich erwarte von Dir, dass Du reitest, sobald ich das Bett mit ihr geteilt habe.

Ein unheimliches, kribbelndes Gefühl überlief ihn. Er blickte auf und sah, dass Catriona ihn mit großen, erstaunten Augen und offenem Mund anstarrte.

„Du kannst lesen!"

Verdammt! Kein Barde seines – angeblichen – Ranges beherrschte diese Kunst. „Ein wenig. Ich sollte ... ich sollte ... eigentlich Mönch werden", wiegelte er ab und wedelte mit dem Pergament, um ihre Aufmerksamkeit weg von seinem Fehler und wieder auf die Botschaft zu lenken. Diese an sich schon schwierige Angelegenheit schien noch schwieriger zu werden, als er angenommen hatte.

Sie warf wieder einen Blick auf den Brief, und Tayg sah, dass der verwunderte Ausdruck in ihrem Gesicht verschwand und Zorn Platz machte. „Ich werde diesen Mann nie heiraten, und ganz sicher werde ich nicht das Bett mit ihm teilen. Er ist so dumm! Er verwechselt sogar meinen Namen mit dem von Brocs Breitschwert."

Bei dem Gift in ihrer Stimme war Tayg dankbar, dass nicht er es war, von dem sie sprach. „Dein Bruder gab seinem Schwert einen Namen?" Er versuchte, ihr das Pergament zu geben, doch sie zuckte zurück, als würde er ihr einen abgeschlagenen Kopf anbieten.

„Von diesem Scheusal will ich nichts, noch nicht einmal seine Worte. Nimm es meinetwegen zum Feueranzünden, es ist mir gleich. Nur sprich niemals wieder diese Worte aus." Sie wickelte sich fest in ihren Mantel, legte sich neben das Feuer und drehte ihm den Rücken zu.

Tayg betrachtete sie eine Zeit, dann wandte er seine Aufmerksamkeit wieder dem Pergament zu, über das sie sich so aufgeregt hatte. Aus dem Schreiben konnte man ersehen, dass der Bursche kein Schwärmer war, der sanfte Worte sprach und Liebe heuchelte, um eine Frau zu umgarnen. Noch nicht einmal an den Namen seiner ihm Versprochenen vermochte er sich zu erinnern. Wie es schien, wollte der Mann mit dem Mädchen genauso wenig zu tun haben wie das Mädchen mit ihm. Ehen dieser Art waren in den Highlands nicht unbekannt, doch wenn solcher Hass zwischen Braut und Bräutigam bestand, lösten die Eltern üblicherweise die Verbindung und suchten eine bessere.

Wieder las Tayg die Worte und versuchte herauszufinden, was ihn daran so störte. Der MacDonell wünschte, dass die Heirat bald stattfand ... Vielleicht fürchtete er, seine Braut könnte ihm davonlaufen. Bei dem Gedanken musste Tayg lächeln. Er wollte den ... Er warf wieder einen Blick auf das Pergament. *Spinnengucker.* Er wollte den Spinnengucker nicht enttäuschen. Es war schon seltsam, jemanden so zu nennen, außer ...

Tayg las die Nachricht noch einmal, und dieses Mal rief er sich die Botschaft ins Gedächtnis, die er dem MacDonell überbracht hatte, und das unerwartete, freudige Aufleuchten in dessen Augen, als er erfuhr, dass er zum König gerufen wurde. Der König ... Tayg hatte eine Geschichte über den König gehört, wie er in einer Höhle eine Spinne beobachtet und durch diese entschlossene kleine Kreatur wieder Mut gefasst hatte. Also wollte der MacDonell Catriona ... nein, er sagte nicht Catriona. Er benutzte den Namen von Brocs Schwert ...

Tayg stand der kalte Schweiß auf der Stirn, als er schlagartig die Wahrheit erkannte. Diese Botschaft war für Broc bestimmt, nicht für Catriona, und sie umriss die Allianz der beiden Clans – und die erste Tat, welche die Zuverlässigkeit dieser Allianz prüfen sollte, war, das Schwert gegen den König zu erheben. Tayg hegte keine Zweifel mehr.

Die MacDonells und die MacLeods ritten zum Treffen mit dem König, aber nicht, um ihm den Treueid zu schwören. Die beiden Clans ritten gegen den König, und den Beweis dafür hielt Tayg in Händen. Was war jetzt zu tun? Er selbst konnte nicht gegen die MacDonells reiten, und Catrionas Clan würde ihm sicher nicht helfen. Falls eine Nacht, die er allein mit Catriona verbrachte, nicht Grund genug war, sie in Wut zu bringen.

Sich gegen ihren Verbündeten zu stellen würde ausreichen, ihren Zorn zu wecken.

Was blieb, war, den König zu warnen. Und das musste er selbst tun. Er hatte den Beweis. Die Aufgabe fiel ihm allein zu.

Er betrachtete das Mädchen auf der anderen Seite des Feuers. Vielleicht war es doch nicht allein seine Aufgabe. Er besaß den Beweis und eine Geisel. Sie hatte ihm den Schlüssel geliefert, um die Nachricht verstehen zu können. Und sie konnte vielleicht noch mehr Informationen liefern, die für den König von Nutzen waren. Er faltete den Brief zusammen und steckte ihn zurück in seinen Beutel.

So viel also zu vergnüglichen Abenteuern und vielleicht nicht ganz so vergnüglichem Herumspionieren in den Highlands. Er musste sich so schnell wie möglich zum König aufmachen, was ihn allerdings auch ebenso schnell wieder zu seiner Mutter und ihren Heiratsplänen zurückbringen würde. Am liebsten hätte Tayg auf irgendetwas eingeprügelt. All seine Pläne waren von einem langnasigen, hundsgesichtigen Chief über den Haufen geworfen worden. Er konnte seinen König retten oder seine eigene Freiheit, aber nicht beides. Und was noch schlimmer war, er musste jetzt auch noch dieses widerspenstige Frauenzimmer mitnehmen.

Wirklich, es gab kein Erbarmen mehr auf der Welt.

4. KAPITEL

Catriona drehte sich zum Feuer. Ihr Rücken war noch nicht ganz erfroren. Von ihrer Vorderseite konnte sie das nicht behaupten. Das Feuer flackerte in der dunklen Höhle und gab gerade genug Licht, um den Mann erkennen zu können, der auf dem Rücken schlief. Seine wohlgeformten, in Beinlingen steckenden Beine schauten unter dem Plaid hervor, das ihm als Bett und Zudecke diente. Der finstere Ausdruck auf seinem Gesicht war verschwunden und hatte einer fast anmutigen, friedlichen Miene Platz gemacht, die seinen Mund weicher erscheinen ließ und seine Brauen geglättet hatte. Es sah aus, als läge er völlig bequem auf dem harten Höhlenboden neben dem armseligen Feuer. Sie aber fror, und der Untergrund war hart und steinig. Ihr schwerer Wintermantel bot nur ein karges Polster. Sie grub einen dicken Stein aus, der unter ihrer Hüfte gesteckt hatte, und beschloss, den Gedanken an Schlaf aufzugeben. Während sie sich aufrichtete, wickelte sie sich von Kopf bis Fuß in ihren Mantel ein, um es einigermaßen warm zu haben.

Was sie sich wirklich wünschte, war eine Decke, in die sie sich wie er hätte einwickeln können. Oder wenn sie jetzt wenigstens Ailigs abgelegte Beinlinge gehabt hätte, um die Kälte fernzuhalten, die ihr unter die Tunika kroch. Aber die waren in Assynt, und sie war hier mit diesem Fremden, seinem Pferd und – Moment … In einer der Satteltaschen waren doch Beinlinge gewesen! Und ihr Begleiter wollte sicher nicht, dass sie fror.

Leise erhob sie sich und tappte tiefer in die Höhle hinein, wo die Satteltaschen lagen. Langsam hob sie eine der Klappen und fuhr mit der Hand hinein. Proviant. Sie ging zur nächsten. Hafer für das Pferd. Die dritte war die richtige, und sie zog ein Paar wollene Beinlinge heraus. Sie waren zwar groß, doch sie würden es schon tun. Catriona zerrte sich die Schuhe von den kalten Füßen und schlüpfte hinein. Dann zog sie sich die Schuhe wieder an und zog die Beinlinge hoch. Sie brauchte einige Zeit, um ihren Gürtel zu öffnen, den viel zu weiten Bund unter ihr Kleid zu stopfen und den Gürtel wieder über ihrem Kleid zu schließen und so die Beinlinge am Herunterrutschen zu hindern. Sie waren zwar nicht die perfekte Lösung für diese Kälte, aber sie halfen. Dann ging Catriona leise wieder zu ihrem Platz zurück.

Sie setzte sich so nahe wie möglich ans Feuer und starrte in die Flammen. Doch die schlafende Gestalt zog ihre Aufmerksamkeit auf sich. Catriona erschrak, als Tayg sich plötzlich zu ihr umdrehte. Aber er schob nur den muskulösen Arm unter den Kopf und fiel rasch wieder in tiefen Schlaf. Sie erinnerte sich daran, wie stark seine Arme waren, wie seine warme Hand die ihre umfasst hatte und wie muskulös seine Schenkel waren, auf denen sie während des Rittes zur Höhle gelegen hatte. Er war wirklich ein starker Mann, auch wenn er im Schlaf jünger aussah, weniger sorgenvoll. Als hätte er die Sorgen in seinen Träumen abgelegt. Aber welche Sorgen konnte ein Barde schon haben? Die Sorge, dass er auch ja die letzten Neuigkeiten noch erfuhr und dass er mit Singen genug Geld für seinen Lebensunterhalt verdiente … Doch darüber hinaus?

Sie hatte Sorgen, und nicht gerade kleine. Sorgen, die sie aus der Welt schaffen musste.

Dank ihrer Flucht war sie dem Hundsgesicht nicht in die Hände gefallen. Aus dem Ton der Botschaft, die der Barde ihr vorgelesen hatte – immer noch wunderte sie sich über seine Lesekünste –, schloss sie, dass sie keine Sekunde zu früh aufgebrochen war.

Doch was sollte sie jetzt tun? Wenn sie ihrem ursprünglichen Plan folgen wollte, musste sie sich an Assynt vorbeischleichen, um zu ihrer Tante im Dorf am Meer zu kommen. Aber bevor sie nicht sicher sein konnte, dass das Hundsgesicht abgereist war und nicht mehr wiederkommen würde, hatte sie nicht das geringste Verlangen, noch einmal in die Nähe ihrer Burg zu kommen. Das bedeutete also, dass das Dorf der Tante nicht länger ihr Ziel war. Aber wohin sollte sie dann gehen?

Weder Assynt noch Dun Donell, weder das Fischerdorf noch ein Kloster. Sie schauderte. Die Liste, wohin sie überall nicht gehen konnte, wurde von Minute zu Minute länger.

Ein neuer Gedanke ließ sie erschauern ... Es war durchaus möglich, dass eine Braut durch einen Bevollmächtigten in Abwesenheit verheiratet wurde. Nein, das würde Broc ihr wohl nicht antun ... oder doch? Sie durfte nicht den Kopf verlieren. Sie war schlauer als Broc. Es musste einen Weg geben, dieses Problem zu lösen. Vielleicht hatte er nicht an eine Hochzeit in Abwesenheit der Braut gedacht ... sehr wahrscheinlich doch. Irgendjemand würde es erwähnen, vielleicht das Hundsgesicht selbst. Sie verstand immer noch nicht, warum er sie überhaupt zur Frau wollte. Aber genau das würde er vorschlagen. Nie würde er es dulden, dass jemand seine Wünsche vereitelte. Darin ähnelte er Broc. Solange er sie heiraten konnte, würde sie vor diesem niederträchtigen Mann nicht sicher sein.

In ihrem Kopf nahm ein Gedanke Gestalt an. Zuerst noch verschwommen, wurde er nun immer klarer, je länger sie darüber nachdachte. Bevor das Hundsgesicht sie finden und ihr Schicksal besiegeln konnte, musste sie einen anderen geheiratet haben. Selbst wenn man sie in Abwesenheit mit dem Hundsgesicht verheiratete, besaß das keine Wirkung, wenn sie zuvor schon einem anderen freiwillig das Ehegelöbnis gegeben hatte.

Sie musste heiraten. Und sie musste es bald tun.

Sie betrachtete den schlafenden Mann ihr gegenüber. Er war zwar hübsch anzusehen, doch er würde nicht den Ehemann abgeben, den sie brauchte. Sie musste jemanden finden, der genug Kraft und Macht besaß, um gegen das Hundsgesicht und Broc anzutreten. Denn so weit würde es kommen, dessen war sie sich sicher. Sie brauchte einen Helden, wie er in den Liedern der Barden vorkam ... einen Helden wie Tayg of Culrain.

Catriona überlegte eine Weile. Soweit sie wusste, war Tayg of Culrain unverheiratet und der Zweitgeborene. Er hielt dem König die Treue, denn er hatte viele Monate lang an König Roberts Seite gekämpft. Er war treu, stark und tapfer. Alles Tugenden, die sie bei einem Ehemann brauchte, für sich und für ihren Clan. Aber würde er sie überhaupt zur Frau nehmen?

Als Mitgift würde sie einen mächtigen Verbündeten und außerdem noch Reichtum in die Ehe einbringen. Angeblich war er das genaue Gegenteil von Broc und dem Hundsgesicht. Und wenn sie Tayg of Culrain nicht überzeugen konnte, so doch vielleicht den König. Wenn er sie miteinander verheiratete, wäre das auch nur zu seinem Vorteil. Er hätte die Allianz zwischen seinem treuen Krieger und einem der Clans im fernen Hochland besiegelt.

Der König! Sie hatte Ailig geraten, sich die Unterstützung des Königs zu holen, damit der ihn zum nächsten Chief des Clans Leod ernannte. Aber er hatte abgelehnt, äußerst heftig sogar. Das hieß aber nicht, dass nicht sie den König darum ersuchen konnte. Ailig hatte sie nach ihrer Pflicht gefragt. *War* es nicht ihre Pflicht, sich um das Wohlergehen ihres Clans zu kümmern? Und eine Heirat mit dem Hundsgesicht würde nichts zum Wohlergehen des Clans beitragen. Broc, der als Chief an die Stelle ihres Vaters trat, würde das auch nicht tun.

Aber wenn sie eine starke Verbindung zu einem wie Tayg of Culrain herstellen und durch den Befehl des Königs dafür sorgen konnte, dass Ailig nach ihrem Vater Chief des Clans Leod of Assynt wurde, wäre das gut für den Clan.

Allerdings würde ihre spitze Zunge sie beim König wohl kaum beliebt machen … oder bei ihrem zukünftigen Ehemann. Schon war sie wieder wütend, weil sie ihr wahres Selbst würde verbergen müssen. Doch dann fielen ihr Ailigs Ratschläge ein. Wenn sie sich ein wenig Mühe gab und ihre Zunge in Zaum hielt, würde sie nur ihren eigenen Zielen dienen. Dann war sie in der Lage, sich eine Zukunft zu sichern, an die sie ohne Abscheu denken konnte.

Immerhin, einen Helden zum Mann zu bekommen war etwas ganz anderes, als einen Schurken zu heiraten. Sie lächelte in sich hinein. Ihr Plan war gefasst. Morgen schon würde sie auf dem Weg zum König sein, mit oder ohne den Barden.

Tayg erwachte langsam und schaute zur Höhlenöffnung. Während der Nacht hatte der Schneefall nachgelassen, und jetzt war der Himmel gerade dabei, sich in das dunkle Grau zu verwandeln, das die Morgendämmerung ankündigte. Tayg blickte übers Feuer zu der schlafenden jungen Frau hin, die ihm sein schönes Abenteuer verdarb, indem sie ihm einfach über den Weg gelaufen war. Er riskierte eine Zwangsehe mit diesem zwar hübschen, aber doch sehr lästigen Mädchen. Er riskierte sein Leben, wenn der MacDonell merkte, was Tayg herausgefunden hatte. Er riskierte sein zukünftiges Glück, wenn er nach Hause zurückkehrte, bevor sein Vater den Plan seiner Mutter, ihn am Monatsende zu verheiraten, durchkreuzen konnte.

Tayg stand auf und wickelte sich in sein Plaid, wobei er immer noch das Mädchen betrachtete. Wie war es nur möglich, dass sich so viel änderte, nur weil man auf einem einsamen Hochlandpfad zufällig jemanden traf? Er stapfte zu den Satteltaschen. Das böse Weib von Assynt. Hölle und Teufel. Jetzt war er nicht nur gezwungen, seine Reise abzubrechen, um zum König zu eilen und ihn vor der Verschwörung der MacDonells zu warnen, er musste auch noch dieses widerspenstige Frauenzimmer mitnehmen.

Er zog den Sack mit Hafer hervor, den er für sein Pferd mitgenommen hatte, und fütterte das zottige Tier. Beim Himmel! Er durfte sich nicht allein mit dieser Kratzbürste erwischen lassen. Damit wäre sein Schicksal beschlossene Sache, so oder so. Seine Mutter würde das nicht kümmern. Nein, das durfte nicht sein. Und Catrionas Brüder? Was würden sie tun, wenn man ihn und sie zusammen fände? Ihn töten oder ihn zwingen, sie zu heiraten. Irgendwie bestand da für ihn kein großer Unterschied. Und das Schlimmste war bereits passiert, jedenfalls in den Augen ihrer Familie. Sie hatten die Nacht miteinander verbracht, ganz gleich, wie keusch sie geblieben waren. Sie hatten die Nacht miteinander verbracht, allein, in einer Höhle mitten in der Wildnis.

Was sollte er nur tun? Es war klar, dass sie so schnell wie möglich zum König mussten. Es war genauso klar, dass niemand wissen durfte, dass sie beisammen gewesen waren, bevor sie beim König eintrafen. Wenn alle Stricke rissen, hing es davon ab, dass das Mädchen sich weigerte, die Ehe mit ihm einzugehen. Aber wie konnte er sie so weit bringen? Sein Blick fiel auf den Sack mit der Trommel, der neben den Satteltaschen lag. Ein Barde würde natürlich nicht ihren Vorstellungen entsprechen. Ein Mädchen wie sie brauchte Sicherheit und Verbündete.

Er musste sich darauf verlassen, dass sie sich nicht dazu herablassen würde, einen Barden zum Mann zu nehmen … Und nur für den Fall des Falles würde er auch noch dafür sorgen, dass sie ihn wirklich nicht haben wollte. Aye, so konnte es vielleicht gelingen.

Zufrieden mit seinem Plan ging er zu ihr, um sie zu wecken. Im Schlaf war sie wirklich schön. Ihr Gesicht war ganz weich, und ihre Haut schimmerte cremeweiß im sanften Licht der Dämmerung. Ihr Haar war wie flüssig gewordene Nachtschwärze und ihre Lippen … Er riss sich zusammen. Nein, sie war das böse Weib von Assynt. Wenn er sich nicht in Acht nahm, konnte sie ihm den Rest seines Lebens ruinieren und nicht nur die nächste Woche.

Er stieß sie leicht mit dem Fuß an. „Wach auf! Es ist an der Zeit, die Höhle zu verlassen.“

Langsam öffnete sie die Augen, und genauso langsam wandte sie den Kopf, um ihn anzublicken. Ihre Augen waren noch traumverhangen, und er konnte darin ihre Verwirrung lesen.

„Wach auf! Es ist Zeit loszureiten."

Ihr Blick wurde klarer, und sie runzelte die Stirn. Anstelle des träumerischen Ausdrucks in ihren Augen trat ein gereizter Blick. Plötzlich wusste Tayg, wie er sie sich vom Leib halten konnte.

„Steh auf! Wir reiten nach Assynt. Ich werde dich zu deiner Familie zurückbringen. Soll die sich mit deiner Treulosigkeit befassen." Tayg war mit seinem rauen Ton sehr zufrieden. Er ahmte perfekt seinen Bruder nach. Seine Barschheit brachte ihm einen noch finstereren Blick des Mädchens ein.

„Letzte Nacht habe ich dir gesagt, dass ich nicht nach Assynt zurückkehre."

„Und ich habe beschlossen, nicht das Risiko einzugehen, mit dir zusammen angetroffen zu werden."

„Risiko? Was riskierst du denn? Niemand weiß, dass ich bei dir bin, noch haben sie Grund zu glauben, dass ich es sein könnte. Meine Brüder kennen dich nicht einmal."

„Aye, sie nicht, aber der MacDonell. Er gab mir den Auftrag, die Botschaft zu übermitteln."

„Was du ja auch getan hast."

Theoretisch stimmte das schon, doch er wusste, dass die Botschaft nicht den wahren Adressaten erreicht hatte. Er wollte ihre Gedanken nicht wieder auf diese seltsame Nachricht lenken. Also wechselte er das Thema.

„Man wird deine Spur verfolgen."

„Nicht im Neuschnee. Was ist der wahre Grund, warum du nicht tust, was ich will?"

Er betrachtete sie und überlegte, was sie wohl am meisten ärgern mochte. „Ich habe drei Gründe." Er hob den Zeigefinger. „Ich möchte nicht mit einer Kratzbürste reisen." Ihre Miene verdunkelte sich wie ein Wintertag, kurz bevor der Schneesturm losbricht. Tayg beeilte sich, den zweiten Finger zu heben. „Ich möchte nicht den MacDonell verärgern.“ Er hob den dritten Finger und fuchtelte damit vor ihrer Nase herum. „Und durch dich werde ich zu langsam sein.“ Schnell ging er zu den Satteltaschen hinüber und fing an, nach etwas Essbarem für sein Morgenmahl zu suchen.

„Ist das alles?“, fragte sie mit scharfer Stimme.

„Das ist doch genug“, erwiderte er mit dem Rücken zu ihr, obwohl er eigentlich außerordentlich neugierig auf ihr Gesicht war.

„Ich kann nichts dagegen tun, dass ich das böse Weib von Assynt bin. Darüber müssen wir also gar nicht erst diskutieren. Es ist mir so egal wie nur irgendetwas, ob das Hundsgesicht MacDonell wütend wird oder nicht. Und was das langsame Fortkommen betrifft: Wenn wir beide auf dem Pferd reiten, wird das kein Problem sein.“

Tayg warf ihr über die Schulter einen Blick zu. Sie stand breitbeinig da, die Hände zu Fäusten geballt, als sei sie bereit, wenn es sein müsste, auch körperlich mit ihm den Kampf zu wagen. Gut. Er wollte sie noch ein wenig mehr reizen.

„Das Pferd kann uns beide nicht längere Zeit tragen. In dem tiefen Schnee, den wir jetzt haben, kann es keinen von uns tragen. Ich muss so schnell wie möglich zum König. Wegen dir werde ich zu langsam sein.“

Ein Licht schien in ihren Augen aufzublitzen, und Tayg hatte das Gefühl, in einen tiefen Brunnen zu fallen, aus dem er sich niemals mehr würde befreien können.

„Ich dachte, du wolltest nach Assynt? Aber jetzt willst du plötzlich zum König? Was hast du beim König zu suchen?“

Das war eine gute Frage. Er wusste nicht, wie er darauf antworten sollte, ohne sein Wissen preiszugeben. Wenn sie erfuhr, warum sie zum König ritten, würde möglicherweise die Treue zu ihrem Clan trotz dessen Häme größer sein als ihr Hass auf den MacDonell.

„Nun, Barde? Bist du in seinem Auftrag unterwegs? Bist du

vielleicht ein Spion? Bist du in die Highlands gekommen, um ihm vom Treiben unserer Clans zu berichten?"

Jetzt musste er vorsichtig sein. „Ich bin …" Er suchte nach einer plausiblen Geschichte. Immerhin war er ein hervorragender Erzähler, also müsste ihm etwas einfallen. „Ich bin in einer Mission des Königs unterwegs."

„Und die ist?"

„Ich suche nach Bräuten." Es war einfacher, nahe bei der Wahrheit zu bleiben, als eine völlig neue Geschichte zu erfinden.

„Aber der König ist doch schon verheiratet."

„Schon, aber er … er … möchte die Highlander enger an sich binden, und deshalb sucht er Bräute für einige Söhne seiner Alliierten."

„Und diese Söhne wären …?"

Er mochte die Kratzbürste nicht belügen, noch kümmerte ihn die aufblitzende Neugier in ihren Augen, aber er hatte keine andere Wahl. Tayg kramte in seiner Satteltasche herum und förderte ein Stück Käse zutage. Er hoffte, sie von ihrer Fragerei abzulenken, wenn er ihr etwas zum Morgenmahl anbot. Er schnitt einen Kanten ab und warf ihn ihr zu. Überrascht sah er, wie geschickt sie ihn auffing. Doch mit den Gedanken schien sie woanders zu sein. Er selbst nahm sich auch einen Brocken und verstaute dann den Rest wieder.

„Du weißt nicht, für wen du die Bräute suchst?", fragte sie.

„Ich kann schwerlich über die Pläne des Königs reden." Er trat zum Feuer und setzte sich. Während er Catriona betrachtete, überlegte er, ob jetzt der richtige Augenblick war, sie in seinen Plan einzubeziehen.

„Du siehst also, Mädchen, dass du nicht mit mir kommen kannst. Ich werde dich zu …"

„Nein, das wirst du nicht. Außer mir gibt es auf Assynt keine Mädchen, die infrage kämen. Du musst also nicht deine Zeit verschwenden, indem du dorthin reitest. Du musst schnell zum König zurückkehren, sagst du. Du musst deinen Auftrag ausführen, und wie ich finde, dient das auch meinen Zielen."

„Was?" Tayg spürte, wie er die Kontrolle über die Situation verlor.

„Ich muss dafür sorgen, dass es für mich keine Möglichkeit mehr gibt, das Hundsgesicht zu heiraten. Für ein Leben im Kloster bin ich nicht geeignet, deswegen muss ich heiraten. Ich denke, Tayg of Culrain wäre ganz gut – für mich, für den Clan und für die Ziele des Königs. Ich muss so schnell wie möglich zum König, um ihn in dieser Angelegenheit um Unterstützung zu bitten, bevor das Hundsgesicht und Broc mich finden." Auf ihrem Gesicht erschien ein strahlendes Lächeln. Tayg musste wegschauen, um nicht völlig von ihren mitternachtsblauen Augen verzaubert zu werden, die plötzlich so fröhlich funkelten.

„Ich werde dir helfen, geeignete Bräute zu finden", fuhr sie fort. „Und du wirst mir helfen, wenn wir den König treffen. Aye, so wird uns beiden gedient sein."

Trotz der Kälte in der Höhle trat Tayg der Schweiß auf die Stirn. Sie wollte ihn heiraten? Unmöglich. Er hatte geglaubt, alle Heiratskomplotte hinter sich zu lassen, als er Culrain und seine Mutter verließ. Seine Mutter hatte sich getäuscht. Auch über einen Zweitagesritt hinaus hatte sich sein Ruhm verbreitet. Da stand er nun und hatte eine Aufgabe zu lösen. Er brauchte das Mädchen als Geisel für den König. Und er wollte genauso wenig wie sie, dass sie Duff MacDonell heiratete, denn das würde für den König, für den Frieden der Highlands, wenn nicht sogar für ganz Schottland nichts Gutes bedeuten. Denn wenn der König gezwungen wäre, sein Königreich vom Norden bis zum Süden zu verteidigen, würde er seine Armee unnütz aufsplitten müssen, und ganz Schottland hätte die Folgen zu tragen. Wie konnte es nur sein, dass von einem Mädchen, das eigentlich nur störte, die Zukunft eines ganzen Königreichs abhing? Und wie kam es, dass dieses lästige Mädchen auch noch in ihm die Antwort auf dessen Probleme sah?

Er dachte einen Augenblick über ihre Worte nach. Es stimmte, dass der König von einer Verbindung zwischen Tayg und dem Mädchen einen Gewinn haben würde. Es stimmte auch, dass bei einer Heirat zwischen ihnen ihr Clan sich mit dem seinen gegen die MacDonells verbünden würde. Das stimmte alles, nur hatte Tayg einfach keine Lust, so ein Mädchen zu heiraten. Wenn er schon heiraten musste, dann wünschte er sich eine sanfte Frau. Das Leben war hart genug, auch ohne sich an eine Furie zu ketten. Und doch musste er sie zum König bringen.

In seinem Kopf nahm eine Idee Gestalt an. Noch bevor sie beim König eintrafen, würde er einen Gatten für sie gefunden haben. Zwischen hier und Dingwall musste es doch noch andere Clans mit königstreuen Burschen geben. Man musste sie nur überzeugen, das Mädchen zu heiraten … Allerdings konnte sich das als eine unmögliche Aufgabe erweisen.

Er sah, wie sie ihn beobachtete und auf seine Antwort wartete. Ein zauberhaftes Lächeln spielte um ihre vollen Lippen und ließ ihre mitternachtsblauen Augen strahlen, während sie sich mit geschickten Fingern einen komplizierten Zopf ins ebenholzfarbene Haar flocht. Wenn er sie nur dazu bringen konnte, ihre Zunge im Zaum zu halten! Dann durfte es nicht schwer sein, einen Burschen in solch ein schönes Mädchen verliebt zu machen. Aber konnte sie das überhaupt?

Er würde es jetzt herausfinden.

„Und was ist bei der ganzen Sache für mich drin?", fragte er.

Die plötzliche Frage schien sie zu erschrecken.

„Ich bin Barde im Dienste des Königs. Was für einen Vorteil habe ich, wenn ich dir bei deinem Plan helfe?"

„Ich werde nicht …"

Sie errötete, und er erkannte sofort die Richtung, die ihre Gedanken genommen hatten. Ihm wurde ganz heiß. Er verwünschte sich wegen dieser ungewollten Reaktion auf das Bild, das ihre Vermutung in ihm wachgerufen hatte.

„Ich will dich nicht für mein Bett", antwortete er rasch. Tatsächlich wollte er sie so weit von seinem Bett weg haben wie nur irgendwie möglich, ganz gleich, wie sein Körper auch auf sie reagierte. Denn wenn er dieses Mädchen in sein Bett nahm, leistete er ja ihrem Plan, ihn zu heiraten, auch noch Vorschub.

„Ich habe kein Geld, aber das kann ich dir später beschaffen. Oder ich finde einen Platz für dich, wo du den Winter über bleiben kannst, wenn dir das lieber ist. Du kannst es dir aussuchen." Sie stand auf und wischte sich den Schmutz vom Gewand. „Aber lass uns jetzt gehen, Barde. Wir haben noch eine lange Reise vor uns bis zum König." Sie begann, die Satteltaschen aufzuheben und über das Pferd zu legen.

Tayg stand lächelnd hinter ihr. „Was, wenn wir zufällig in ein Dorf kommen, wo man dich kennt? Oder jemanden treffen, dem du bekannt bist? Wie willst du erklären, dass du allein mit einem Barden unterwegs bist?"

Catriona wandte sich um.

„Östlich vom Loch Assynt bin ich nicht bekannt, jedenfalls nicht dem Sehen nach. Nur mein Ruf. Keiner wird mich erkennen. Du sagtest doch selbst, ich sei nicht hässlich, obwohl die Klatschmäuler es von mir behaupten. Außerdem kann ich mich ja irgendwie verkleiden … als deine Schwester vielleicht? Das würde gehen." Sie raffte ihr Gewand zusammen und steckte den Saum in ihren Gürtel. Dabei kamen ein Paar wohlbekannte Beinlinge zum Vorschein. „Schau her, ich kann mich kleiden wie eine Frau, die über Land zieht. Keiner wird Verdacht schöpfen."

Tayg hatte Mühe, sich ein Grinsen zu verkneifen. Eine Verkleidung wäre sicher hilfreich. Er musste aber wissen, ob sie noch einen entscheidenden Schritt weiter gehen würde.

„Wenn du erst einmal den Mund aufmachst, wird jeder merken, dass du das böse Weib von Assynt bist. Und die Nachricht über deinen Aufenthalt wird schnell deinem ..." Mit Bedacht wählte er das nächste Wort. „... Verlobten überbracht werden."

Sie bekam schmale Augen und presste die Lippen zusammen. Ihr Blick sprühte Feuer, während sie ihn anstarrte, aber kein Wort sagte. Perfekt. Sie war einfach perfekt.

„In Ordnung. Du kannst also die Rolle der empörten Schwester spielen. Ich glaube, darin dürftest du allerhand Erfahrung haben."

Sie nickte. „Du nimmst mich also mit zum König, Barde. Vielleicht verheiratet er mich mit Tayg of Culrain. Vielleicht finden wir auch unterwegs einen Ehemann für mich, während du nach den Bräuten Ausschau hältst – wir müssen dabei aber schnell sein. Ich will nicht, dass das Hundsgesicht mich findet." Sie schenkte ihm ein selbstgefälliges Lächeln und fuhr fort, das Pferd zu beladen.

Tayg verdrehte die Augen. Jetzt war sie also seine Schwester. Aber bevor er sich nicht sicher sein konnte, dass sie ihre Rolle auch beherrschte, würde er auf keinen Fall das Risiko eingehen, ein Dorf zu betreten. Zuerst einmal mussten sie von den Ufern des Loch Assynt verschwinden, bevor ihre Familie sie doch noch entdeckte.

Er trat neben Catriona, durchwühlte eine der Taschen und zog ein Stück altes schwarz-rotes Plaid hervor, das er ihr gab.

„Schling es dir um den Kopf. Das hält dich warm." Aus einer anderen Tasche zog er noch sein zweites Paar Fausthandschuhe hervor. „Hier, damit dir nicht die Finger abfrieren."

Er befestigte die Taschen auf dem Pferd und packte die Zügel. Während er das Pferd zum Höhleneingang führte, warf er Catriona einen Blick zu. „Du kannst die Beinlinge behalten", meinte er.

„Das hatte ich auch vor", erwiderte sie bestimmt und folgte ihm entschlossen aus ihrem Unterschlupf hinaus in die gerade anbrechende Morgendämmerung.

Der Schnee war tief, und seit Stunden kamen sie nur mühsam vorwärts. Tayg schaute kein einziges Mal zurück. Er wollte sich keine Gedanken darüber machen, wie müde das erschöpfte Mädchen sicher sein musste. Wenn er nicht hinsah, brauchte er auch nichts zu bemerken. Zu ihrer Ehre musste gesagt werden, dass sie ihn kein einziges Mal um Hilfe gebeten hatte. Dabei war sie sicher schon mehrere Male hingefallen, denn von Zeit zu Zeit hatte er einen Laut wie ein überraschtes *Uff* gehört. Es brauchte all seine Beherrschung, ihr nicht zu helfen, sie nicht aufs Pferd zu setzen und es ihr bequem zu machen. Das hier war eine harte Probe, sagte er sich zum vielleicht hundertsten Mal. Er musste wissen, ob sie ihre Zunge im Zaum halten und ihre Rolle selbst unter ungünstigsten Bedingungen wirklich gut spielen konnte, denn ihrer beider Sicherheit – und seine Zukunft – hingen davon ab, dass keiner ihre wahre Identität erriet.

„*Uff*!"

Er zuckte zusammen. Sicher taten ihr schon alle Knochen weh, doch er musste auch eine Rolle spielen, und das war nicht die Rolle des charmanten Tayg.

„Barde."

Tayg ging weiter, zerrte das Pferd durch eine tiefe, nasse Schneewehe.

„Barde!"

Er blieb stehen und drehte sich langsam um. Sie lag der Länge nach im Schnee, und ihr vom Wind gerötetes Gesicht sah finster zu ihm auf. Tayg hob fragend die Brauen, sagte aber nichts.

„Ich bin hungrig", sagte sie. „Und ich muss mal", fügte sie hinzu und sah verschämt zur Seite.

„Dann geh."

„Wartest du auf mich?"

Sein eigener Magen knurrte, und Tayg stellte fest, dass ihr Morgenmahl schon sehr lange zurücklag. Er nickte und ließ die Zügel zu Boden fallen.

Catriona rappelte sich auf und ging auf einen großen Felsbrocken am Weg zu, um dahinter zu verschwinden. Kurze Zeit darauf kam sie zurück. Tayg gab ihr einen Haferkuchen und etwas getrocknetes Wildfleisch. Er nahm seinen Becher, füllte ihn mit Schnee und gab ihn ihr ebenfalls.

„Was soll ich damit?“, fragte sie.

„Halte ihn im Schoß, während du isst. Deine Körperwärme wird ihn zum Schmelzen bringen. Wenn du dann mit essen fertig bist, hast du etwas zum Trinken.“

Sie lächelte sogar, als sie den Becher unter ihren Mantel steckte. „Er ist ein bisschen kalt“, meinte sie schlotternd.

Tayg grinste. Er aß betont langsam, um dem Mädchen Gelegenheit zu geben, sich auszuruhen. Er war hart mit ihr umgegangen. Bei ihrem Weg durch den hohen Schnee hatte er ein so unbarmherzig schnelles Tempo vorgelegt, dass er nun selber müde war. Er betrachtete sie, während sie zu den Wolken hinaufblickte. Tiefe Schatten unter den Augen zeugten von ihrer Müdigkeit. Aber sie hatte sich nicht beklagt. Und das überraschte ihn nun wirklich. Eigentlich hatte er erwartet, dass sie ihn bitten würde, sie reiten zu lassen oder öfter anzuhalten, damit sie sich ausruhen konnte. Zumindest war er auf Klagen über seine Begleitung, das Wetter, den Weg oder sonst irgendwas gefasst gewesen.

Doch nichts dergleichen.

Plötzlich sah sie ihn an und ertappte ihn dabei, wie er sie beobachtete. „Weißt du schon, wo wir übernachten werden?“

„Nein.“

„Gibt es ein Dorf in der Nähe?“

„Nein.“

„Kannst du auch noch etwas anderes sagen als *Nein*?“

Tayg kämpfte gegen ein Lächeln an. „Nein.“

„Ekelhafter Mann“, sagte sie. Doch ihren Worten fehlte der frühere schneidende Ton.

„Nein.“ Dieses Mal lächelte er, und sie antwortete mit einem kleinen silberhellen Lachen.

„Im Schikanieren bist du bei Weitem nicht so geschickt wie meine Brüder."

„Beklagst du dich darüber, oder ist das jetzt ein Kompliment?"

Einen Augenblick dachte sie nach und zuckte dann die Achseln. „Ich denke mal, es ist ein Kompliment." Sie zog den Becher unter dem Mantel hervor und lächelte, als sie einen Blick hineinwarf. „Ich würde niemandem wünschen, danach zu streben, meinen Brüdern zu gleichen, besonders Broc nicht, dem Ältesten." Sie trank das Wasser aus, und Tayg betrachtete dabei bewundernd ihren schlanken weißen Hals. Sie gab ihm den jetzt leeren Becher zurück.

„Kommst du mit Broc nicht gut aus?"

Catriona stieß ein höchst undamenhaftes Grunzen aus. „Überhaupt nicht."

„Ich frage mich, was der Grund dafür sein könnte", meinte er mit einem Seitenblick auf sie.

Sie stand auf, stemmte die Fäuste in die Hüften und sah ihn an. „Weil er ein ungehobelter, ewig stichelnder Lümmel von einem Mann ist. Er hat nicht Grips genug, sich um seine eigenen Angelegenheiten zu kümmern, viel weniger noch um die des Clans. Weil er nicht glaubt, eine Frau hätte vielleicht auch einmal etwas Intelligentes zu sagen. Weil es ihm Freude macht, jeden zu …" Sie unterbrach sich und holte tief Luft. „… demütigen."

„Wie froh bin ich, dass ich gefragt habe."

„Bist du jetzt bereit weiterzuziehen? Ich würde diese Nacht lieber in einem Bett ruhen. Ich schlafe nicht gern im Schnee."

Tayg erhob sich und machte eine spöttische Verbeugung. Einen Moment lang war das Biest verschwunden, und er hatte einen Blick auf die sanftere Frau hinter dieser Maske werfen können. Doch nicht lange, und das Biest war wieder da, und eigentlich war Tayg froh darüber.

Mühsam stapften sie weiter und folgten einem abwärts führenden Bachbett, das bis auf ein Rinnsal in seiner Mitte völlig vereist war. Tayg richtete die Gedanken wieder auf sein vordringlichstes Problem – konnte er sich darauf verlassen, dass sie ihre Zunge im Zaum hielt? Bis jetzt hatte es nicht viel gebraucht, um ihren Zorn zu entfachen.

Ein vertrauter erdhaft-süßlicher Duft weckte ihn aus seinen Gedanken. Er blieb so jäh stehen, dass die Nase des Pferdes fast gegen seine Schulter stieß.

„Was ist los?“, fragte Catriona.

Tayg schnupperte. Die Luft roch nach frischem Neuschnee, aber sie trug auch den leichten Geruch von brennendem Torf zu ihm hin. Nur ein ganz zarter Windhauch deutete die Richtung an, aus der der Rauch kam.

Catriona bahnte sich am Pferd vorbei einen Weg durch den knietiefen Schnee. „Nun, Barde? Warum halten wir an?“

„Wir müssen den Weg für eine Weile verlassen“, sagte er und überlegte blitzschnell, welche Richtung sie einschlagen mussten, um die vor ihnen liegende Behausung, was immer es auch sein mochte, zu umgehen. Er war noch nicht bereit auszuprobieren, ob ihre List bei denkenden Lebewesen auch wirklich wirkte.

„Warum? Es folgt uns doch niemand.“

„Das weiß man nie. Möchtest du dem MacDonell eine klare Spur hinterlassen, der er folgen kann?“

Catriona blickte auf die tiefe Furche im Schnee, die sie dort, wo sie gegangen waren, hinterlassen hatten. „Aber wo wir auch gehen, wir werden immer eine Spur hinterlassen. Wäre es da nicht besser, wir blieben auf diesem Weg, wo auch andere entlangziehen und unsere Spur mit ihrer eigenen überdecken werden?“

Das Mädchen war schlauer, als er erwartet hatte.

„Wir dürfen nicht das Risiko eingehen, irgendjemanden zu treffen“, sagte er schließlich.

Verblüfft runzelte sie die zarte Stirn. „Ich dachte, wir sind übereingekommen, dass ich als deine Schwester auftrete, und da du dich genauso unvernünftig wie meine Brüder benimmst, dürfte das keine allzu schwere Aufgabe für mich sein."

„Aye, eine so leichte Aufgabe, dass du vergessen wirst, deine Zunge im Zaum zu halten.

„Ich werde schon daran denken."

„Selbst wenn, wie kannst du garantieren, dass keiner da ist, der dich erkennt?"

„Ich sagte dir doch, in dieser Gegend war ich noch nie unterwegs."

„Aye, das heißt aber nicht, dass irgendeiner, auf den wir zufällig stoßen könnten, nicht schon einmal in Assynt war."

Tayg genoss seinen Sieg, aber nur kurz.

„Nun gut, dann dürfen wir nicht nur behaupten, ich sei deine Schwester. Ich brauche eine bessere Verkleidung."

Tayg stöhnte. Dieses Mädchen würde nie aufgeben. „Die Schwester eines Barden würde für ihren Unterhalt etwas darbieten müssen."

„Nein, du wirst für unseren Unterhalt auftreten. Ich kann ganz einfach nur um Gastfreundschaft bitten – und meines Bruders feine Kunst anpreisen."

Diesmal war es Tayg, der verärgert schnaubte.

„Auch du hast deinen Auftrag", fuhr sie fort. „Wie willst du dem König von Bräuten berichten, wenn du dich nicht in die Dörfer wagst, wo du sie finden kannst? Und es wäre auch für mich nicht schlecht, dabei vielleicht auf einen geeigneten Gatten zu treffen."

Jetzt hatte sie ihn. Wenn er sie ohne Gewaltanwendung bei sich behalten wollte, musste er sie irgendwie dazu bringen, ihm seine Geschichte abzunehmen. Doch er konnte den Gedanken nicht ertragen, mit ihr erwischt zu werden, bevor er *the Bruce* erreicht hatte. Er betrachtete sie sehr genau und suchte in ihren Zügen nach Merkmalen, an denen man sie am ehesten würde erkennen können.

Rasch machte er eine Art Bestandsaufnahme: glänzendes schwarzes Haar, das selbst zu einem Zopf geflochten noch bis zu ihrer Taille reichte. Augen so blau wie der Mittsommernachtshimmel, wenn die Sonne kaum untergegangen war und die Farben der Welt dunkel und intensiv leuchteten. Vollkommene weiße Haut. Und ein weicher, einladender Mund.

Er bebte beinahe vor Verlangen und kämpfte gegen die Lust an, die Catrionas bloßer Anblick in ihm hervorrief. Ohne es zu wollen, stellte er sich vor, wie es wohl wäre, sie zu berühren.

Er war verloren. Er musste etwas tun. Und er musste es schnell tun.

„Schauen wir einmal nach, was vor uns liegt", sagte er und schickte ein stilles Gebet zum Himmel, dass ihr Weg sie nicht dorthin führte, wo der Rauch herkam. Erst einmal musste er sich jetzt von ihrem Anblick losreißen, bevor noch sein Körper und seine Fantasie mit ihm durchgingen und er etwas tat, das er ewig bereuen würde. „Ehe wir auf jemanden treffen, müssen wir dafür sorgen, dass du unauffälliger ausschaust." Er wich ihrem überraschten Blick aus und ging weiter auf dem Weg, den sie gekommen waren.

5. KAPITEL

Lange bevor das Dorf in Sicht kam, wurde Catriona von stechendem Torfrauch begrüßt. Müdigkeit, wie sie sie noch nie gekannt hatte, ließ ihre Füße wie Blei werden und machte es ihr schwerer und schwerer, sie zu heben. Gott sei Dank bahnten der Barde und sein Pferd ihr den Weg, sonst hätte sie schon vor etlichen Meilen aufgegeben.

Weiter vorn blieb Tayg stehen und wartete. Wenn sie es nicht besser gewusst hätte, hätte sie den Ausdruck auf seinem Gesicht für Besorgnis halten können, aber er war ja fast so ekelhaft zu ihr wie Broc. Also musste sie sich wohl täuschen. Er würde sich nicht um sie kümmern, selbst wenn sie mit einem Felsbrocken am Hals ins Höllenfeuer stürzen würde. Aber nein, das war jetzt nicht gerecht. Wenn sie ehrlich war, musste sie zugeben, dass er auf eine etwas mürrische Art nett zu ihr war. Er hatte sie sogar zum Lachen gebracht. Sie wollte diesen Mann nicht mögen, doch im Geheimen musste sie zugeben, dass er nicht so ekelhaft war wie die meisten.

Sie erreichte ihn und staunte über den eigenartigen Ausdruck in seinen Augen, gerade so, als hätte er sie noch nie zuvor gesehen.

„Wir müssen dein Haar verbergen, bevor wir ins Dorf gehen, und deine Haut etwas schmutzig machen“, sagte er zu ihr.

Sie nickte nur und fragte sich, ob sie wohl jemals wieder einen Fuß vor den anderen würde setzen können, jetzt, wo sie stehen geblieben war. Als sie aufblickte, sah sie unmissverständliche Anzeichen von Besorgnis in seiner Miene und in der Art, wie er die Augenbrauen zusammenzog.

„Du musst dir keine Sorgen machen, Barde“, sagte sie. „Ich werde mich mit keinem Wort verraten.“

Er starrte sie eine Weile an, als wäre sie ein seltsames Stück Treibgut, das er unterwegs gefunden hatte. Dann drehte er sich um und kramte in einer Satteltasche. Er zog ein Stück fleckiges

Leinen hervor und gab es ihr.

„Was soll ich damit?“

„Du musst dir einen Wimpel formen, wenn du kannst, oder wenigstens ein Kopftuch. Je mehr von deinem Gesicht und deinem Haar verdeckt ist, desto weniger Aufmerksamkeit ziehst du auf dich. Wirst du erkannt, werden wir beide es zu bedauern haben.“

Natürlich. Sie schob die Kapuze ihres Mantels zurück und löste den Fetzen des Plaids, den sie sich um den Hals geschlungen hatte. Dann zog sie den dicken Zopf unter dem Mantel hervor, legte ihn um den Kopf und versuchte, ihn dort mit einer Hand festzuhalten, während sie mit der anderen das Leintuch darum wickelte.

Immer wenn sie das Tuch an der richtigen Stelle hatte, rutschte ihr der Zopf aus der Hand. Sie probierte es wieder und wieder, doch kurz bevor das Leinen an seinem Platz war, entwischte der Zopf ihren Fingern.

„Komm, lass mich dein Haar halten“, sagte der Barde mit seltsam rauer Stimme.

Er trat hinter sie und nahm ihr den Zopf aus der Hand. Etwas ungeübt, aber sehr sanft, wand er ihr das geflochtene Haar um den Kopf. Als sie die angenehme Wärme seiner Finger spürte, überlief Catriona ein Schauer. Endlich gelang es ihr, das Tuch sicher und fest um den Kopf zu wickeln und es am Hinterkopf zu verknoten. Dann wandte sie sich zu Tayg um.

„Es ist kein Wimpel, aber es wird seinen Zweck erfüllen“, meinte er und streckte die Hand aus, um eine verirrte Haarsträhne unter das Tuch zu schieben.

Seine Finger strichen mit bemerkenswerter Zartheit über ihre vom Wind aufgesprungenen Wangen. Wieder überlief sie ein eigenartiger warmer Schauer. Er starrte sie einen Moment lang an, als wäre er auf der Stelle festgefroren.

„Barde?“ Sie legte die Hand auf seinen Arm. Tayg zuckte zusammen, als hätte sie ihn verbrannt. Dann bückte er sich schnell und begann wortlos, zu seinen Füßen im Schnee zu graben. Als er sich bis zu dem felsigen Boden durchgearbeitet hatte, kratzte er noch etwas, bis er eine kleine Hand voll Erde zusammengeklaubt hatte. Er tat etwas Schnee dazu und vermischte alles zu einer schlammigen Masse. Dann rieb er die Hände aneinander und ließ dabei den meisten Schmutz wieder fallen. Als er die Hände nach ihrem Gesicht ausstreckte, wich Catriona zurück.

„Ich tu dir nicht weh, Mädchen, aber wir müssen von deiner schö... von deiner blassen Haut ablenken." Zart fuhr er mit dem Finger die Linie ihrer Nase nach, als müsse er sich ihre Form einprägen, und strich ihr langsam mit den Handflächen über das Kinn. Seine Augen verfolgten die Bewegung seiner Hände. Catriona war durch die Zartheit, mit der er den kalten, sandigen Schmutz verstrich, wie hypnotisiert. Mit einem Mal fiel ihr das Atmen schwer. Ihm schien es ähnlich zu ergehen. Ihr wurde ganz heiß, und sie wusste nicht, was sie mit ihren Händen machen sollte. Er beendete sein Werk, indem er mit dem Handrücken den meisten Schmutz wieder fortstrich. Und auch dafür nahm er sich viel Zeit.

Schließlich trat er einen Schritt zurück. Catriona leckte sich nervös die Lippen und sah, wie er schluckte, den Blick gebannt auf ihren Mund gerichtet. Einen Augenblick standen sie still da und sahen einander nur an.

„Ich glaube, das genügt", sagte er endlich, und wieder hatte seine Stimme diesen rauen Klang. Er beugte sich vor und reinigte seine Hände mit Schnee. Als sie ihn danach ansah, trug sein Gesicht wieder den gewohnten, leicht besorgten Ausdruck.

„Du weißt, was du tun musst?", fragte er. „Wie du dich zu benehmen hast?"

„Ich weiß es, Barde", erwiderte Catriona ein wenig atemlos. Sie räusperte sich und verdrängte die Erinnerung an das beunruhigende Gefühl, das seine Hände in ihr geweckt hatten, als sie ihr über das Gesicht strichen. „Ich weiß sehr gut, wie sich eine

Schwester gegenüber einem älteren Bruder benimmt." Jetzt war es besser. „Das wird nicht schwer für mich sein."

Er nickte, doch er schien nicht ganz überzeugt. Er machte eher ein Gesicht wie ein Mann auf dem Weg zum Galgen.

„Ich kann es", beteuerte sie und legte ihm die Hand auf den Arm. „Mach dir keine Sorgen."

Er trat zurück und entzog sich ihrer Berührung. Dann nahm er die Zügel auf und ging dem Geruch nach brennendem Torf entgegen.

„Warte, Barde!", rief Catriona.

Er blieb stehen und sah sich nach ihr um, als sie zu ihm lief.

„Meinst du nicht, eine Schwester sollte den Namen ihres Bruders kennen?"

„Tayg", antwortete er, und sie sah, wie er dabei zusammenzuckte, als hätte er es eigentlich nicht sagen wollen.

Erstaunt fragte sie: „Wie der tapfere Tayg of Culrain?"

Er wandte sich ab und ging weiter. „Es ist ein häufiger Name im Clan Munro."

„Dann bist du aus diesem Clan?" Sie rannte hinter ihm her, versuchte trotz ihrer Müdigkeit, mit seinen langen Beinen Schritt zu halten. „Warst du deshalb letzte Nacht so ärgerlich? Seid ihr beide vielleicht Rivalen?"

„Schone deine Lunge, Mädchen", sagte er. „Die Sonne ist fast untergegangen. Wenn möglich, möchte ich noch vor Dunkelheit unseren Bestimmungsort erreichen."

Während Catriona ihm folgte, sagte sie sich in Gedanken immer wieder seinen Namen vor. Tayg. Der Klang rief in ihrem Kopf das Bild eines Kriegers wach, wie er in der Schlacht kämpfte, mit gezogenem Schwert, den Kriegsschrei auf den Lippen. Und das Banner des Königs flatterte über seinem Haupt. Doch dieser Tayg hier war ein Barde, kein Krieger. Sie versuchte, das Bild in das eines Barden zu verwandeln, eines Barden, der in einem Rittersaal saß. Doch es wollte ihr nicht gelingen. Jetzt hatte der Krieger ein Gesicht bekommen, und es gehörte diesem Tayg. Catriona schüttelte den Kopf über solchen Unsinn. Sicher, es war ein ungewöhnlicher Name, doch er verband ihn mit seinem Clan. Es war ein guter Name – ob für einen Barden oder einen Krieger.

„He da!“, rief Tayg, als sie das Dorf betraten, während das letzte Tageslicht vom Himmel verschwand. Aus den Hüttentüren guckten Köpfe hervor, aber niemand sprach zu ihnen. „Ich bin ein Barde und suche für meine Schwester und mich ein warmes Mahl und einen Platz zum Schlafen, damit wir nicht in der Kälte übernachten müssen.“

„Sei willkommen, Barde“, dröhnte eine Stimme aus einer etwas größeren Behausung am entfernten Ende des kleinen Dorfes.

Tayg und Catriona gingen an einem Dutzend mit Heidekraut bedeckten, kleinen Steinhäusern vorbei. Der erdige Geruch nach brennendem Torf hing tief über der Ansiedlung. Die Decke aus frisch gefallenem Schnee war mit schmutzigen Spuren durchzogen, die von jedem Cottage zum Hauptweg führten, auf dem sie nun durchs Dorf trotteten. Es sah hier nicht anders aus als in jedem Hochlanddorf, das Tayg je gesehen hatte, sein eigenes eingeschlossen.

Als sie das Ende des Weges erreicht hatten, grüßte sie ein Mann von der Schwelle eines Hauses, das wohl doppelt so groß war wie die anderen, an denen sie vorbeigekommen waren. Er hatte eine Brust, so mächtig wie ein Fass.

„Ich bin Farlan, Chief der Mackenzies of Fionn. Ich heiße euch in unserem Dorf willkommen.“

„Ich bin …“ Tayg zögerte. Er wollte nicht gern ihre wahren Namen preisgeben. „Ich bin Duncan, und das ist meine Schwester Mairi.“

„Wir haben lange auf das Vergnügen eines Barden verzichten müssen, guter Mann. Wenn du uns unterhältst, werden wir euch gern mit einem warmen Mahl und einem Platz am Feuer für die Nacht versorgen."

Tayg grinste. „Aye, das wäre ein gutes Geschäft, Farlan."

„Was bringt dich dazu, in solch einem Wetter unterwegs zu sein, noch dazu mit deiner Schwester?"

„Oh, das ist eine verzwickte Geschichte", erwiderte Tayg und versuchte, Zeit zu gewinnen. Was war nur los mit ihm? Wie dumm, dass er nicht schon zuvor an diese Frage gedacht hatte. Wegen des Mädchens hatten sich seine Gedanken im Kreis gedreht, anstatt sich mit ihrem Überleben zu beschäftigen. „Ich begleite meine Schwester zu ihrer neuen Familie. Sie wird heiraten." Das war nahe an der Wahrheit.

„Und dieser Bräutigam konnte nicht selber kommen, um sie zu holen?"

„Nein." Tayg warf ihr einen Blick zu und schüttelte leise den Kopf. Er hätte sich mit ihr eine plausible Geschichte ausdenken sollen, bevor sie ins Dorf kamen, damit sie sich nicht gegenseitig verrieten. Aber er hatte an nichts anderes denken können als daran, wie er ihren Liebreiz verbergen konnte. Und der verwunderte Blick aus großen Augen, als er ihr Gesicht berührte, hatte ihm fast die Fassung geraubt. Er war ihr so nahegekommen …

Farlan räusperte sich.

Tayg schüttelte den Kopf und versuchte, sich von den verwirrenden Erinnerungen zu befreien und auf die Geschichte zu konzentrieren, die er um ihrer Sicherheit willen erfinden musste. Er hasste das zwar, aber er musste darauf vertrauen, dass sie die Geschichte akzeptierte, die er sich ausdachte.

„Ihr Verlobter hatte einen Jagdunfall und brach sich das Bein. Jetzt kann er unmöglich reisen, dabei können die beiden die Hochzeitswonnen kaum abwarten."

Er schenkte Catriona ein anzügliches Grinsen, und zu ihrer Ehre musste gesagt werden, dass sie auf seinen Scherz nur mit einem finsteren Blick und einem reizenden Schmollmund antwortete. Es war dumm, sie zu necken, doch er hatte nicht widerstehen können.

„Sie ist fast schon zu alt und möchte dem Burschen keine Gelegenheit geben, noch schnell seine Meinung zu ändern."

Der Chief brach in schallendes Gelächter aus. „Wenn sie alt ist, dann bin ich jung. Aber die Zeit zählt anders, wenn man verliebt ist." Er gab Catriona einen kleinen Stups unters Kinn, und Tayg schickte ein Stoßgebet zum Himmel, Catriona möge den Mann nicht beißen. Zu seiner Erleichterung tat sie es auch nicht.

„Eine gute Heirat bietet sich einem nicht jeden Tag", sagte sie mit scheu gesenktem Kopf. Doch ihr Blick war fest auf Tayg gerichtet. „Solltest du unserem Gastgeber nicht auch noch den anderen Grund unserer Reise sagen, mein Bruder?"

Tayg erschrak. Dann erkannte er, dass sie unmöglich die Verschwörung gegen den König meinen konnte. „Was für einen anderen Grund?"

„Die Brautsuche natürlich." Sie blickte zu Farlan. „Du musst ihm verzeihen. Die Kälte hat sein Hirn ausgetrocknet."

„Aye, das kann geschehen. Aber was hat es mit dieser Brautsuche auf sich?"

Catriona trat näher zu Farlan hin und tat, als wollte sie ihm etwas im Vertrauen erzählen. Tayg fragte sich, was sie wohl im Schilde führte.

„Hast du noch nicht gehört, dass der König die Söhne seiner treuen Anhänger verheiraten möchte?", fragte sie.

Farlan schüttelte den Kopf. „Diese Neuigkeit ist noch nicht bis zu uns durchgedrungen."

„Mein Bruder wurde losgeschickt, um die hübschesten Mädchen im Hochland auszukundschaften", fuhr sie fort.

Tayg sah stirnrunzelnd zu ihr hin, aber sie schenkte ihm nur ein keckes Lächeln.

„Sicher habt ihr hier hübsche Mädchen", fuhr sie fort.

„Haben wir, haben wir … in der Tat", sagte Farlan, und

seine Augen leuchteten vor Vergnügen. „Meine eigene Tochter wäre für jeden Burschen eine ausgezeichnete Partie."

„Hast du auch Söhne?"

Farlan zwinkerte ihr zu.

„Oh, nicht für mich. Ich habe nur gehört, dass ein Clan nahe am Meer eine hübsche Tochter zu verheiraten hat. Deshalb dachte ich …"

„Das ist ein guter Gedanke, Mädchen, aber meine Söhne sind schon lange verheiratet. Hat dich der König gebeten, auch annehmbare Söhne zu finden, die mit diesen Bräuten gehen sollen?"

„Nein, ich wünschte halt nur, dass alle Mädchen so gesegnet wären wie ich und mit einem tapferen, schönen Burschen verheiratet würden."

Sie sah den Chief treuherzig an und klimperte mit den Wimpern, dass Tayg Mühe hatte, wegen ihrer Darbietung nicht in lautes Gelächter auszubrechen. Sie spielte ihre Rolle weit besser, als er gedacht hatte.

Farlan gluckste. „Nun, ich habe nur noch eine Tochter, die ich verheiraten muss. Aber kommt, sicher ist euch beiden kalt. Lasst uns die Unterhaltung drinnen fortsetzen. Gib dein Pferd Ian hier. Er kümmert sich darum, dass es gut versorgt wird."

„Habt unseren Dank", erwiderte Tayg und freute sich, dass das Thema gewechselt wurde. „Wenn wir uns aufwärmen können und etwas zu essen bekommen, werde ich deine Leute heute Nacht gern unterhalten."

Farlan schob sie ins Haus, und wie es schien, folgten ihnen die meisten Dorfbewohner. Er schickte etliche los, Essen und Trinken zu holen, und führte Tayg und Catriona zu einem Tisch nahe einem lodernden Feuer am Ende der Halle. Schnell wurde eine Platte mit Hammelfleisch und eine mit gebratenen Zwiebeln und Rüben vor sie hingestellt, dazu noch ein Krug Bier. Man legte Holzbretter und je einen Löffel aus Horn vor ihnen auf den Tisch und stellte hölzerne Becher neben den Krug.

Das warme Essen schmeckte köstlich, und sie aßen schnell. Tayg freute sich zu sehen, wie Catrionas schlammverschmierte Wangen wieder Farbe bekamen. Das Mädchen konnte sich hier ausruhen, während er wieder einmal versuchen würde, den Barden zu spielen. Er würde es genauso machen wie auf Dun Donell, würde sich mehr aufs Geschichtenerzählen verlassen und weniger auf sein etwas zweifelhaftes Talent als Musiker.

Farlan gesellte sich zu ihnen, neben sich ein rothaariges Mädchen. „Guter Barde, das ist meine Tochter, die süße Dolag."

Tayg blickte auf und sah ein hübsches Mädchen von vielleicht siebzehn Jahren. Das kupferfarbene Haar umrahmte in unzähligen Löckchen ein herzförmiges Gesicht. Die Kleine hatte die Augen niedergeschlagen, deswegen konnte er deren Farbe nicht erkennen. Sie war hübsch, aber nicht so hübsch wie Catriona. Der Gedanke erschreckte Tayg so, dass er einen Moment lang den Atem anhielt. Er musste sich ins Gedächtnis rufen, warum er mit Catriona unterwegs war, und sich nicht durch ihre Schönheit verwirren lassen. Er durfte nicht vergessen, dass sie eine Kratzbürste und außerdem auch noch seine Geisel war. Entschlossen, die lästigen Gedanken zu verdrängen, stand er auf und nickte mit dem Kopf. Es sah aus wie eine kleine Verbeugung.

„Ich freue mich, deine Bekanntschaft zu machen."

Das Mädchen errötete auf reizende Weise. Sie setzte sich neben ihren Vater auf die Bank, Tayg und Catriona gegenüber. Catriona legte Löffel und Messer beiseite und betrachtete Vater und Tochter.

„Was für Neuigkeiten bringst du uns?", fragte Farlan.

Tayg kaute eine Weile und meinte dann: „In diesem Jahr gibt es nicht viele Neuigkeiten. Den MacDonells geht es gut." Catriona murmelte etwas vor sich hin, er konnte aber nicht verstehen, was. „Obwohl die Beatons ihnen Vieh gestohlen haben. Bei den MacLeods of Assynt ist alles beim Alten." Er warf

Catriona einen Blick zu. „Wie immer liegen sie sich untereinander in den Haaren."

Er zuckte zusammen, als Catriona ihm unterm Tisch kräftig auf die Zehen trat, während sie ihrem Gastgeber über den Tisch hinweg ein strahlendes Lächeln schenkte. Tayg riss den Fuß unter ihrem Absatz weg und brachte schleunigst alle seine Zehen vor ihr in Sicherheit.

„Was gibt es bei euch Neues?", fragte Catriona Farlan.

„Ach, da gibt's nur wenig zu erzählen. Es liegt schon tiefer Schnee in unserem Tal, dabei ist es erst Dezember. Ich fürchte, das wird ein langer, kalter Winter."

Tayg nickte. „Als ich vor acht Tagen durch den Süden reiste, gab es dort nur wenig Schnee. Aber hier scheint der Winter ja schon lange Einzug gehalten zu haben."

Eine Weile schwiegen alle, und Tayg versuchte, die spürbare freudige Erwartung, die von Farlan ausging, zu ignorieren.

Der Mann grinste Tayg an und tätschelte den Arm seiner Tochter. „Meine süße Dolag wird eine gute Ehefrau abgeben. Sie ist lieb und nett und nicht aufdringlich. Und sie hat viel Erfahrung darin, wie man ein Herrenhaus oder eine Burg bewirtschaftet. Sie kocht und näht und kann gut mit den Kleinen umgehen."

Tayg wand sich innerlich, während der Mann eifrig die Vorzüge seiner Tochter aufzählte. Es war, als würde man jemandem zuhören, der von seinem Lieblingsjagdhund sprach. Plötzlich kam Tayg die Erkenntnis, dass er die Gelegenheit und seine Anonymität wirklich nutzen konnte, um nach einem Mädchen Ausschau zu halten, das er heiraten und mit dem er glücklich werden konnte. Und gab es einen besseren Weg, sich die verschiedensten Frauen vorführen zu lassen, als diesen?

„Hat sie Sinn für Humor?", fragte Tayg und versuchte mit einem breiten Lächeln zu verbergen, wie ernst ihm die Frage war. Egal, mit wem er letzten Endes verbunden sein würde, sie musste über seine Späße lachen können.

„Wozu soll das bei einer Frau gut sein?", fragte Farlan und runzelte die Stirn.

Tayg lachte, als hätte er einen Scherz gemacht. „Aye, nur so halt." Ob das Mädchen je auch einmal für sich selbst sprach? „Und was ist mit dir, süße Dolag? Was wünschst du dir von einem Ehemann?"

Endlich sah sie ihn einmal an. „Mir wünschen?"

Tayg nickte, und sie sah zu ihrem Vater hin, als frage sie ihn nach ihrer eigenen Meinung.

„Ich … ich weiß nicht. Ich denke, ich wünsche mir von einem Ehemann, dass er für mich und unsere Kinder sorgt, genug zum Essen heranschafft, ein Heim. Was sollte ich mir sonst noch wünschen?", fragte sie mit ernster Miene.

„Wünschst du dir keine Liebe?", fragte er.

„Natürlich. Tut das nicht jedes Mädchen? Aber man findet sie selten." Taygs Erfahrung nach war das sicher wahr. „Ich erwarte sie nicht. Wenn ich Glück habe, werde ich zu lieben lernen, wen immer ich finde."

„Das ist eine traurige Einstellung zum Heiraten", meinte Tayg. Er hatte genug gehört. Das Mädchen war süß, zweifellos, und folgsam, aber er konnte sich nicht vorstellen, wie er eine lange Winternacht mit Dolag verbringen sollte. Nein, für seinen Geschmack war sie zu scheu und auch zu nüchtern, trotz der sich keck kringelnden, vielversprechenden roten Locken.

Er nahm einen Schluck aus seinem Becher und griff nach dem Sack mit der Trommel. „Ich denke, es ist Zeit für ein wenig Fröhlichkeit", meinte er.

Er zog die Trommel hervor und rieb über die gespannte Haut, um sie langsam anzuwärmen, so wie er es oft bei Barden beobachtet hatte. Er überlegte, was er sonst noch an ihnen bemerkt hatte, außer dass sie mit den Mädchen schäkerten. Doch das musste er nicht mehr üben.

Er zog eine leere Bank zum Kamin und machte es sich darauf bequem. So konnte er sich während des Spiels die Füße wärmen.

Wie schon die vorigen Male, so versammelte sich auch jetzt die Menge um ihn herum. Einige zogen Bänke näher, andere standen, und alle Kinder kauerten sich zu seinen Füßen nieder. Er begann mit der gleichen langsamen Ballade, mit der er auf Dun Donell begonnen hatte, nur diesmal gelang es ihm, den Takt zu halten. Er sang die Worte und achtete darauf, ruhig die Trommel zu schlagen und seiner Stimme einen melancholischen Klang zu geben.

Als er geendet hatte, applaudierten alle, und er fragte, was sie hören wollten. Während er wieder die Geschichte vom verrückten Chief erzählte, bemerkte er, wie Catriona in den inneren Kreis kam, ihm jetzt gegenüberstand und ihn wie eine Katze betrachtete, die kurz davor ist, sich auf eine fette Maus zu stürzen.

Wieder erklang am Ende der Geschichte Applaus. Er griff nach seinem Becher und leerte ihn in einem Zug.

„Sing uns noch ein anderes Lied, Barde“, schrie jemand vom Rande der Menge.

„Aye, sing uns ein Liebeslied, etwas Süßes und Gefühlvolles.“

Er sah über den Rand seines Bechers in die tiefblauen Augen von Catriona – die das gerufen hatte.

„Ich habe noch eine andere Geschichte zu erzählen …“

„Aber Bruder, wir wollen ein Lied. Ein hübsches Lied. Du kennst doch ‚Des Mädchens Wahl‘. Sing es für uns.“

Tayg starrte Catriona an.

„Ach Mädchen“, sagte sie und hob die Stimme, „mein Bruder braucht ein wenig Aufmunterung. Wie es scheint, hat ihn der volle Bauch in eine melancholische Stimmung gebracht, und in so einer Stimmung ist ein Mann zu nichts nütze, nicht wahr?“ Sie hatte die Kühnheit, ihm auch noch zuzuzwinkern, während die Mädchen leise kicherten und die Männer in lautes Gelächter ausbrachen.

„Hier brauche ich deine Hilfe nicht, meine liebe Schwester“, sagte er und hob die Stimme, um das Gelächter zu übertönen.

„Nein, es ist nicht *meine* Hilfe, die du brauchen wirst. Kann sein ...“ Sie trat in den Kreis und ging ihn langsam ab. „Kann sein, du brauchst ein wenig Inspiration? Du solltest einem Mädchen das Lied singen ... diesem Mädchen“, sagte sie und zog Dolag in die Mitte des Kreises. „Sie soll dich beflügeln, damit du besser singst als bisher.“

Tayg warf Catriona einen finsteren Blick zu, lächelte aber sofort, als Dolag ihn schüchtern ansah.

„Ah, Dolag“, sagte er und beschloss, auf Catrionas Spiel einzugehen und sie mit ihren eigenen Waffen zu schlagen.

„Es heißt *süße* Dolag“, rief Farlan zu ihm herüber.

Tayg nickte. Wenn er jetzt keinen Fehler machte, konnte er Farlan erfreuen und Catriona heimzahlen, dass sie ihn in diese schwierige Lage gebracht hatte. Sie würde noch bereuen, ihm auf die Zehen getreten und sich in seinen Auftritt gemischt zu haben. Er kniff die Augen zusammen und konzentrierte sich ganz auf Dolag. Die süße Dolag.

„Oh, süße Dolag of Fionn.“ Er schenkte ihr sein frechstes Grinsen und blinzelte ihr zu. Dabei sorgte er dafür, dass Catriona es sah. Er stellte fest, wie sich schon wegen dieser kleinen Tändelei Dolags Wangen röteten. Hier stand ein Mädchen, das Schmeicheleien von Männern nicht gewohnt war. Es würde leicht sein, ihr schönzutun. Er begann, einen einfachen Rhythmus auf der Trommel zu schlagen.

„Süße Dolag of Fionn, was ist sie so fein. Hat Haare wie Feuer, ein Gesicht wie ein ...“ Er kam aus dem Rhythmus, als er versuchte, nicht den Reim zu singen, der ihm als erster einfiel: Schwein.

Die Menge brüllte vor Lachen, aber Farlan sah nicht sehr glücklich aus, und Dolags Unterlippe zitterte.

„Ich bitte um Entschuldigung“, sagte Tayg rasch. „Normalerweise lasse ich mir mit dem Dichten mehr Zeit“, fügte er hinzu. „Lasst es mich noch einmal versuchen, denn ein so hübsches Mädchen verdient ein hübsches Lied.“

Farlan nickte zustimmend, und Dolags Wangen erglühten in noch tieferem Rot.

„Lass mich dir helfen, Bruder“, sagte Catriona, die an Dolags Seite stand.

„Nein, du hast schon genug geholfen.“

Wieder lachte die Menge.

Tayg begann erneut, den Rhythmus zu schlagen. „Reizende Dolag of Fionn, schön von Gestalt und schön von Gesicht. Sie leuchtet wie eine Blume im Frühlingsmorgenlicht.“

„Das ist schon besser, Bursche“, schrie Farlan.

„Nie ist sie böse, verzieht voll Wut das Gesicht. Nie kommt es vor, dass sie widerspricht.“ Dabei sah er Catriona an, damit sie auch ja verstand, dass diese Spitze gegen sie ging.

Er fuhr fort, leise den Rhythmus zu schlagen, und überlegte, was er noch singen konnte.

„Schöne Dolag of Fionn hat die Grazie einer Katz’. Sie singt wie ein Engel ...“

Sein Publikum brüllte vor Vergnügen. Dolag zog den Kopf ein und starrte auf ihre Füße. „Man merkt, dass er sie noch nie hat singen hören!“, schrie einer aus der Menge.

Tayg lächelte. „Und ...“

„Schnarcht wie ein Ratz!“, brüllte eine Stimme von der anderen Seite des Kreises.

Tayg versuchte gar nicht zu lächeln. „Du bist ungerecht gegenüber der holden Dolag“, rief er und hoffte, dem verlegenen Mädchen ein Lächeln zu entlocken. Doch Dolag stand nur da und zog die Schultern hoch. „Treu ist sie, schön, wie du sie hier siehst“, sang er. „Nicht wie meine Schwester, die war immer ein Biest“, endete er mit einem wohlklingenden Akkord.

Wilder Applaus belohnte sein Bemühen. Diejenigen, die in seiner Nähe standen, klopften ihm anerkennend auf die Schultern, und alle um ihn herum lachten schallend. Tayg sah die beiden Frauen an, die vor ihm standen. Ein Blick auf Dolag sagte ihm, dass sie von seinen Artigkeiten genug hatte. Ein Blick auf Catriona verriet ihm, dass sein Spott sein Ziel erreicht hatte. Während Dolag puterrot war und den Kopf einzog, als wolle sie sich verstecken, stand Catriona da, die Fäuste in die wohlgeformten Hüften gestemmt, das Kinn emporgereckt und glühend vor Zorn.

„Ich habe einen Einfall", sagte er und schlug immer noch die Trommel. Doch dabei sah er Catriona fest in die Augen. „Ich werde jetzt ein Lied singen, das wir alle kennen. Ihr könnt mitsingen und der süßen Dolag ..." Er warf dem Mädchen seinen schönsten Du-bist-ein-ganz-besonderes-Mädchen-Blick zu. „... eine Pause von euren Neckereien gönnen."

Das brachte ihm ein kleines, scheues Lächeln ein, das er mit einem augenzwinkernden Grinsen beantwortete. Wieder wurde das Mädchen rot. Sicher war sie zurückhaltend, aber viel zu sehr. Sie war so sanftmütig, dass womöglich ihre eigenen Kinder ihr auf der Nase herumtanzen würden, befürchtete er. Tayg konnte sich nicht vorstellen, mit jemandem verheiratet zu sein, der sich nicht nur solche Hänseleien zu sehr zu Herzen nahm, sondern sich auch nicht dagegen zur Wehr setzte.

Aufseufzend begann er, ein allgemein bekanntes, leicht anzügliches Lied zu singen, und zu seiner Erleichterung stimmte die Menge eifrig ein. Catriona warf ihm einen bösen Blick zu, als sie sich ihren Weg durch den Kreis der Mackenzies bahnte und aus dem Saal stürmte.

Catriona lief aus der überfüllten Halle hinaus in die kalte Nachtluft. Wolken jagten über eine bleiche Mondsichel, als müssten sie sich auf ihrem Weg beeilen. Genau das sollte sie auch tun. Sich auf den Weg begeben. Sie stapfte auf einem ausgetretenen Pfad durch den Schnee. Dieser unangenehme, eingebildete, lästige Barde! Er hatte ihren Stolz verletzt, ihren Zorn gereizt und dabei die ganze Zeit gewusst, dass sie beide in größere Schwierigkeiten kommen würden, als sie es sich vorzustellen wagten, wenn sie ihre Zunge nicht im Zaum hielt. Und dann hatte er ihr auch noch den verhasstesten aller Namen gegeben: Biest!

Nur die Vorstellung, für immer an diesen Grobian gebunden zu sein, hatte ihr die Kraft gegeben zu schweigen. Wie konnte er es wagen, ihr vor all den Leuten diesen Namen zu geben! Er war genauso schlimm wie ihre Brüder. Und so dumm wie ihr Vater. Und so unerträglich wie ... wie ... Ihr fiel nichts ein, was so unerträglich war wie seine Hoheit, der Barde. Wenn er überhaupt ein Barde war, denn er quakte wie eine sterbende Kröte.

Catriona wickelte sich fester in ihren Mantel. Sie hatte das Ende des Dorfes erreicht. Daher machte sie kehrt und ging in Richtung Halle zurück.

Sie hatte es herzlich satt, dass dieser zänkische Kerl ihr an den Fersen klebte. Und irgendwie traf es sie schlimmer, wenn er sich so benahm, als wenn Broc sich so verhielt. Von dem erwartete sie schließlich nichts anderes. Sie würde es dem Barden heimzahlen, ihn reizen und hänseln und vor allen anderen in Verlegenheit bringen ... Nun, ein ganz klein wenig war es ihr ja schon gelungen. Doch er verdiente mehr. Sehr viel mehr. Zu dumm nur, dass sie seine Hilfe brauchte, sonst hätte sie ihn einfach hiergelassen. Dann hätte er weiterhin die süße, dumme Dolag angrinsen und ihr zuzwinkern können. Diese Dolag, die nicht Verstand genug besaß, um zurückzuschlagen, wenn man sie verhöhnte. Sie sollte sich wirklich etwas Rückgrat zulegen. So ein jämmerliches Wesen wollte doch keiner heiraten.

Natürlich hatte Broc behauptet, dass auch keiner außer Hundsgesicht sie, Catriona, heiraten wollte. Aber wenigstens war nicht ihre Erbärmlichkeit der Grund dafür. Besser, man sagte seine Meinung laut heraus, als dass man gar keine Meinung hatte.

Sie drehte sich um und stapfte wieder zum anderen Ende des Dorfes. Sie hatte auf Taygs Worte nicht so antworten können, wie sie gerne gewollt hätte, ohne seinen nicht gerade feinen Hinweis auf ihre wahre Identität auch noch zu bekräftigen. Doch sie würde ihre Rache schon noch bekommen.

Da gab es einmal die einfache Methode. Jemandem einen Eimer Wasser überzuschütten, während er schlief, war immer sehr wirkungsvoll. Dann wären jedoch seine Kleider nass, und sie würden sich auf ihrer Reise verspäten. Nein, das lieber nicht.

Wenn nicht so hoher Schnee liegen würde, könnte sie dürre, stachelige Disteln sammeln und sie ihm in sein Bettzeug stopfen. Als sie noch klein war, hatte sie Callum auf diese Weise einige Male hereingelegt. Aber schließlich war er klug geworden und hatte sein Bett durchsucht, bevor er hineinstieg. Offensichtlich gab es bei einem Mann gewisse Körperteile, die gar nicht gern Bekanntschaft mit stacheligen Disteln machten.

Sie lächelte vor sich hin, während sie sich an Callums Miene erinnerte. Es war eine Mischung aus schmerzlichem Erstaunen und zähneknirschendem Respekt gewesen.

Doch der Schnee war zu hoch und das Mondlicht zu schwach, um jetzt Disteln zu sammeln. Taygs Essen konnte sie auch nicht verderben, immerhin aß sie das Gleiche. Pferdeäpfel in seine Schuhe? Schnee in seine Satteltaschen? Nein, all das würde nur für Verspätung sorgen, und sie würde nicht erlauben, dass das Hundsgesicht oder ihre Familie sie einfingen, bevor sie beim König ihre eigene Zukunft und die ihres Clans abgesichert hatte. Es musste doch etwas geben …

Als sie sich umwandte, um in ihrer Spur zur Halle zurückzugehen, sah sie, wie sich die Tür öffnete und Tayg aus dem dämmrigen Licht des Saals in die Nacht heraustrat. Sie verlangsamte ihre Schritte und beobachtete wachsam, wie er auf sie zukam.

„Ist dir nicht kalt?“, rief er ihr zu.

„Ich bin viel zu wütend, um zu frieren“, meinte sie. Bei seinen Worten durchfuhr sie ein seltsam warmer Schauer.

Er hatte auch noch die Unverfrorenheit zu lachen.

„Das hast du dir selbst zuzuschreiben."

„Weil ich dich aufgefordert habe zu singen?"

Sie trafen sich auf halber Strecke zwischen Halle und dem Ende des Dorfes und blieben voreinander stehen. „Weil du die süße Dolag vor die Menge gezerrt hast. Das war nicht nett von dir."

Plötzlich stieg Scham in ihr auf. Catriona war überrascht, wie tief sie sich schämte. An dieses Gefühl war sie nicht gewöhnt, und sie mochte es auch nicht. Und sie ärgerte sich, dass auch noch er es war, der es in ihr geweckt hatte. „Ich habe oft Barden so etwas tun sehen", sagte sie mit absichtlich scharfer Stimme.

„Mag sein. Aber ich kenne keinen Barden, der solch ein schüchternes Mädchen vor die Leute stellen würde."

Die hörbare Enttäuschung in seiner Stimme setzte ihr zu und steigerte noch ihren Zorn auf ihn. „Aber musstest du nicht ihre Stärken und Schwächen kennenlernen, um sie dem König zu beschreiben? Musstest du nicht wissen, dass sie nicht zu ihm passt?"

„Zu ihm?" Er blickte auf sie herab, als wäre sie ein widerspenstiges kleines Kind. „Hältst du sie für eine Rivalin, was deine Pläne bezüglich des armen Tayg of Culrain betrifft? Um ihren wahren Charakter herauszufinden, war es nicht nötig, sie in Verlegenheit zu bringen, Catriona of Assynt." Sein schneidender Ton traf, und wieder schämte sie sich. „Während wir aßen, hat sie ihn auf ihre Art sehr gut gezeigt. Es war überflüssig, dass du ihre Fehler auch noch vor allen anderen aufzeigen musstest. Alle hier kennen ihre Stärken und ihre Schwächen, da bin ich mir sicher."

„Stärken? Sie besitzt keine Stärken. Das bisschen Necken bringt sie schon völlig durcheinander. Sie besitzt noch nicht einmal genügend Rückgrat, für sich selbst einzutreten …"

„Dann hättest du es vielleicht für sie tun sollen?"

„Ich? Ich schulde ihr nichts."

Er schüttelte den Kopf und meinte ruhig: „Aye, du schuldest niemandem etwas, nicht wahr? Du bist die selbstsüchtigste Person, die mir je unter die Augen gekommen ist."

„Ich … Warum sollte …?" Sie starrte ihn an. Er kannte sie nicht, verstand sie nicht. Wie konnte er es wagen, so harsch über sie zu urteilen? „Das ist nicht wahr. Ich kümmere mich um meinen Clan."

Wieder schüttelte er den Kopf und lachte auf. „Nein, du kümmerst dich nur um dich und deine Probleme. Du hast nicht halb so viel Würde, wie dieser kleine Spatz da drinnen sie besitzt." Damit drehte er sich um und ging zur Halle zurück.

Catriona konnte nicht glauben, was er da gesagt hatte. Selbstsüchtig? Wie viel Würde konnte Dolag schon besitzen, wenn sie ihrem halben Clan erlaubte, sie mit solch scharfen Worten zu necken? Entschlossen, es ihm heimzuzahlen, entschlossen, ihm das gleiche schlechte Gefühl zu geben, das sie bei seinen Worten hatte ertragen müssen, rannte sie hinter ihm her. Sie packte ihn beim Arm und zwang ihn, sie anzuschauen.

„Ich weiß nicht, woher du die Kühnheit nimmst, so mit mir zu sprechen. Nur ein Wort von mir, und du hast mich ein Leben lang am Hals!"

„Aye, mein Mädchen, und du hättest mich am Hals", sagte er mit leiser Stimme. Sie spürte seinen warmen Atem auf ihrer Haut. „Kannst du sagen, was schlimmer ist?"

Catrionas Herz schlug immer schneller. Sie fühlte sich seltsam schwindlig. Ihr war fast, als stünde sie neben sich und würde diesen beiden Fremden beim Streiten zusehen, während sie sich näher und näher kamen. Verzweifelt bemühte sie sich, an ihrem Zorn festzuhalten. Ein anderes, tieferes Gefühl drohte sie zu überwältigen. Sie schluckte. „Nie würde ich mein Leben mit dir verbringen." Sie suchte nach Worten, die ihn von ihr fortjagen würden. „Ich muss einen besseren Mann als dich heiraten", zischte sie.

Er hatte noch nicht einmal genug Anstand zurückzuschrecken. Stattdessen legte er den Kopf schief und schürzte die Lippen, als wäre sie nichts als ein schwieriges Kind. „Das sagst du. Woher aber weißt du, ob ein anderer Mann besser ist als ich?“ Seine Stimme war jetzt ganz ruhig, aber es lag etwas Gefährliches in ihr.

„Jeder wäre besser als du.“

„Sogar das Hundsgesicht MacDonell?“

Sie versuchte, Ja zu sagen, aber eine so große Lüge brachte sie nicht über die Lippen, noch nicht einmal, um recht zu behalten.

„Also gibt es wenigsten einen Mann, der nicht so gut ist wie ich. Du hast wirklich einen ausgeprägten Sinn für Dankbarkeit einem Mann gegenüber, der dich vor dem Erfrieren gerettet, dir ein warmes Essen besorgt hat, um deinen Bauch zu wärmen, und noch einen Platz am Feuer dazu, wo du heute Nacht dein müdes Haupt zu Ruhe betten kannst.“ Er packte sie bei den Schultern und sah ihr in die Augen. Dann senkte er den Blick auf ihren Mund. Catriona stockte der Atem, als sie in seinen braunen Augen las.

„Wir können von Glück sagen, dass sie uns nach dieser Vorstellung nicht hier draußen im Schnee schlafen lassen“, sagte er wie zu sich selbst.

„Aber du warst es doch, der sie ein Schw…“

Bevor sie den Satz beenden konnte, veränderte sich der Ausdruck seiner Augen. Tayg beugte sich vor und verschloss ihr die Lippen mit seinem Mund.

Catriona schnappte nach Luft. Dann war sie wie gebannt von dem Gefühl, das sie überkam, als sie seine Lippen spürte. Er nutzte ihr Zögern und presste wieder den Mund auf den ihren, sanft und doch fest. Ein prickelndes Gefühl überlief Catriona. Es war der gleiche warme Schauer wie damals, als er ihr geholfen hatte, ihr Haar unter dem Tuch zu verbergen. Wie verzaubert ließ sie ihn gewähren. Sie stand völlig still da und schloss die Augen. Taygs Lippen waren warm und sanft, während sie über die ihren strichen. Catriona ließ die Hände auf seinen Armen ruhen, kam ein wenig näher und überließ sich ganz ihren Gefühlen.

Tayg trat zurück und sah ihr in die mitternachtsblauen Augen. Wie konnten aus solch einem süßen Mund nur so scharfe Worte kommen? Sein Blick wanderte von ihren erstaunten Augen zu ihren vollen Lippen, und, großer Gott, er konnte nicht anders, er musste sie wieder küssen.

Dieses Mal aber schmiegte sie sich an ihn. Tayg nahm ihr Gesicht in beide Hände, neigte ihren Kopf etwas und gab sich ganz der überraschenden Süße dieses Kusses hin. Er verlangte nach mehr, wollte …

Er drängte ihre Lippen auseinander und lehrte sie, wie wunderbar ein leidenschaftlicher Kuss war. Während er sie dabei noch enger an sich zog, fühlte er ihren weichen Busen.

Aufstöhnend murmelte er mit einem kleinen Lächeln: „Schau, Mädchen …“, und dabei ließ er seine Lippen von ihrem Mund hinunter zu dieser kleinen empfindlichen Stelle unter dem Ohr wandern, „… für eine Zunge gibt es doch viel bessere Aufgaben als die, den Stolz eines Mannes zu verletzen.“

Es brauchte nur die Zeit eines Herzschlags, um Catriona von einer warmen, anschmiegsamen Frau in ein starres, eisiges Wesen zu verwandeln. Sie gab ihm einen harten Stoß, dass er rückwärts taumelte. Tayg wünschte sich, er hätte dieses Mal den Mund gehalten.

„Wenn du so etwas jemals wieder versuchst“, sagte sie, stieß ihm dabei hart mit dem Finger in die Brust und schaute ihn aus zusammengekniffenen Augen voll unmissverständlicher Wut an, „dann verletze ich mehr als nur deinen Stolz.“ Sie gab ihm wieder einen Stoß, fegte an ihm vorbei und verschwand in der Halle.

Tayg stand da und versuchte zu verstehen, was gerade passiert war. Was hatte er sich nur dabei gedacht, sie zu küssen?

War er verrückt geworden? Er wollte diese Frau doch genauso wenig, wie er Dolag wollte. Doch dann musste er über sich selbst lachen, denn gewisse Körperteile zeigten ihm sehr deutlich, dass er sie durchaus wollte.

Er atmete tief durch und versuchte, sich wieder zu beruhigen. Sie war die seltsamste Mischung aus stacheligem Stolz und Sanftmut. Sie konnte eine sehr sinnliche Frau sein, wenn sie es zuließ. Wenn er daran dachte, wie sie sich an ihn geschmiegt hatte, dieser süße, kleine Seufzer, der ihren taufrischen Lippen entflohen war! Oh! Wenn er so weitermachte, würde er sich erst einmal in den Schnee setzen müssen, bevor er in die Halle zurückkehren konnte.

Er sah zum Himmel hinauf. Jetzt, wo sich die Wolken fast verzogen hatten, war er voller Sterne. Nun, so würde morgen vielleicht ein guter Reisetag sein. Wenn er nur Catriona hierlassen könnte – aber das war unmöglich. Er musste eben einen Weg finden, dieser ungewollten Anziehung einen Riegel vorzuschieben, bevor er noch völlig den Verstand verlor und etwas wirklich Dummes tat.

Tayg rollte sich herum und starrte ins langsam verlöschende Feuer. Jedes Mal, wenn er eingeschlafen war, hatte er davon geträumt, wie er Catriona küsste. Und jedes Mal war er erschrocken aufgewacht, wenn das Mädchen, das er küsste, sich von einer hübschen jungen Frau in eine Wildkatze verwandelte, die ihm mit ihren Krallen die Haut zerfetzte. Das war ein Bild, das er nicht vergessen sollte. Sie war für ihn so gefährlich wie eine der hungrigen Wildkatzen, die durchs Hochland streiften.

Er warf einen Blick auf die Ursache seiner unruhigen Nacht. Ohne sich der Probleme um sich herum bewusst zu sein, schlief Catriona tief. Er setzte sich auf, ordnete sein Plaid und hielt es mit seinem Gürtel fest. Er musste dafür sorgen, dass er sich immer wieder an die Schrecken seiner Träume erinnerte, damit ihn nicht wieder die Versuchung überfiel, diese erstaunlich süßen, weichen Lippen zu küssen ... Nein, er durfte nicht schon wieder daran denken. Sie war so wild und gefährlich wie eine Raubkatze. Das würde er nicht noch einmal vergessen.

Er erhob sich von seinem Strohsack und schlich hinaus. Draußen war die Luft kalt. Nebel hüllte alles ein, kaum dass das bleiche Licht der späten Dämmerung eines anbrechenden Wintertages die dichten Schwaden durchdringen konnte. Er suchte nach dem Abort des Dorfes, konnte ihn aber im Nebel nicht entdecken. Er zuckte die Achseln und beschloss, in den nahen Wald zu gehen.

Tayg stapfte den Pfad zwischen einer Hütte und der Halle entlang und verschwand zwischen den Bäumen. Gerade als er den Schutz des Waldes wieder verlassen wollte, hörte er Stimmen und das dumpfe Geräusch von Pferdehufen im Schnee. Sofort begann seine Kopfhaut zu prickeln. Das Gefühl hatte er immer, wenn Gefahr im Verzug war, und es riet ihm, vorsichtig zu sein. Er schlug einen Bogen um die Hütten und kroch auf der anderen Seite entlang, bis er die Stelle erreichte, wo der Pfad, auf dem er und Catriona letzte Nacht gekommen waren, ins Dorf einmündete.

Immer noch herrschte dichter Nebel, und die Stimmen klangen gedämpft. Er wartete.

„Holla!“ Die Stimme klang so dumpf, als käme sie unter einer dicken Decke hervor. „Seid ihr noch nicht auf den Beinen?“

Die Stimme klang seltsam vertraut – eigentlich nicht die Stimme selbst, vielleicht eher der Sprechrhythmus oder vielleicht auch die fordernde Formulierung, so als würde der Sprecher erwarten ...

Tayg erstarrte.

„Aye, wir sind schon auf den Beinen heute Morgen.“ Von irgendwoher drang Farlans Stimme, der den Ankömmlingen antwortete. „Was wollt *ihr* in Fionn?“ In seiner Stimme lag nicht der Willkommensgruß, mit dem er Tayg und Catriona in der

Nacht zuvor begrüßt hatte. Tayg kam es vor, als sei Farlan den Ankömmlingen gegenüber vorsichtig.

„Wir sind auf der Suche nach einem Mädchen, einem zänkischen Ding, das du nicht einmal deinem ärgsten Feind wünschen würdest. Sie ist hier, und wir kommen, um dich von der Last ihrer Anwesenheit zu befreien."

Das Kribbeln auf Taygs Kopf breitete sich über seinen ganzen Rücken aus. Jetzt gab es keine Zweifel mehr. Er wusste mit Sicherheit, dass der Ankömmling niemand anderer war als Cationas Bruder Broc.

Broc MacLeod hatte sie gefunden.

6. *KAPITEL*

Tayg kroch näher heran und achtete dabei darauf, dass er in den tieferen Schatten der nebeligen Dämmerung blieb. Broc war zweifellos ihrer Spur gefolgt. Es verlangte kein großes Geschick, einer einzelnen Fährte im Neuschnee zu folgen. Aber was wusste der Mann? Tayg schlich sich näher an die Vorderseite des Cottage heran und spähte um die Ecke. Im dichten Nebel waren Einzelheiten nur verschwommen zu erkennen, aber es war klar, dass Farlan vor dem Ankömmling stand … den Ankömmlingen, denn es waren mindestens drei Pferde.

Unerwartet teilte sich der Nebel, und Tayg unterdrückte einen Fluch. Rasch zog er sich hinter die Hütte zurück, wo er aber die Unterhaltung immer noch hören konnte.

„Und warum jagt ihr ein Mädchen bei diesem Wetter? Hat es dir vielleicht deine Männlichkeit gestohlen?“ In Farlans Stimme schwang ein eigenartiger Unterton mit.

„Das geht dich nichts an, alter Mann. Ich bin Broc MacLeod of Assynt …“

„Ich weiß wohl, wer du bist, Bursche, also rede nicht in so einem Ton mit mir, oder ich befördere dein kleines Hinterteil jenen Felsen dort hinunter. Wie ein treuer Hund folgt dir der Ärger auf dem Fuß. Es gibt kaum einen Mann in den Highlands, der das nicht weiß.“

Einen Moment lang herrschte Schweigen. Tayg konnte sich vorstellen, welche gespannte Stimmung jetzt zwischen den beiden Highlandern herrschte.

„Wir haben ihre Spur durch den Schnee verfolgt. Sie führte uns hierher. Wir wollen das Mädchen zurückhaben.“

„Wir haben keine – wie hast du gesagt? – *zänkischen Dinger* hier. Die Mädchen von Fionn sind so liebenswürdig, wie deins es nicht ist.“

„Sie ist nicht mein Mädchen.“

„Warum verfolgst du sie dann?“

Wieder herrschte Schweigen. Dann räusperte sich Broc. „Sie ist meine Schwester, verlobt mit unserem Verbündeten. Ich habe geschworen, sie zur Hochzeit zurückzubringen. Wo ist sie?“

„Ich habe dir bereits gesagt, hier ist kein Mädchen, auf das deine Beschreibung passt.“

„Zu wem gehört dann diese Spur, die in dieses Loch führt?“ Broc schien alle Geduld zu verlieren, die er zuvor vielleicht noch aufgebracht hatte.

„Zum Barden“, piepste ein Stimmchen.

„Alasdair!“ Farlans Stimme klang streng und erinnerte Tayg an die Stimme seines eigenen Vaters, wenn er dessen Zorn erregt hatte. „Häng dich wieder an den Rockzipfel deiner Mutter, und überlasse das hier den Älteren.“

Tayg fühlte mit dem Jungen. Auch wenn er ihn nicht sehen konnte, wusste er, dass er jetzt die Schultern hängen ließ und es in ihm kochte wegen der scharfen Zurechtweisung.

„Ein Barde ist hier?“, fragte eine andere Stimme, zwar auch männlich, aber nicht so tief wie die von Broc.

„Ich wüsste nicht, was ein Barde mit eurem entflohenen Mädchen zu tun hätte.“

„Es gab Anzeichen, als ob auf der Fährte, der wir folgten, zwei gegangen wären“, sagte jetzt eine dritte Stimme. „War eine Frau bei dem Barden?“

Lange Zeit herrschte Schweigen. Tayg wagte noch einen Blick. Der Nebel hatte sich wieder um die Männer geschlossen, aber er konnte noch Farlans Gestalt erkennen, wie er dastand, die dicken Arme über der mächtigen Brust verschränkt. Sein schulterlanges Haar stand ihm wirr vom Kopf, und wenn man es auch wegen des Nebels kaum erkennen konnte, war es klar, dass Farlan die Männer wütend anstarrte.

Endlich sagte er: „Aye, es ist eine Frau bei ihm. Aber es ist seine eigene Schwester.“

„Woher weißt du, dass es seine Schwester ist?“

„Ganz einfach, er hat sie uns vorgestellt. Er neckte sie – sie neckte ihn. Aber sie war ganz und gar nicht zänkisch. Doch, sie sind Bruder und Schwester, daran habe ich nicht den geringsten Zweifel."

Broc schnaubte so verächtlich und heftig, dass die Nebelschwaden um ihn herum in Bewegung kamen. Catriona hat jede Menge Erfahrung darin, von einem älteren Bruder gehänselt zu werden. Es wäre ein Leichtes für sie, diese Rolle zu spielen. Ich werde mir das Mädchen selbst anschauen", sagte er. „Kommt, Burschen. Wenn Farlan uns nicht sagen will, wo wir suchen sollen, werden wir sie eben selbst finden."

Tayg war überzeugt, dass Farlan ihnen nicht erlauben würde zu suchen. Aber er ließ es nicht darauf ankommen. Er rannte an der Rückseite der Hütte entlang und stürzte zur Halle.

Catriona war das Verbindungsglied zwischen dem Hundsgesicht MacDonell und den Brüdern MacLeod. Solange Tayg ihr Schicksal bestimmte, bestand eine Chance, dass das Komplott gegen den König misslang. Er glaubte nicht, dass ein Clan dem anderen ohne solch ein Verbindungsglied über den Weg traute. Selbst wenn es ihm nicht gelang, Catriona rechtzeitig zum König zu bringen, genügte es vielleicht, die Heirat zwischen ihr und dem Chief der MacLeods zu verhindern. Das würde für schlechte Stimmung zwischen den Verschwörern sorgen und so ihr Vorhaben verhindern.

Er lachte in sich hinein. Es war eine etwas schwache Begründung, doch er wollte lieber nicht noch über andere, persönlichere Gründe nachdenken, warum er Catriona bei sich haben wollte.

Tayg schlüpfte durch die Tür und lief durch die Halle, wo Catriona nahe beim Feuer schlief. Er rüttelte sie an der Schulter. „Wach auf", flüsterte er, als sie versuchte, seine Hand fortzustoßen. „Dein Bruder ist da."

Catriona riss die Augen auf. „Was?"

„Broc. Er ist hier und fragt nach dir. Es sind auch noch andere bei ihm." Sie richtete sich auf, die Augen groß und voller Angst. „Ich werde nicht mit ihm gehen!"

„Pst! Das weiß ich. Komm", sagte Tayg, während er seine eigenen Sachen zusammensuchte. „Wir müssen fort. Schnell und leise."

„Aber warum …"

„Stell jetzt keine Fragen. Oder willst du, dass ich es mir noch einmal überlege und dich zurücklasse? Und du musst ihm dann allein gegenübertreten?"

„Ich stelle Fragen, wann ich es für …"

„Frag später. Jetzt mach dich fertig. Broc wird jeden Moment hier sein."

Sie funkelte ihn an, doch dann stand sie auf, warf sich den Mantel über, rollte ihr Bettzeug zusammen und klemmte es sich unter den Arm. „Ich bin fertig."

Tayg war erstaunt, dass sie so schnell nachgegeben hatte. Broc musste wirklich furchterregend sein.

„Es gibt nur diese eine Tür, die zum Dorf hinausführt. Aber draußen herrscht dichter Nebel. Er wird uns verbergen. Sei sehr leise, bei solchem Wetter hört man Geräusche besonders deutlich."

Er nahm sie bei der Hand, und sie folgte ihm wortlos. Tayg redete sich ein, dass er ihre Hand nur hielt, um sicher zu sein, dass sie nicht im Nebel verloren ging, oder weil er sie durch ein leichtes Drücken beruhigen konnte, sollte es nötig sein. Aber er wusste auch, dass das widerwillige Vertrauen, das sie zeigte, ihren Händedruck noch wärmer erscheinen ließ und ihn unendlich freute.

Sie verließen ihre Zufluchtsstätte und schlichen sich rasch am Haus entlang zum Pferdestall. Tayg war dankbar dafür, dass viele Füße über den Pfad zwischen den Gebäuden getrampelt waren und man ihre Fußstapfen nicht erkennen würde. Sie schlüpften in den Stall. Im Nu hatte Tayg sein Pferd gesattelt und ihm ihre Habseligkeiten aufgeladen. Er führte das Tier hinaus, sprang in den Sattel und streckte Catriona die Hand hin.

„Voran“, flüsterte er.

Sie zögerte, als wütende Stimmen durch den Nebel zu ihnen drangen. Es hörte sich an, als würden Geister miteinander streiten. Ob Farlan Broc und seine Brüder zurückhielt, weil er ihnen beiden Gelegenheit zu Flucht verschaffen wollte, oder ob er es tat, weil er Broc nicht leiden konnte, spielte für Tayg keine Rolle. Er würde sich bei Farlan bedanken, sobald er seine Angelegenheiten beim König geregelt hatte. Immer noch stand Catriona regungslos da. Sie schien beim Klang der Stimmen zu Stein geworden zu sein. Wenn das Mädchen nicht endlich aufstieg, würde alles noch ein schlimmes Ende nehmen.

„Möchtest du gefesselt wie ein erlegtes Stück Wild zum Hundsgesicht geschleppt werden?“

Sie schnappte nach Luft und fuhr herum. Ihre Augen waren voller Angst, und Tayg wünschte sich sehnlichst, ihr diese Angst zu nehmen. Doch bevor er noch ein Wort sagen konnte, ergriff sie schon seine Hand und kletterte hinter ihm in den Sattel. So leise wie möglich lenkte Tayg das Pferd aus dem Dorf hinaus.

Catriona blickte über die Schulter zurück. Sie hatte Angst, man könnte sie jeden Augenblick entdecken und Taygs harsche Worte würden wahr werden. Gott sei Dank löste der Nebel sich nicht auf und verdeckte alles, bis auf die schwachen Umrisse der Halle.

„Genug jetzt! Wo ist sie?“ Das war Brocs Stimme. Dank allen Heiligen, dass der Barde Broc entdeckt hatte, bevor dieser … Für einen kurzen Moment teilte sich der Nebel. Catriona machte sich hinter Taygs breitem Rücken ganz klein.

Nicht nur Broc war hinter ihr hergejagt, sondern auch all ihre anderen Brüder! Sie konnte den Blick nicht losreißen. Gott sei Dank standen sie mit dem Rücken zu ihr. Sie blinzelte und wünschte den Nebel wieder herbei, damit er ihre Flucht verbarg. Plötzlich warf Ailig, ihr jüngster Bruder, einen Blick über die Schulter. Er schien sie direkt anzusehen. Aber dann wandte er sich genau in dem Augenblick wieder ab, als der Nebel endlich ihrem heißen Flehen nachgab. Catriona lauschte auf Ailigs Stimme, auf das Geräusch von Verfolgern. Doch nichts geschah.

Sie erreichten den Wald, und Tayg setzte in seinem Schutz den Weg fort. Catriona bemerkte, dass nur wenig Schnee den Boden zwischen den breiten Kiefern und den dicht stehenden, kahlen Birken erreicht hatte. Man würde ihrer Spur nicht so leicht folgen können.

Tayg trieb das Pferd zu einer schnelleren Gangart an. Schweigend ritten sie weiter, und man hörte nichts außer dem Geräusch der Hufe. Als sie ein gutes Stück vom Dorf entfernt waren, erlaubte er dem Tier, langsamer zu werden und endlich stehen zu bleiben.

Catriona musste sich bewegen. Sie musste die Unruhe loswerden, die sie seit dem plötzlichen Erwachen und ihrem schnellen Aufbruch gepackt hatte.

„Lass mich hinunter", sagte sie.

Tayg ließ sie zu Boden gleiten und folgte ihr dann. „Du hast ihn also gehört?"

„Aye, es war aber nicht nur Broc."

Tayg hob die Brauen, und Catriona nickte.

„Es waren alle." Ailigs Blick erwähnte sie nicht. Offensichtlich hatte er sie nicht bemerkt, also gab es keinen Grund, den Barden zu beunruhigen.

„Sie wissen, dass du bei mir bist."

„Wie das?"

„Ich hörte, wie sie mit Farlan sprachen. Sie wissen, dass ich mit einem Mädchen gekommen bin, auch wenn Farlan ihnen versicherte, du seist wirklich meine Schwester. Broc glaubte ihm nicht, deswegen der Wortwechsel."

„Also haben sie einen Verdacht. Aber sie wissen nichts Genaues." Sie ging auf dem Weg auf und ab. „Wir müssen einen

Platz finden, wo wir uns verstecken können. Nur weil sie uns diesmal nicht entdeckt haben, werden sie nicht aufgeben."

„Allerdings werden sie wohl ein bisschen mit Spurenlesen beschäftigt sein. Bis ins Dorf konnten sie deutlichen Spuren folgen. Jetzt führen wir sie auf eine fröhliche Jagd." Er grinste sie an. „Wir werden eine Weile in diese Richtung gehen. Dann schlagen wir einen Bogen und kehren zu unserem richtigen Weg zurück."

Catriona blickte sich um. „Was?"

„Dieser Weg", sagte er und deutete in die Richtung, in der sie unterwegs waren, „führt gen Norden. Unser Weg zum König führt gen Süden, den Fluss entlang."

Catriona zog die Brauen zusammen. „Warum tust du das?"

Tayg nahm eine Möhre aus der Tasche und fütterte das Pferd damit. „Er ist müde." Er nahm die Zügel in die eine Hand, ihre Hand in die andere und führte sie den Pfad hinunter.

„Warum, Barde?"

Er ging weiter und zog sie praktisch mit sich. Catriona lief schneller, um mit ihm Schritt zu halten.

„Barde!", sagte sie schärfer.

Er sah sie an. „Du möchtest zum König. Vielleicht bin ich verrückt, aber ich werde dafür sorgen, dass du zu ihm kommst." Er lächelte sie an und fiel in einen Dauerlauf, bevor Catriona ihn noch weiter drängen konnte.

Schließlich verließ er den Weg und nahm einen Wildwechsel. Catriona ging als Letzte hinter ihm und dem Pferd. Sie war müde und sehnte sich verzweifelt nach einer Ruhepause für ihre schmerzenden Füße. Auf einem kaum zu erkennenden Pfad stiegen sie in eine tiefe Schlucht hinab. Catriona war Tayg dankbar, dass er ihr heute Morgen geholfen hatte, auch wenn sie immer noch nicht verstand, warum. Es schien doch die perfekte Gelegenheit gewesen zu sein, sie loszuwerden.

Wieso hatte er sie nicht einfach dort gelassen? Das alles ergab keinen Sinn.

„Unten werden wir haltmachen, um uns auszuruhen und um etwas zu essen“, sagte Tayg über die Schulter zu ihr.

Ihr knurrte der Magen, und sie merkte, wie hungrig und durstig sie war. Sie hatten weder gegessen noch eine Ruhepause eingelegt und auch kaum ein Wort miteinander gesprochen, seitdem sie aus dem Dorf geflohen waren. Wenn sie fragen wollte, hatte er sie unterbrochen. Er hatte sie einfach aus dem Dorf geschafft und ihr gesagt, sie könne ihre Fragen später stellen. Nun, es war jetzt später, und sie hatte einige Fragen an ihn. Sie wollte wissen, was er plante, denn er plante sicher etwas.

Sie warf finstere Blicke auf den breiten Rücken vor sich. Sein glänzendes braunes Haar schimmerte im Sonnenlicht, das durch die Baumkronen fiel. Sein Plaid schwang vor und zurück und umspielte seine wohlgeformten Beine in den engen Hosen im Rhythmus seiner Schritte. Aber das Pferd war zwischen ihnen.

Sie ging schneller, schützte dabei ihr Gesicht vor tief hängenden Zweigen und drängte sich an dem Tier vorbei, um an Taygs Seite zu gelangen.

„Warum hilfst du mir?“, fragte sie. „Zu Anfang wolltest du mich zu meinen Brüdern zurückbringen. Wieso hast du mich ihnen jetzt nicht einfach überlassen?“

Er sagte nichts, sondern blickte starr geradeaus.

„Barde!“ Sie hieb ihm mit der Faust auf den Arm, um seine Aufmerksamkeit zu erhalten. „Wieso tust du so etwas Dummes?“

Er warf ihr einen Blick zu, doch in seinen Augen konnte sie keine Antwort lesen. Er zuckte die Achseln und ging schneller. Catriona musste laufen, um Schritt mit ihm zu halten und nicht auch noch zufällig von dem Pferd überrannt zu werden. Plötzlich führte der Weg steil bergab. Sie trat zur Seite und ließ das Pferd zwischen sich und dem Grund ihres aufsteigenden Zorns gehen. Sie folgte etwas langsamer. Vorsichtig suchte sie sich ihren Weg den vereisten Hang hinunter. Sie würde ihre Antwort schon noch bekommen. Dazu hatte sie viel zu viel Erfahrung mit Brüdern und deren Taktik, Dinge einfach zu ignorieren. Sie besaß die Fertigkeit, trotzdem ihre Antworten zu bekommen. Mit dem Barden würde es nicht anders sein. Es erforderte eben eine gewisse Hartnäckigkeit.

Ein Bach kam in Sicht. Tayg ließ die Zügel los und sprang die letzten paar Fuß bis zum Ufer hinunter. Er kniete sich nieder und neigte das Gesicht über das Wasser. Auf den Fersen hockend, drehte er sich zu Catriona um und sah sie mit dunklen, ernsten Augen an.

„Komm und trink."

Aber Catriona stand wie angewurzelt da. Ihr ganzer Zorn und Ärger waren verschwunden beim Anblick der glitzernden Tropfen, die an seinen Lippen hingen. Wieder wurde sie von all den überwältigenden Gefühlen gepackt, die sie auch letzte Nacht wie ein Wirbelsturm mitgerissen hatten, als er sie küsste. Sie raubten ihr den Atem und ließen ihr unangenehm heiß werden, trotz der eisigen Dezemberluft.

„Catriona? Bist du nicht durstig?"

Sie konnte nur wortlos nicken, denn sie traute ihrer Stimme nicht und musste sich zwingen, die paar Schritte zu tun. Dass sie heute Morgen so überstürzt flüchten musste, hatte jede Erinnerung in ihrem Kopf ausgelöscht – und in ihrem Körper. Doch jetzt erinnerte sie sich lebhaft! Nie zuvor hatte sie dieses Gefühl gehabt. Es war, als würde flüssiges Feuer durch ihren Körper strömen. Und noch nie hatten sie diese beunruhigenden, aber ganz und gar nicht unangenehmen Träume heimgesucht wie in der letzten Nacht.

Etwas in ihr wollte dieses wunderbare, berauschende Gefühl noch einmal erleben, doch der andere, vernünftigere Teil sagte ihr, dass das riskant sei. Es war viel zu gefährlich, diesem Gefühl nachzugeben. Doch noch nie war sie so sehr bereit gewesen, jede Kontrolle über sich zu verlieren und einfach nur noch zu sein. Es wäre wirklich nicht klug von ihr, sich noch einmal in so eine Situation zu begeben.

Sie kniete sich neben Tayg am Bachufer nieder und stillte ihren Durst. Aber sie erlaubte sich nicht, ihn anzusehen.

Stunden später sah Tayg zum dunklen Himmel empor. Sie mussten einen Platz finden, wo sie die Nacht verbringen konnten. Die Höhlen hatten sie hinter sich gelassen, und der Wald bot kaum richtigen Schutz vor den Elementen. Wenigstens war der Himmel fast klar. Wenn kein Schnee fiel, würde sie es unter freiem Himmel ganz gut haben. Falls es aber schneite – nun ja, dieses Problem musste gelöst werden, wenn es so weit war.

Tayg entdeckte ein Gehölz aus jungen Kiefern, das von immergrünen Büschen mit langen, dicht belaubten Zweigen umgeben war. Er verließ den Pfad und hielt darauf zu.

„Wohin gehst du?“, fragte Catriona.

Er blickte zur ihr zurück. Sie stand auf dem Weg, die Fäuste in die Hüften gestemmt, und zog auf höchst unkleidsame Art die Mundwinkel nach unten. Allem Anschein nach war sie wütend, weil er ihr ihre Fragen nicht beantwortete. Aber wie sollte er das? Die Wahrheit konnte er ihr nicht sagen, noch nicht einmal den Teil davon, dessen er sich sicher war. Er wollte sich nicht in Lügen verstricken, also musste er Antworten vermeiden. Vorhin am Bach hatte ein Blick in ihr Gesicht sie nicht nur am Weiterfragen gehindert, sondern auch fast sein Herz zum Stocken gebracht. Er hätte schwören können, dass ihr Blick voller Verlangen gewesen war, nacktes, tollkühnes Verlangen. Dieser Blick hatte ihn an den Ausdruck in ihrem Gesicht erinnert, als er sie letzte Nacht törichterweise geküsst hatte. Aber sie hatte sich schnell wieder in der Gewalt gehabt.

„Wir werden hier übernachten“, sagte er und drehte sich wieder zu dem Gehölz um.

„Wo?“, rief sie hinter ihm her.

Tayg ging weiter, ließ das Pferd am Rande des Gestrüpps

stehen und bahnte sich einen Weg durch die dichten Büsche. Nachdem er sich erst einmal unter einem Baldachin ausladender Zweige durch das Unterholz gearbeitet hatte, entdeckte er genau das, worauf er gehofft hatte – einen kleinen, offenen Platz mit einem dicken Polster aus Kiefernnadeln. Es war ein Ort, den das Wild zu benutzen schien, und da die Zweige kein dichtes Dach über ihren Köpfen bildeten, war er groß genug für alle drei. Hier konnte man sie vom Weg aus nicht sehen, und falls das Wetter wechselte, würden die Zweige den Großteil des Schnees von ihnen abhalten.

„Barde?", hörte er Catriona von draußen rufen. Ihre Stimme bebte leicht, als hätte sie Angst. „Barde? Tayg!"

Er schmunzelte vor sich hin. Ja, sie waren vor jedem, der des Weges kam, geschützt. Anscheinend konnte sie ihn noch nicht einmal aus dieser kurzen Entfernung sehen.

„Tayg!" Jetzt hatte sie wirklich Angst.

Er trat vor und streckte die Hand durch das stachelige, würzig duftende Blattwerk.

„Oh!"

Sie stand ganz nah. Er winkte sie mit dem Finger zu sich, zog die Hand zurück und teilte die Zweige gerade so weit, dass er hinausspähen konnte.

„Es ist ganz gemütlich hier drinnen, und vom Weg aus ist nichts zu sehen. Wir dürfen allerdings kein Feuer machen, falls ..."

„Aye, falls dein kleiner Trick Broc und seine Schafsgesichter doch nicht an der Nase herumführt."

Es war mehr ihr Ton, der ihn zusammenzucken ließ, als ihre Worte. „Soll ich dich lieber hierlassen, damit du darauf warten kannst, dass deine Brüder dich finden?" Er schnappte sich die Zügel und zwang das Tier, durchs Gebüsch zu gehen. Hinter ihnen schlossen sich die Zweige wieder.

Er führte das Pferd zur Seite und schlang die Zügel um einen Ast. Dann hob er die Taschen herunter und warf sie in die

Mitte ihres Verstecks. Er zuckte zusammen, als die Trommel einen dumpfen Laut von sich gab. Die anderen Satteltaschen waren auf sie gefallen.

„Du wirst einen feinen Barden abgeben, wenn du kein Instrument zum Spielen hast."

Tayg blickte über die Schulter und sah, dass Catriona ihr Versteck betreten hatte. Sie stand mit gekreuzten Armen da und hob spöttisch eine ihrer rabenschwarzen Brauen.

„Ich bin müde. Es ist mir aus der Hand gerutscht. Ich bin sicher, die Trommel ist in Ordnung." Nur um in seiner Rolle zu bleiben, ordnete er die Taschen neu und holte die Trommel hervor. Er fuhr mit der Hand über das stramm gespannte Fell, als wisse er, wonach er suchte. Offensichtlich hatte sie keine Löcher abbekommen. Er konnte nur hoffen, dass es nicht noch irgendwelche verborgenen Beschädigungen gab. Achselzuckend schob er sie in die Schutzhülle zurück.

Immer noch stand Catriona mit gekreuzten Armen und Kampfeslust in den Augen da. Er erhob sich.

„Was plagt dich, Mädchen?", fragte er, während er das Pferd vom Sattel befreite.

„Mich? Gar nichts, nur dass ich mit einem dummen Mann reise, der mir keine Erklärungen geben will."

„Ich muss nichts erklären."

Catriona ging hin zu ihm und tippte ihm mit einem Finger gegen die Brust. „Oh doch, das musst du. Warum hast du dich nicht von mir befreit?"

Die Luft zwischen ihnen schien zu knistern, während sie dastanden. Sie wartete auf seine Antwort, er suchte nach einer Antwort. Er sah Zorn in ihren Augen auflodern. Er sah aber auch, dass ihre Mundwinkel ein ganz klein wenig zitterten. Es verriet ihm ihre Furcht. Furcht wovor? Das Mädchen schien vor kaum etwas Angst zu haben, am wenigsten vor ihm. Er streckte die Hand aus und streichelte mit den Fingerrücken über ihre weiche Wange. Der Zorn verschwand aus ihrem Blick, und etwas anderes, dahinter Verstecktes tauchte auf.

„Ich denke, es ist deswegen“, sagte Tayg und drückte ihr einen raschen Kuss auf die Lippen.

Etwas in ihm schien Funken zu sprühen, und er erkannte, dass er die Wahrheit gesprochen hatte. Trotz ihrer bösen Zunge war ihr Kuss wie flüssiges Feuer, brannte in seinen Adern und fegte alle Vernunft hinweg.

Catriona neigte sich ihm fast unmerklich entgegen. Aber dann schien sie jäh zu sich zu kommen. Mit der Hand auf den Lippen und weit aufgerissenen Augen trat sie einen Schritt zurück.

„Tu das nie wieder“, sagte sie. Doch er sah, dass ihr Kinn dabei zitterte. Und das Feuer, das in ihren Augen brannte, kannte er sehr gut, denn in ihm loderte es genauso hell. Auch wenn sie seine Küsse nicht mochte, so hatten sie in ihr doch das gleiche Feuer entfacht wie in ihm.

Er machte eine kleine Verbeugung. „Wie Ihr befehlt, hoch mächtige Dame.“

„Ich bin nicht die Dame eines Barden und werde es auch nie sein. Noch werde ich während unserer Reise deine Hure für dich spielen.“

„Du bist keine Hure, nur eine schwierige, undankbare Frau. Tayg der Barde wird dich nicht mehr anrühren, dessen kannst du sicher sein.“ Solange er sich unter Kontrolle hatte. Was war nur über ihn gekommen? Er wollte sich doch auf keinen Fall mit dieser Frau einlassen. Und gerade jetzt war er erneut dem Sirenenzauber ihrer Lippen erlegen. Gott sei Dank hatte sie ihre Beherrschung wieder gefunden, bevor er etwa wirklich Dummes hatte anstellen können. Er riss sich zusammen und wandte seine Aufmerksamkeit seinem Pferd zu.

„Mach dich nützlich“, meinte er und klang dabei wie Rob vor einer Schlacht. Es war der einzige Weg, seinen wachsenden Ärger über dieses beunruhigende Mädchen zu verbergen. „Hol Wasser für uns, dann werden wir essen. Bald wird es dunkel.“

Er merkte, dass sie sich nicht bewegte, und schaute über die Schulter. Sie stand steif da, die Nase in der Luft und Wut in den Augen.

„Was ist?“, fragte er.

„Ich lasse mich nicht herumscheuchen wie irgendeine Dienstmagd.“

Er sprang auf und stellte sich vor sie. Langsam stieg auch in ihm Zorn auf. „So, das tust du nicht.“ Er atmete tief durch und erinnerte sich daran, dass sie ein Mädchen und kein Soldat des Heeres war. „Ich bitte um Verzeihung. Ich habe mich zu lange in Gesellschaft von Soldaten aufgehalten.“ Erstaunen sprach aus ihrem Blick, und er stellte erschrocken fest, dass er in sein wirkliches Selbst zurückgeschlüpft war. „Dort habe ich die Kriegslieder gelernt“, meinte er leichthin. Um sie abzulenken, schenkte er ihr sein berühmtes Lächeln, auf dessen Wirkung er sich verlassen konnte, und machte eine tiefe Verbeugung. „Ich bereite jetzt die Betten für uns vor. Würdest du etwas Wasser holen?“

Er beugte sich nieder, schob den Finger unter die Schnur seines Trinkschlauchs und warf ihn ihr mit einer einzigen fließenden Bewegung zu. Sie fing ihn geschickt in der Luft auf, ohne Tayg dabei auch nur einen Moment aus den Augen zu lassen.

„Ich weiß nicht, was du vorhast, Barde, aber glaube nicht, dass du mich mit deinen Worten zum Narren halten wirst.“

„Wenn du lieber unser Lager bereiten möchtest, werde ich gern Wasser holen.“ Er wartete auf ihre Entscheidung.

Es schienen Stunden zu vergehen, bis sie endlich eine Art Knurren hören ließ. Einen Fluch murmelnd, drehte sie um und kroch durch die schützenden Zweige ihres Verstecks. Tayg machte sich wieder an die Arbeit. Catriona war so stachelig wie Stechginster, aber hinter ihrem schwierigen Äußeren verbarg sich etwas, das ein wenig Pflege brauchte. Immer wieder, zum Beispiel wenn er sie küsste, zeigte sich ihre weichere Seite.

Sie erinnerte ihn an die Wildkatze in seinem Traum: weiches Fell, scharfer Biss. Die Katze zu küssen hatte etwas Gutes. Sie konnte keine beißenden Kommentare abgeben, wenn ihr Mund mit etwas anderem beschäftigt war.

Sie verbrachten einen ruhigen Abend. Momente des Schweigens folgten Momenten, in denen sie sich ansahen. Dann spielte Catriona wieder die völlig Desinteressierte. Als sie sich endlich niederlegten, betrachtete Tayg ihren Rücken, der sich im schwachen Mondlicht abzeichnete. Es dauerte eine ganze Weile, bis sie sich endlich entspannte und ihr Atem langsam und gleichmäßig wurde. Er musste etwas gegen die wachsende Anziehungskraft tun, die sie auf ihn ausübte, und zwar bald. Es hatte keinen Sinn, dass er sich von ihr angezogen fühlte. Sie machte nichts als Ärger, und davon hatte er genug in seinem Leben.

Er drehte sich auf die andere Seite, damit er im bleichen Mondlicht nicht die weichen Rundungen von Catrionas Hüfte sehen musste. Nein, er würde es sich nicht erlauben, noch einmal der Versuchung ihrer Lippen zu erliegen. Ganz gleich, was auch geschah, er wusste, sie war nicht die Frau, die er heiraten wollte. Küsse würden nur zu anderem, noch wollüstigerem Tun führen. Und falls sie seine wahre Identität herausfand, konnte sie das ausnutzen, um ihr Problem zu lösen. Sie hatte ja die Lieder und Geschichten gehört. Und wie seine Mutter gesagt hatte, wollte jedes Mädchen, das sie je gehört hatte, ihn zum Ehemann. Catriona war da sicher nicht anders. Nein, sie bedeutete nichts als Ärger, und er musste sie zum König bringen. Schnell.

Tayg rollte sich wieder auf die andere Seite und kniff die Augen zu, um ihr ebenholzfarbenes Haar nicht sehen zu müssen. Hinter seinen geschlossenen Lidern tanzte ihr Bild, weich und verlockend. Tayg stöhnte und gab sich alle Mühe, an seine Pflicht zu denken.

7. KAPITEL

Tayg wachte jäh auf. Einen Augenblick lang wusste er nicht, wo er war. Langsam erkannte er dann das mit Schnee besprenkelte Grün über seinem Kopf und die warme, leise schnarchende Frau, die sich in seine Arme kuschelte. Er rieb das Kinn an ihrem Haar und atmete den Duft der schlafenden Catriona ein …

Catriona? In seinen Armen?

Catriona hatte ihr weich gerundetes Hinterteil in seinen Schoß geschmiegt und schlief. Langsam hob und senkte sich ihr Bauch unter seinen Fingern. Er riss die Hand zurück und rollte sich auf den Rücken, nur fort von ihr.

Heilige Mutter Gottes! Was hatte er getan? Was hatten *sie* getan? Der nächtliche Himmel schien ihn durch die Lücken im Blätterdach zu beobachten.

Schnell fügte er die Erinnerungsstücke zusammen, die er an diese Nacht hatte: Sie hatten sich geküsst, eine kalte Mahlzeit zu sich genommen, er hatte ihre wütenden Blicke und ihre schlechte Laune ertragen. Dann hatten sie sich schlafen gelegt, jeder auf seinem Lager aus Farnkraut und Decken. Er hatte nichts getan. Sie waren getrennt schlafen gegangen. Er hob den Kopf und sah sich um. Sie hatte ihren Platz verlassen, der zwar in der Nähe war, aber nicht an seiner Seite.

Tayg stützte sich auf den Ellbogen und beugte sich zu ihrem Gesicht mit dem vollkommenen Profil hinunter. Die Reise war anstrengend für sie, wie er an den tiefen, dunklen Schatten unter ihren Augen sehen konnte. Ihr Haar, das sich von seiner hässlichen Bedeckung und dem Zopf befreit hatte, ergoss sich wie ein ebenholzfarbener Teich um ihren Kopf. Tayg nahm eine der schweren seidigen Locken und ließ sie durch die Finger gleiten.

Catriona war schön. Der Schlaf ließ ihre sonst so streitlustigen Züge weicher erscheinen und gab ihr eine verletzliche Unschuld. So seltsam es auch klang, die Wahrheit traf ihn hart. Das ungewohnte Bedürfnis, sie zu beschützen, ließ ihm warm ums Herz werden und versetzte ihn in Angst und Schrecken.

Sie regte sich und öffnete die Augen.

Tayg erhob sich so lässig, wie er nur konnte. Es war nicht gerade einfach, weil ihm die Decke, die sich um seine Füße gewickelt hatte, Schwierigkeiten bereitete. „Guten Morgen", sagte er.

„Guten ..." Catriona setzte sich auf. In ihren Augen erschien das gleiche Glitzern wie schon am Abend vorher. „Was glaubst du eigentlich, was du da gemacht hast?"

„Ich habe geschlafen. Und du?" Er warf einen unmissverständlichen Blick auf die Stelle, wo sie am Abend ihren Schlaf begonnen hatte. Sie lag ein ganzes Stück von der entfernt, wo sie ihn beendete.

„Was willst du damit sagen?"

„Ich sage gar nichts. Aber wie es scheint, war dir heute Nacht kalt, und du hast ein kleines bisschen Wärme gesucht." Sie ließ ein verächtliches Zischen hören, stand auf und verließ ihr gemütliches Dickicht. Er hörte, wie sie sich durch den Wald dahinter einen Weg bahnte. Ihr Benehmen reizte Tayg.

Er fühlte ein Prickeln auf der Haut, als er sich an das Gefühl erinnerte, als ihre weichen Rundungen sich in seinen Schoß gekuschelt hatten. Es war nicht das erste Mal, dass ein Mädchen des Nachts zu ihm ins Bett geklettert war, doch das Ergebnis war meistens erfreulicher gewesen als an diesem Morgen. Hastig öffnete er den Gürtel, der das zerknautschte und verhedderte Plaid zusammenhielt. Er breitete es auf dem Boden aus und begann, sich abzulenken, indem er den schweren Stoff wieder in Falten legte. Als er zu seiner Zufriedenheit gefaltet war, legte er seinen breiten Gürtel darunter, legte sich selbst auf das Plaid und schnallte den Gürtel wieder zu. Zu guter Letzt stand er auf, ordnete die Falten um seine Hüften und zog die losen Enden hoch, um sie mit der großen Silberbrosche, die einmal seinem Bruder gehört hatte, an der Schulter zu befestigen.

Nachdem er das erledigt hatte, kehrten seine Gedanken rasch wieder zu dem Mädchen zurück, das draußen vor ihrem Unterschlupf geräuschvoll durchs Gebüsch stapfte.

Tayg ärgerte sich. Wieso regte sie sich so auf bei dem Gedanken, zwischen ihnen könnte heute Nacht etwas geschehen sein? Die meisten Mädchen wären überglücklich, wenn er ihnen seine Aufmerksamkeit schenken würde, aber diese eine … Sie war sanft und leidenschaftlich, wenn er sie küsste, doch dann wieder hüllte sie sich in ihren Zorn wie in einen Mantel und machte ihrem Spitznamen alle Ehre. Aber trotz ihrer scharfen Zunge musste er immerzu daran denken, wie sie sich in seinen Armen angefühlt hatte, sah das tiefe Blau ihrer Augen vor sich, wenn sie feucht wurden vor Verlangen. Und ihr Gesicht hatte genauso klar Verlangen ausgedrückt, wie es sonst Verachtung ausdrückte.

Was sollte er jetzt mit dieser wachsenden Anziehungskraft zwischen ihnen anfangen? Es durfte nicht sein, dass alles einfach so weiterlief. Sie wollte ihn nicht – außer, sie entdeckte seine wahre Identität … Und er wollte sie ganz bestimmt nicht. Sie war hübsch, aber ihr Mund war so stachelig wie eine Distel … Nun, ihre Worte waren stachelig. Ihr Mund war, wie er sich erinnerte, weich und süß und …

Er musste etwas unternehmen, und zwar rasch. Vielleicht fiel sie ja in eine Schlucht oder ertrank in einem Bach. Nein, das würde zwar sein momentanes Problem lösen, aber er würde nicht damit leben können, dass er es zugelassen hatte. Außerdem hätte er dann keine Geisel mehr für den König.

Der König. Er musste seine Pflicht im Auge behalten. Wenn sie sich beeilten, würden sie rechtzeitig auf Dingwall Castle ankommen, um den König zu warnen, und sie wären dann viel zu erschöpft, um dieser vorübergehenden Zuneigung nachzugeben. Wenn er sie bei schlechter Laune hielt, würden ihre Worte schon dafür sorgen, dass er mehr an ihre Fehler als an ihre Reize dachte.

Das Geräusch brechender Zweige kam näher. Er sah durch die dicken immergrünen Zweige und stellte fest, dass es schon fast hell war. Während sie wie zwei Bärenjungen zusammengekuschelt schliefen, hatten sie wertvolle Zeit verloren. Seine Gedanken schweiften ab, und er musste an all die anderen, viel interessanteren Möglichkeiten denken, durch die sie sich hätten wärmen können. Entschlossen bemühte er sich, an den König, das Komplott, den Schnee – an alles Mögliche zu denken, nur nicht an sie.

Die Küsse waren gefährlich genug gewesen. Doch jetzt, wo er auch noch wusste, wie Catriona sich anfühlte, war er in noch größerer Gefahr. Und er würde in wirklich ernsthafte Schwierigkeiten kommen, sollte er ihr auch nur den kleinsten Hinweis auf die wachsende Macht geben, die sie über ihn ausübte. Etwas musste getan werden. Es musste jetzt getan werden.

Er raffte ihre Decken zusammen und stopfte sie in eine Satteltasche. Er nahm den Wasserschlauch und spülte sich mit dem letzten Schluck den Mund aus, um den schlechten Geschmack loszuwerden. Schließlich zog er den letzten Haferkuchen und das, was vom getrockneten Wild noch übrig war, aus der fast leeren Vorratstasche. Das würde ihr Morgenmahl sein. Als er von einem kurzen Weg in den Wald zurückkam, fand er den Gegenstand seiner verwirrten Gedanken friedlich beim Frühstück vor.

„Wir müssen den Wasserschlauch wieder füllen“, sagte er.

Sie nickte, sah ihn aber nicht an.

„Wir müssen jetzt aufbrechen. Wir verschwenden kostbares Tageslicht und müssen uns beeilen, deinen Fall dem König vorzutragen.“

Dieses Mal sah sie ihn an. „Aye.“

Ihre Gegenwart war ihm unangenehm bewusst, und er ging unruhig in ihrem kleinen Versteck auf und ab. „Es wird nicht lange dauern, dann finden deine Brüder wieder unsere Spur.“

„Du hast sie in die Irre geführt. Wir müssen uns zwar beeilen, aber vor ihnen sind wir sicher."

Er starrte sie an. „Spiel mir nicht das dumme Mädchen vor. Sie sind dir bis Fionn gefolgt. Sie haben den Verdacht, dass du bei mir bist. Was glaubst du, wie lange es dauern wird, bis sie merken, dass wir nicht mehr in die Richtung gehen, die wir zuerst eingeschlagen haben?"

„Dann müssen wir ihnen eben immer eine Nase lang voraus sein", meinte sie achselzuckend. Dass sie dabei auch noch ganz reizend ihren Haferkuchen bis zum letzten Krümel aufknabberte, lenkte Tayg fast schon wieder von seinem Vorhaben ab.

Er fuhr sich mit den Fingern durch das wirre Haar und verdrängte jeden Gedanken an Catrionas weiße, makellose Haut. Wie sollte er ihre Gegenwart meiden, wo doch seine Pflicht dem König gegenüber ihn zwang, in diesem Fegefeuer auszuharren? „Sie sind beritten. Glaubst du wirklich, dass wir schneller vorwärtskommen als sie, wo wir uns ein Pferd teilen müssen?"

Sie sah ihn an, während sie an ihrem Stück Wild kaute, sagte aber nichts.

Was für eine verwirrende, schöne, unbequeme Frau, dachte Tayg bei sich. Er musste wohl offen und unverblümt mit ihr reden, wenn er eine Reaktion von ihr haben wollte. Und eine Reaktion brauchte er unbedingt.

„Und was ist mit heute Morgen?" Ah ... seine Worte ließen sie erröten, und sie wandte den Blick ab. Doch sie ließ sich immer noch nicht ködern. „Hast du vor, jede Nacht bei mir zu schlafen? Denn wenn das so ist, ändern wir am besten deine Geschichte. Bei einem Bruder und einer Schwester unseres fortgeschrittenen Alters würde es höchst ungewöhnlich erscheinen, wenn sie noch zusammen schliefen."

„Es wird nicht wieder geschehen", sagte sie.

Er beobachtete sie, wie sie die Lippen zusammenpresste, bis sie nur noch eine dünne Linie waren. Catriona saß jetzt sehr aufrecht und reckte das Kinn den Bruchteil eines Zolls höher.

Fast hatte er sie so weit. Nur noch ein, zwei Anstöße, und die Furie brach wieder aus ihr heraus und garantierte ihm seine Sicherheit – zumindest Sicherheit vor seinen eigenen dummen Ideen.

Er trat dicht an sie heran, sodass seine Beine fast ihre Knie berührten. Dann streckte er die Hand aus und hob ihr Kinn, damit sie ihn anschauen musste, während er sie von oben herab anzüglich anblickte. Er tat wirklich sein Bestes, um sie aus der Fassung zu bringen und ihre scharfe Zunge zu reizen. Er musste unbedingt das widerspenstige Mädchen vor sich sehen und nicht die liebliche Frau, die in seinen Armen geschlafen hatte.

„So, aber kannst du mir das auch garantieren, Mädchen?“ Er wollte unbedingt sehen, dass die Situation sie genauso verwirrte wie ihn. Es würde ihn vor seiner eigenen Narrheit bewahren. „Solltest du dich noch einmal in mein Bett schleichen, kann ich dir nämlich nicht garantieren, dass ich mich wieder wie ein Ehrenmann benehme.“

„Ich bin nicht …“ Sie sprang auf die Füße, die Augen zu Schlitzen zusammengekniffen. Ihr Essen hatte sie vergessen. Fast Nase an Nase mit ihm starrte sie Tayg wütend in die Augen. „Nie würde ich mich in das Bett eines niedrig geborenen Barden schleichen, der dazu noch nicht einmal eine saubere Ballade singen noch eine einfache Trommel schlagen kann. Mit einem wie dir würde ich mich nie besudeln!“ Sie hatte die Hände in die Hüften gestemmt, und mit jedem Wort wurde ihre Stimme schärfer und schriller.

Tayg verkniff es sich, sie anzugrinsen. Auf gar keinen Fall wollte er ihrem Wutanfall ein Ende machen. Genau das hatte er ja bezweckt: das zänkische Weib in all seiner Pracht. Er trat einen Schritt zurück und verbeugte sich tief.

„Ich würde nie von dir verlangen, deinen kostbaren Ruf durch einen wie mich zu besudeln – ganz gleich, wie viel von deinem guten Ruf übrig geblieben ist.“ Einen Herzschlag lang ließ er den Stich, den er ihr mit seinen Worten versetzt hatte, wirken. Dann richtete er sich auf und sah sie mit spöttisch hochgezogenen Brauen an. Er reizte sie, flehte fast darum, dass sie mit ihren Schmähungen fortfuhr.

„Mein Ruf ist ..."

„Ein Scherbenhaufen", beendete er an ihrer Stelle den Satz. „Wir sind auf unserer Reise zusammen gesehen worden, und zumindest deine Brüder vermuten die Wahrheit. Was für einen Ehemann kann der König dir noch geben, wenn das bekannt wird?"

Sie holte tief Luft, und einen Moment lang glaubte er, Angst in ihren Augen zu erkennen. Doch sie wurde schnell durch die altbekannte harte Entschlossenheit ersetzt.

„Meine Brüder haben nur einen Verdacht. Sie wissen nichts Genaues. Als Bruder und Schwester können wir völlig schicklich miteinander unterwegs sein. Wenn ich dem König erst einmal mein Anliegen vorgetragen habe, wird alles gut sein. Niemand muss jemals wissen, dass wir zusammen gereist sind."

„Du würdest die Welt nach deiner Pfeife tanzen lassen, wenn du könntest. Doch es geht selten nach deinem Plan oder dem irgendeines anderen."

Sie hob den Blick. „*Ich* entscheide über mein Schicksal, kein anderer."

„Sehr schön. Dann tue es heute. Die Sonne ist schon aufgegangen, und wir haben kostbares Tageslicht vergeudet. Wir sollten längst fort sein."

Sie betrachtete ihn einen Augenblick, dann hob sie die Wasserschläuche auf und verschwand wieder durch die grünen Wände des Gehölzes.

Tayg sah ihr nach. Er hatte erfolgreich die Furie in ihr geweckt, hatte ihre Augen zum Sprühen und ihre Wangen zum Glühen gebracht.

Nur hatte das Ganze bei ihm leider nicht die gewünschte Wirkung hervorgerufen.

Während Catriona auf dem Pfad zurück zum breiteren Weg voranging, wirbelten die Gedanken in ihrem Kopf herum wie Gewitterwolken im Sturm. Der Mann hatte sie ganz bewusst provoziert. Da war sie sich ganz sicher. Hatten ihre Brüder, ganz besonders Broc, das nicht ihr Leben lang so gemacht? Aber warum? Er hatte sie auch schon früher provoziert, aber sie hatte dabei nie das Gefühl gehabt, dass er es mit Absicht tat. Er hatte sie nicht in Ruhe gelassen, sie über die Dinge ausgefragt, über die sie lieber nicht sprechen wollte, sie geneckt, aber nie in der Absicht, sie in Wut zu bringen. Dieses Mal war es anders gewesen, und sie wollte wissen, was Tayg im Schilde führte. Eines wusste sie über die Männer: Wenn sie etwas im Schilde führten, war es am besten, herauszufinden, was sie planten. So konnte man sich wehren.

Sie erreichten den Weg, den sie am vorherigen Tag gekommen waren. Ihre Spuren waren nur zu gut im ansonst unberührten Schnee zu erkennen. Sie schlug die gleiche Richtung ein wie am Vortag und freute sich im Geheimen, dass sie sie ohne Taygs Hilfe gewusst hatte. Sie kämpfte sich einige Schritte voran, bahnte sich den Weg durch den kniehohen, verharschten Schnee, als Tayg sie überholte und wieder die Führung übernahm.

So war es immer schon in ihrem Leben gewesen. Andauernd trottete sie hinter irgendeinem männlichen Wesen her. Ihre Brüder hatten wenigstens einen legitimen Anspruch darauf, an erster Stelle zu gehen, denn sie waren alle älter als sie, wenn man daraus einen legitimen Anspruch ableiten konnte. Aber Tayg hatte keinen Grund, sie zu behandeln, als wäre sie irgendein albernes Kleinkind, das auf einem klar erkennbaren Pfad seinen Weg nicht finden konnte. Und er hatte die Frechheit, ihr zu unterstellen, sie habe vorsätzlich – nicht mit, eher bei – ihm geschlafen. Sie hätte sich sogar in sein Bett „geschlichen“. Als ob sie je so etwas Dummes tun würde. Natürlich war es schrecklich behaglich gewesen, wie sie sich so an ihn gekuschelt … Nein, es war dumm gewesen, so etwas zu tun, und es würde nicht noch einmal vorkommen.

Sie musste sich jetzt einen passenden Ehemann suchen, Tayg of Culrain oder auch einen anderen, wenn der König es wünschte. Jemanden, der trotz ihres Bruders Plänen den Clan vor dem Zugriff des Hundsgesichts schützte. Aber all ihre Anstrengungen wären umsonst, wenn – Tayg hatte sie ja auf reizende Art darauf aufmerksam gemacht – sie in so einer verfänglichen Situation mit dem Barden angetroffen würde.

Der Barde … Hm. Wenn der ein Barde war, dann war sie die Maid von Norwegen. Noch nie hatte ein Barde sein Instrument mit solcher Missachtung behandelt wie dieser hier. Sie beobachtete, wie der Sack mit der Trommel an der Seite des Pferdes gegen einen anderen Sack schlug. Letzte Nacht hatte Tayg Sachen darauf fallen lassen. Nein, er war kein Barde.

Sie erinnerte sich an seine Vorstellung im Dorfsaal von Fionn. Er war ein guter Geschichtenerzähler, aber wusste noch weniger als sie selbst übers Singen oder Spielen. Und dieses erbärmliche Lied, das er über die arme, süße Dolag gemacht hatte!

„Du weißt, dass du keine Note singen kannst“, sagte sie. Sie war es müde, nur mit sich selbst zu streiten.

Er warf einen Blick zurück. „Ich vermute, du könntest es besser?“

„Ein quiekendes Ferkel könnte es besser.“

„Aha, jetzt bin ich noch weniger als irgendein kleines Schweinchen?“

„Aye. Bist du.“

„Was habe ich angestellt, dass du schon wieder Gift und Galle spritzt?“ Sie hätte schwören können, da war ein Lächeln in seiner Stimme. Kein Zweifel, er führte etwas im Schilde.

Sie begann zu laufen, um ihn einzuholen, packte ihn am Ärmel und zwang ihn, stehen zu bleiben. „Was du getan hast? Du hast mich gezwungen, deine Schwester zu spielen …“

„Ich habe dich nicht gezwungen."

„Dann hast du mich in Verlegenheit gebracht. Hast mich vor dem gesamten Dorf Fionn beschimpft." Mit jedem Punkt wurde ihre Stimme lauter.

„Und du warst nicht mitschuldig an dieser Situation?", fragte Tayg mit hochgezogenen Augenbrauen, den Mund zu einer schmalen Linie zusammengepresst. Doch seine Mundwinkel zuckten leise, als hätte er Mühe, sie unter Kontrolle zu halten. „Du trägst keine Verantwortung dafür, dass du es warst, die das Mädchen vor die Menge gezerrt hat, sodass mir gar keine andere Wahl blieb, als sie zu besingen?"

„Wenn ich für etwas die Verantwortung trage, dann übernehme ich sie auch. Du musstest mich nicht in deine lächerliche Entschuldigung für das Lied mit einbeziehen. Diesen Misserfolg hast du dir ganz allein zuzuschreiben." Um ihr Argument zu unterstützen, stieß sie ihm mit dem Finger gegen die Brust. „Du bist wie all die anderen Männer in meinem Leben ..."

„Zieh mich nicht in dein Leben mit hinein. Ich bin nichts als das unfreiwillige Opfer deiner Pläne."

„Aye, ein unfreiwilliges Irgendwas, aber kein Barde."

„Dann sind wir also wieder beim alten Thema, nicht wahr?"

„Aye, sind wir. Was bist du wirklich? Du kannst nicht besser singen als irgendein Durchschnittshighlander. Und du kannst nur halb so gut spielen, wie du singst. Was bist du also? Ein Spion des Königs, der ins Hochland gekommen ist, um zu sehen, wie wir uns benehmen? Ein Sträfling, der aus dem Kerker in Edinburgh geflohen ist? Vielleicht der Sohn eines Earls, der sich noch etwas Spaß gönnen möchte, bevor der Winter richtig hereinbricht?"

Taygs Gesicht wurde so weiß wie der Schnee, der sie umgab, aber Catriona war sich nicht sicher, welche ihrer Vermutungen zugetroffen hatte.

„Jede einzelne deiner Vermutungen wäre besser als das, was

du in Wirklichkeit bist“, antwortete er und hielt seine Stimme dabei unter eiserner Kontrolle. „Ein verzogenes kleines Mädchen, das zu stur ist, um seine eigene Torheit zu erkennen.“

„Ich bin eine erwachsene Frau, Barde. Und die einzige Torheit, die ich erkennen kann, ist, mit dir weiterzuziehen.“ Catriona wandte sich um und eilte den Pfad hinunter.

Taygs Gelächter folgte ihr. Sie wirbelte herum und rief: „Warum lachst du über mich?“

„Weil du dich auf den Weg zurück nach Hause machst.“ Als er ihren verständnislosen Blick sah, fügte er hinzu: „Wenn du zum König nach Dingwall willst, gehst du in die falsche Richtung!“

Catriona blickte sich um und erkannte entsetzt, dass sie tatsächlich in ihrer eigenen Spur zurückging. Sie wurde rot, und Tayg lachte erneut, während er sich umdrehte und in die richtige Richtung weiterging.

„Ohne mich wärst du nicht über das Loch Assynt hinausgekommen“, sagte er.

Seine Worte trafen sie wie ein Faustschlag. Zu wütend, um etwas zu sagen, griff sie nach der einzigen Waffe, die sie hatte … Schnee.

Sie schaufelte eine tüchtige Portion davon in ihre behelfsmäßigen Fäustlinge und presste sie kräftig zusammen, gerade so, wie ihr Bruder Ailig es ihr beigebracht hatte. Dann zielte sie sorgfältig und ließ den Schneeball fliegen. Er landete mit einem leisen „boff“ und platzte mitten auf Taygs Rücken. Der Schlag ließ ihn etwas schwanken, und er drehte sich mit wütendem Gesicht um. Doch Catriona hatte schon das nächste Wurfgeschoss parat und warf. Diesmal prallte es gegen seine Brust. Etwas Brauchbares hatte sie wenigstens von ihren tyrannischen Brüdern gelernt.

Die Wut auf Taygs Gesicht wich schnell der Entschlossenheit. Als er sich bückte, um sich ebenfalls mit Schnee zu versorgen, flitzte Catriona hinter einen Baum, griff nach noch mehr

Schnee und formte ihr nächstes Geschoss. Sie lugte in dem Moment hinter dem Baum hervor, als Taygs Schneeball den Baumstumpf neben ihr traf, und wurde von oben bis unten mit herumfliegendem Schnee eingepudert. Tayg sprang hinter einen Baum, und sie nutzte die Gelegenheit, um ebenfalls den Baum zu wechseln. Als Tayg hervorspähte, warf sie ihren Schneeball und traf ihn mitten ins Gesicht.

„Oh! Ich krieg dich!" Tayg stürmte vor. Mit der einen Hand wischte er sich den Schnee aus dem Gesicht, den anderen Arm hatte er mit dem Schneeball in der Hand wurfbereit erhoben.

Schnell bewaffnete sich Catriona wieder und stürmte dann vor ihm davon in den Wald. Doch dieses Mal bot sie ein gutes Ziel, und sie geriet ins Stolpern, als sein eisiger Ball sie voll im Rücken traf. Sie drehte sich um und warf ihre Bälle, verfehlte ihn aber, weil er hinter einen anderen Baum trat. Wieder rannte sie los, schoss von Baum zu Baum, bis sie glaubte, weit genug von ihm fort zu sein, um stehen bleiben zu können und einige harte Bälle zu formen. Sie packte den Zipfel ihres Mantels und machte sich daraus eine Tasche, in der sie ihren Vorrat transportieren konnte. Schnell legte sie die Schneebälle hinein. Gerade sah sie hinter dem Baum hervor, weil sie nachschauen wollte, wo Tayg geblieben war, als sie ein leichtes Klopfen auf ihrer Schulter spürte.

Sie fuhr herum und stand Tayg von Angesicht zu Angesicht gegenüber. Prompt ließ er ihr seinen Schneeball auf den Kopf fallen. Schnee rieselte Catriona übers Gesicht und in den Kragen.

„Oh, du ..." Bevor sie sich noch einen passenden Namen für ihn ausdenken konnte, war er schon wieder auf und davon.

Sie jagte ihn, warf einen Ball nach dem anderen. Einige trafen, andere nicht. Und die, die nicht trafen, entlockten diesem Verrückten ein wildes Gelächter. Ihr letzter Ball landete auf seinem Hinterteil. Er blieb stehen und drehte sich um. Dabei versuchte er, entrüstet auszuschauen, doch sein lachendes Gesicht zusammen mit dem Schnee, den Kiefernnadeln und merkwürdigen Resten von dürrem Farnkraut auf seiner Kleidung ließen ihn eher etwas albern aussehen. Catriona bedeckte den Mund mit der Hand und versuchte, ein Kichern zu unterdrücken.

Als er wieder auf sie zurannte, wartete sie, bis er glaubte, sie erwischt zu haben. Dann trat sie einen Schritt zur Seite. Er kam schlitternd mit dem Rücken zu ihr zum Stehen. Catriona konnte einfach nicht anders, sie sprang ihm auf den Rücken und warf ihn mit dem Gesicht in den Schnee.

„Geh runter von mir!", erklang dumpf seine Stimme aus dem Schnee.

„Nicht eher, bis du zugibst, dass ich gewonnen habe."

„Ich will dich lehren …" Tayg bäumte sich auf, packte sie, und mit einer kraftvoll geschmeidigen Bewegung zwang er sie unter sich. „Und was machst du jetzt?"

Catriona hatte eine Hand frei. Schnell griff sie so viel Schnee, wie sie fassen konnte. „Das!", sagte sie, hob den Arm hoch und warf ihm den Schnee ins bloße Genick.

Taygs Grinsen gefror, und er versuchte, ihre Hand von seiner ungeschützten Haut fortzuziehen. Er war abgelenkt, und Catriona nutzte ihre Chance. Mit einem Trick, den sie ihren Brüdern bei deren Ringkämpfen abgeschaut hatte, gelang es ihr, ihn auf den Rücken zu werfen. Doch schnell war er wieder Herr der Situation, und ehe sie sich versahen, schlitterten sie den steilen Hang einer Klamm hinunter.

Arme und Beine ineinander verwickelt, blieben sie schließlich dicht neben einem kleinen Bach liegen.

„Bist du verletzt?", fragte Tayg. Seine Stimme klang besorgt.

Catriona überlegte einen Augenblick. „Abgesehen davon, dass ich Schnee an Stellen habe, wo ich lieber keinen hätte, geht es mir gut. Und du?"

Tayg fing an zu lachen. „Aye, mir geht es auch gut. Wer hat dich gelehrt …" Catrionas erneuter Angriff schnitt seine Frage ab. Dieses Mal war sein Ohr voll von dem kalten Zeug. Schnell warf er sich auf sie und hielt sie am Boden fest. Er packte ihre Handgelenke und machte sie zu seiner Gefangenen.

Catriona atmete schwer. Sie rang nach Luft. Mit einem Mal schien sie keinen Atem mehr zu haben. Jedes Mal, wenn sie Luft einsog, hoben sich ihre Brüste und streiften Taygs harten Brustkorb. Ihre Knospen zogen sich zusammen. Ein seltsames Gefühl erwachte irgendwo unten in ihrem Bauch. Seine haselnussbraunen Augen hypnotisierten sie, und mit einem Mal erkannte sie, dass auch er nach Atem rang.

Plötzlich erfüllte sie eine starke Sehnsucht, doch wusste sie nicht genau, wonach sie sich sehnte ... vielleicht nach seinem Kuss?

Ja, das war es. Sie wollte wieder seine weichen Lippen spüren. Sie wollte, dass er ihr mit den Händen durchs Haar fuhr, ihre Haut streichelte und sie von diesem süßen Schmerz tief in ihrem Innern erlöste. Sie hob den Kopf, während er den seinen langsam senkte. Catriona schloss die Augen und wartete.

An Taygs Körper spürte sie die Veränderung zuerst, eine plötzliche Anspannung, der eine absolute Stille folgte. Catriona öffnete die Augen und sah, dass seine Aufmerksamkeit nicht mehr ihr galt, sondern dass er zum Rand der Klamm hinaufspähte, und Enttäuschung ergriff sie, gefolgt von Ärger. Aber noch ehe sie etwas sagen konnte, hielt er ihr den Mund zu.

„Sch! Ein Reiter", flüsterte er.

Catriona nickte leicht, um ihm zu zeigen, dass sie verstanden hatte. Wer war dort oben? Es konnten nicht ihre Brüder sein, oder doch? Plötzlich fiel ihr ein, dass ihr Pferd irgendwo dort oben im Wald war. Sie hatten es bei ihrer Schneeballschlacht einfach stehen lassen. Würde der Reiter das Tier und auch ihre Spur im Schnee bemerken, die über den Rand der Klamm führte? Sicher würde man sie entdecken.

Sie hörte den Reiter näher kommen, doch das Pferd verlangsamte nicht seinen Schritt. Um sicherzugehen, dass Pferd und

Reiter wirklich verschwunden waren, blieben sie noch einige Minuten regungslos liegen.

Tayg nahm die Hand von ihrem Mund und schien jetzt erst zu bemerken, dass er immer noch auf ihr lag. Schnell stand er auf, und der vertrauliche Moment wich der nackten Realität. Er bot ihr die Hand, um ihr beim Aufstehen zu helfen. Sie verbrachten einige Minuten damit, sich den Schnee und das dürre Laub, das sich während ihrer Rutschpartie in ihren Kleidern verfangen hatte, abzuklopfen.

„Ich werde das Pferd holen", meinte Tayg. „Warte hier. Verbirg dich, so gut du kannst. Vielleicht kann ich sehen, wer da oben reitet."

Catriona hatte Angst, ihre Stimme könnte verraten, wie enttäuscht sie war. Sie nickte nur und wandte ihm den Rücken zu, während er den Hang hinaufkletterte.

Sie starrte auf den vereisten Rand des Baches. Was war geschehen? Sie hatten gelacht, waren durch den Schnee getollt, hatten Spaß gehabt. Catriona versuchte, sich zu erinnern, wann sie das letzte Mal so einen Spaß gehabt hatte. Es musste in der Zeit gewesen sein, als Ailig und sie Kinder waren. Sie erinnerte sich, wie sie mit ihm auf Bäume geklettert war. Ausgelassen waren sie über die Heide gerannt und im kalten Wasser von Loch Assynt geschwommen. Es schien ihr, als wäre das damals jemand anderer gewesen, nicht sie. Genauso wie sie das fröhliche, lachende Mädchen, das Tayg mit Schneebällen beworfen hatte, nicht mit sich in Verbindung bringen konnte.

Sie versuchte, wieder das heitere Gefühl in sich wachzurufen, das sie gehabt hatte, kurz bevor sie den Hang hinabgekugelt waren. Stattdessen verlor sie sich in diesen dunkleren, sinnlicheren Gefühlen, die sie erfüllt hatten, als sie am Grund der Klamm lagen. Ob auch er sie hatte küssen wollen? Sie hatte es geglaubt. Doch dann war der Reiter gekommen und hatte den Zauber zerstört, den der verschneite Wald um sie gewoben hatte, und sie daran erinnert, was sie riskierten, wenn man sie so beieinander fand, noch dazu in einer so engen Umarmung.

Sie bekam heiße Wangen, als sie versuchte, die Erinnerung an den Augenblick wachzurufen. Sein Gewicht auf ihr, seine Augen, die nur ihre Augen sahen, seine vollen Lippen, die sie fasziniert hatten.

Nein, das war Torheit. Ja, Tayg der Barde war ein hübscher Mann, der mehr Charme besaß als andere Männer, wenn er sich denn entschloss, ihn zu gebrauchen. Aber er war ein Barde. Er konnte sie in ihrer Absicht, den Clan vor der Dummheit Brocs und der Schafsgesichter zu beschützen, nicht unterstützen.

Sie schauderte. Zum ersten Mal wurde ihr klar, dass sie nichts über den Mann wusste, den sie heiraten wollte. War Tayg of Culrain gut aussehend? Die Lieder sagten es. War er ein freundlicher Mann? Klug? Charmant? Würde er ein etwas spitzbübisches Lächeln haben? Volle Lippen ...

So ging das nicht. Sie musste sich Tayg aus dem Kopf schlagen und nur noch daran denken, was sie zu tun hatte, um einen Ehemann zu gewinnen. Jawohl. Das würde sie tun, und der Barde sollte ihr gefälligst dabei helfen. Sie würde dafür sorgen, dass es keine weiteren Dummheiten mehr geben würde. Jede Unterhaltung würde sich nur noch um ihr Vorhaben drehen. Auch dafür würde sie sorgen. Sie würde sich der Hilfe des Barden versichern und ihm sein ganzes Wissen über seine Verwandten entlocken. So würde sie sich vorbereiten, um sich dann dem König und ihrem zukünftigen Bräutigam von ihrer besten Seite zu zeigen, wenn die Zeit gekommen war.

Ja, das war ihr Plan. Es durfte keine weiteren Spielereien mehr geben und keinen weiteren Ärger. Sie würde vernünftig sein, und Tayg würde ihr helfen, ihr Ziel zu erreichen.

Ob er nun wollte oder nicht.

8. KAPITEL

Als Tayg zurückkam – nachdem er das Pferd geholt und dem Reiter weit genug gefolgt war, um sicher zu sein, dass es nicht Catrionas Bruder, sondern ein einsamer Reisender war –, zitterte das Mädchen in seinen schneefeuchten Kleidern.

Sie schritten rasch aus und verhielten sich auch leiser als zu Beginn des Tages. Während sie den schmalen Bach überquerten und dann seinem Lauf folgten, bis er endlich in den River Cassley mündete, wurde ihnen auch schnell wieder warm. Sie sprachen nicht viel miteinander, und Tayg fragte sich, ob die fröhliche Seite, die er kurz zu sehen bekommen hatte, sich wohl oft zeigen durfte. Aus Catrionas Reaktion schloss er, dass sie selbst davon überrascht gewesen war. Angenehm überrascht, wenn er ihren schmiegsamen Körper und ihren lachenden Mund als Hinweis auf ihre Stimmung nahm.

Er schmunzelte in sich hinein. Sie war so schwierig wie eine gute Partie Schach, zeigte sich in Finten und nur für kurze Augenblicke. Dann zog sie sich wieder in den Schutz ihrer Kratzbürstigkeit zurück.

Doch an diesem Nachmittag versteckte sie sich nicht dahinter. Nein, sie war deutlich in sich gekehrt und nachdenklich.

Wahrscheinlich dachte sie ein wenig über ihre Lage nach, vermutete er – die Tag für Tag gefährlicher wurde. Nicht nur, dass ihre Brüder nach ihnen suchten, Tayg fiel es auch zunehmend schwerer, ihr fernzubleiben. Selbst als sie heute Morgen ihrer scharfen Zunge freien Lauf gelassen hatte, war sein Blut in Wallung geraten, und sein Herz hatte gerast. Kein Mädchen hatte das bis jetzt fertiggebracht. Vielleicht lag es ganz einfach nur daran, dass er nie wusste, was sie als Nächstes sagen oder tun würde.

Er lächelte bei der Erinnerung, wie die kleine Wildkatze ihm auf den Rücken gesprungen war und ihn mit dem Gesicht in den

Schnee geworfen hatte. Oh, er wünschte, sie würde es noch einmal tun … doch das würde dann noch andere solcher Momente nach sich ziehen, und das konnte er nicht erlauben. Er wagte es nicht. Vielleicht sollte er warten, bis es vorbei war. Vielleicht.

Sie stapften mühsam weiter, und außer einem gelegentlichen Blick von Tayg über die Schulter zurück, um sicherzugehen, dass Catriona ihm noch folgte, geschah wenig zwischen ihnen.

Sie hielten kurz Rast, um den Rest ihres Proviants zu essen. Wenn sie nicht bald ein Dorf fanden, in dem sie um ein Nachtlager bitten konnten, würde Tayg auf die Jagd gehen müssen. Und das würde sie aufhalten. Zu dieser Jahreszeit gab es herzlich wenig Tageslicht, in dem man unterwegs sein konnte. Tayg hatte keine Lust, es zu verschwenden, indem er Hasen durch den Schnee jagte. Je schneller sie zum König kamen, desto besser war es für sie beide – und für König Robert.

Der Nachmittag zog sich hin. Je nachdem, ob der Weg sich am Rand eines Abhangs entlangschlängelte, der sich über dem Ufer erhob, oder ob er auf bequemere Art zwischen Bäumen hindurchführte, war der Fluss in Sichtweite oder nicht. Als sie sich nach einem solchen Ausflug in den Wald wieder dem Fluss näherten, flog ein großer Zug Singschwäne über sie hinweg. Ihre Flügel rauschten in der beißend kalten Luft, als sie auf einem Teil des Flusses, wo die Strömung nicht so stark war, niedergingen. Grünköpfige Stockenten und spitzschnäbelige Sägetaucher waren in großen Schwärmen auf dem Wasser versammelt. Tayg lief das Wasser im Mund zusammen bei dem Gedanken an frische gebratene Ente oder an schmackhaften Schwan statt des getrockneten Proviants, den er in der letzten Zeit zu oft hatte essen müssen.

Sie mussten ein Dorf oder wenigstens eine Hütte finden, wo sie sich wieder mit Vorräten versorgen konnten. Er wusste von Duchally, einem Dorf mit einer stattlichen Burg. Es musste irgendwo vor ihnen liegen. Aber ob es bis dahin noch eine Meile war oder zehn, konnte er nicht sagen.

Er sah zu Catriona zurück, die sich auf der Spur dahinschleppte, die er und sein Pferd getreten hatten. Wenigstens auf diese Art konnte er ihr die Reise ein wenig erleichtern, auch wenn sein erster Versuch, die Spur zu gehen, ihm die Schneeballschlacht eingebracht hatte. Er grinste vor sich hin, als ein harter Windstoß sein Gesicht traf.

Der Himmel war nicht länger hell und sonnig. Doch Tayg war in Gedanken so sehr mit einer warmen Mahlzeit und der tödlichen Treffsicherheit seiner Gefährtin, was Schneebälle betraf, beschäftigt gewesen, dass er den Wetterwechsel erst jetzt bemerkte. Und nun war es fast schon zu spät.

In den Highlands unterwegs zu sein und dabei nicht genau auf das Wetter zu achten war zu jeder Zeit des Jahres eine gefährliche Sache. Im Nu konnte es, ganz gleich zu welcher Jahreszeit, von mild und sonnig in ein tödliches Unwetter umschlagen. Tayg blickte dorthin, wo man noch vor Kurzem die Gipfel der Berge hatte sehen können. Jetzt hüllte sie ein nebliger Schleier ein, der an ihren Hängen hinunterkroch und, während Tayg noch hinsah, bereits die Umrisse der Berge verwischte. Der zinnfarbene Himmel senkte sich rasch tiefer, die Wolken wurden dunkler. Gefährlich.

„Wir müssen einen Unterschlupf finden!“, schrie Tayg Catriona über den stärker werdenden Wind zu.

Catriona hielt ihre Kapuze unter dem Kinn fest, damit der plötzliche eisige Windstoß sie ihr nicht vom Kopf riss. „Sollen wir nach einer Höhle Ausschau halten?“

„Nein! Dieser Sturm sieht nicht gut aus. Wir brauchen Essen und Feuer, wenn wir nicht erfrieren wollen. Wir müssen Duchally finden und dort um Gastfreundschaft bitten.“

Sie nickte, auch wenn sie keine Lust verspürte, sich erneut vor Fremden verstellen zu müssen. Andererseits wünschte sie sich das Alleinsein mit Tayg genauso wenig. Nun ja, wenn sie ehrlich war, musste sie sich eingestehen, dass tief in ihrem Innern etwas Unbekanntes sich genau das wünschte. Dieser Teil von ihr wollte wissen, wie weit sein Zauber wohl wirken würde und was sich dahinter verbarg. Aber dieser Weg würde ins Unglück führen. Torheit. Da war eine Burg voller Menschen besser. Und wenn das bedeutete, dass sie wieder seine Schwester spielen musste, dann sollte es eben so sein. Ihr ganzes Leben lang hatte sie die Rolle der Schwester gespielt. Ein paar Nächte mehr oder weniger würden nicht viel ändern.

Und sie mussten aus diesem Wetter heraus.

Da war auch schon der Sturm über ihnen. Kalte Windstöße wirbelten den Schnee vom Boden hoch, ließen ihn wie eisige weiße Wellen rund um sie herum auf- und niederpeitschen, jetzt trafen sie ihre Gesichter, dann rieselten sie ihnen den Rücken hinunter. Die Böen hoben ihre Mäntel hoch und zerrten daran, als wollten sie sie mit sich reißen.

Catriona zog die Schultern hoch und lehnte sich gegen den Wind, bis sie fast gegen das Hinterteil des Pferdes stieß. Tayg hielt an, und einen Moment lang glaubte sie, sie hätten sich verirrt.

„Alles in Ordnung?“, fragte Tayg, als er im herumwirbelnden Schnee auftauchte, zu dem sich jetzt auch noch Hagel mischte, der wehtat, wenn er sie traf.

Catriona nickte nur. Sie wollte sich nicht das Plaid vom Gesicht ziehen, das sie sich um Nacken, Mund und Nase geschlungen hatte. Ihre Finger und Zehen waren so kalt, dass sie schmerzten, aber das war immer noch besser, als sie überhaupt nicht mehr zu spüren.

Tayg schlang etwas um ihre Hand, und sie merkte, dass es ein Seil war.

„Halte dich daran fest. Ich habe es am Sattel des Pferdes festgemacht. Ich möchte nicht, dass du in dieser weißen Öde verloren gehst, Mädchen“, sagte er. Seine Stimme klang sanft und so besorgt, dass sie nicht das Herz hatte, sich über die Anspielung auf ihren schlechten Orientierungssinn zu beschweren. Sie umklammerte das Seil und war froh, dass er es auch noch um ihr

Handgelenk gewickelt hatte, für den Fall, ihre Hände würden taub.

„Ich dachte eben, ich hätte Rauch gerochen. Doch bei dem Wind ist es unmöglich zu sagen, aus welcher Richtung er kam. Ich hoffe, es ist Duchally und wir entkommen bald diesem Ungewitter."

Wieder nickte sie. Tayg sah sie einen Moment lang an und ging dann wieder zu dem Pferd, um es weiterzuführen.

Sehr schnell bestand Catrionas Welt nur noch aus den schwachen Umrissen des dunklen Pferderumpfes, dem schmerzhaften Kribbeln in ihren Fingern und Zehen und dem ewigen Weiß des beißenden Schnees. Auf ihrem Mantel und dem Tuch, das ihr Gesicht schützte, lag schnell eine dicke Schicht. Wenn sie jetzt nicht bald einen Unterschlupf fanden ... Sie verdrängte den Gedanken. Tayg würde eine Zuflucht für sie finden. Die ganze Zeit hatte er schon für sie gesorgt. Alles würde gut werden ... musste gut werden. Gerade als sie glaubte, nicht mehr weitergehen zu können, spürte sie einen Ruck an dem um ihr Handgelenk gewickelten Seil und musste fast rennen, um mit dem Pferd und seinem unsichtbaren Führer Schritt zu halten. Ihre Lederstiefel knirschten auf dem körnigen Schnee. Ihre Füße waren taub, und sie rutschte immer wieder aus, konnte sich kaum noch aufrecht halten. Als das Pferd kurz darauf langsamer wurde, eilte sie an seine Seite, die sie etwas vor dem Wind schützte, und blinzelte in das weiße Gestöber.

Eine Burg schien sich aus dem wirbelnden Schnee zu erheben, ein graues Monstrum tauchte undeutlich über dem Fluss auf. Noch nie zuvor war Catriona beim Anblick von Steinmauern so glücklich gewesen. Tayg sah zu ihr hin, und sie nickte ihm zu. Die Entfernung bis zu den Toren überwanden sie fast im Dauerlauf. Die Aussicht auf ein Feuer und auf Schutz vor dem wahnsinnig machenden Wind gab ihnen neue Energie – jedenfalls genug, um es bis zum Tor zu schaffen, das glücklicherweise offen war.

Wachen hielten sie auf, um sie nach ihrem Begehr zu fragen. Sie schienen ganz erfreut zu sein, dass zusammen mit diesem ersten richtigen Wintersturm auch ein Barde kam. Ein Bursche von neun oder zehn Jahren führte sie zum Stall, wo ein anderer ihr Pferd nahm. Er versprach, es gut abzureiben und ihm einen Kübel Hafer zu geben. Tayg und Catriona packten ihre Habe und folgten dem ersten Burschen wieder ins Schneegestöber hinaus, aber nur so lange, bis sie den verlassenen Hof überquert und eine Treppe erreicht hatten. Kurz bevor sie eintraten, schüttelten sie, so gut es ging, den Schnee von ihren Mänteln. Dann gingen sie in das Gemach des Chiefs.

Der Chief saß, den Rücken einem hell lodernden Feuer zugekehrt, an einem Tisch. Sein schon ergrauendes Haar war an den Schläfen zurückgenommen, zu Zöpfen geflochten und enthüllte ein Gesicht in den mittleren Jahren. Er war in ein Plaid gehüllt, das so alt war, dass es schon gar keine bestimmte Farbe mehr besaß. Während er sich noch mit drei weißhaarigen Männern unterhielt, warteten Tayg und Catriona im Hintergrund. Um ihre Füße herum bildeten sich langsam kleine Pfützen aus geschmolzenem Schnee.

Catriona trat von einem Fuß auf den anderen, bei dem Versuch, das Brennen und Kribbeln zu ertragen, das die Rückkehr von Gefühl in ihren Füßen ankündigte. Auch ihr Gesicht und die Hände begannen, langsam wieder aufzutauen. Sie streifte die Handschuhe ab, steckte sie unter den Arm und versuchte, ihre Hände durch Aneinanderreiben etwas zu wärmen. Der Chief beendete rasch sein Gespräch mit den Männern und winkte die beiden zu sich heran.

„Guten Tag“, grüßte Tayg fröhlich in etwas großspurigem Ton.

„Auch Euch einen guten Tag, Herr“, erwiderte der Chief und sah von einem zum anderen. „Was lässt Euch bei solch einem stürmischen Wetter unterwegs sein?“

Tayg erzählte ihm dieselbe Geschichte, die er schon Farlan

of Fionn erzählt hatte, nämlich dass er Catriona zu ihrem Ehemann brachte. Sie musste zugeben, er war ein ausgezeichneter Geschichtenerzähler und erinnerte sich an jede Einzelheit: an den Jagdunfall ihres angeblichen Gatten, sein gebrochenes Bein, ihren heißen Wunsch, an seine Seite zu eilen, und an Taygs eigene Selbstlosigkeit, seine Schwester zu begleiten, obwohl der Winter hereingebrochen war. Eigentlich, stellte sie fest, erzählte er die Geschichte dieses Mal sogar noch besser, schmückte sie mit lustigen Details aus und hob ihre große Zuneigung zu ihrem geliebten Rory hervor. Rory? Sie musste sich diesen Namen merken.

„Wir bitten Euch um Eure Gastfreundschaft", sagte Tayg gerade. „Zum Dank dafür werden wir Euch gut unterhalten. Catriona singt wie ein Engel." Erschrocken sah Catriona ihn an. Er hatte sie doch nie singen hören. Er zwinkerte ihr zu und wandte sich dann wieder mit einem breiten Grinsen an den Chief. „Ich kann gut Geschichten erzählen." Catriona konnte gerade noch ihr verächtliches Schnauben hinter einem vorgetäuschten Hustenanfall verbergen. „Zusammen", fuhr er fort, „werden wir mehr als nur eine Übernachtung und ein Essen oder zwei verdienen."

Der Chief betrachtete sie. „Ihr seht nicht wie Bruder und Schwester aus."

Catriona biss sich auf die Lippe und verkniff sich die Antwort, die ihr auf der Zunge lag. Tayg erinnerte sie mit einem Blick daran, den Mund zu halten.

„Wir hatten verschiedene Mütter", war seine prompte Antwort. „Ich sehe unserem Vater ähnlich, aber Catriona hier eher ihrer Mutter."

„Aha", meinte der Chief. „Das ist oft so, nicht wahr? Nun gut, ich biete Euch die Gastfreundschaft meiner Burg an. Catriona?"

Catriona nickte.

„Ihr könnt bei meiner Tochter schlafen. Es wird eine kalte

Nacht werden, und ihre kleine Kammer dürfte wärmer sein als der Saal. Wir haben heute plötzlich Gäste bekommen. Noch nie habe ich zu so später Jahreszeit noch so viele Leute unterwegs gesehen."

„Andere Reisende?", fragte Tayg. Seine Stimme klang unbeschwert, doch Catriona merkte die plötzliche Anspannung.

„Aye, ein Kesselflicker, die Frau meines Nachbarn und ihr Cousin und noch ein anderer Reisender aus dem Westen. Wir haben nicht allzu viel Raum für Gäste."

„Wir danken Euch für Eure Gastfreundschaft, Herr", sagte Tayg mit einer eleganten kleinen Verbeugung und stupste Catriona an.

„Oh ja, unseren untertänigsten Dank", sagte sie und fügte wegen Taygs Verbeugung noch schnell einen kleinen Knicks hinzu.

Der Chief lächelte. „Ich fürchte, bei diesem Sturm werdet Ihr Gelegenheit bekommen, Euch Eure Unterkunft wohl zu verdienen. Kann sein, dass Ihr uns den ganzen Winter lang Gesellschaft leistet."

„Nein!", erwiderten beide wie aus einem Munde.

Der Chief sah sie mit erstaunt erhobenen Brauen an.

„Wir werden uns so schnell wie möglich wieder auf den Weg machen", sagte Catriona und warf Tayg einen Blick zu. „Mein Rory braucht mich", fügte sie mit einem, wie sie hoffte, sehnsüchtigen Lächeln hinzu.

„Aye, und er wird warten können, bis Ihr sicher und ohne zu erfrieren zu ihm kommt, Mädchen."

Catriona holte Luft, um etwas zu erwidern, doch Tayg schnitt ihr das Wort ab. „Wir sind Euch für Eure Gastfreundschaft sehr dankbar, wie lange wir sie auch in Anspruch nehmen werden."

Der Chief stimmte ihm zu und rief nach dem Burschen, der sie hereingeführt hatte. „Kester, zeige dem Mädchen Isobels Kammer und dem Barden die Große Halle. Ich nehme an, Ihr beide wünscht Euch ein heißes Mahl und ein warmes Feuer?"

Sie nickten.

„Gleich wird Euch ein Mahl gebracht werden. Wenn Ihr mit mir in die Halle gehen wollt, könnt Ihr gleich beginnen, Euch Eure Unterkunft zu verdienen, indem Ihr mir von Eurer Reise erzählt."

„Wir danken Euch", sagte Tayg. Er nahm Catrionas Arm, und sie folgten dem Burschen durch die Tür.

In der Großen Halle blieben sie stehen, und Tayg wurde den paar Leuten, die dort versammelt waren, vorgestellt. Catriona wusste, dass sie bald nach Neuigkeiten und Liedern fragen würden. Die Nacht zuvor hatte sie nicht gut geschlafen, und dann hatte sie auch noch der Kampf mit Schnee und Wind Kraft gekostet. Was sie sich wirklich wünschte, war ein Bad, heiß genug, um die Kälte aus ihren Knochen zu vertreiben, saubere Kleidung und ein weiches Bett.

Als sie sich umwandte, um Kester aus der Halle zu folgen, fasste Tayg sie leicht am Arm und zog sie näher heran.

„Hüte deine Zunge, Catriona. Wir wollen nicht, dass diese freundlichen Leute hier ihre Gastfreundschaft bereuen müssen."

„Ich werde nur sagen ..."

„... was du musst. Ich weiß", sagte er und verzog missbilligend den Mund, wie es sonst gar nicht seine Art war. „Nur versuche bitte, das, was du sagen musst, auf nette Art zu sagen. Zieh nicht durch deine starrköpfige Art die Aufmerksamkeit auf dich, denn deine Brüder werden dich gleich zu Beginn genau so beschreiben. Denk daran, hier bist du nicht Catriona, das Biest, sondern Catriona, ein Mädchen, das mit seinem Bruder unterwegs ist, um seinen geliebten Gatten zu treffen. Ich weiß, dass du das kannst." Einen Augenblick lang hielt er ihren Blick fest. „Mach mich stolz", flüsterte er.

Mit diesen seltsamen Worten ließ er sie los und schubste

sie leicht in Richtung des wartenden Burschen. Mit einem Mal fühlte sie einen Schmerz in der Brust. Sie rieb die Stelle mit der Hand und fragte sich, wieso sie eine Magenverstimmung zu haben schien, wo es doch schon so lange her war, dass sie etwas gegessen hatte. Sie überdachte Taygs Worte und rieb wieder die schmerzende Stelle. Kurz bevor Kester sie aus der Halle geleitete, schaute sie noch einmal rasch über die Schulter zu dem Barden zurück. Tayg war bereits von einem der Burgbewohner in ein Gespräch gezogen worden.

Der Junge führte sie durch etliche kalte, dunkle Korridore und endlich zu einem Gemach. Er war gerade dabei, die Tür zu öffnen, als eine mädchenhafte Stimme „Halt!" rief.

Kester grinste und drehte sich in die Richtung um, aus der der Befehl gekommen war. „Jetzt werdet Ihr unsere Isobel treffen", sagte er zu Catriona. „Sie ist das schönste Mädchen der ganzen Highlands." Er wandte ihr sein lachendes Gesicht zu. Da wurde ihm klar, was er eben gesagt hatte. Wenigstens hatte er den Anstand zu erröten, als das Mädchen auch schon auf der obersten Stufe der Treppe erschien und den Gang entlang auf sie zulief.

Catriona sank das Herz, als die blonde Schönheit sie anlächelte.

„Ich hörte, Ihr teilt die Kammer mit mir", sagte sie, und ihre braunen Augen blitzten dabei vor Vergnügen. „Es wird wunderbar sein, jemanden zu haben, mit dem ich mich unterhalten kann!"

Catriona unterdrückte ein Stöhnen. Eine Unterhaltung war wirklich das Letzte, was sie sich jetzt wünschte. Doch in ihrem Kopf hörte sie die leise Stimme Taygs, die sie daran erinnerte, ihre Zunge im Zaum zu halten, ihn stolz zu machen. Und eigenartigerweise wünschte sie sich das auch.

Isobel nahm sie bei der Hand und zog sie in die gemütliche Kammer. Im Kamin prasselte ein Holzfeuer, und schöne Wandteppiche bedeckten die Mauern. Ein riesiges Bett mit einer dicken Matratze füllte fast den ganzen Raum. Es war mit dicken Vorhängen in Blau und Safrangelb behängt. Catriona betrachtete es mit so starkem Verlangen, dass sie all ihre Beherrschung brauchte, um sich nicht sofort hineinzulegen.

Als die Tür zufiel und sie mit Isobel in der Kammer einschloss, wandte sie sich um. Wieder hörte sie Taygs Worte. „Mach mich stolz.“ Noch nie hatte jemand so etwas von ihr verlangt. Sie wusste nicht recht, wie sie es anstellen sollte, als ihr sein Rat einfiel: „Hüte deine Zunge.“

Ihre erste Regung war, etwas Hässliches zu Isobel zu sagen, nur um Tayg zu zeigen, dass er ihr nicht vorzuschreiben hatte, was sie tat. Aber dann fiel ihr Blick auf die glückliche junge Frau vor ihr, und sie hatte nicht mehr die Kraft, ihr die Freude zu zerstören, nur um Tayg zu ärgern.

„Ihr seht sehr müde aus … Oh, es tut mir leid, aber ich weiß Euren Namen nicht“, sagte Isobel.

„Catriona“, erwiderte sie schnell. „Wäre es vielleicht möglich, ein Bad …“

„Das wird schon vorbereitet“, unterbrach Isobel sie. „Lasst mich Eure Sachen nehmen. Wenn Ihr es möchtet, kann ich Euer Gewand waschen lassen.“

„Aye … das heißt, nein. Ich muss das hier noch einmal tragen.“ Auf den erstaunten Blick des Mädchens hin fügte sie hinzu: „Wir … wir verloren meinen Packen mit den Kleidern während des Sturms.“ Sie hoffte, die Lüge klang überzeugend.

„Nun, das hier kann nicht mehr getragen werden“, meinte Isobel. Mit zur Seite geneigtem Kopf betrachtete sie Catriona einen Moment lang. „Ich glaube, wir haben die gleiche Größe.“ Sie drehte sich zu einer Truhe um, die am Fuß ihres Bettes stand, und kramte eine Zeit lang in ihrem Inhalt herum, bis sie ein schönes, mit Färberwaid tiefblau gefärbtes Kleid hervorzog. Es war einfach geschnitten, doch die Farbe war so intensiv, dass Catriona Lust verspürte darüberzustreichen.

„Das ist das schönste Kleid, das ich je gesehen habe“, sagte sie.

„Ich würde mich freuen, es Euch zu leihen, solange Euer eigenes Gewand gesäubert wird.“

Catriona streckte die Hand aus und trat einen Schritt vor, um die fein gewebte Wolle zu streicheln. Sie konnte sich sehr gut in solch einem Kleid vorstellen. Alle Augen würden sich auf sie richten, wenn sie die Große Halle betrat. Die Farbe würde ihren tiefblauen Augen und ihrer hellen Haut schmeicheln. Das Haar würde sie unbedeckt lassen. Und Tayg würde sie so sehen, wie sie eigentlich sein sollte …

Sie zog die Hand zurück, als hätte sie sich an dem Stoff verbrannt.

„Nein, ich kann so ein herrliches Kleid nicht tragen.“

Isobels Lippen zitterten vor Enttäuschung, und in ihren Augen konnte Catriona lesen, wie scharf ihre Worte geklungen hatten.

Hüte deine Zunge.

Mach mich stolz.

Es war in ihrem Interesse, zu tun, was er verlangte. Um seinetwillen würde sie ihre Zunge sicherlich nicht im Zaum halten. Sie lächelte das Mädchen an.

„Ihr solltet heute Abend dieses Kleid tragen. Euer Vater sagte, dass viele Gäste da sind, die vor dem Sturm in diesen Mauern Schutz gesucht haben. Ihr solltet diejenige sein, die in diesem Kleid glänzt, wenn Ihr so viele Menschen hier beherbergt.“

Die Enttäuschung des Mädchens schwand, und Catriona stellte fest, dass es wirklich nur versuchte, freundlich zu sein. Nun gut, wenn „hüte deine Zunge“ bedeutete, es diesem Mädchen zu ermöglichen, freundlich zu sein, würde sie dazu schon einen Weg finden, ohne allzu viel Aufmerksamkeit auf sich zu ziehen.

„Habt Ihr ein anderes? Ich möchte nicht alle Blicke auf mich ziehen, was bei diesem Kleid hier geschehen würde." Na bitte! Sie hatte ruhig die Wahrheit gesagt, und schon lächelte Isobel wieder, wenn auch nicht ganz so strahlend wie zuvor.

„Aye, ich habe ein anderes, doch ich habe noch nie ein so schönes Mädchen wie Euch getroffen, das nicht die Aufmerksamkeit eines jungen Mannes auf sich ziehen will."

Isobels flüchtiges Kompliment erschreckte Catriona. Sie drehte sich zum Feuer um und wärmte einen Augenblick lang ihre Hände, während sie versuchte, ihre Stimme wieder in die Gewalt zu bekommen.

„Ich wollte Euch nicht in Verlegenheit bringen", sagte Isobel ruhig. Catriona blickte über die Schulter und schenkte dem Mädchen ein Lächeln. „Ich hege nicht den Wunsch, solche Aufmerksamkeiten auf mich zu ziehen." Wenigstens nicht gerade jetzt, fügte sie im Stillen hinzu.

Ein Klopfen an der Tür unterbrach ihre Unterhaltung, sehr zu Catrionas Erleichterung.

Isobel öffnete die Tür. Zwei Burschen schleppten einen ziemlich großen Zuber herein, während ihnen vier Mädchen mit Kesseln voll heißem Wasser folgten. Nach mehreren Gängen hatten sie den Zuber mit wunderbar dampfendem Wasser gefüllt. In der Zwischenzeit hatte Isobel ein großes Stück kostbare kastilische Seife, ein leinenes Handtuch, einen Kamm und ein viel weniger Aufmerksamkeit erregendes Kleid aus der Truhe gezogen. Als Catriona versuchte, ihr zerzaustes Haar zu kämmen, wollten ihr die eiskalten Finger nicht gehorchen. Sanft nahm die andere junge Frau ihr den Kamm aus der Hand und machte sich selbst an diese Aufgabe. Während der ganzen Zeit führte Isobel eine ziemlich einseitige Unterhaltung, erzählte Catriona den ganzen Burgtratsch, sprach über ihren Kräutergarten und über den Sturm, den Annes schmerzende Knie wie immer vorausgesagt hatten.

Als Catriona es sich in dem Zuber bequem machte, hoffte sie, Isobel würde sie eine Zeit lang allein lassen, doch das Mädchen kauerte sich ans Fußende des Bettes und plapperte weiter. Langsam drang die Wärme in Catriona ein und verscheuchte auch das letzte Bisschen eisige Kälte, das ihr noch in den Knochen gesteckt hatte. Gelegentlich nickte sie oder brummte leise zustimmend. Sie tat es mehr, um dem Mädchen Gesellschaft zu leisten, als um sich an der Unterhaltung zu beteiligen.

Als Catriona untertauchte, um ihr Haar nass zu machen, erfuhr Isobels Monolog eine kleine Unterbrechung. Während sie es einseifte, herrschte Stille. Catriona tauchte erneut unter, um die Seife auszuspülen, und als sie sich wieder aufrichtete, war Isobel an den Rand des Zubers getreten.

„Wenn Ihr wollt, kann ich Euch etwas klares Wasser übers Haar gießen."

Catriona lächelte. Sie fühlte sich so entspannt wie seit Tagen nicht mehr. Sie nickte und lehnte den Kopf zurück, während das warme Wasser sich über ihren Kopf ergoss.

„Erzählt mit etwas über Euren Begleiter. Er ist nicht Euer Ehemann, nicht wahr?"

Die Frage traf sie unverhofft. „Nein, er ist mein Bruder."

„Und er ist ein Barde?"

Catriona nickte und rutschte tiefer in den Zuber, bis ihr Kinn den Wasserrand berührte und sie die Knie in die kalte Luft streckte.

„Wieso reist Ihr mit ihm zusammen?"

Das Mädchen wusste zu viele Fragen, und Catriona hatte zu wenige Antworten. „Tayg bringt mich zu meinem Verlobten", sagte sie und hielt sich damit an Taygs Geschichte.

„Tayg? Ist das der Name Eures Bruders? Diesen Namen habe ich bis jetzt nur ein einziges Mal gehört."

Himmel! Hatte Tayg seinen Namen erwähnt? Der Chief hatte von ihm nur als Barde gesprochen. Sie würde ihn warnen müssen, dass ihr sein wahrer Name herausgerutscht war. „Im Clan der Munro ist das ein häufiger Name", sagte sie.

„Aye, von dort stammt auch der andere, der ebenfalls diesen

Namen trägt. Tayg of Culrain, Sohn des Chiefs of Munro." Ein träumerisch verlorener Ausdruck lag mit einem Mal auf Isobels Gesicht. Er verursachte bei Catriona ein unbehagliches Gefühl.

„Dann seid Ihr dem Krieger Tayg bereits einmal begegnet?", fragte sie und bereitete sich darauf vor, Isobel mit Fragen zu bombardieren, sollte die Antwort „Ja" heißen.

„Nein."

Einen Augenblick lang war Catriona enttäuscht. Doch sie fühlte sich zu wohl in ihrem Bad, um es lange zu bleiben.

„Aber ich habe gehört, dass er eine Frau sucht", fuhr Isobel fort. „Oder zumindest sucht seine Mutter eine Frau für ihn. Ich habe auch gehört, dass er gar nicht heiraten will. Und ich habe gehört, dass er ein liebenswürdiger, schöner Mann ist."

Das war mehr, als Catriona bereits aus den Geschichten und Liedern wusste. „Dann hat er sich also noch keine Frau genommen", sagte Catriona, ehe sie sich versah.

„Hat er nicht. Einige sagen, er wünscht sich eine Liebesheirat, andere wiederum meinen, er sei lediglich vom Krieg erschöpft und wolle einfach nur noch warten, bis er mit einem Mädchen den Bund fürs Leben schließt. Was für ein Mädchen ihn auch heiratet, es macht eine gute Partie. Er wird Chief eines großen Clans sein, enger Verwandter vom Earl of Ross und somit auch des Königs. Was mich betrifft", fuhr Isobel fort, „so wünsche ich mir keinen Mann, der so im Mittelpunkt des Geschehens steht, obwohl er wirklich viele Vorzüge haben soll, wie man erzählt. Charme und … nun …"

Catriona sah auf und bemerkte, dass das Mädchen rot geworden war.

„Was?"

„Nun ja, ich habe gehört …"

Catriona begann, dieser drei kleinen Worte müde zu werden.

„Ich habe gehört, dass er kein Mädchen … unbefriedigt zurücklassen soll."

„Unbefriedigt?" Worüber redete sie da?

„Aye." Isobel beugte sich näher und flüsterte Catriona ins Ohr. „In der Art, wie Männer und Frauen ..."

Auf Catrionas verwirrtes Kopfschütteln fügte Isobel hinzu: „Wenn er bei einer Frau liegt ... im Bett!" Sie schlug sich die Hand vor den Mund, als könnte sie nicht glauben, dass sie das laut gesagt hatte.

Alles, was Catriona dazu einfiel, war ein verblüfftes „Oh!".

„Und wem seid Ihr anverlobt?", fragte Isobel leise.

Catriona überlegte rasch. Was für einen Namen hatte Tayg genannt? Sie durfte keinen Fehler machen. Rory. Aber er hatte nicht den Clan benannt. Sie dachte an Taygs Art, Geschichten zu erzählen. Was würde er sagen? Er hatte sich immer so nahe wie möglich an die Wahrheit gehalten, und er hatte den Namen des Mannes genannt ...

„Rory vom Clan der Munros." Catriona beeilte sich, ihre Arme einzuseifen. „Kennt Ihr ihn?", fragte sie mit halb erstickter Stimme. Wenn sie jemals als Lügnerin entlarvt würde, dann wahrscheinlich jetzt.

„Ich habe seinen Namen schon gehört, doch mehr weiß ich nicht über ihn."

Sie war voller Erleichterung.

„Er lebt auch in Culrain, nicht wahr? Müsst Ihr dorthin?"

Catriona gab einen unverbindlichen Laut von sich.

„Wie ich höre, wird der König bald dort sein", sagte Isobel.

Das erregte Catrionas Interesse, und sie richtete sich ein wenig auf. „Der König wird in Culrain sein? Ich dachte, er wollte nach Dingwall reiten."

„Aye, das tut er auch, wegen der Hochzeit seiner Schwester. Doch zuvor bereist er die Ländereien derer, die ihm Treue geschworen haben. Man sagt, dass er am Wochenende in Culrain sein wird. Vielleicht werdet Ihr ihn sehen. Ich möchte König Robert gern eines Tages einmal treffen ..."

Catriona sah das Mädchen an. Isobel saß am Fußende des Bettes, die Füße auf die Truhe gestützt, die Arme um die Beine geschlungen. Ihr Kinn ruhte auf den Knien. In ihren Augen lag ein wehmütiger Blick, als sähe sie etwas in weiter Entfernung, nach dem sie sich sehnte.

„Seid Ihr verlobt?", fragte Catriona und wunderte sich, dass sie tatsächlich neugierig geworden war auf dieses Mädchen. Üblicherweise kümmerte es sie nicht, was andere dachten oder taten.

Isobel schreckte auf und kehrte von was für Träumereien auch immer zu Catriona zurück, die sich in das noch warme Wasser zurücklehnte und es genoss, wie die Wärme ihren Körper umspielte.

„Bin ich was?"

„Verlobt."

„Nein."

Catriona betrachtete das Mädchen. Blondes Haar, lang und seidig und wellig genug, damit es im flackernden Flammenschein den Anschein hatte, als wären die Haare in dauernder Bewegung. Ihre Augen waren warm und freundlich und wirkten in ihrem vollkommenen ovalen Gesicht riesig. Sie war schön, besaß einen etwas redseligen Charme und war eindeutig im heiratsfähigen Alter. Für einen ernsteren Mann, einen Mann, der einen kleinen Schubs brauchte, um Spaß zu haben, wäre sie eine gute Partie. Isobel brauchte jemanden, der ihrem Redefluss Einhalt gebot, aber ihren Liebreiz zu schätzen wusste.

„Ihr habt sicher keine große Konkurrenz zu befürchten, wenn es um die Aufmerksamkeit der jungen Männer geht."

Isobel zuckte die Achseln. „Hier gibt es keinen, den ich haben möchte, und wenn ich auch schon viele mögliche Ehemänner getroffen habe – wie es scheint, kommen alle Reisenden dieser Region durch Duchally –, habe ich doch noch keinen getroffen, den ich heiraten möchte."

Catriona lehnte den Kopf zurück und starrte auf die Deckenbalken. „Ich wette, Ailig würde Euch gefallen“, meinte sie.

„Ailig? Wer ist das?“

„Mein …“ Catriona setzte sich kerzengerade im Zuber auf. Wieso hatte sie jetzt von Ailig gesprochen? Was würde Tayg nun machen? Er würde nahe bei der Wahrheit bleiben. „Mein Cousin. Er ist aus Assynt, ich bin jedoch noch nie dort gewesen“, fügte sie schnell hinzu. Sie hatte geschickt die Unterhaltung von ihrem zukünftigen Ehemann abgelenkt und war jetzt schon wieder in Gefahr. Einzelheiten, glaubhafte Einzelheiten, damit lenkte Tayg von der Wahrheit ab.

„Er ist der jüngste Sohn von dem MacLeod und ist, so habe ich gehört“, sagte sie und benutzte Isobels Worte, um ihr Interesse zu wecken, „der einzige Bruder mit etwas Hirn. Er ist hellhaarig, so wie Ihr. Ihr hättet hübsche Nachkommen.“

„Ist er nicht der Bruder vom bösen Weib von Assynt?“, fragte Isobel und reichte Catriona das Handtuch, die aus dem kühler werdenden Wasser steigen wollte. „Ich glaube nicht, dass ich in einen solchen Clan einheiraten möchte.“

Catriona fühlte Zorn in sich aufsteigen, doch sie erinnerte sich an Taygs Worte und hielt den Mund. Sie trocknete sich energisch ab und fragte ganz nebenbei: „Habt Ihr je das …“ Catriona brachte es nicht über sich, das Wort auszusprechen. „Habt Ihr je das Mädchen getroffen?“

„Nein, aber ihr Ruf verbreitet sich wie der Wind. Sie ist auch Eure Cousine. Habt Ihr davon gehört?“

Catriona schüttelte den Kopf und wünschte sich, sie hätte eine Idee, wie sie dieser Unterhaltung ein Ende machen konnte, ohne Verdacht zu erregen.

Isobel machte es sich wieder am Fußende des Bettes bequem. „Ich habe gehört, sie sei ein Biest mit einer Zunge so scharf wie ein gut geschliffener Dolch. Sie kann einem Krieger mit nichts anderem als ihren Worten die Haut vom Leib ziehen. Man sagt auch, dass ihr Clan Angst vor ihr hat. Sie hat ein spitzes Gesicht, und ihr ganzer Körper ist voller Runzeln, damit er ihrer Seele gleicht. Es würde mir nicht gefallen, meine eigene Familie zu verlassen, um in der Gesellschaft von so einer zu leben."

Bei diesen Neuigkeiten war Catriona stumm geworden wie ein Fisch und verbarg das Gesicht in dem Handtuch, mit dem sie sich die Haare trocknete.

„Es ist lustig, dass wir jetzt von ihr sprechen", fuhr Isobel fort. „Gerade habe ich mit einem Reisenden geredet, der sagte, die Kratzbürste sei an die MacDonells verkauft worden. Ich denke, wenn sie nicht so unter ihr zu leiden hätten, hätten sie sicher versucht, die Mitgift zu drücken, egal, wie hoch sie war. Andererseits sind die MacLeods so reich, dass sie es sich leisten können, eine Tochter wie die Kratzbürste zu verheiraten. Vielleicht sollte ich mir am Ende diesen Cousin von Euch doch einmal anschauen ..."

Catriona spürte, wie ihr die Hitze in die Wangen stieg, und drehte dem Mädchen rasch den Rücken zu, während sie sich weiter abtrocknete.

„Setzt Euch dort ans Feuer, und ich werde Euch die Haare kämmen", sagte Isobel.

Catriona wickelte sich das Leintuch um und tat, wie das Mädchen sie gebeten hatte. Sie wollte sie nicht eher anschauen, bis sie sicher sein konnte, dass sie diese ungewohnte Verlegenheit überwunden hatte. Wurde sie wirklich von jedermann so gesehen? Von Tayg? Verrunzelt, verkauft an jeden, der sie nehmen wollte?

Isobels sanfte Dienste zusammen mit Catrionas Müdigkeit lullten sie langsam ein.

„So", sagte Isobel, „Euer Haar ist jetzt glatt gekämmt. Bleibt hier vor dem Feuer sitzen, während ich Eure Kleider hinunter zur Küche bringe. Ich werde jemanden beauftragen, sie zu waschen. Dann werdet Ihr angezogen, und wenn Ihr mich lasst, mache ich Euch die Frisur."

„Wieso seid Ihr so nett zu mir?“, fragte Catriona plötzlich und schlug sich dann die Hand vor den Mund, wie Isobel es zuvor getan hatte.

Isobel lachte, und Catriona konnte nicht anders, als ihr auch ein Lächeln zu schenken.

„Ihr seid unser Gast. Außerdem gibt es hier ziemlich wenige Mädchen meines Alters, keine Schwestern und noch nicht einmal irgendeine nah verwandte Cousine. Ihr habt mir vorhin nicht gesagt, ich soll das Plappern lassen, so wie mein Vater es gerne tut. Wir werden gute Freundinnen sein.“

Catriona nickte. Sie war über Isobels Antwort genauso erstaunt wie über die Erkenntnis, dass sie, indem sie Taygs Rat befolgte, jetzt eine Freundin bekommen hatte, vielleicht die erste in ihrem ganzen Leben. Sie lächelte. „Wir werden gute Freundinnen sein“, sagte sie.

Jedenfalls so lange, wie Isobel nicht herausfand, wer sie wirklich war.

9. KAPITEL

Tayg hatte sich eine Stelle ausgesucht, von der aus er den Eingang zur Großen Halle im Auge hatte. Er wartete nun schon eine ganze Zeit, und Catriona war immer noch nicht erschienen. Je länger sie getrennt waren, desto mehr fürchtete er, ihre Launen und ihre scharfe Zunge würden ihre wahre Identität verraten. Ihre Sicherheit – und die seine – hingen von ihrer List ab. Und das hieß, dass sie in Gefahr waren. Denn diese Frau wusste einfach nicht, wie sie ihre Zunge im Zaum halten sollte und was sie tun musste, um nicht aufzufallen.

Wirklich … nicht aufzufallen war etwas, was er sich bei Catriona einfach nicht vorstellen konnte. Das tiefe Blau ihrer Augen zusammen mit ihrer hellen, cremeweißen Haut und dem tintenschwarzen Schleier ihrer Haare, all das diente dazu, sämtliche Blicke auf das Mädchen zu ziehen. Die trotzige Haltung ihres Kinns und die Entschlossenheit, die so oft in diesen mitternachtsblauen Augen aufblitzte, hielten jeden Blick fest.

Bei dem Bild musste er lächeln. Sie war unberechenbar … außer wenn er versuchte, ihren Zorn anzustacheln. Doch selbst dann, musste er erkennen, war ihre Reaktion immer weniger vorauszusehen. Nach nur wenigen Tagen in seiner Begleitung gelang es ihr bereits viel besser, ihre Launen und ihre Zunge unter Kontrolle zu halten. Sie war unterhaltsam, hielt ihn andauernd auf Trab und forderte ihn wie kein Mädchen zuvor.

Nein, er mochte keines von den Mädchen, die ihm wegen der Geschichten und Balladen schöntaten. Deshalb war es so wichtig für ihn, selbst ein Mädchen zu finden, und zwar bald, sonst würde vielleicht doch noch seine Mutter den Sieg davontragen, und er würde verheiratet werden. Es wäre besser, für alle Zeiten mit Catriona unterwegs zu sein, sich immer in Acht nehmen zu müssen vor bissigen Bemerkungen oder einem zarten, gestohlenen Kuss, als ein Mädchen zu ertragen, das seine Mutter ihm ausgesucht hatte.

Bei allen Heiligen, was dachte er denn da? Er war dem Clan verpflichtet. Außerdem wäre mit dieser Wildkatze geschlagen zu sein schlimmer, als der Gatte der schwerfälligen Dolag of Fionn zu werden … oder der vermutlich hübschen Tochter des Chiefs von Duchally.

Er sah sich suchend nach beiden um, Catriona und der Tochter. Er sollte mit dem anderen Mädchen wenigstens einmal zusammentreffen … nur für alle Fälle. Er beobachtete, wie Leute in die Halle strömten. Dazwischen liefen flinke Burschen, die mit Essen beladene Tabletts trugen.

„Wo bleibt sie nur?", murmelte er vor sich hin und war sich nicht sicher, welches Mädchen er zuerst sehen wollte.

„Wer?", erwiderte es leise und rasch nahe seinem linken Ohr.

Er drehte den Kopf nach der Frau, die neben ihm stand. „Catriona?"

„Gefällt dir meine Verkleidung?", fragte sie und zwinkerte ihm zu.

Sie trat zurück, damit er ihr schlichtes grau-grünes Kleid, den Schleier und den Wimpel, eine steife, leinene Kopfbedeckung, sehen konnte, die ihr Haar, den Hals und einen Großteil ihres hübschen Gesichts bedeckte.

„Das ist sehr kleidsam … für eine alte Frau."

Sie runzelte die Stirn, doch dann blitzte ein Lächeln auf. „Dann habe ich es richtig gemacht. Isobel wollte, dass ich das Haar offen trage, nur mit einem eingeflochtenen Band. Aber ich dachte, das würde zu viel Aufmerksamkeit erregen." Sie sah ihn etwas unsicher an. „Ich habe es doch richtig gemacht, oder?"

„Aye, Mädchen. Das hast du sehr gut gemacht. Obwohl ich nach dir Ausschau hielt, habe ich dich noch nicht einmal in die Halle kommen sehen."

Da war es wieder, dieses Lächeln, und er atmete tief durch, um sein heftig klopfendes Herz zu beruhigen. Er musste dieser Verrücktheit ein Ende machen. „Wie viele Leute hast du beleidigt, während du fort warst?“

Das wirkte. Es löschte das stolze Funkeln in ihren Augen und ersetzte es durch eine ihm vertrautere Stimmung.

„Ich habe niemanden beleidigt, Barde. Ich war ein Muster wohlgesitteten Benehmens. Ich habe sogar jemanden zum Freund gewonnen.“

Schreck und Eifersucht überfluteten ihn gleichermaßen. „Wen?“, fragte er, noch bevor er daran dachte, dass ihn das ja nicht zu kümmern hatte.

„Isobel“, sagte sie leichthin, doch ihre Augen blitzten immer noch zornig. „Die Tochter des Chiefs.“

„So, na gut“, erwiderte Tayg und täuschte Interesse vor. „Du musst mich deiner Freundin vorstellen. Ich möchte gern ihre Bekanntschaft machen und sehen, ob sie der Vorstellung des Königs entspricht. Oder vielleicht auch meiner Vorstellung von einer Gattin“, fügte er unbedacht hinzu.

„Du wirst sie nicht mögen“, entgegnete Catriona zähneknirschend. „Isobel ist ein liebreizendes Mädchen, aber sehr gesprächig, geradezu eine Klatschbase. Ihre liebsten drei Worte sind ‚Ich habe gehört‘. Mit so einer redseligen Person würdest du nicht gern deine Zeit verbringen, auch wenn der König sie akzeptieren würde.“

Tayg betrachtete sie amüsiert. „Und woher weißt du, was ich an einem Mädchen bewundere?“

„Ich … ich …“ Sie sah ihn an und wechselte das Thema. „Sie sagt, dass mein Verlobter, Rory of Munro, ihr bekannt ist. Ich konnte weitere Fragen vermeiden, aber glaubst du nicht, dass es klug wäre, mir einiges über den Mann zu erzählen, sodass ich ihr das nächste Mal antworten kann? Es gelang mir, sie dazu zu bringen, über die Tratschgeschichten in der Burg zu reden und über Neuigkeiten, die den König betrafen …“

„Den König?“

„Aye. Er besucht die Verbündeten des Earls of Ross, bevor er der Hochzeit seiner Schwester auf Dingwall Castle beiwohnt. Vielleicht können wir ihn früher treffen, als wir geglaubt haben?“

Gegen seinen Willen war Tayg beeindruckt. Sie hatte auf ihn gehört. Er nahm ihre Hand und führte sie an die Lippen.

„Das hast du gut gemacht, Catriona“, sagte er und sah sie an. „Ich bin stolz auf dich.“ Der Schrecken in ihren Augen war unbezahlbar, und Tayg grinste. „Hat dir das noch keiner gesagt?“

„Nein. Noch nie. Bist du sicher?“

Diesmal lachte Tayg laut auf. „Aye, ich bin sicher. Das war sehr gut, dass du dir eine Freundin gemacht und dich so gut verkleidet hast. Du solltest stolz auf dich sein.“

Sie hob fassungslos die Brauen, was ihn veranlasste, die Hand auszustrecken, um sie ihr glatt zu streichen, als eine wohlklingende Stimme ihn dabei unterbrach.

„Wollt Ihr mich nicht Eurem Bruder vorstellen?“

Tayg fuhr herum. Vor ihm stand eine Frau, ungefähr in Catrionas Alter, mit einem vollkommenen Gesicht, goldfarbenem Haar, das ihre Schultern in Wellen umfloss, und blitzenden braunen Augen. Hier stand eine Frau, in die ein Mann sich verlieben konnte. Er sah wieder auf Catriona, die jetzt betont unbeteiligt dreinschaute. Isobel klimperte ein wenig mit ihren langen Wimpern und lächelte. Ihre Zähne waren nicht ganz makellos, aber das waren Zähne selten. Tayg lächelte zurück und blickte dann zu Catriona, die ihm mit taufrischen Lippen und strahlend weißen Zähnen ein Lächeln schenkte, gewürzt mit sarkastischem Spott, den nur er erkennen konnte. Er wurde von dem dringenden Verlangen gepackt, sie zu küssen. Energisch kämpfte er dagegen an. Er musste diese Zuneigung, die er verspürte, nicht auch noch unterstützen. Und man küsste seine Schwester nicht so, wie er Catriona küssen wollte. Er schenkte ihr ein kleines Lächeln, verzweifelt darüber, sich von der Frau trennen zu müssen, die er inzwischen wegen ihres Verstandes genauso bewunderte wie wegen ihrer Schönheit.

„Es wäre mir eine Ehre, Euch zu Eurem Tisch geleiten zu dürfen", sagte er zu Isobel mit einer kleinen Verbeugung und einem kecken Lächeln. Isobel lächelte ebenfalls und nahm den ihr angebotenen Arm. Rasch führte er sie zum Tisch am Kopf der Halle und ließ Catriona einfach stehen. Sie blickte ihnen nach.

Catriona beobachtete, wie die beiden sich ihren Weg durch die überfüllte Halle bahnten, und hörte leise Taygs tiefe Stimme, als er, den Mund dicht an Isobels Ohr, ihr etwas zuflüsterte, und ihr silberhelles Lachen als Antwort auf was immer er gesagt hatte. Schnell ging sie zum letzten Tisch in der dunkelsten Ecke im Saal, aber sie setzte sich so, dass sie den Tisch auf dem Podest sehen konnte. Offenbar hatte man Tayg eingeladen, neben der lebhaften Isobel Platz zu nehmen. Ihr Magen krampfte sich zusammen, und das Herz tat ihr weh. Einen Moment lang hatte sie jubeln mögen, hatte sich in Taygs ungewohntem Lob gesonnt, nur um im nächsten Augenblick zu wünschen, der Steinboden möge sich öffnen und sie in die tiefsten Tiefen der Erde stürzen lassen. Das war, als er seinen Charme Isobel zuwandte. Ihr erster Gedanke war gewesen, einen Becher nach dem sich entfernenden hübschen Hinterteil des Mädchens zu schleudern, doch die Erinnerung an die Stunde, in der sie Freundinnen geworden waren, hielt sie davon ab. Wenn Freundschaft sich so anfühlte – dass man zwar zuschlagen, aber der Freundin doch nicht wehtun wollte –, dann wollte sie mit Freundschaft lieber nichts zu tun haben.

Sie stocherte in dem Essen auf ihrem Holzbrett herum und trank nur wenig von dem mit Wasser gemischten Wein. Nach einer Weile erhob sich Tayg von seinem Platz, machte eine kleine Verbeugung vor Isobel und dem Chief und schlenderte auf Catriona zu. Auf halbem Weg blieb er an einem Tisch stehen und hob den Sack mit der Trommel auf, den sie dort gar nicht bemerkt hatte. Er sah sich um, und sein Blick blieb kurz an ihr in der dunklen Ecke haften. Er zog eine Braue hoch, als wollte er fragen, was sie sich wohl dabei dachte, sich so im Schatten zu verstecken. Doch dann zuckte er die Achseln und zog sich einen Stuhl in den Gang, der zwischen den langen Tischreihen hindurchführte.

Catriona stellte fest, dass ihr Appetit sofort zunahm, nachdem Tayg nicht mehr am erhöhten Tisch saß. Sie wandte ihre Aufmerksamkeit wieder dem Essen vor sich zu und goss sich auch noch einen Becher Wein aus dem Krug ein, der in der Nähe stand.

Sie lauschte Tayg, der eine Ballade sang. Sie war so alt, dass jedermann sie gut genug kannte, um mitsingen zu können. Tayg war wirklich unschlagbar darin, andere dazu zu bringen, seine Fehler zu kaschieren, ja selbst die Lieder für ihn zu singen. Geschichten konnte er besser erzählen als jeder *seanachaidh*, den sie je gehört hatte, aber Musik war nicht seine starke Seite. Wie war er nur auf die Idee gekommen, Barde zu werden?

In Catrionas Kopf formte sich eine sonderbare Frage: Wie *war* er Barde geworden? Er hatte nur wenig Übung, wenn überhaupt. Vom Trommeln besaß er nichts als die allergeringsten Anfangskenntnisse. Seine Stimme, die so voll und lebhaft klang, wenn er Geschichten erzählte, war eher dünn und unsicher, wenn er sang.

Catriona schob ihr Essensbrett beiseite und stieß dabei fast den leeren Becher um. Sie versuchte zurückzudenken an ihren Aufenthalt in Fionn. Heute Nacht war Taygs Vorstellung besser als damals, aber nur ein wenig.

Sie erhob sich von ihrem Platz und gesellte sich zu der Menge. Sie beobachtete Tayg, wie er eine Zeile sang und dann lauschte, wie seine Zuhörer die Antwortzeile schmetterten. Er lachte tief und herzlich und voller Freude.

Er hatte seinen Spaß.

Sie umrundete die Zuhörer und beobachtete dabei Taygs Gesicht, bis sie hinter ihm stand. Dann betrachtete sie die Gesichter der anderen, Jung und Alt, die ihn umringten. Lächelnde, freundliche, offene Gesichter. Wie machte er das nur? Mit einem schnellen Scherz, einer einfachen Melodie, die er mit wenig Talent auf der Trommel begleitete, einem Schulterklopfen oder einem Lächeln, bei dem einem gar nichts anderes übrig blieb, als zurückzulächeln, versetzte er die Leute in vergnügte Stimmung.

Er unterbrach sein Trommeln, schaute über die Schulter und fing ihren Blick auf. Rasch sah Catriona zur Seite. Sie war zu sehr mit ihren eigenen Gedanken beschäftigt, um auf die Herausforderung zu antworten, die sie in seinen Augen las.

Dem wilden Lied folgten Geschichten, und sie waren unterhaltsam, weil sie sie noch nicht kannte. Das war der Moment gewesen, wo sie ihn am Abend zuvor zu dem Lied auf Dolag angestachelt hatte. Heute würde sie so etwas nicht tun. Nein, er konnte tun, was ihm beliebte. Sie würde nur dasitzen, zuhören und warten. Worauf, wusste sie nicht so recht, aber es gab etwas, um darauf zu warten.

Lautes Gelächter zeigte das Ende seiner zweiten Geschichte an. Wieder schlug er die Trommel und begann, eine bekannte Melodie zu pfeifen, doch keiner des Beaton-Clans kannte sie. Es konnte sie auch keiner kennen, denn es war das Lied, das er sich für Dolag ausgedacht hatte. Catriona starrte wütend auf seinen Hinterkopf, als er schon zu einer bekannten Ballade über die Liebe wechselte.

Isobel strahlte Tayg an, der ihr mit breitem Lächeln antwortete, während er sang. Er warf Catriona einen Blick zu, doch die weigerte sich, ihn überhaupt zur Kenntnis zu nehmen. Sie fuhr fort, langsam die Menschen zu umkreisen, beobachtete die Gesichter, doch am meisten beobachtete sie Isobel, dann Tayg, dann wieder Isobel. Die beiden hatten nur Augen füreinander. Was glaubte er eigentlich, was er da tat? Isobel war kein Mädchen, das einem wie ihm ihre Tugend schenkte. Sollte er es auch nur wagen, ihre Freundin zu küssen, würde Catriona ihm die Augen ausreißen – oder vielleicht auch nur die Zunge.

Dieser Gedanke erwies sich als Fehler, denn wenn sie an seine Zunge dachte, erinnerte sie sich an die Küsse, die sie getauscht hatten, und an den einen, den sie sich fast gegeben hätten, als sie unten in der Klamm lagen, neben dem verschneiten Bach. Sie erinnerte sich an die Schneeballschlacht, die Art, wie er sie angelächelt, mit ihr gelacht hatte. Etwas in ihr zog sich zusammen. Er war ein wankelmütiges Monster und damit genau wie alle Männer in ihrem Leben.

Aber er war doch nicht genau wie alle anderen Männer in ihrem Leben: Er benutzte sie nicht für seine Interessen. Eigentlich war es genau umgekehrt – sie benutzte ihn für ihre Interessen. Sie benutzte ihn, um sie zum König zu bringen, sie vor den Plänen zu schützen, die ihre Familie für ihre Zukunft schmiedete. Diese Zukunft hatte sie nicht verdient. Und genau deshalb musste sie ihr Leben selbst in die Hand nehmen.

Sie beendete ihren Weg genau dem Barden gegenüber und ließ sich dort auf das Ende einer Bank sinken. Der Mann neben ihr zog mit einem Lächeln ihre Aufmerksamkeit auf sich. Etwas an seiner missgestalteten Nase und den dunklen Augen unter den schweren Lidern kam ihr bekannt vor. Sie wusste nicht, woher, aber Clans heirateten oft untereinander. Vielleicht war er ein Cousin von jemandem, den sie kannte, und ähnelte ihm flüchtig. Catriona erwiderte das Lächeln nicht, sondern wandte ihre Aufmerksamkeit wieder Tayg zu. Er hatte sich in eine seiner weiteren Geschichten gestürzt, und die Leute standen längst in seinem Bann.

„Der spinnt ein gutes Garn, der da."

Aus ihren Träumereien gerissen, betrachtete Catriona den Mann neben sich. Glattes, öliges Haar hing ihm ins Gesicht und verhüllte zum Teil seine gelbliche, pockennarbige Haut. Die zusammengepressten Lippen bildeten nur noch eine dünne Linie. Er wartete auf eine Antwort von ihr. Catriona nickte. Sie verspürte nicht den Wunsch nach Gesellschaft, wo sie doch nur wieder gezwungen wäre, auf ihr Benehmen und ihre Worte zu achten. Doch der Mann war nicht so feinfühlig, wie Tayg es in so einem Fall gewesen wäre. Anstatt zu merken, dass sie mit ihren Gedanken allein bleiben wollte, redete er weiter.

„Es ist noch keine Woche her, da war er auf meiner Burg. Aber da zeigte er noch keine solche Gelassenheit."

„Keiner besitzt mehr Gelassenheit als er", sagte Catriona.

„Aye, aber seine scheint ziemlich gewachsen zu sein, seitdem er auf Dun Donell war."

„Dun Don..." Catriona starrte den Fremden neben sich an, und die Angst packte sie. Sie senkte den Kopf und betete, der Wimpel möge ihr Gesicht beschatten. „Dann ist er weit gereist", meinte sie und gab sich Mühe, ihre Stimme so unbeteiligt wie möglich klingen zu lassen.

„Aye, und es ist nicht einfach, in dieser Jahreszeit unterwegs zu sein." Der Mann wandte seine Aufmerksamkeit wieder Tayg zu. „Die meisten Barden haben sich inzwischen ein Winterquartier gesucht, aber der da ..."

„Dann seid Ihr auch von den Ländereien der MacDonells bis hierher gereist?" Catriona riskierte die Frage und hatte vor der Antwort genauso viel Angst wie vor dem Nichtwissen.

„Über Assynt." Wieder richtete er den Blick auf sie. „Ich sollte dort meine Braut treffen, aber sie war verschwunden." Einen Moment lang betrachtete er prüfend ihr Profil, dann schien sein Interesse zu schwinden, und er wandte sich wieder den in der Halle versammelten Menschen zu. „Durch diesen Barden da schickte ich eine Botschaft an meine Braut, doch sie kam nie an. Ich möchte nur wissen, warum er seinen Auftrag nicht ausgeführt hat." Die Stimme des Mannes war ein tiefes, zorniges Grollen.

Catriona stand der Schweiß auf der Stirn. Sie konnte kein Glied rühren. Ihr wurde schlecht, und sie legte die Hand auf den Magen, um den Anfall von Übelkeit zu unterdrücken. Ihre Gedanken überschlugen sich, sie konnte sich auf nichts anderes mehr konzentrieren als auf eines: Flucht. Aber sie wagte es nicht, sich auf irgendeine Art vom Tisch zu entfernen, die die Aufmerksamkeit des Mannes geweckt hätte.

Denn wenn sie ihn auch seit sechs oder sieben Jahren nicht mehr gesehen hatte, es bestand kein Zweifel daran, dass dieser Mann das Hundsgesicht MacDonell war.

Ein einziger Blick auf Catriona genügte Tayg, um zu wissen, dass etwas nicht stimmte. Die Art, wie sie den Kopf hielt, ihr gesenktes, tief im Schatten liegendes Gesicht, all das stimmte nicht. Normalerweise reckte Catriona das Kinn vor, als wollte sie jeden herausfordern. Und jetzt saß sie mit hängenden Schultern da, und dieser verdammte Schleier und Wimpel verbarg ihre makellose Haut und das ebenholzschwarze Haar.

Rasch konzentrierte er sich wieder auf den Rhythmus seiner Trommelschläge, den er durch die Ablenkung beinahe verloren hätte. Er begann ein etwas obszönes Lied, für das es eigentlich noch zu früh am Abend war. Aber die Leute stimmten begeistert ein, sangen laut mit, hieben ihre Humpen und Becher auf die Schragentische und übertönten seine alles andere als klangvolle Stimme.

Tayg war froh, wenn dieser Mummenschanz endlich ein Ende hatte. Umherzugehen und die Leute glauben zu machen, er wäre ein Barde – er zuckte zusammen beim Gedanken an seine armseligen Sangeskünste –, war eine Sache; aber etwas anderes war es, diese Fassade vor Catriona aufrechtzuerhalten, die inzwischen begonnen hatte, auf ihn zu hören, ihm gegenüber nachgiebiger zu werden. Er sah zu Catriona hin, doch sie war von ihrem Platz am Rande der Menge verschwunden. Er blickte sich um. Sicher schlich sie sich an ihn heran, um sein Singen zu verspotten oder ihn wieder aus dem Stegreif ein Lied über irgendein armes, ahnungsloses Mädchen dichten zu lassen. Wenn es natürlich ein Lied über Isobel wäre, ja dann … Er ließ die Augen über die Menge schweifen, bis sein Blick auf das schöne flachshaarige Mädchen fiel.

Was immer Catriona jetzt auch wieder ausbrütete … da fast alle Burgbewohner ihn umdrängten, würde sie keinen allzu großen Ärger anrichten können. Vielleicht sollte er die Gelegenheit ergreifen und versuchen, noch mehr über die Tochter des Chiefs herauszufinden als nur die Tatsache, dass sie einen Hang zu Klatschgeschichten besaß. Überhaupt, wenn er sich schon seine Braut selbst aussuchte, dann schien Isobel auf dieser ganzen scheußlichen Reise noch die vielversprechendste Kandidatin zu sein.

Ja, er würde die Gelegenheit nutzen und mit dem Mädchen sprechen, solange „Catriona-von-der-scharfen-Zunge“ nicht in der Nähe war. Er musste herausfinden, ob Isobel die passende Ehefrau für ihn war. Er beendete das unanständige Lied und lächelte Isobel zu.

„Ich möchte ein Lied auf Isobel singen, der hübschesten Tochter Eures Clans“, sagte er zu den Versammelten.

„Aye, das ist sie“, stimmte ihm Kester zu, der Bursche, der ihn zuvor herumgeführt hatte.

„Erzähl mir ein wenig über sie, damit ich ein passendes Lied aussuchen kann.“ Er nickte dem Mädchen zu und beglückte sie mit seinem unverschämtesten Grinsen. Sie erwiderte sein Lächeln und beugte sich rasch etwas vor, um einen Blick auf Kester zu werfen.

Das Gesicht des Jungen war ziemlich blass geworden, als er merkte, dass es Tayg ernst war, und er musste sich mehrmals räuspern, ehe er sprechen konnte.

„Äh … nun … sie ist hübsch.“

„Aye, das ist sie“, stimmte ihm Tayg zu und bemerkte, wie des Jungen bleiches Gesicht etwas rosiger wurde.

„Und ihr Haar ist wie Seide.“

„Woher willst du das denn wissen, Junge?“, erklang eine dröhnende Stimme quer durch die Menge.

Der spöttische Ton schien dem Burschen Mut zu machen. Er reckte die Schultern. „Jeder kann sehen, dass es wahr ist“, meinte er und strahlte jetzt. „Und ihre Haut ist weiß wie frisch gefallener Schnee."

„Aye, das kann ich nur bestätigen", meinte Tayg und zwinkerte der lächelnden Isobel zu. „Aber was ist mit ihrem Charakter? Ist sie schüchtern und scheu? Hat sie eine böse Zunge? Sorgt sie gut für ihren Vater?"

„Ihr stellt eine Menge Fragen, Barde", meinte mit einem Mal eine Stimme dicht neben ihm.

„Das ist nötig, wenn ich ein Loblied auf ihre Tugenden singen soll." Tayg drehte sich um und sah, dass der Mann ihn anstarrte. Es war Duff MacDonell, und seinem eisigen Blick nach zu urteilen, war er nicht glücklich, Tayg zu sehen.

„Ich habe Euch vorhin singen hören, Barde. Jedes Mädchen, das auch nur einen Funken Stolz im Leib hat, würde sich nicht wünschen, von Euch besungen zu werden."

Unter den Anwesenden wurde es still.

„Mein Singen gefällt Euch nicht?"

„Stimmt. Vor noch nicht langer Zeit habt Ihr in meiner Halle gesungen. Allerdings seid Ihr seitdem etwas besser geworden."

„Was ist mit meinem Lied?" Isobel durchbrach die angespannte Stimmung, bevor Tayg sich eine Geschichte wegen des nicht überbrachten Briefs ausdenken konnte. Langsam richtete er seine Aufmerksamkeit wieder auf Isobel und lächelte.

„Ihr sollt es bekommen", sagte er, während sein Blick den MacDonell verfolgte, der um den Kreis herumging und sich auf die Bank setzte, die Catriona verlassen hatte. Aber natürlich! Catriona hatte das Hundsgesicht bemerkt und war gegangen, bevor er herausfinden konnte, wer sie war. Wenigstens verstand Tayg jetzt, warum Catriona nirgends zu sehen war. Wahrscheinlich raffte sie gerade ihre Habseligkeiten zusammen und machte sich bereit, die Burg zu verlassen. Er warf einen Blick zu den hohen Fenstern. Es war bereits zu dunkel, um erkennen zu können, ob immer noch Schnee fiel. Würde sie auf ihn warten oder sich auf eigene Faust auf den Weg machen? Es wäre dumm von ihr, ohne Proviant und ohne Begleitung aufzubrechen.

Ohne ihn.

„Barde?“

Die momentane Situation forderte wieder Taygs volle Aufmerksamkeit, und er verdrängte das ungute Gefühl in seinem Magen. Erst musste er diese Farce hier zu Ende spielen, musste dem Hundsgesicht entkommen. Dann konnte er Catriona suchen und herausfinden, was sie vorhatte.

„Ich glaube, jetzt habe ich es“, sagte er, als hätte er, tief in Gedanken versunken, darüber nachgedacht, welches Lied er singen sollte. In Wahrheit kannte er nur wenige, die er gut genug vortragen konnte. So war die Entscheidung schnell getroffen. Während das Hundsgesicht ihn finster anstarrte, begann er ein wohlbekanntes Lied über ein schönes Mädchen und ihren glühenden Liebhaber.

Tayg entschuldigte sich und versprach, gleich wiederzukommen. Er steckte seine Trommel in ihre Hülle und stellte sie neben seine Habseligkeiten, die in einer Ecke des Saales lagen. Da das Hundsgesicht ihn nicht aus den Augen ließ, wagte er nicht, seine Sachen mitzunehmen. Er bahnte sich den Weg durch die Halle zum Ausgang hin, der zum Abort führte. Er glaubte nicht, dass das Hundsgesicht ihm dahin folgen würde, besonders dann nicht, wenn er glaubte, Tayg würde sofort zurückkommen.

Das würde er natürlich nicht.

Er musste Catriona finden. Er musste wissen, was sie vorhatte. Er konnte es nicht riskieren, dass sie dem Hundsgesicht in die Hände fiel. Ihre Zukunft und die des Königs hingen davon ab. Und über die Reihenfolge seiner Sorgen wollte er im Augenblick nicht nachdenken.

Er verließ die dunklen Mauern der Burg und betrat den verlassen daliegenden, verschneiten Burghof. Der Sturm war stärker geworden und wirbelte den Schnee herum, der aus dem nachtdunklen Himmel herniederfiel. Tayg zitterte. Er hätte den längeren Weg durch die Gänge der Burg nehmen sollen statt die Abkürzung über den offenen Hof. Doch er wollte keine Zeit verlieren.

Sie mussten jetzt aufbrechen, ohne Gepäck, denn eine Rückkehr in die Halle konnte er nicht riskieren. Bis jetzt war er vor den Fragen des Hundsgesichts sicher gewesen. Doch bald würden alle ihre Betten aufsuchen, und dann würde er erklären müssen, warum er mit der Braut dieses Mannes unterwegs war und sie und die Botschaft des Hundsgesichts zum König brachte.

Alles wäre einfacher, wenn er Catriona hier zurücklassen könnte. Das würde das Hundsgesicht lange genug ablenken, und Tayg könnte sich davonmachen.

Doch er konnte sie nicht verlassen. Etwas an ihr zog ihn an. Trotz ihres kratzbürstigen Benehmens gab es Augenblicke, in denen er die Frau hinter der Maske erahnte. Sie benützte ihre Launen wie eine Rüstung, doch ab und zu … Er erinnerte sich an diesen Moment heute Morgen, als er auf ihr gelegen hatte, nachdem sie den verschneiten Hügel hinuntergekullert waren. Dieser feuchte, einladende Mund, die funkelnden Augen, so blau wie die Dämmerung, und ihre helle Haut mit dem rosigen Schimmer.

Er riss sich zusammen und zog das Plaid fester um sich. Es war nicht gut, diesen Erinnerungen nachzuhängen. Der König würde über Catrionas Schicksal entscheiden. Tayg war überzeugt, dass das auch eine Heirat einschloss, und zwar mit jemandem, der den eigensinnigen MacLeod-Clan zu kontrollieren vermochte. Er selbst war dazu bestimmt, seinen eigenen kleinen Clan anzuführen. Das war seine Pflicht. Sie würden eben beide nur ihre Pflicht tun.

Tayg ging Richtung Turm, wohin Kester Catriona zuvor geführt hatte. Als er gerade die Mitte des Burghofs erreicht hatte, ließ ihn ein Tumult am Tor anhalten.

Durch das Torhaus stürmten fünf Reiter. Ihre Pelze und ihre ganze Bekleidung waren so dick mit Schnee bedeckt, dass sie auf ihren Pferden fast wie unförmige große Klumpen aussahen.

„Ihr da!“, rief ihn einer der Klumpen an.

Tayg musterte die verschneiten Pelze. Etwas an diesen Männern riet ihm zur Vorsicht. Er blieb, wo er war, und antwortete: „Aye?“

„Erlaubt Ihr uns, hier das Ende des Sturms abzuwarten?“

Die Stimme klang irgendwie vertraut.

„Es ist nicht an mir, Euch das zu erlauben. Ich bin nur ein reisender Barde und selbst Gast.“ Tayg ging um sie herum und achtete dabei darauf, Distanz zu wahren. Ein Schleier aus Schnee hing zwischen ihnen. „Das ist eine schlechte Nacht, um unterwegs zu sein.“

„Aye. Wo ist der Chief?“

„Ich weiß es nicht. Aber seine Tochter ist dort“, antwortete er und deutete zur Großen Halle hin.

Der größte Klumpen stieg aus dem Sattel und schüttelte den Schnee von seinem Umhang. „Sind heute Abend noch andere Gäste da?“ Der Koloss näherte sich Tayg.

„Aye.“

„Ist ein Mädchen unter ihnen, dunkelhaarig und zänkisch?“

Tayg stellten sich die Nackenhaare empor, und alle seine Sinne schlugen Alarm.

„Nein, keines, das ich gesehen hätte.“

„Ach, wirklich.“

Die Art, wie der Mann „ach, wirklich“ sagte, erinnerte Tayg an die gehässigen Momente in Catrionas Stimmungen. Zweifellos waren diese Männer hier ihre Brüder. Schlimm genug, dass das Hundsgesicht ihn gefunden hatte. Jetzt war es diesen großen Lümmeln auch noch gelungen.

Tayg beobachtete, wie der Riese immer näher kam und ihn umkreiste, als wollte er Maß nehmen. Die Größe des Mannes und die kleinen, runden, glänzend schwarzen Augen, die in der Dunkelheit kaum zu sehen waren, ließen Tayg vermuten, dass es Catrionas Beschreibung nach Broc sein musste, auch wenn möglicherweise ein anderer Bruder die Führung übernommen hatte. Er versuchte, ruhig und entspannt zu atmen und doch auf alles gefasst zu sein. Er musste jetzt sehr vorsichtig handeln und konnte nur noch beten, Catriona möge nicht ausgerechnet diesen Augenblick wählen, um sich zu zeigen. Natürlich wusste sie, dass das Hundsgesicht in der Halle war. Also tat sie vielleicht das Richtige und hielt sich verborgen, bis Tayg sein Problem hier gelöst hatte.

„Gut denn", sagte er und schenkte dem Mann, der ihn immer noch umkreiste, ein falsches Lächeln. „Dann werde ich jetzt einmal mein Bett aufsuchen. Die Tochter des Chiefs ist in der Halle." Er deutete in die Richtung. „Ihr Name ist Isobel, und sie ist ein hübsches Mädchen, das Euch auf Duchally sicher herzlich willkommen heißen wird."

Er machte sich wieder in die Richtung auf den Weg, in die er gegangen war, als die Gruppe in den Hof ritt. Ein lautes Knurren des Riesen ließ ihn sich umdrehen und nach seinem Dolch greifen. Doch noch bevor er ihn aus der Scheide reißen konnte, stürzte der Mann sich schon auf ihn. Tayg schlug hart auf dem Boden auf. Der Aufprall presste ihm die Luft aus den Lungen. Eine Faust traf sein Gesicht. Der Mann beugte sich über ihn, zerrte ihn an seiner Tunika hoch, bis sich ihre Nasen fast berührten. Tayg konnte die Wut in den kleinen, glänzenden Augen erkennen.

„Wessen Bett willst du aufsuchen, Barde?"

Tayg sagte nichts.

„Weißt du, wer wir sind?", fragte der riesige Mann.

„Nein", log Tayg, nicht bereit, die Maske fallen zu lassen. „Aber ich glaube nicht, dass der Chief es freundlich aufnehmen wird, wenn du einen Gast angreifst, dem er seine Gastfreundschaft erweist."

Tayg blickte auf die drei anderen großen Männer, die sich um seinen Kopf herum aufgestellt hatten. Er hatte geglaubt, es wären fünf gewesen. Immer noch hing der größte von ihnen drohend über ihm. Am besten, er versuchte, sich mit reden aus dieser Klemme zu befreien, trotz all seiner Kampferfahrung, schließlich war er niedergeschlagen worden. Und zwei von den Burschen bedeuteten schon eine Überzahl.

„Du bist der Bastard, der uns unsere Schwester gestohlen hat. Wo ist sie, Barde?" Jetzt war Tayg sich sicher, dass dieser Mann Broc war, Catrionas ältester Bruder. Er unterstrich seine Frage mit einem weiten Faustschlag in Taygs Gesicht. Die anderen Brüder schwiegen, auch wenn er ihre Wut an der Spannung, die in der Luft lag, spüren konnte.

„Was hast du uns zu sagen?" Broc zog ihn grob auf die Füße, und Tayg hielt Ausschau nach einer Fluchtmöglichkeit.

„Ich kenne das Mädchen nicht, von dem du da sprichst. Und wenn sie so zänkisch ist, warum sollte sie dann einer überhaupt entführen?" In dem Augenblick sah Tayg, dass der fünfte Bruder aufgetaucht war. Er hielt sich im Hintergrund, als würde er nur zuschauen. „Ist sie eine reiche Erbin?", fuhr er fort. „Eine außerordentliche Schönheit? Erfahren darin, einen Mann im Bett zu verwöhnen?"

Die letzte Frage trug ihm einen wütenden Aufschrei der vier Brüder ein. Wie groß sein Fehler gewesen war, merkte er, als sie begannen, ihn mit ihren schweren Fäusten zu bearbeiten. Tayg war ein guter Kampf nicht fremd, und er landete einige sichere Treffer. Wenigstens einem schlug er die Nase blutig, einem anderen spaltete er die Lippe, und ein dritter krümmte sich, nachdem er einen brutalen Tritt in den Unterleib erhalten hatte.

Doch er war den anderen einfach zahlenmäßig entsetzlich unterlegen.

Mit einem mächtigen Schwinger schickte Broc ihn zu Boden. Tayg stützte sich auf Hände und Knie auf. Blut tropfte von seiner Nase und färbte den Schnee rot. Bevor er jedoch aufstehen konnte, traf ihn ein schwer beschuhter Fuß in die Seite und schleuderte ihn noch tiefer in den Schnee. Ein weiterer Tritt traf dieselbe Stelle. Ein jäher Schmerz durchfuhr Tayg, und er krümmte sich zusammen, um seine Rippen vor weiteren Misshandlungen zu schützen. Jemand griff nach ihm, zog ihn hoch und stieß ihn grob gegen eine Steinmauer.

Tayg rang nach Atem und sah, wie der Arm des Mannes langsam zurückwich, die Hand sich zu einer festen Faust schloss und auf sein Gesicht zuschoss. Gerade rechtzeitig warf sich Tayg nach rechts. Er spürte den Luftzug des Schlags und hörte ein dumpfes Knirschen, als die Faust auf die Mauer auftraf. Lautes Scherzgeheul stieg zum Himmel.

Tayg nutzte die Verwirrung des brüllenden Mannes und den Schutz des hohen Schnees und der Dunkelheit, um so schnell wie möglich auf die nächste Tür zuzuhinken. Eine Hand riss ihn an den Haaren zurück. Vor ihm tauchte ein anderer Bruder auf und ließ einen Fausthagel auf Taygs Rippen und Magen niedergehen. Tayg versuchte, sich zu verteidigen, aber es waren einfach zu viele. Als derjenige, der auf ihn einschlug, zurücktrat und der andere, der ihn bei den Haaren gepackt hatte, ihn losließ, sank Tayg in sich zusammen und war nur noch ein stöhnendes Bündel Mensch.

„Vielleicht möchtest du uns jetzt erzählen, wo Catriona ist“, sagte Broc mit leiser, drohender Stimme.

Taygs schmerzte der Kopf, während er darüber nachdachte, ob Catriona es wert war, dass er für sie starb. Wem würde es schaden, wenn ihre Brüder sie wieder nach Assynt mitnahmen? Jedem, der sich in Reichweite ihres Zorns befinden würde. Und auch dem König würde es schaden, rief er sich ins Gedächtnis. Er versuchte, sich hinzuknien und Zeit zu gewinnen. Am schlimmsten wäre es für den König und für Catriona.

Der Magen zog sich ihm zusammen, bei dem Gedanken, wie Broc Catriona fesseln würde, um sie nach Hause zu schleppen. Ihm wurde schlecht, wenn er daran dachte, wie das Hundsgesicht sie küssen, sie in sein Bett zerren und ihren hitzigen Willen brechen würde. Verdammt! Catriona verdiente dieses Schicksal nicht.

Mühsam kam Tayg auf die Füße, seine Faust landete so hart auf Brocs Kinn, dass der Mann zu Boden ging. Tayg drehte sich um und schlug einem anderen in den Magen. Dann gelang es ihm noch, mit einem weiteren Faustschlag eine weitere Nase zu treffen. Doch es waren einfach zu viele. Schnell hatten sie ihn auf den kalten Grund geworfen, und Broc drückte ihm das Knie so fest auf die Brust, dass Tayg kaum noch Luft bekam.

„Wo ist sie?", fragte Broc wieder.

Wenn sein Schweigen über Catrionas Aufenthaltsort – was ja gar nicht so schwer war, da er wirklich nicht wusste, wo sie sich im Augenblick befand – sie vor dem Hundsgesicht und diesen Schurken hier bewahrte, so würde er eben schweigen.

„Meint ihr dieses Biest, das in Fionn war?", keuchte er. „Dunkles Haar und eine Zunge wie ein gut geschliffenes Breitschwert?" Er grinste höhnisch und hoffte, dass sein Gesicht genauso viel Verachtung ausdrückte wie Brocs.

„Sie verließ Fionn mit dir", sagte einer der Brüder. Doch Tayg ließ Broc nicht aus den Augen. Ihm war klar, wer in diesem Haufen das Sagen hatte.

„Hat sie nicht. Sie verschwand im Laufe des Abends. Ich brach im Morgengrauen allein auf. Sie machte sich mit einem hübschen Burschen davon."

Ein Tritt in die Seite nahm ihm den Atem, und einen Moment lang wurde ihm schwarz vor Augen.

„Die Wahrheit, du verfluchter Bastard. Niemand würde sich mit unserer Schwester davonmachen."

Tayg grunzte zustimmend.

„Wo ist unsere Schwester?" Die Frage kam von einem der Brüder, der bis jetzt noch nichts gesagt hatte. Seine Stimme war ruhiger, fester als die der anderen und irgendwie gefährlicher.

„Was geht hier vor?", fragte etwas zaudernd die Stimme einer Frau von der Treppe her, die aus der Großen Halle in den Hof führte.

Einen Moment lang glaubte Tayg alles verloren, doch dann erkannte er, dass es Isobels und nicht Catrionas Stimme war, die zu ihnen sprach. Während die Männer zögerten, erlaubte Tayg sich einen kurzen Moment der Erleichterung. Einer von ihnen landete noch einen letzten Tritt in seine Rippen, bevor sich alle Isobel zuwandten und Tayg vor ihren Blicken abschirmten.

„Was sind …" Sie kam langsam näher, und als sie nahe genug war, warf sie einen Blick hinter die Männer. „Barde? Barde!" Sie stürzte auf ihn zu und kniete neben ihm nieder.

„Mir geht es gut, Mädchen", sagte Tayg und stand langsam auf. „Die Burschen hier haben mich mit jemandem verwechselt." Er wischte sich mit dem Handrücken das Blut von der Nase und versuchte, einigermaßen sicher auf seinen Füßen zu stehen. Herausfordernd starrte er Broc an. Sollte er doch die Wahrheit enthüllen, er würde damit nur die Tugend seiner Schwester in den Schmutz ziehen.

„Ihr solltet einen warmen Platz für sie in der Halle finden", sagte Tayg zu Isobel. „Ich bin sicher, sie wären dankbar für eine Mahlzeit und reichlich Bier." Er drehte sich um. Er musste fort von hier, bevor er noch etwas sagte, was ihnen allen Ärger bringen würde.

„Ich werde Euch Eure Schwester schicken, damit sie Euch versorgt", rief ihm Isobel noch nach, während sie schon die Brüder von ihm fortdrängte.

Tayg konnte sich die Reaktion der Brüder auf diese Bemerkung gut vorstellen. Er hob die Hand, um zu winken, und hinkte, so schnell er konnte, zu dem entfernten Turm.

Das war kein sehr heldenhafter Abgang, aber immerhin bewegte er sich noch auf seinen eigenen Füßen fort.

Für den Moment.

10. KAPITEL

Catriona ging in Isobels kleinem Gemach auf und ab. Das Feuer im Kamin trug wenig dazu bei, sie zu wärmen, obwohl ihr das durchschwitzte Gewand am Körper klebte. Wie nur hatte das Hundsgesicht sie gefunden? War es Zufall gewesen, oder verfolgte er sie? Egal. Nie würde sie diesen Mann heiraten. Sie musste fort von hier und den König finden. Sofort. Aber Tayg war immer noch in der Halle und unterhielt diesen Mann, der auf Rache aus war. Wusste er nicht, wer das Hundsgesicht war? Hatte Tayg ihn nicht mitten zwischen seinen Zuhörern sitzen sehen? Nein, er war ja viel zu sehr damit beschäftigt gewesen, mit Isobel zu schäkern.

Sie sah zu den beiden Ledersäcken hin, die sie gepackt hatte. Irgendwie musste sie Tayg aus der Halle holen. Sie mussten flüchten, bevor das Hundsgesicht entdeckte, wer die Frau mit dem Wimpel auf dem Kopf war, mit der er sich unterhalten hatte. Aber Tayg, der Schürzenjäger, würde nicht nach ihr schauen, selbst wenn sie überstürzt fortgegangen wäre. Dazu hatte er im Moment viel zu viel Spaß. Was bedeutete es da, dass der Mann, der ihren Clan und ihr Leben zerstören konnte, ihm gegenübersaß? Er würde die Halle nicht eher verlassen, bis es ihm gefiel. Also würde sie ihn überzeugen müssen, dass er sie jetzt verließ, doch sie konnte es nicht riskieren, dorthin zurückzukehren.

Noch einmal dem Hundsgesicht gegenüberzutreten wäre zu viel. Catriona schlang die Arme um sich und versuchte, das Zittern zu beruhigen, das in ihrem Magen begonnen und sich dann wie eine Spirale immer weiter über ihren Körper ausgebreitet hatte, bis ihre Hände bebten und sie mit den Zähnen klapperte. Sie wollte dem Hundsgesicht keine zweite Gelegenheit geben herauszufinden, wer sie war. Wenn es nur jemanden gäbe, den sie hinschicken könnte …

Sie dachte an Isobel.

Isobel würde ihr helfen. Sie hatte gesagt, sie wären Freundinnen. Aber Isobel war vielleicht selbst immer noch in der Halle. Das war also auch keine Lösung. Catriona biss sich auf die Lippen, um nicht laut aufzuschluchzen. Niemand sonst konnte ihr helfen.

Niemand sonst konnte ihr helfen.

Wenn der Barde auch nur eine Minute länger dort unten blieb, konnte er dem Hundsgesicht begegnen. Es geschah ihm ganz recht. Wenn sie allein weiterziehen musste, dann würde sie es tun. Sie brauchte ihn nicht. Sie kam sehr gut ohne ihn zurecht.

Gleich jetzt würde sie aufbrechen, während das Hundsgesicht, dieser Hohlkopf, mit Tayg und Isobel in der Halle saß. Bis zum Morgen würde keiner merken, dass sie nicht mehr da war.

Wenn überhaupt jemand sie vermissen würde.

Der Barde gewiss nicht. Sie hätte wissen müssen, dass die Küsse, die sie getauscht hatten, nichts bedeuteten. Es war völlig klar, wo Taygs Interessen lagen. Wenn er das Hundsgesicht überzeugen konnte, dass er nichts über sie wusste, war er in Sicherheit. Und selbst falls das Hundsgesicht die Wahrheit entdeckte, würde er ihm eben erzählen, dass allein sie an allem schuld war. Sie war ja völlig verdreht und schwierig, keine Frau, mit der er je freiwillig unterwegs gewesen wäre. Wie jeder andere würde er sich überglücklich zeigen, sie endlich losgeworden zu sein.

Und das Hundsgesicht würde ihm glauben. Blieb ihm eine andere Wahl, da Tayg doch offensichtlich die Wahrheit sprach?

Also gut. Sie würde sich allein aufmachen. Tayg konnte für sich selbst sorgen. Er brauchte sie nicht, und sie brauchte ihn nicht. Sie brauchte überhaupt niemanden.

Ungeduldig wischte sie sich eine dicke Träne von der Wange. Tränen nützten nichts. Es war ja nicht so, als hätte man sie noch nie betrogen. Sie würde es überleben. Es blieb ihr nichts anderes übrig.

Catriona zerrte an ihrem engen Wimpel, damit er ihr Kinn besser bedeckte, warf sich den schweren Umhang über, nahm ihre Reisesäcke und schlüpfte aus dem Gemach.

Nichts regte sich in den Gängen außer dem unheimlich flackernden Schein der Fackeln, die hie und da den Korridor entlang an den Wänden steckten. Wahrscheinlich scharten sich alle noch um Tayg und lauschten seinen Geschichten. Sie versuchte, nicht an das Lächeln zu denken, das dabei sicher auf seinem Gesicht lag, an das leichte Zittern in seiner Stimme, wenn er an eine schwierige Liedstelle kam. Oder daran, dass seine Worte sie wie die Umarmung eines Liebhabers umfingen, wenn er eine Geschichte erzählte, sie wärmten und davontrugen.

Wieder wischte sie sich eine einsame Träne von der Wange und bedachte Tayg im Stillen mit jedem Schimpfwort, das sie je bei ihren Brüdern gehört hatte. Aber irgendwie half das alles nicht.

„Wo willst du hin?“

Catriona erstarrte. Dann blinzelte sie angestrengt in die Dunkelheit am Fuße der Treppe.

„Willst du ohne mich fort?“ Es war Taygs Stimme, spöttisch und doch etwas schärfer als sonst.

Eine Woge der Erleichterung ergriff sie. Er hatte sie nicht verlassen, hatte sie nicht betrogen … oder doch? Sie bemühte sich, die Erleichterung zu verdrängen, bis sie wusste, warum er hier war.

„Wieso unterhältst du nicht die Leute? Es ist zu früh für einen Barden, seine Gastgeber zu verlassen.“ Catriona ließ ihren ganzen Zorn und ihre Angst in diesen Worten mitklingen. Langsam ging sie die Stufen hinunter und achtete darauf, nicht in Taygs Reichweite zu kommen. Aber sie versuchte, einen Blick auf sein im Schatten liegendes Gesicht zu erhaschen. Wenn sie seine Augen sehen konnte, würde sie wissen, was er vorhatte, dessen war sie sich sicher.

„Es scheint, man jagt dir nach“, sagte er.

„Und trotzdem vergeudest du Zeit?"

Tayg lehnte sich gegen die Tür, sein Gesicht war jetzt noch tiefer in den Schatten, die die flackernden Fackeln warfen. „Ich wurde aufgehalten."

Der Zorn in seiner Stimme ließ Catriona zurückfahren.

„Du tätest gut daran, nicht in die Halle zurückzukehren", meinte er.

„Ich habe nicht die Absicht … Tayg!" Sie sah, wie er langsam an der Tür entlang zu Boden glitt. Catriona ließ ihre Reisesäcke fallen und eilte zu ihm. Sie kniete sich neben ihn.

„Was ist geschehen?", flüsterte sie und versuchte, das Zittern unter Kontrolle zu halten, das zuerst nur in ihrer Stimme lag und dann, wie schon zuvor, ihren ganzen Körper ergriff.

Sie streckte die Hand aus und strich ihm das Haar aus der Stirn. Als sie sah, wie sein Gesicht zugerichtet war, schnappte sie nach Luft. „Hat das Hundsgesicht dir das angetan?"

„Nein, nicht dein Verlobter."

„Er ist nicht …"

„Das haben deine Brüder getan."

Sie ließ sich auf den Steinboden fallen. „Meine Brüder?", flüsterte sie.

„Wie es scheint, suchen viele deine Gesellschaft."

„Aber keiner will mit mir etwas zu tun haben." Himmel, warum hatte sie das jetzt gesagt? Sie wollte nicht so bemitleidenswert klingen. „Alle zusammen haben sie uns gefunden."

„Haben sie nicht. Nur mich haben sie gefunden. Sie wissen nicht, wo du bist. Zumindest jetzt noch nicht. Außer das Hundsgesicht hätte dich erkannt."

„Das glaube ich nicht." Vorsichtig berührte sie sein Kinn, an dem klar der Abdruck einer Reihe von Fingerknöcheln zu sehen war. „Warum?"

„Warum sie das taten?", fragte er und zuckte zusammen, als sie noch einmal die Hand nach seinem zerschlagenen Gesicht ausstreckte. „Sie hatten dich im Verdacht, mit mir zusammen zu reisen. Aus irgendeinem Grund glaubten sie mir nicht, als ich ihnen sagte, ich würde dich nicht kennen.“ Auf seinen blutigen Lippen erschien ein schiefes kleines Grinsen.

„Wie konnten sie es wagen!“ Catriona sprang auf und zog Tayg auf die Füße. „Du wartest hier. Ich werde sie lehren, meinen Barden zu verletzen.“ Es war, als klänge ihre letzte Bemerkung zwischen ihnen nach. „Man könnte doch meinen, sie würden mich gut genug kennen, um zu wissen, dass ich an allem schuld bin“, sagte sie und hoffte, dass er ihre unbesonnenen Worte überhört hatte.

Tayg hielt sie an den Schultern fest und zwang sie, ihm in die braunen Augen zu sehen. „Nein, Mädchen. Du willst nicht ernsthaft hinter ihnen herjagen. Das Hundsgesicht ist auch noch da draußen. Selbst wenn man deine wunderbare Wut hinzurechnet, besitzen sie immer noch den Vorteil, in der Überzahl zu sein.“

Catriona wurde von Entsetzen ergriffen. Das Hundsgesicht und ihre Brüder, alle waren sie hier. Die Wände schienen näher zu rücken. Sie konnte nicht mehr atmen, nicht mehr klar denken. Doch, sie konnte. Sie musste. Tayg war verletzt, und wenn sie nicht sofort die Burg verließen, saßen sie in der Falle. Catriona warf einen Blick zurück auf ihre gepackten Satteltaschen. Sie hatte alles, was sie brauchte, doch sie konnte Tayg nicht hier zurücklassen. Ihre Brüder und das Hundsgesicht würden ihn noch mehr misshandeln.

„Kannst du gehen?“, fragte sie.

„Wenn ich muss.“

„Dann lass uns jetzt gehen, solange wir noch können.“

„Catriona, draußen wütet ein Sturm, und ich weiß nicht, wie weit ich es schaffe.“

„Ich werde nicht ohne dich gehen“, erwiderte Catriona entschlossen.

Tayg versuchte ein Lächeln und zuckte zusammen, als seine Lippen wieder zu bluten begannen.

Catriona sammelte die Taschen ein. „Wo ist deine Trommel?"

„In der Halle bei meinen Sachen. Weil es nicht den Anschein haben durfte, als würde ich verschwinden."

„Dann müssen wir eben alles zurücklassen. Wir können es nicht wagen, in die Halle zu gehen, um deine Sachen zu holen. Vielleicht finde ich einen anderen Mantel für dich."

Catriona schmiegte sich an seine Seite und schlang einen Arm um ihn. Er zog zischend die Luft durch die Zähne, als sie mit der Hand über seine schmerzenden Rippen fuhr, doch er sagte nichts. Er hatte die Lippen zu einer grimmigen Linie zusammengepresst.

„Wenn du entschlossen bist, in diesen Sturm hinauszugehen, Mädchen, lässt du mich am besten hier."

„Ich sagte, dass ich nicht ohne dich gehe. Broc wird dich bei der nächsten Gelegenheit, die sich ihm bietet, töten, und du bist nicht in der Verfassung, dich zu verteidigen. Ich möchte mir nicht deinen Tod aufs Gewissen laden", sagte sie und bemühte sich um einen spöttischen Ton.

Sie ging von der Tür fort und zog ihn mit sich. Ein Bodenbrett, das über ihren Köpfen knarrte, erschreckte sie. Verzweifelt bemüht, Tayg zu beschützen, sollten das Hundsgesicht und ihre Brüder wieder nach ihm suchen, dachte sie angestrengt nach. Wer immer dort oben ging, sie durften nicht riskieren, dass er sie sah. Aber sie konnten nicht aufbrechen, bevor sie nicht wenigstens das Notwendigste für Tayg zum Anziehen hatten.

Catriona entdeckte eine kleine Tür unter der Treppe. So würde es gehen. Ob das jetzt ein Vorratsraum war oder eine Treppe, die weiter nach unten führte, war ganz gleich. Catriona schleppte Tayg dorthin und drückte vorsichtig die Tür auf, während sie es zuließ, dass Tayg sich auf sie stützte. Wenn sie bloß nicht gemerkt hätte, wie warm sein Körper war. Wenn sie bloß nicht gemerkt hätte, dass sie genau unter seinen Arm passte, noch dass es dort, wo seine Wärme auf ihre Haut traf, so wunderbar prickelte.

Wenn bloß nicht … Aber es war geschehen.

Tayg unterdrückte ein Stöhnen, als er sich ein wenig bückte, um durch die Tür zu gehen. Das lenkte Catrionas Aufmerksamkeit wieder auf seine Verletzungen. Sie blickte sich in dem vollgestopften Vorratsraum um. Viel konnte sie nicht sehen. Mit Mühe stellte sie ihre Taschen ab, löste ihren Mantel und ließ Tayg darauf Platz nehmen.

„Wir müssen deine Rippen bandagieren, dein Gesicht behandeln und einen Mantel für dich finden", sagte sie mehr zu sich selbst als zu ihm. Sie erinnerte sich an das Leinenhandtuch, das sie nach ihrem Bad benutzt hatte, und bat Tayg, still zu sein, bis sie zurückkam.

Sie bewegte sich leise, aber schnell, während sie die gewundenen Treppenstufen hinaufeilte. Zweimal duckte sie sich in den Schatten, als einige Männer durch den Korridor polterten, hin zu dem entfernten Turm, in dem die Soldaten untergebracht waren.

Als sie schließlich an Isobels Gemach ankam, blieb sie stehen und schaute rechts und links den von Fackeln erleuchteten Gang entlang. Niemand zu sehen. Sie stieß die schwere Eichentür auf. Die Tür prallte gegen ein Hindernis und war nicht weiter zu öffnen. Aus dem Raum ertönte ein tiefes Stöhnen, gefolgt von einem Geräusch, als wäre etwas Schweres zu Boden gefallen.

Catriona schob die Tür weit genug auf, um dahinter und in die Kammer zu schauen. Auf der anderen Seite der Tür lag zusammengekrümmt das Hundsgesicht. Catriona packte die Angst, bis sie feststellte, dass er bewusstlos war. Sie musste ihn mit der Tür niedergeschlagen haben. Aber was hatte er überhaupt in Isobels Gemach zu suchen? Sie drückte fester gegen die Tür. Trotz der zusammengesunkenen Gestalt brauchte sie jetzt einige Sachen aus dem Gemach. Sie hatte keine Zeit mehr, woanders zu suchen.

Das Hundsgesicht so gut wie möglich übersehend, blickte sie sich im Raum um. Was, wenn er erwachte und sie hier vorfand? Trotz des Horrors, der sie bei dem Gedanken packte, zwang sie sich zum Handeln. Schnell griff sie nach dem leinenen Handtuch, das inzwischen am Feuer getrocknet war. Sie konnte es in Streifen reißen und damit Taygs Rippen bandagieren. Dann riss sie die Decken vom Bett, schnappte sich eine noch unbenutzte Kerze vom Leuchter, warf einen vorsichtigen Blick durch die Tür und lief rasch zur Treppe zurück. Gerade hatte sie die unterste Treppenstufe erreicht, als sich die Außentür öffnete. Catriona erstarrte. Sie war sicher, gleich würde sie ihren Brüdern gegenüberstehen. Was würde mit Tayg geschehen, wenn sie sie mitnähmen?

Ein goldblonder Kopf schaute um die Tür, und Catriona atmete erleichtert auf. Isobel sah besorgt aus, während sie die Tür hinter sich schloss.

„Catriona!"

„Psst!" Catriona trat rasch neben sie und hielt den Finger an die Lippen, damit sie keine Aufmerksamkeit erregten.

„Habt Ihr den Barden gesehen?", flüsterte Isobel. „Diese entsetzlichen Männer haben ihn angegriffen. Aber er schien überzeugt zu sein, dass sie ihn mit einem anderen verwechselten … Ich habe sie in die Halle geführt."

Catriona stand stumm da. Isobel wusste von nichts. Sie hatte nicht erkannt, dass es Catrionas Brüder waren, die sie verfolgten, noch schien sie zu wissen, dass auch das Hundsgesicht sie suchte. Sie waren in Sicherheit, wenn Tayg und sie von hier fortkonnten, bevor ihre Brüder oder das Hundsgesicht sie fanden – oder ihn.

Catriona entschied spontan, sich Isobel anzuvertrauen. Nicht gleich mit dem ganzen Geheimnis … aber einem Teil.

„Ich weiß nicht, wen diese Gauner suchen, aber einer ist in der Halle, den ich nie wiedersehen möchte."

Isobel bekam vor Neugier glänzende Augen. „Wirklich?"

„Aye. Kommt. Helft mir, Taygs Verletzungen zu behandeln. Vielleicht könnt Ihr mir helfen, bevor dieser eine sich daran erinnert, dass er mich kennt, oder bevor die anderen Tayg wieder mit den Fäusten bearbeiten."

Isobel nickte sofort. Catriona entzündete die Kerze an der nächsten Fackel und führte das Mädchen in den Vorratsraum.

Während Catriona Tayg die Rippen bandagierte, schmiedeten die drei hastig Pläne. Bald verließ Isobel die beiden. Sie blieben in ihrem engen Versteck unter der Treppe zurück. Tayg döste ein, doch Catriona hielt weiter Wache. Schon beim kleinsten Geräusch ergriff sie die Furcht, entdeckt zu werden. Tief in der Nacht kehrte Isobel endlich mit Taygs Mantel und Neuigkeiten über das Hundsgesicht zurück. Kurz nach ihrer Rückkehr war er in die Halle gestolpert, mit einer dicken Beule am Kopf und finsterem Gesicht. Aber er hatte niemandem gesagt, was geschehen war.

Alle Besucher schliefen jetzt in der Großen Halle. Taygs Pferd und seine Habseligkeiten erwarteten sie an der hinteren Pforte. Es brauchte die vereinten Kräfte von Catriona und Isobel, um Tayg auf die Füße zu stellen und zu seinem Pferd zu bringen. Und nur mit seiner Hilfe, die ihm erkennbar Schmerzen verursachte, war es ihnen möglich, ihn in den Sattel zu hieven. Isobel öffnete die Pforte, die sich Gott sei Dank ohne das kleinste Knirschen oder Quietschen in den Angeln bewegte. Catriona drückte Isobel kurz, aber fest an sich.

„Ich werde Euch wiedersehen", sagte sie.

„Ich würde gerne auf Eurer Hochzeit tanzen", erwiderte Isobel mit einem verschmitzten Blick auf Tayg.

„Es ist nicht …"

„Psst! Geht jetzt. Der Sturm nimmt zu, und Ihr müsst rasch einen Unterschlupf finden. Denkt daran, bleibt dicht am Fluss, und folgt dann dem ersten Bach bergauf. Die Schutzhütte ist nicht weit, doch für heute Nacht wird es weit genug sein. Der

Sturm wird Eure Spuren verwischen, und ich werde Euer Verschwinden, solange ich kann, geheim halten."

„Ich weiß nicht, wie ich Euch danken soll." Noch einmal umarmte Catriona das Mädchen.

„Das ist nicht nötig. Wir sind Freundinnen. Ich mag es nicht, wenn meiner Freundin ... *Bruder* ... in meinem eigenen Heim angegriffen wird." Isobel gab ihr eine abgeschirmte Laterne. Die flackernde Kerze war nur durch die Schlitze der Abdeckung zu erkennen. „Lasst das Licht nicht sehen, bis Ihr weit genug von der Burg entfernt seid. Folgt der Baumreihe bis zum Fluss hinunter, haltet Euch dann links, flussabwärts. Jetzt geht."

Isobel drückte Catriona die Zügel in die Hand und drängte sie zur Pforte hinaus. Sobald das Pferd ihr folgte, hörte sie am leisen Geräusch, dass das Tor sich schloss und der Riegel vorgeschoben wurde. Es gab kein Zurück mehr.

Gegen den Wind ankämpfend, folgte sie dem schneebedeckten Pfad hinunter zum Flussufer. Und auf dem ganzen Weg murmelte sie Isobels Anweisungen vor sich hin.

Catriona stapfte mühsam durch immer tieferen Schnee. Wäre nicht das gelegentliche Schnauben des Pferdes hinter ihr gewesen und die vielen Male, bei denen sie stehen bleiben und das Pferd zwingen musste, ihr durch die hohen Schneewehen zu folgen, sie hätte sich in dieser Dunkelheit völlig allein gefühlt. Tayg war still. Er war schwer verletzt, und Catriona war sich nicht sicher, ob er überhaupt bei Bewusstsein war. Immer wieder hielt sie an und überprüfte, ob er noch im Sattel hockte. Auch jetzt tat sie es. Als sie statt seines Beines seine Seite berührte, erhielt sie ein Stöhnen zur Antwort.

„Tayg?" Sie gab seinem Bein einen leichten Stoß. „Tayg, du musst aufwachen." Sie hielt die Laterne, die Isobel ihr gegeben hatte, hoch, um den schwachen Lichtstrahl auf sein zerschlagenes Gesicht fallen zu lassen.

Langsam öffnete er die Augen. „Sind wir da?“, fragte er. Doch er richtete sich nicht auf.

„Nein. Ich habe die Hütte nicht gefunden, aber wir haben auch noch nicht den Bach erreicht … Zumindest glaube ich das.“

Tayg schloss die Augen und ließ Catriona wieder allein.

Sie seufzte und drehte sich erneut in die Richtung, von der sie glaubte, dass es die richtige war, stellte sich wieder dem vom Wind gepeitschten Schnee. Irgendwo zu ihrer Rechten war der Fluss, und früher oder später würden sie auf den Bach treffen. Isobel hatte sie angewiesen, den Bach nicht zu überqueren, sondern seinem Lauf bergauf zu folgen und nach einem riesigen Felsbrocken Ausschau zu halten, der am Fuß einer großen Kiefer lag, nicht weit von der Stelle entfernt, wo der Bach in den Fluss mündete. Sie hatte gesagt, sie müsste auf die Äste des Baumes achten, denn die würden ihr genau den Weg zu der Schutzhütte zeigen. Doch mitten in einer Winternacht, mit all dem nassen, schweren Schnee, den der Wind ihr ins Gesicht blies, fürchtete Catriona den Bach erst zu sehen, wenn sie schon hineingefallen war, geschweige denn den Baum rechtzeitig zu entdecken.

Doch sie ging weiter. Wenn sie stehen blieben, würden sie erfrieren. Tayg war es vielleicht schon, auch wenn das Pferd ihn vermutlich ein wenig wärmte. Catriona bewegte die Schultern, um den Schnee abzuschütteln, der an ihrem Mantel klebte. Sie brauchten einen Unterschlupf, ein Feuer und etwas Warmes zu trinken. Und zwar bald. Sie bewegte die Zehen und stellte dankbar fest, dass sie sie noch fühlen konnte.

Langsam ging Catriona vorwärts. Sie bahnte den Weg, das Pferd folgte ihr. Ab und zu scheute es. Taygs fortwährendes Schweigen beunruhigte sie mehr als alles andere. Er war darauf angewiesen, dass sie sie beide sicher zur Schutzhütte brachte. Sie biss die Zähne zusammen, senkte den Kopf, damit der wirbelnde Schnee nicht zu sehr ihr Gesicht traf, und zwang ihre

Füße voranzugehen. Sie atmete stoßweise. Sie würde nicht zulassen, dass Tayg starb. Sie schuldete ihm zu viel. Er war ihr Barde. Sie würde ihn in Sicherheit bringen und dann seine Wunden versorgen. Es war das Mindeste, was sie für ihn tun konnte.

Ihr Fuß rutschte ab, sie hörte das Knirschen von sprödem Eis und fühlte die schneidende Kälte von Eiswasser, das in ihren Stiefel drang. Der Bach. Sie trat einen Schritt zurück und schüttelte das Wasser vom Fuß. Ihr schoss der Gedanke durch den Kopf, dass sie in ernster Gefahr war, sollte ihr Stiefel zu einem Eisklumpen werden. Sie hob die Laterne und versuchte, in der Dunkelheit etwas zu erkennen.

Schnee wirbelte um sie herum. Es gab Augenblicke, da sah sie in dem schwachen Licht nichts als einen schweren weißen Vorhang, der vor dem schwarzen Nachthimmel hin und her tanzte und wehte. Sie beugte sich vor, senkte in dem weißen Gestöber die Lampe, bis sie den Uferrand des Baches erkennen konnte.

Bergauf.

Das Wort blitzte wie ein Leuchtfeuer in der Nacht in ihrem müden Hirn auf.

Bergauf.

Sie wandte sich um und suchte sich einen Weg über den steilen, rutschigen Hang hinauf. Bei jedem Schritt knirschte der eisige Schnee, und sie stellte fest, dass sie den Fuß, der nass geworden war, nicht mehr spürte. Der Wind pfiff den Abhang hinunter und blies ihr beißenden Schnee ins Gesicht. Dann drehte er plötzlich und überfiel sie von hinten, gerade so, als läge er mit sich selbst im Streit, ob er kommen oder gehen sollte.

Ein besonders heftiger Windstoß überraschte Catriona, warf sie auf die Knie und riss ihr die Laterne aus der Hand. Sie sah sie in das weiße Gestöber rollen und verschwinden.

„Oh nein!“

„Catriona?" Taygs Stimme erklang aus der völligen Schwärze, die sie umgab. Er war auf sie angewiesen. Sie musste ihn in Sicherheit bringen.

Sie richtete sich auf und stapfte zum Pferd zurück. Dort lehnte sie sich einen Moment lang gegen Taygs Bein. Sie brauchte die beruhigende Wärme, um zu wissen, dass sie bei alledem nicht allein war. Sie ließ den Kopf gegen ihn sinken und kämpfte mit den aufsteigenden Tränen. Enttäuschung, Wut und Angst drohten sie zu überwältigen.

„Du schaffst es, Mädchen", drang Taygs Stimme an ihr Ohr, ruhig und so schwach, dass sie erschrak. „Ich weiß, dass du es schaffen kannst, Catriona."

„Die Laterne ist verloren gegangen", sagte sie und hasste dabei den verzweifelten Ton in ihrer Stimme. „Ich weiß nicht, wie ich in der Dunkelheit den Unterschlupf finden soll."

„Du kannst es. Denke nach. Konzentriere dich auf Isobels Worte. Sie ist unsere Freundin. Sie würde uns nicht in die Irre führen."

Taygs Vertrauen wärmte sie. Und der Gedanke an die erste Freundin, die sie besaß, gab ihr Entschlossenheit. Sie würde es schaffen. Sie musste. Und sie würde es nicht zulassen, dass Isobel sich Vorwürfe machen würde, weil sie sie in den Sturm hinausgeschickt hatte. Sie hob die Hand und legte sie sanft auf Taygs Rücken. Er hing immer noch über dem Hals des Pferdes, doch sie konnte fühlen, dass er flach und schnell atmete. Er hatte sie nicht verlassen.

Nahe.

Das Wort war ein weiteres Leuchtfeuer in ihren verwirrten Gedanken. Isobel hatte gesagt, dass der Unterschlupf nahe war, wenn der Bach in den Fluss mündete. Sie mussten in der Nähe der Schutzhütte sein.

Sie ging weiter und war froh, sich an Taygs Trick, sich die Zügel um die Handgelenke zu wickeln, erinnert zu haben. So musste sie nicht befürchten, dass ihre halb erfrorenen Finger sie nicht mehr würden festhalten können. Sie zog, und das Pferd setzte sich wieder in Bewegung. Fast im gleichen Augenblick stolperte sie über die Laterne. Sie griff hinunter und zog sie aus dem Schnee. Die kostbare Flamme war zwar erloschen, doch die Laterne war heil und die Kerze nur halb heruntergebrannt. Wenn sie erst einmal die Hütte gefunden hatten, konnte sie die Flamme wieder entzünden.

Das Pferd schnaubte, und Catriona nahm wieder die Zügel auf und zwang das unglückliche Tier, ihr den steilen Hang hinauf zu folgen. Drei Schritte, vier ... Alles, was sie sehen konnte, war finsterste Schwärze. Alles, was sie fühlen konnte, war der beißende Schnee, den der nicht enden wollende Wind ihr ins Gesicht trieb und der auf ihrer wunden Haut brannte. Noch ein Schritt und noch einer. Das war alles, was sie denken konnte, bis sie plötzlich merkte, dass der Wind fast ganz aufgehört hatte. Es war, als hätte sie einen schnell dahinströmenden Fluss verlassen und wäre in einem Becken gelandet, in dem die Strömung nur noch kleine Wirbel erzeugte.

Catriona machte mit ausgestreckten Händen noch einen Schritt. Nichts. Noch einen Schritt. Nichts. Noch einen, und ihre behandschuhten Hände stießen gegen etwas Hartes, das mitten im Weg stand. Sie tastete umher, bis sie sicher war, dass es eine von Menschen erbaute Mauer war. Eine Welle der Erleichterung ergriff sie. Sie hatte es geschafft. Sie hatte den Unterschlupf gefunden. Lächelnd drehte sie sich zu Tayg um, doch er stöhnte nur. Sie musste ihn aus dem Sturm herausbringen. Und sich selbst auch. Sie tastete rechts und links nach der Tür.

Dann führte sie das Pferd die Mauer entlang, suchte die erste Mauer nach einer Tür ab, dann hinter der nächsten Ecke die zweite. Endlich fand sie sie auf der gegenüberliegenden Seite der kleinen Hütte. Sie löste die Zügel von ihrem Handgelenk, wickelte sie um den Riegel und stieß die Tür auf.

„Tayg, wir haben es geschafft!“, sagte sie, während sie die Hütte betrat und sich umschaute. Ihre Stiefel waren völlig durchnässt, und sie erkannte, dass sie noch nicht in Sicherheit waren. Hier drinnen war es genauso kalt wie draußen, aber wenigstens war der Wind ausgesperrt. Sie musste Tayg vom Pferd holen und in den Unterschlupf schaffen. Das Pferd musste auch mit hinein, einmal, um es in Sicherheit zu bringen, zum anderen, damit es dabei half, den Raum etwas anzuwärmen. Sie brauchte ein Feuer. Sie musste die nasse Kleidung ausziehen. Und Taygs nasse Sachen ebenfalls.

Catriona ging nach draußen zu dem Pferd und löste den Strick, der geholfen hatte, Tayg im Sattel zu halten.

„Du musst wach werden“, sagte sie und schüttelte ihn. Als er nicht antwortete, ergriff sie die Angst. „Tayg! Wach auf!“ Bei dem ängstlichen Ton ihrer Stimme zuckte sie unwillkürlich zusammen, aber dagegen konnte sie nichts machen. Ihr Verstand arbeitete nur langsam, und sie wusste, dass sie immer noch in ernster Gefahr waren. Sie war müde, fror, war hungrig und voller Angst. Er musste wirklich nicht gerade jetzt sterben, wo sie ihn doch gerettet hatte.

Sanft stieß sie ihn in die Rippen. „Tayg!“, sagte sie mit ihrer bösesten Stimme und hoffte, dass ihn das aufwecken würde. „Ich kann dich nicht tragen. Es wäre also besser, du würdest aufwachen, sonst lasse ich dich einfach hier im Schnee zurück. Dann muss ich wenigstens nicht mehr deine jämmerliche Singerei ertragen.“

Langsam öffnete Tayg die Augen und stemmte sich hoch, bis er aufrecht im Sattel saß. Dabei schwankte er so sehr, dass Catriona ihn am Arm festhielt.

„Du musst nicht in diesem Ton mit mir sprechen, Mädchen“, meinte er mit der Spur eines Lächelns in der Stimme. Doch das Stöhnen, das folgte, sagte ihr, wie groß seine Schmerzen waren.

Er fiel ihr fast in die Arme, als er aus dem Sattel stieg.

„Ich schlage den Ton an, den ich anschlagen muss, Barde.“ Sie legte einen Arm um seine Taille, und mit der freien Hand ergriff sie den Arm, den er ihr über die Schultern gelegt hatte. „Los jetzt! Mir erfrieren schon die Füße, und ich muss noch das Feuer anzünden."

Tayg brummte etwas und schlurfte langsam mit ihr mit. Bevor sie die Hütte betraten, blieb Catriona stehen und achtete darauf, dass sie so viel Schnee wie möglich von ihren Mänteln schüttelten. Dann führte sie Tayg in den höhlenartigen Schutzraum.

Sie lehnte ihn an die hintere Wand und eilte wieder zur Tür.

„Wo gehst du hin?", fragte Tayg mit gequälter Stimme.

Sie seufzte. „Ich muss das Pferd hier hereinholen."

Catriona stellte das Pferd an die Wand, die der gegenüberlag, an der sie Tayg zurückgelassen hatte. Dann zog sie die Tür fest hinter sich zu und sperrte den Wind und den wirbelnden Schnee aus. Jetzt waren sie von völliger Dunkelheit eingeschlossen. Sie versuchte zu überlegen, was jetzt zu tun war, doch ihr war so kalt, und sie war so müde, dass sie sich kaum auf den Beinen halten konnte.

Wärme.

Ja, das war immer das Erste, wofür Tayg sorgte, wenn sie lagerten. Ein Feuer stand bei ihm immer an erster Stelle. Isobel hatte gesagt, die Hütte sei mit Brennholz versorgt. Jetzt musste sie es nur noch in der Dunkelheit finden, einen Holzstoß in der noch unentdeckten Feuerstelle errichten und das kleine Problem des Anzündens lösen.

Catriona begann mit der Suche und stolperte bald in einen Holzstoß, der sauber neben einem Stapel getrocknetem Heidekraut und einem Berg Zunder aufgeschichtet war. Sie raffte alles zusammen, was sie für ein kleines Feuer brauchte, und kehrte dorthin zurück, wo sie die Mitte des Raums vermutete. Sie ertastete mit den Zehen den Kreis aus Steinen, der die Feuerstelle markierte, und schichtete schnell das Holz auf. Sie tastete sich zu dem Pferd hin, das zum Glück durch seine Bewegungen und sein gelegentliches Schnauben genug Geräusche machte, sodass sie es leicht finden konnte. Dann kramte sie sich durch die Satteltaschen, die Isobel aus der Großen Halle hatte schaffen können, bis sie die Ausrüstung zum Feueranzünden gefunden hatte.

Catriona kniete sich neben den Ring aus Steinen und legte alles in ihren Schoß, um sich die nassen Handschuhe ausziehen zu können. Sie musste einen Augenblick lang die Finger an ihrem Atem wärmen, bevor sie dann ihren *sgian dhu* aus der Scheide an ihrer Taille ziehen, den Feuerstein nehmen und die beiden zusammenschlagen konnte. Nach kurzer Zeit erzeugte sie Funken, aber es dauerte länger, als ihr lieb war, bis endlich eine winzige flackernde Flamme an den Heidekrautbüscheln leckte. Schließlich stieg der würzige Geruch von brennendem Holz in die eisige Luft.

Lange saß sie da und fütterte das Feuer, umsorgte es, bis es hell lodernd brannte. Erst als sie sicher war, dass das Feuer nicht mehr erlöschen würde, ging sie zu Tayg hinüber und begann, ihm die nassen Kleider auszuziehen.

11. KAPITEL

Langsam wurde Tayg wach. In seinem Rücken spürte er eine angenehme Wärme und auf sich das Gewicht mehrerer Decken. Als er endlich etwas erkennen konnte, war es die knisternde Glut eines Feuers. Er erinnerte sich nicht daran, ein Feuer gemacht zu haben. Die Wahrheit war, dass er sich an kaum etwas erinnerte. Sein Magen knurrte, die Rippen und das Kinn taten ihm weh, und seine Blase meldete sich.

Er versuchte aufzustehen und stellte dabei fest, dass das, was seinen Rücken wärmte, mit dem Arm verbunden war, der sich fest um seine Taille schlang. Catriona kuschelte sich in seinen Rücken und wärmte ihn, obwohl er spüren konnte, wie sie zitterte. Behutsam hob er ihren Arm hoch und rollte sich vorsichtig herum, sodass er sie anschauen konnte. Sie rutschte näher an ihn heran, bis ihr Gesicht an seiner Brust lag. Er schlang die Arme um sie. Während er seine Umgebung betrachtete und sich verzweifelt zu erinnern suchte, wie er hierhergekommen war, begann er, ihr den Rücken warm zu reiben.

Nach und nach kehrte bruchstückhaft die Erinnerung an die Nacht und ihre Flucht aus Duchally Castle zu ihm zurück. Er erinnerte sich an die Tracht Prügel, die ihm die MacLeod-Brüder verpasst hatten. Er erinnerte sich auch an den besorgten Blick von Catriona, als sie ihn fand, und ihren darauffolgenden gerechten Zorn, als sie erfuhr, wer die Angreifer gewesen waren. Doch dann verschwamm alles.

Erinnerungsfetzen an Catriona und Isobel wirbelten in seinem Kopf herum, dann waren da Kälte gewesen und Schmerz, als jeder Schritt des Pferdes seinen verletzten Rippen wehgetan hatte. Dann nichts mehr … außer der vagen Erinnerung, wie sanfte Hände ihm das durchnässte Plaid und offensichtlich auch die Beinlinge ausgezogen hatten.

Er warf einen Blick über die Schulter auf das glimmende Feuer. Jemand hatte seine Kleider über Haken in der Wand gehängt. Das Pferd schlief zufrieden mit gesenktem Kopf, das Hinterbein bequem entlastet.

Catriona hatte es geschafft, sie hierher zu bringen. Es schien, als hätte sie ihm das Leben gerettet. Tayg strich ihr eine Locke aus dem Gesicht und wurde dafür mit einem zufriedenen Seufzer belohnt. Er kam aus dem Staunen nicht heraus.

Catriona MacLeod war ein Bündel von Widersprüchen. In einem Moment hatte er Lust, sie zu erwürgen, und im nächsten, sie zu küssen. In einem Augenblick schimpfte sie ihn aus, im nächsten bandagierte sie sorgsam seine Rippen oder versuchte, ihn in seinem Schlaf zu wärmen. Sie war nicht das Biest, das sie zu sein schien, und ganz sicher war sie kein runzliges altes Weib, wie in den Klatschgeschichten behauptet wurde.

Nein. Sie war ein schönes Mädchen, zwar mit einer scharfen Zunge, aber auch mit einem scharfen Verstand. Und er war stolz auf sie. Es war noch keine Woche her, da rettete er ein Mädchen, das sich verlaufen hatte, aus einem Schneesturm. In diese Nacht – wenn es noch dieselbe Nacht war – hatte sie ihn mithilfe einer neu gewonnenen Freundin gerettet. Es war, als hätte man ihr nie die Gelegenheit gegeben, sie selbst zu sein. In ihr steckte mehr, als irgendeiner geahnt hatte. Mehr, als sie selbst ahnte.

Er küsste sie leicht auf die Stirn und atmete ihren schlafwarmen Duft ein. Dann strich er ihr sanft über das seidenweiche Haar. Im schwachen Licht des Feuers konnte er nur ihre helle Haut erkennen, von der sich der dunkle Kranz der Wimpern abhob. Sie war wirklich ein schönes Mädchen, ein liebes Mädchen auf ihre eigene, etwas herbe Art und eine zuverlässige Freundin in der Not. Er erinnerte sich an ihr Lachen und den süßen Geschmack ihrer Lippen. Sie war tapfer und entschlossen, und, das wurde ihm plötzlich klar, sie war treu. Wie eine warme Welle durchfuhr es ihn, und das hatte nichts mit der Körperwärme zu tun, die sie teilten.

Catriona verdiente es nicht, mit diesem hässlichen, verräterischen Hundsgesicht MacDonell verheiratet zu werden, der sie eindeutig nicht um ihrer selbst willen haben wollte. Sie verdiente es nicht, von ihren Brüdern gehetzt zu werden, die überhaupt nicht verstanden, wie sehr sie das Hundsgesicht hasste – oder fürchtete? Was auch immer, wie konnten sie sie jagen und zwingen, diesen Kerl zu heiraten? Jeder für sich allein waren das Hundsgesicht und die Brüder schon gefährliche Gegner. Nun würden sie sich sicher zusammentun, und er und Catriona mussten noch vorsichtiger sein, um nicht entdeckt zu werden.

Er erinnerte sich an die Botschaft, die er abgefangen hatte. Hundsgesicht verdächtigte Tayg, im Besitz des Pergaments zu sein. Doch er wusste nicht, dass Tayg lesen konnte, dass er den Brief gelesen hatte. Und je länger es dabei blieb, desto besser war es. So viele Schwierigkeiten – ihre Brüder, das Hundsgesicht MacDonell, die den König bedrohende Botschaft –, und alle schienen sich über seinem Kopf zusammenzubrauen. Selbst der Plan seiner Mutter, ihn zu verheiraten, schien in diesem ganzen Durcheinander eine Rolle zu spielen. Schließlich hatte der ihn in diese Lage gebracht – und hielt ihn davon ab, Catriona sein wahres Ich zu enthüllen.

Catriona seufzte und lenkte ihn damit von seinen immer bedrückender werdenden Gedanken ab. Sie war müde und fror, und er war dank ihrer Brüder verletzt. Was auch immer passierte, es betraf sie beide. Wenn sie erwachte und sie beide einen klaren Kopf hatten, würden sie die Sache besprechen.

Vorsichtig stand er auf und wickelte sich die Decke um. Er legte ein Scheit ins Feuer und sorgte dafür, dass es zu brennen begann. Dann holte er sich trockene Kleider aus seinen Satteltaschen.

Catriona saß Tayg gegenüber am Feuer. Irgendwann in der Nacht musste er sich bewegt haben, denn sie war durch das wunderbare Gefühl erwacht, ganz von ihm eingehüllt zu sein – oder fast ganz. Er hatte sich an ihren Rücken geschmiegt, den

Arm um ihre Taille gelegt und sie fest an sich gepresst. Dabei konnte sie sich doch ganz genau erinnern, wie sie sich letzte Nacht an seinen Rücken gedrängt hatte, in dem verzweifelten Versuch, ihn zu wärmen. Auch war er nicht angezogen gewesen, als sie sich schlafen legten. Sie erinnerte sich lebhaft, wie sie hatte kämpfen müssen, um ihn aus seiner nassen Kleidung zu bekommen, und wie sie es dabei vermieden hatte, seinen zerschlagenen Körper anzuschauen. Irgendwann während der Nacht musste er sich angezogen haben.

Jetzt saß sie neben dem Feuer und betrachtete im flackernden Schein sein misshandeltes Gesicht. Draußen war es ruhiger geworden, auch wenn der Schneesturm immer noch wütete. Das Hundsgesicht, Broc und die übrigen Schafsgesichter würden bald wieder hinter ihnen her sein. Der Geruch des Feuers würde sie zu dieser Hütte führen. Dann würde aus ihrer Zuflucht bald ein Gefängnis werden, und Broc würde beenden, was er bei Tayg begonnen hatte, fürchtete sie.

Zorn kroch in ihr hoch und schlug seine spitzen Zähne in ihr Herz. Warum gab Broc nicht auf? Und warum war das Hundsgesicht nur so entschlossen, sie zu heiraten? Er verachtete sie doch sicher genauso sehr wie sie ihn. Sie würde ihm keine gute Frau sein. Warum also?

Catriona beugte sich vor und rührte in dem Eintopf, den sie aus Isobels Vorräten gekocht hatte. Ein warmes Lächeln lag auf ihrem Gesicht, als sie an das Mädchen mit dem goldblonden Haar dachte. Sie war eine wahre Freundin, und Catriona verstand immer noch nicht, wie sie das geworden war. Gewiss, sie war Taygs Rat gefolgt, aber das würde sie ihm nie sagen, sonst müsste sie ewig seine diebische Freude ertragen. Mit einem Mal hatte sie einen Kloß in der Kehle. Im Augenblick würde sie diese diebische Freude gern ein wenig ertragen.

Er war so still, sein Gesicht zerschlagen. Am liebsten hätte sie ihn geweckt, nur um zu wissen, ob es ihm schon besser ging. Doch sie ließ ihn schlafen. Im Moment konnte sie wenig für ihn tun. Nur ihn warm halten und ihm zu essen geben, wenn er erwachte. Und warten.

Aber nicht zu lange.

Wenn in der Hütte mehr Platz gewesen wäre, hätte sie auf und ab gehen können. Aber es gab keinen Platz, und so stillte sie ihr Bedürfnis nach Bewegung dadurch, dass sie wieder und wieder ihr Haar kämmte. Isobel hatte gesagt, sie würde das Hundsgesicht und ihre Brüder in die falsche Richtung schicken. Aber Catriona wusste, dass es nicht für lange wäre. Broc war ein ausgezeichneter Jäger. Er würde bald wissen, welchen Weg Tayg genommen hatte – und welchen nicht –, auch wenn er wegen des Sturms nicht schnell war. Sie und Tayg säßen in der Falle.

Was würde dann geschehen? Solange sie konnte, würde sie Tayg beschützen. Manchmal war Ailig zu überreden gewesen, sich auf ihre Seite und gegen seine Brüder zu stellen. Vielleicht würde es ihr auch dieses Mal gelingen. Es war aber unwahrscheinlich. So wie Isobel den Kampf beschrieben hatte, hatte Ailig nichts unternommen, um ihn zu beenden. Nein, Broc wollte Tayg bestraft sehen – einen Barden, der es wagte, zusammen mit seiner Schwester unterwegs zu sein.

Man würde sie wieder nach Assynt schleifen und zwingen, das Hundsgesicht zu heiraten.

Lieber würde sie sterben.

„Du siehst aus, als ob du frierst, Mädchen."

Catriona schrak auf und runzelte die Stirn. Taygs Stimme klang etwas kratzig, aber fest.

„Es ist Winter in den Highlands. Natürlich friere ich." Sie ließ ihren Zopf los und rührte wieder in dem Topf. „Bist du hungrig?"

Tayg setzte sich langsam auf, als müsste er seinen Körper erst einmal testen. „Aye. Du hast gekocht?"

Catriona warf ihm einen wütenden Blick zu. „In der Tat. Ich habe gekocht."

Tayg betrachtete sie stirnrunzelnd. „Wie ich sehe, hast du zu deinem alten Selbst zurückgefunden."

Sie schöpfte Eintopf in eine Holzschale und reichte sie ihm zusammen mit einem Hornlöffel.

„Sobald wir können, müssen wir fort von hier", sagte Tayg.

Sie nickte und sah zu, wie er den Eintopf aß.

„Wir können hier nicht bleiben. Deine Brüder und das Hundsgesicht werden uns aufspüren."

Wieder nickte sie. „Aber du kannst noch nicht weiterziehen. Wir müssen hier warten ... ausruhen ... noch einen Tag." Sie nagte an der Unterlippe.

Er betrachtete sie einen Moment lang, als verheimliche sie ihm etwas, das er in ihren Augen lesen konnte. „Hab keine Angst, Mädchen."

Sie sah auf seine starken Hände mit den zerhauenen Knöcheln, die die Schale hielten, dann in sein grün und blau geschlagenes Gesicht.

„Ich bin es nicht, um die ich Angst habe." Obwohl sie sich bemühte, verärgert zu erscheinen, klang ihre Stimme angespannt.

Langsam erschien ein Lächeln auf Taygs vollen Lippen, und als Antwort darauf wurde es Catriona ganz heiß.

„Du hast Angst um mich?", fragte er leise mit rauer Stimme.

„Ich ... ich ..." Catriona beschäftigte sich rasch mit einer Schale Eintopf. Sie hob den Löffel an die Lippen. Dann ließ sie ihn wieder sinken und starrte den grinsenden Barden wütend an. „Ich wünsche, so schnell wie möglich zum König zu kommen, und dazu brauche ich deine Hilfe. Ich habe keine Angst um dich", sagte sie schnell und widmete dann ihre volle Aufmerksamkeit dem Essen.

Sein leises Lachen ärgerte sie. Der Teufel sollte ihn holen! Sie hatte Angst um ihn, aber das würde sie nie zugeben. Sein diebisches Vergnügen über das, was sie bereits zugegeben hatte, würde schon schlimm genug sein.

Nach einigen Augenblicken der Stille, in der nichts zu hören war als das Schnauben des Pferdes, setzte Tayg seine Schale nieder. „Warum will dich dein Bruder mit dem Hundsgesicht verheiraten?“

„Ich weiß es nicht“, flüsterte sie. „Ich weiß genauso wenig, warum das Hundsgesicht mich haben will.“

Sie senkte den Blick auf ihre Schale. So eine besorgte Frage war sie nicht gewohnt, und sie verstand auch nicht, warum sie in ihr das Bedürfnis weckte, sich in Taygs Schoß zusammenzurollen und zu weinen.

„Ich werde ihn nie heiraten.“

„Das kann ich dir nicht verdenken. Ich würde es auch nicht zulassen. Er ist ein hässliches Scheusal und außerdem ein Ekel.“

„Du würdest es nicht zulassen?“

Er holte tief Luft. „Isobel ist nicht dein einziger Freund. Ich kann dich nicht mit gutem Gewissen jemanden wie ihn heiraten lassen. Abgesehen davon, du warst es nicht, die er auf Duchally gesucht hat.“

Dass er sie das Hundsgesicht nicht heiraten lassen würde, verursachte ihr ein Kribbeln auf der Haut. Sie wusste nicht, welche seiner Feststellungen sie mehr beunruhigte – dass er ihr Freund war oder dass das Hundsgesicht nicht sie suchte. Über Letzteres nachzudenken war einfacher. Über das andere und darüber, was es bedeutete, würde sie später nachdenken.

„Er suchte mich. Er saß neben mir in der Halle, und später war er in Isobels Gemach.“ Unmerklich wurde ihre Stimme lauter, und sie versuchte, den schrillen Ton zu unterdrücken, der auf einmal mitschwang.

Tayg kam etwas steifbeinig zu ihr und setzte sich mit untergeschlagenen Beinen ihr gegenüber. „Er …“ Er schloss die Augen und schüttelte den Kopf. „Er ist nicht hinter dir her, Mädchen.“

„Er denkt, dass ich seine Braut bin. Hinter wem sollte er sonst her sein?“

„Hinter mir."

Catriona stockte der Atem. „Was meinst du damit?"

„Er ist hinter mir her. Ich besitze etwas, das er haben will."

„Nun gut, wenn du es so sehen willst, meinetwegen. Aber es läuft auf dasselbe hinaus. Er will mich."

Tayg lächelte, nahm ihre Hände und hielt sie fest. „Nein, du missverstehst mich. Du vergisst den Brief. Ich habe seine Botschaft, die für Broc bestimmt war, auch wenn er sagte, sie wäre für dich. Es ist etwas, von dem keiner der beiden möchte, dass es in die falschen Hände gerät. Und bei mir ist es in den absolut falschen Händen", meinte er, hob ihre Hand an die Lippen und küsste sie.

Catriona war von dem federleichten Kuss wie bezaubert. Er ließ ihre Hände sinken, ließ sie aber immer noch nicht los. Worüber hatten sie gesprochen? Ach ja, die Botschaft.

„Aber du hast sie mir vorgelesen", sagte sie, und ihre Stimme klang atemloser, als ihr lieb war.

„Aye, aber darin steckt mehr, als die Worte sagen, Catriona. Du weißt gar nichts über den wirklichen Inhalt des Briefes, und das ist auch gut so. Wenn du nichts darüber weißt, kann man dich auch nicht dafür verantwortlich machen."

„Aber ich weiß doch von der Botschaft. Es mir zu überlassen, was ich mir unter den Absichten des Hundsgesichts vorstellen muss, ist sicher nicht klug."

Er schüttelte den Kopf.

„Ist der Brief so wichtig, dass ein anderer da sein sollte, der ihn in sichere Hände übergibt, falls dir etwas zustößt?"

„Nichts wird mir zustoßen, Mädchen." Er rieb mit dem Daumen über die Innenseite ihrer Hand, und das Gefühl, das sie dabei empfand, war aufregend und tröstlich zugleich. „Ich versichere dir, dass Duff – das Hundsgesicht – nicht wusste, dass du auf der Burg warst. Er ist hinter *mir* her."

Catriona entriss ihre Hand seinem zärtlichen Streicheln und verschränkte schnell die Arme. So konnte sie die Hände vor ihm verbergen. „Und warum war er dann in Isobels Gemach?“

„Vielleicht sah er, wie ich in Richtung Turm ging, und suchte dann alle Räume ab – ihres ist einer der ersten, auf die er stoßen musste.“

„Vielleicht, aber es spielt keine Rolle, wen von uns beiden er nun sucht. Wenn er dich findet, findet er auch mich, und dann stecken wir nur noch tiefer in der Klemme.“

Tayg legte seine große schwielige Hand an ihre Wange. Catriona kämpfte gegen das Verlangen an, das Gesicht an diese Hand zu schmiegen, den Trost zu genießen, seine warme Haut an der ihren zu spüren, sich der verwirrenden Sinnlichkeit hinzugeben, die er mit einer einzigen Berührung oder einem Blick in ihr erweckte. Sie tat alles, um ihn weiter wütend anzublitzen.

Tayg lächelte, seine Augen funkelten, und noch bevor sie erkannte, was er vorhatte, umfasste er ihren Nacken, zog sie an sich und fing sie mit einem Kuss auf. Völlig überrumpelt, war sie nicht fähig zu reagieren, und noch ehe sie einen klaren Gedanken fassen konnte, hüllte sie wieder diese wunderbare Wärme ein, die sie schon zweimal erlebt hatte.

Sein Kuss war sanft und fordernd zugleich, und sie entdeckte, wie sie auf jede Herausforderung seiner Lippen, seiner Zunge, seiner Hände antwortete. Er stöhnte und zog sie enger an sich, küsste sie noch leidenschaftlicher.

Catriona schien es, als würde ihr das Herz stehen bleiben, nur um dann wieder doppelt so schnell zu schlagen wie zuvor. Sie schloss die Augen und gab sich ganz diesem erstaunlichen Gefühl hin, der Mittelpunkt all seines Interesses zu sein. Sie legte die Arme um ihn und fühlte, wie er sie auf seinen Schoß zog. Und dabei küsste er sie, als wollte er nie damit aufhören.

Und sie wollte auch nicht, dass er aufhörte.

Die Decken rutschten ihnen von den Schultern, doch die Hitze zwischen ihnen vertrieb die Kälte. Catriona wühlte die

Finger in sein Haar und neigte ein wenig den Kopf, um noch mehr den Druck seiner Lippen zu fühlen. Ihr Kopf war wie umnebelt, so als hätte sie zu viel Wein getrunken. Und doch nahm sie mit allen Sinnen wahr, wo er sie berührte, wie sich der Druck seiner Hände veränderte, spürte jeden bebenden Atemzug. Er zog sie noch enger an sich, bis nichts mehr zwischen ihnen war als der dünne Stoff ihrer Kleider, und küsste sie wieder.

Ein nie gekanntes Gefühl erwachte in Catriona. Sie fühlte, wie es sich zwischen ihren Beinen konzentrierte und in ihren Brüsten, dort, wo sie sich an Taygs breite Brust schmiegten. Und sie merkte, wie Taygs Männlichkeit darauf antwortete und sich hart gegen sie presste. Er rieb seine Hüften an ihr, hielt sie fest. Es war, als hinterließen seine Lippen glühende Spuren auf ihrem Nacken und in der kleinen Mulde unter ihrer Kehle. Sie hörte, wie sie aufstöhnte, und konnte doch nichts dagegen tun.

Er streichelte ihren Po, seine Hand glitt über ihren Rücken und wühlte in ihrem Haar. Seine Glut wärmte sie und steigerte dieses unbekannte Gefühl, bis sie nicht mehr klar denken konnte. Benommen nahm sie wahr, dass er an ihrem Hemd nestelte. Dann spürte sie deutlich die Wärme seiner Hand auf der Haut, den Brüsten. Es war köstlich. Ungeduldig zog sie an den Bändern seiner Tunika. Doch als er sich über sie beugte und ihre Knospen in den Mund nahm, das heiße Gefühl in ihr ins Unerträgliche steigerte, konnte sie nicht anders. Sie musste sich ihm entgegenwölben, ihn drängen … Sie wusste nicht, wozu, aber sie verlangte nach mehr.

Seine Hand glitt tiefer, drückte ihr sanft die Beine auseinander. Sie konnte nichts tun … wollte nichts tun. Und als er sie wieder küsste, gab sie sich hin und verlor sich in seinem Kuss. Und dann spürte sie seine warme Hand auf der Stelle ruhen, an der sich dieses unerträglich nach mehr verlangende Empfinden sammelte.

Sie konnte an nichts mehr denken, fühlte nichts als seine

Wärme, die drängende Leidenschaft seines Kusses. Nie sollte dieser Augenblick, dieses neue, berauschende Gefühl enden. Und doch trug sie dieses Gefühl immer höher, zu irgendeinem unbekannten Gipfel hinauf, bis sie plötzlich dort war. Nichts existierte mehr, nichts als diese köstliche Empfindung, die sie durchströmte. In einem wilden Wirbel löste sich die Spannung jäh auf.

Tayg schlang die Arme um Catriona und hielt sie fest, während ihr Atem sich langsam beruhigte. Auch er keuchte, doch er beherrschte sein eigenes Verlangen. Was hatte er getan? Obwohl er ein leicht entflammbares Temperament besaß, hatte ihn der Hunger nach einer Frau noch nie dazu verleitet, nicht darüber nachzudenken, was er tat. Noch nie hatte die Begierde ihn vergessen lassen, wo er war und wer er war. Und obwohl er gerade noch genug Verstand besessen hatte, Catriona nicht auf den Rücken zu werfen und sie schnell und hart zu nehmen, hatte er sich nicht zurückhalten können. Er hatte sie berühren, sie erregen und sie befriedigen müssen.

Er wollte ihr einen Vorgeschmack dessen geben, was sie in seinem Bett erwartete.

Ihm stockte der Atem. War es das, was er sich wünschte? Wollte er sie wirklich in seinem Bett haben?

Catriona liebkoste seinen Nacken mit den Lippen und schmiegte sich mit dem ganzen Körper an ihn. Geistesabwesend strich er ihr über den Rücken, und sie drängte die Hüften an seine. Er rührte sich nicht, während ein noch stärkeres Verlangen als zuvor ihn durchfuhr. Ihre Leidenschaft, ihre Hingabe forderte den Rest Beherrschung heraus, der ihm noch geblieben war.

Aye. Er wollte sie für sein Bett. Mehr als er je zuvor eine Frau gewollt hatte. Aber wollte er auch das andere? Heirat? Kinder? Catriona, das Biest? War das die Frau, mit der er sein Leben verbringen konnte? Der Wunsch, sie zu besitzen, war nicht genug. Könnte er tagaus, tagein mit ihr leben, oder würde sie ihn verrückt machen? Wer konnte das wissen? Wie konnte er es wissen?

Außerdem wollte sie einen Ehemann, der mit ihr auf Assynt lebte und ihr half, ihre Brüder unter Kontrolle zu halten. Tayg schauderte es. Er konnte sich nicht vorstellen, sich noch einmal diesem Pöbelhaufen auszusetzen – besonders nicht Tag für Tag –, und er verstand nicht, warum Catriona es wollte. Ausnahmsweise bedeutete in diesem Fall seine Verantwortung für Culrain und seinen Clan einen Vorteil für ihn. Man würde ihm nie erlauben, seine Verantwortung abzuschütteln und in einem anderen Clan zu leben.

Er strich ihr über die kalte Wange und wurde von einer seltsamen Melancholie erfasst.

„Catriona, meinst du, du könntest meine Tunika wieder loslassen?"

„Hm?" Sie richtete sich so weit auf, dass er ihr Gesicht sehen konnte, und er sah die Befriedigung in ihrem leichten Lächeln und dem verschleierten Blick. Sie reckte sich, um ihn zu küssen, und hielt dann inne. Der träumerische Ausdruck verschwand aus ihren Augen und machte Verwirrung Platz. Catriona starrte ihn an. Dann sah sie auf ihre Hände, die seine Tunika umklammerten. Abrupt ließ sie ihn los.

„Was haben wir getan?"

„Nichts, was wir mehr ändern könnten, Mädchen", erwiderte er und zog ihr das Hemd über die Schultern hinauf, um ihre schönen vollen Brüste zu bedecken, bevor er wieder nach ihnen greifen würde. Sanft schob er sie von sich, bis sie von seinem Schoß hinunterrutschte. Dabei erhaschte er einen Blick auf die schimmernden dunklen Locken zwischen ihren Beinen. Tayg zwang sich, daran zu denken, warum er das, was er begonnen hatte, nicht auch hatte zu Ende führen können. Catriona bemerkte seinen Blick und bedeckte sich schnell. Sie zog die Knie hoch und wickelte sich in eine der Decken ein.

„Was hast du mit mir gemacht?“

Tayg holte tief Luft und atmete dabei den nach Moschus duftenden Geruch ihrer Befriedigung ein. „Es müsste eher heißen: Was hast du mit mir gemacht, Mädchen?“

„Ich habe dir nichts getan!“

„Wir sollten jetzt am besten schlafen …“

„Ich will nicht mit dir …“

„Nein. Ich weiß. Ich meinte auch nicht …“

Catriona sprang auf und ging zu ihrem Strohsack, der neben Tayg lag. Sie hob ihn hoch und trug ihn auf die andere Seite des Feuers.

„Du wirst mich nicht wieder anrühren. Du wirst mich nicht küssen. Ich kann mich einem wie dir nicht hingeben.“

„Einem wie mir?“ Tayg spürte Wut im Bauch, obwohl er wusste, dass er sich ihre Worte besser nicht zu Herzen nehmen sollte.

„Du bist ein Barde und kein besonders guter dazu. Du hast nicht die Stärke, mir zu helfen, meine Brüder davon abzuhalten …“

„Was lässt dich eigentlich glauben, dass irgendein Mann sich um deinetwillen gegen deine Brüder erheben würde?“

Der entsetzte Ausdruck auf ihrem Gesicht passte so gar nicht zu ihren scharfen Worten und der geschäftigen Art, mit der sie ihren Strohsack in die richtige Lage brachte.

Er hatte ihr Angst eingejagt.

Er hatte sich selbst Angst eingejagt.

Tayg lag lange da und starrte in die Dunkelheit. Er lauschte dem stärker werdenden Wind und versuchte, die düstere Stimmung zu ignorieren, die sich über ihn gesenkt hatte, seit Catriona ihm klargemacht hatte, was sie wollte … oder eher, was sie nicht wollte … oder wen.

Und doch sagte ihm ihr Körper etwas anderes. Er wusste, dass sie, als sie sich berührten, genauso stark reagiert hatte wie er. Als er sie küsste, hatte sie sich an ihn geschmiegt, ihn noch enger an sich gezogen. Die Intensität ihrer Küsse hatte sie ebenso verblüfft wie ihn. Er drehte sich auf die Seite – sie tat ihm jetzt etwas weniger weh als beim Erwachen – und sah zum Feuer und der im Schatten schlafenden Frau auf der anderen Seite. Er vermisste das Gefühl, wie sie sich an ihn gekuschelt hatte. Er wollte … mehr.

Er sollte das nicht. Er konnte es nicht. Er wagte es nicht, sich mit einem Mädchen wie Catriona MacLeod einzulassen. Es war schon gefährlich genug, dass sie miteinander reisten. Wenn man sie zusammen fand, würde niemand glauben, dass ihre Tugend nicht beschmutzt war. Er würde gezwungen werden, sie zu heiraten – falls ihre Brüder ihn nicht vorher töteten. Das böse Weib von Assynt heiraten – was für eine verrückte Vorstellung! Catriona heiraten.

Er wandte dem Feuer wieder den Rücken zu und starrte lange in die Dunkelheit. Dabei rief er sich all die Gründe ins Gedächtnis zurück, wegen derer er nicht heiraten wollte. Er suchte nach Gründen, warum Catriona keine gute Ehefrau abgeben würde. Doch immer wieder erinnerte er sich nur daran, wie sich ihre Lippen angefühlt und wie ihre Hände seine Tunika umklammert hatten. Rasch zwang er sich, wieder daran zu denken, warum er keine Ehefrau wollte, doch selbst in seinen Augen erschienen ihm seine Gründe fadenscheinig. Es dauerte lange, bis er endlich in den Schlaf sank.

Der nächste Tag verging langsam. Tayg wagte sich hinaus, um Holz zu sammeln, doch schon nach wenigen Minuten im beißenden Wind kam er völlig erschöpft in die einigermaßen warme Hütte zurück. Ein paar dürre Zweiglein zeugten von seinem Bemühen.

Catriona hatte sich sofort um ihn gekümmert, ihn genötigt, sich wieder hinzulegen, und ihn mit allen verfügbaren Decken zugedeckt. Sie kochte einen Eintopf, der seinem Magen trotz der mageren Zutaten, die ihr zur Verfügung standen, guttat. Er selbst glaubte nicht, dass es wirklich so schlecht um ihn stand, doch er genoss ihre Aufmerksamkeit viel zu sehr, um sie in ihrer Fürsorge zu stoppen. Er verbrachte den Tag damit, ihr dabei zuzusehen, wie sie sich in ihrem improvisierten Heim bewegte, für das Pferd sorgte und hinter ihm sauber machte, wie sie zuerst ihre Kleider und dann seine flickte, wie sie kochte und putzte. Sie schüttelte sogar den Schmutz aus seinem Plaid und seinem Mantel. Was sie nicht tat, war, mit ihm zu reden. Sie mied seinen Blick und achtete darauf, dass er sie nicht anrührte, außer wenn sie die Bandage seiner zerschlagenen Rippen überprüfte.

Nach einer Weile stand Tayg wieder von seinem Strohsack auf. Aber außer in der winzigen Hütte hin und her zu gehen, gab es nichts für ihn zu tun. Nichts konnte er machen als schlafen, essen ... Sein Blick blieb an der ungewöhnlich stillen Catriona hängen, die am Feuer saß, und ein seltsam prickelndes Gefühl schien sein Rückgrat hinunterzulaufen und in seinem Bauch herumzuwirbeln und sich zu winden. Diese Situation war nicht in Ordnung. Für ihn war es nicht normal, seine Wünsche so sehr unterdrücken zu müssen. Und doch musste er es.

Verzweifelt packte er seinen Sack mit der Trommel, die ihm Isobel vor der Flucht zum Glück noch gebracht hatte. Catriona hielt ihn nicht für einen Barden. Nun gut, jetzt konnte er seine Rolle spielen. Ein Barde würde angesichts eines langen, kalten Zwangsaufenthalts in einer Hütte für Unterhaltung sorgen. Er konnte Catriona wenigstens unterhalten, wenn er sich etwas anderes schon nicht traute.

Tayg nahm den Schlegel zur Hand, legte sich die Trommel auf die Knie und fing an, einen einfachen Rhythmus zu schlagen. Catriona erhob sich und ging zu ihrem Strohsack. Sie legte sich nieder, zog eine Decke um sich, aber dabei beobachtete sie ihn.

Zuerst sang Tayg leise vor sich hin und lauschte dem Zusammenspiel seiner Stimme mit der Trommel. Indem er mit der Hand über das Trommelfell strich, wie er es bei anderen gesehen hatte, lernte er, sie an verschiedenen Stellen mit leicht unterschiedlichem Klang zu schlagen.

Er versuchte ein zweites Lied und dann ein drittes. Er glaubte schon, Catriona wäre eingeschlafen, und war erstaunt, als er ihre hübsche junge Stimme hörte, wie sie in seinen Gesang einstimmte. Nur dass er die Melodie nicht halten konnte und entsetzlich falsch sang.

„Du bist besser als ich", sagte er, als das Lied zu Ende war. Sie schenkte ihm ein gezwungenes Lächeln, und Tayg begann ein etwas lebhafteres Lied, froh darüber, dass es eine schottische Weise war. Wieder fiel sie ein, nahm die Melodie auf, fügte Triller und Verzierungen hinzu, die er noch nie zuvor gehört hatte.

„Du bist ja selbst ein Barde, meine süße Catriona."

Ihr erschrockener Blick zeigte ihm, dass er etwas Falsches gesagt hatte. Schnell schlug er die Trommel und summte die erste Melodie, die ihm in den Kopf kam.

„Versuchst du, mich jetzt zu ärgern?", fragte sie.

Er schüttelte den Kopf, fuhr aber fort, die seltsam vertraute Weise zu summen. Er konnte sich nicht recht an die Worte erinnern, doch er wusste, dass sie ihm gleich wieder einfallen würden.

„Du erinnerst dich nicht an das, was du da summst, nicht wahr?"

„Doch …" Aber er tat es nicht, nicht so richtig.

„Süße Dolag of Fionn, was ist sie so fein", sang ihm Catriona vor.

„Hat Haare wie Feuer, ein Gesicht wie ein Schwein", endete er mit einem Grinsen. „Oh ja, jetzt erinnere ich mich. Ich denke, wenn ich es vor dem König singe, lasse ich den Schluss weg."

„Warum solltest du ihm den Unsinn vorsingen?“ Ihre Stimme klang scharf.

„Gefällt dir mein Lied nicht?“

„Das ist kein Lied. Es ist eines betrunkenen Narren wert, nicht mehr.“

„Oh, wenn du mitsingst, so wie du es vorhin getan hast, ist es mehr als nur ein Schenkenlied. Wie sonst soll ich dem König von all den hübschen Mädchen berichten, die ich getroffen habe?“

Catriona richtete sich lachend auf. „Wie kommst du nur auf den Gedanken, irgendeines dieser Mädchen wünschte sich vom König einen Krieger zum Mann? Ich befürchte, sogar der berühmte Tayg of Culrain ist wie jeder andere Mann, der Angst hat, die Zügel aus der Hand zu geben: prahlerisch und hochmütig. Einer, der nicht merkt, was die anderen um ihn herum brauchen und fühlen. Warum sollte eine Frau wünschen, mit so einem verheiratet zu werden?“

Bei ihrer Beschreibung zuckte Tayg innerlich zusammen. Einen Moment lang konnte er mit ihr fühlen. Von einem anderen so beschrieben zu werden, wie er es ja auch mit ihr getan hatte, war wirklich keine sehr erhebende Erfahrung.

„Das ist nicht Tayg of Culrain, den du da beschreibst“, sagte er, „bis auf das Prahlerische vielleicht. Aber dazu hat er ja auch allen Grund.“

„Meiner Erfahrung nach ist einer wie der andere.“

„Und du hast eine so große Erfahrung mit Männern?“

Sie funkelte ihn an. „Groß genug. Mein ganzes Leben lang habe ich in einem Haushalt gelebt, der bis zu den Deckenbalken mit Männern angefüllt war. Ich denke, ich verstehe genauso viel von ihnen wie jede andere Frau.“

„Sicher.“ Er schlug einen langsamen Rhythmus. Dann sah er sie über das knisternde Feuer hinweg wieder an. „Du beurteilst alle Männer nach deinen Brüdern.“

„Sie versorgten mich mit einer Menge Erkenntnisse. Jeder ist anders, und jeder ist auf seine Art ein Nichtsnutz.“

„Wirklich jeder?“

„Manchmal ist Ailig ganz nett – wenn er mit mir allein ist. Aber wenn die anderen dabei sind, bietet er ihnen nicht die Stirn. Er sagt seine Meinung nicht.“

„Anders als du.“

„Aye, anders als ich.“

„Und du verachtest Ailig dafür, dass er sich nicht so verhält wie du?“

„Nein. Ich verachte ihn nicht. Doch für mein Gefühl den anderen Brüdern gegenüber ist das die richtige Beschreibung. Mit Ailig habe ich … Mitleid.“

Tayg hörte auf zu trommeln. „Mitleid? Warum?“

Catriona zupfte am Saum der Decke herum, in die sie sich gewickelt hatte, und zuckte die Achseln. „Es ist nicht so, dass er sich von den anderen etwas vorschreiben ließe. Er tut nur nichts, um sie an ihrem Tun zu hindern. Ailig ist stiller und zurückhaltender als die drei Schafsgesichter. Er scheint sich nicht drum zu kümmern.“

„Worum?“

„Um seinen Stolz, um das, was die anderen denken. Er lässt sich lächerlich machen, verspotten, verhöhnen, ohne den Angreifer zu fordern, ohne sich auf irgendeine Art zu verteidigen. Ewig hat er dieses kleine Lächeln im Gesicht, als fände er die anderen ganz amüsant. Nur einmal sollte er …“

„Du möchtest, dass er sich wehrt?“

„Aye. Nur einmal.“

„Warum?“

Verwirrt sah sie ihn an. „Weil sie dann aufhören würden natürlich.“

„Aha. Bei dir hat das ja auch so gut funktioniert.“

Sah sie denn nicht, dass Broc mit ihr spielte? Wie es schien, hatte Ailig das Geheimnis entdeckt, wie man mit ihrer Familie fertig wurde. Zu schade, dass die dickköpfige Catriona ihren Stolz nicht lange genug vergessen konnte, um zu erkennen, was sich hier wirklich abspielte.

„Man hat mich einmal zum Narren gehalten, weil ich zu vernarrt in meine Brüder war. So etwas will ich nie mehr erleben."

Etwas in ihrer Stimme sagte Tayg, dass sie nicht mehr von derselben Sache sprachen. Der verlorene Ausdruck in ihrem Gesicht schmerzte ihn, und er spürte, dass er endlich die Frau sah, die sich hinter dem kratzbürstigen Äußeren verbarg. Die andere, stachelige Person schützte die sanftere Wesensart des Mädchens, die er so selten zu Gesicht bekam. Er verhielt sich ganz still, um Catrionas Stimmung nicht zu zerstören. Das verletzte Mädchen vor ihm faszinierte ihn. Nie hätte er erraten, dass es das war, was sich unter der Oberfläche verbarg.

„Wenn ich dir etwas erzähle, versprichst du mir dann, dass du niemals ein Lied daraus machen wirst?" Sie sah ihn jetzt offen an. Anscheinend versuchte sie abzuschätzen, wie aufrichtig er es meinte, bevor sie bereit war fortzufahren.

Es fiel Tayg nicht schwer, ihr das Versprechen zu geben. Durch ihr verändertes Verhalten und ihre plötzliche Bereitwilligkeit, etwas von sich preiszugeben, neugierig geworden, stimmte er gern zu.

Sie schien seinem Versprechen zu trauen. Wieder schaute sie weg, während sie gedankenverloren ihr Haar flocht.

„Als ich so zwölf Jahre war, lagen wir andauernd mit den MacDonells im Streit. Sie stahlen unsere Kühe. Wir stahlen sie zurück und zum Ausgleich noch ein paar von den ihren dazu. Jamie und Ailig waren nicht so schlimm. Meistens waren Broc, Callum und Gowan die Urheber der Untaten, die damals stattfanden. Einmal ging einer ihrer Streiche schief, und eine Hütte brannte ab. Ich glaube nicht, dass jemand verletzt wurde, aber die MacDonells nahmen es nicht gut auf. Eins kam zum anderen, und es dauerte nicht lange, und mein Vater und der Chief der MacDonells tauschten Botschaften aus, um diesem Unsinn der jungen Männer Einhalt zu gebieten, bevor die Sache eskalieren würde und nicht mehr aufzuhalten wäre."

„Warum lag ihnen etwas daran?"

„Wir waren lange gute Nachbarn gewesen, sogar Freunde."

Tayg nickte und verstand sofort, wie alles abgelaufen war. „Was geschah dann?"

„Dann verlangten die zwei Chiefs von ihren Söhnen, mit den Raubüberfällen und den Kämpfen aufzuhören. Mein Vater überließ es Broc als dem Ältesten, den Schadensersatz mit den Burschen der MacDonells auszuhandeln."

Tayg spürte, dass das, was jetzt kam, die eigentliche Geschichte war.

„Von all dem wusste ich zu dieser Zeit nichts, verstehst du. Ich war nur ein kleines Mädchen, das die ersten Anzeichen von ... von Weiblichkeit zeigte." Sie senkte den Kopf.

„Und du bist eine schöne Frau geworden." Tayg konnte die nur geflüsterten Worte nicht zurückhalten und erntete ein scheues Lächeln dafür. Noch ein Rätsel. Catriona und scheu? „Erzähl weiter", ermunterte er sie.

„Broc sagte mir, er hätte eine wichtige Aufgabe für mich. Aber ich verstand ihn nicht. Er war mein ältester Bruder, und ich vergötterte ihn. Er war daran gewöhnt, mir zu befehlen und mich auf sein Kommando springen zu lassen, was ich zu dieser Zeit auch tat.

Er schickte mich mit einer Botschaft zu den MacDonells. Er hatte sie auf ein Stück Pergament geschrieben. Damals wunderte ich mich, warum er das getan hatte und wie, denn Broc kann weder schreiben noch lesen. Doch wie ich schon sagte, ich vergötterte ihn und tat, wie er mich gebeten hatte. Er sollte stolz auf mich sein.

Auf meinem Pony ritt ich zu dem Ort, wo ich die MacDonells treffen sollte, und wartete. Es waren nur ein paar Burschen in Brocs Alter, die kamen. Ich kannte sie nicht, aber ihr Anführer war das Hundsgesicht. Er war damals schon hässlich."

Auch wenn er noch so gespannt zuhörte, Tayg saß ganz ruhig da, schwieg und überließ es Catriona weiterzuerzählen.

„Ich war aufgeregt“, sagte sie und drehte ihren Zopf zwischen den Fingern. „Noch nie hatte ich für meine Brüder den Boten gespielt. Ich übergab dem Ersten, der sich näherte, die Botschaft, und er gab sie an das Hundsgesicht weiter. Es dauerte eine Weile, bis sie die Worte entzifferten, doch schließlich gelang es ihnen.“

„Was sagte der Brief?“

„Er forderte sie auf, mir ihre Waffen zu übergeben. Dann wäre alles vergessen.“

„Was?“

„Aye, so haben auch die Burschen der MacDonells reagiert. Sie lachten. Dann meinten sie, es würde zu den dummen MacLeods passen, ein Mädchen die Arbeit eines Mannes erledigen zu lassen.“

„Sie haben doch nicht …“

Sie sah zu ihm auf, mit großen Augen, in denen er die alten Wunden erkennen konnte. „Sie versuchten es. Sie packten mich, rissen mir die Kleider vom Leib, bis ich nichts mehr als mein Hemd am Körper hatte. Doch es gelang mir, einem mit einem Stein auf den Kopf zu schlagen und dem anderen … dem Hundsgesicht … in den Unterleib zu treten. Er konnte sich nicht mehr bewegen, solche Schmerzen hatte er. Doch den anderen befahl er, mich in einen nahen Sumpf zu werfen, wo ich verrotten sollte. Sie sagten … beleidigende Dinge über mich und meine Familie, während ich kämpfte, um dem Morast zu entkommen. Sie nahmen mein Pony und ließen mich dort zurück.“

„Deine Brüder waren dir nicht gefolgt?“

„Nein. Siehst du, ich sollte ein Bote sein, den zu empfangen für die MacDonells eine Beleidigung war. Die Aufgabe verdiente nicht, dass ein Mann seine Zeit damit verschwendete.“

„Stattdessen beleidigten die MacDonells den Boten.“

Sie nickte.

„Was geschah, als du zurückkehrtest?“

„Es war spät in der Nacht, als ich am Tor um Einlass bat. Alle meine Brüder, nur Ailig war in Edinburgh, wurden gerufen, und als sie mich sahen …“ Sie schüttelte den Kopf. „Sie waren nicht nett zu mir. Ich bekam Schüttelfrost, weil ich die Nacht in den schlammigen, nassen Kleidern verbracht hatte. Wenn meine Kinderfrau nicht gewesen wäre, wäre ich vielleicht gestorben. Seitdem habe ich meinen Brüdern nie mehr vertraut.“

Tayg wusste nicht, was er erwidern sollte. Die Geschichte sagte viel über Catrionas Beziehung zu ihrer Familie und alles über ihren Hass auf das Hundsgesicht aus. Neil of Assynt musste verrückt sein, seinen Söhnen zu gestatten, sie so zu behandeln. Wie konnte der Mann einer Verlobung zustimmen … außer er wusste nichts von dem Vorfall.

„Sie waren die Narren, Catriona“, sagte Tayg weich. Er wollte sie trösten, ihr danken, dass sie dieses Erlebnis mit ihm teilte, denn er war sich sicher, dass sie es noch nie zuvor mit jemandem geteilt hatte. Doch er wusste nicht, wie. Ein anderes Mädchen als sie hätte er in die Arme genommen, aber sie hatte sich das verbeten. Und er wusste nur zu gut, dass bei allem, was Catriona betraf, seine Selbstbeherrschung nicht gerade die beste war.

Weil ihm nichts anderes einfiel, meinte er schließlich: „Wir werden morgen aufbrechen müssen. Dieser Sturm hat lange genug gewütet. Wir können es nicht wagen, länger zu zögern.“

Catriona nickte, sah ihn aber nicht an. Ihre Augen waren auf das Feuer gerichtet.

Tayg wandte sich wieder seiner Trommel zu.

Nach einer kleinen Weile drehte sie ihm und dem Feuer den Rücken zu, wickelte die Decke fest um sich und betonte dadurch noch die Form ihrer Taille und ihres wohlgerundeten Hinterteils. Tayg versuchte, sich aufs Trommeln zu konzentrieren, während er doch das Instrument am liebsten in die Ecke gefeuert und Catriona in die Arme geschlossen hätte. Stolz bedeutete Catriona viel. Und auch Treue. Deshalb war sie so widerborstig. Man hatte ihr den Stolz genommen, und ihre Loyalität war von denen, die ihr am nächsten standen, verraten worden. Er bezweifelte, dass sie seitdem jemanden nahe genug an sich herangelassen hatte, um sie verletzen zu können – außer ihn. Sie hatte es zwar nicht gewollt, doch sie hatte es getan, und dieses schwer verdiente Vertrauen würde er nicht verspielen. Er wollte nicht erleben, wie sie noch einmal verletzt wurde.

Vielleicht konnte er ja jetzt die kleinen Fallen vermeiden, die Broc und die anderen in ihrer Persönlichkeit hatten entstehen lassen. Ihr Stolz war so groß wie der seine, doch jetzt wusste er, wie zerbrechlich er war.

Catriona lag still da und versuchte, Taygs leises Trommeln zu ignorieren. Er improvisierte, und das ließ sie wieder daran denken, dass er kein guter Barde war. Dann wäre er nämlich ein besserer Trommler gewesen. Aber das war jetzt nicht wichtig. Das war kein Problem, mit dem sie sich herumplagen musste. Solange er sie zum König brachte, war es gleich, was er war.

Und deshalb musste sie ihren Plan noch einmal überdenken. Der Versuch, nett zu ihm zu sein, hatte zur Folge gehabt, dass ihre wachsende Vertrautheit noch zugenommen hatte. Der Funke der Leidenschaft, der sich zwischen ihnen entzündet hatte, wenn sie miteinander stritten, war nichts im Vergleich zu diesen viel beunruhigenderen Ereignissen, zu denen die friedliche Stimmung geführt hatte. Was war nur über sie gekommen?

Sie hätte es besser wissen müssen. Einem Mann wie diesem zu vertrauen! Wegen der Gefühle, die er in ihr weckte, die Beherrschung zu verlieren! Sie konnte nur hoffen, dass sich keine Gelegenheit ergeben würde, bei der er ihr Benehmen oder die Geschichte ihres Kummers gegen sie verwenden konnte. Sie wusste nicht, warum sie ihm das alles erzählt hatte. Vielleicht hatte das Gefühl, dass sie beide durch die Hand ihres Bruders Schmerzen erlitten hatten, sie dazu verführt, ihm zu vertrauen. Broc erzählte die Geschichte immer noch regelmäßig. Es schien seine liebste Erinnerung an ihre Kindheit zu sein, und nur durch ziemlich harte Maßnahmen hatte sie ihn gelegentlich davon überzeugen können, sein Schandmaul zu halten.

Doch Tayg war anders. Vielleicht lag es auch nur daran, dass sie sich bei ihm anders fühlte, nämlich wertvoll und umsorgt. Nein, das war nur seine Art, sie durcheinanderzubringen. Sie musste aufpassen. Es gab keinen Grund zu glauben, dass es zwischen ihm und ihren Brüdern irgendeinen Unterschied gab, ganz gleich, ob er sein Wissen über sie benutzen würde oder ob er das anderen überließ. Ihr Benehmen hier in der Hütte würde ihr nichts als Kummer bringen.

Catriona fiel es schwer, sich selbst von ihren Erkenntnissen zu überzeugen.

Dieser Mann, dieser Tayg, der Barde, hatte langsam einen schlechten Einfluss auf sie. Zuerst beunruhigte er sie mit seinen berauschenden Küssen und seinem arroganten Lächeln, dann schimpfte er sie, Dolag schlecht behandelt zu haben, und schließlich versuchte er zu verhindern, dass ihre Brüder sie entdeckten. Immer wenn sie dachte, sie wüsste nun, was er als Nächstes tun würde, überraschte er sie, indem er etwas völlig Unerwartetes tat, so wie letzte Nacht. Die Erinnerung an dieses berauschende Gefühl erwachte wieder in ihr. Zu gern hätte sie es wieder erlebt. Doch das würde sie nicht. Nie.

Sie würde nicht wieder auf seine besondere Art, sie zu manipulieren, hereinfallen. Mit seinem unberechenbaren Verhalten brachte er sie zwar aus dem Gleichgewicht, aber sie würde ihn nicht gewinnen lassen. Sie musste nur die ganze Zeit wachsam bleiben, gerade so, als wäre er einer ihrer Brüder. Oder das Hundsgesicht.

Aye. Das war es, was sie tun musste. Sich selbst vor den weichen Lippen und den süßen Küssen schützen, die nur zu weiteren Verrücktheiten führen würden – ganz gleich, wie wundervoll diese Augenblicke auch gewesen waren.

Die einzige Frage war nur: wie?

12. KAPITEL

Am nächsten Morgen, noch bevor die Sonne den Himmel von schwarz zumindest in ein dunkles Grau verwandelt hatte, brachen Tayg und Catriona auf und wagten sich in den nachlassenden Sturm. Trotz des tiefen Schnees saßen sie beide zu Pferd. So konnte Catriona versuchen, in dem düsteren Licht etwas zu erkennen. Der Sturm hatte niedergebeugte Bäume, zerbrochene Äste und eine dicke weiße Schneedecke hinterlassen, die im morgendlichen Zwielicht zu leuchten schien. Wo der Wind hohe Schneewehen an den mächtigen Stämmen aufgetürmt hatte, schienen die noch aufrecht stehenden Bäume schöne Kleider mit langen Schleppen zu tragen. Catriona lächelte und hielt ihr Gesicht dem sanft rieselnden Schnee entgegen, der jetzt langsam vom Himmel fiel und die Kleider der Bäume wie mit Spitze verzierte.

Das Pferd rutschte und schlitterte den Hügel hinunter. Man merkte, dass es genau wie Tayg und Catriona begierig war, der engen Hütte zu entkommen. Es war nicht Catrionas Einfall gewesen, gemeinsam zu reiten. Tayg hatte sie überzeugen können, dass es notwendig war, wollte sie den Tag nicht in nassen, kalten Kleidern beginnen. Sie gab sich alle Mühe, sich nicht an seinen Rücken zu schmiegen, nicht mit ihren Schenkeln die seinen zu berühren und auch die verführerische Wärme zu ignorieren, die er ausstrahlte. Als das Pferd abrupt stehen blieb und das Gewicht verlagerte, wäre sie fast von ihrem unsicheren Platz hinter dem Sattel gerutscht, hätte Tayg nicht nach hinten gegriffen und sie aufgefangen.

„Wenn du nicht im Schnee landen willst, solltest du dich besser an mir festhalten“, meinte er.

Das Lächeln auf seinem Gesicht verriet Catriona, dass er genau wusste, warum sie das nicht wollte. Sie brauchte ihn bloß anzufassen, und schon gab es nur noch seine Wärme für sie, seinen Geruch und dieses verlockende Prickeln, das seine Finger überall dort hinterließen, wo er sie berührte.

Er hob spöttisch die Augenbrauen. „Ärgert dich was?“

Wütend starrte Catriona ihn an und legte dann locker die Arme um seine Taille.

„Wenn du nicht immer wieder runterfallen willst, wirst du die Arme schon ein wenig fester um mich legen müssen.“

Verärgert stieß sie die Luft aus und hielt sich fester. Dabei tat sie ihr Bestes, zu übersehen, wie gut ihre Körper zusammenpassten, wie sein Rücken sie geradezu einlud, die Wange an ihn zu schmiegen. Wie ihre Schenkel sich perfekt an seine drückten und wie eng sich seine Rückseite an die Stelle presste, an der sie eine wachsende Hitze spürte. Alle Sinne schienen sich nur noch auf diesen Fleck zu konzentrieren, wo jeder vernünftige Gedanke verschwand und nur noch das Gefühl regierte. Catriona kämpfte mit aller Kraft darum, einen klaren Kopf zu behalten.

„Glaubst du, dass das Hundsgesicht und meine Brüder zusammen reiten?“, fragte sie und versuchte, sich von dem sinnlichen Nebel zu befreien, der sie einzulullen drohte.

„Sie kamen nicht zusammen an … Nein, ich glaube, das Hundsgesicht suchte nach mir und deine Brüder ganz offensichtlich nach dir. Ich vermute, es gab eine kleine Überraschung, als sie merkten, dass ihre fröhliche Jagd sie an denselben Ort geführt hatte.“

Catriona dachte einen Moment nach. „Verlangte das Hundsgesicht seine Botschaft zurück? Fragte er dich, warum du sie Broc nicht übergeben hast?“

„Dazu hatte er keine Gelegenheit. Doch ich glaube nicht, dass es ihn viel kümmert, ob ich sie noch habe oder nicht. Ich denke, er hatte mit mir das Gleiche vor wie deine Brüder.“

„Dann steckt hinter dieser Jagd mehr als nur eine einfache, nicht überbrachte Nachricht?“

„Vielleicht geht es vielmehr darum, dass ich dich ihm fortgenommen habe.“

„Du hast mich keinem genommen.“ Gut. Ein Streit kam ihr gerade recht.

Er schaute über die Schulter. In seinen Augen lag eine Frage.

„Hast du nicht. Ich habe dich dazu gebracht, mich mitzunehmen. Das ist ein Unterschied.“

„Wenn du meinst“, sagte er und drehte sich wieder nach vorn.

„Außerdem sagtest du, er wusste nicht, dass ich bei dir war.“

„Aha, stimmt.“

„Warum ist er dann hinter dir her, wenn er nicht weiß, dass ich bei dir bin?“

Ein Klumpen Schnee, der von einem Baum rutschte, erschreckte das Pferd so, dass es zur Seite tänzelte. Catriona musste sich an Tayg festhalten. Als er das Tier wieder unter Kontrolle hatte, sprach sie weiter.

„Du hast meine Frage nicht beantwortet“, sagte sie.

„Habe ich nicht?“

„Gab es da ein Mädchen in Dun Donell? Hast du dem Hundsgesicht ein anderes Mädchen fortgenommen?“

Tayg lachte. „Ich dachte, ich hätte dich nicht genommen.“

„Du weißt, was ich meine.“

„Aye, aber du bist die einzige Frau zwischen uns, ob er nun davon weiß oder nicht.“

„Was dann also?“

„Warum willst du das wissen?“

„Warum willst du es mir nicht sagen?“

Einen Moment lang war Tayg still. „Es ist zu deiner eigenen Sicherheit.“

„Unwissenheit wird mir keine Sicherheit verschaffen, sollte er uns erwischen. Was du auch immer gegen ihn in der Hand hast, er wird annehmen, dass ich davon weiß.“

„Lass es sein, Catriona.“

„Ich will es aber nicht sein lassen. Ich will wissen, was es zwischen dir und dem Hundsgesicht gibt, dass er dir deswegen durch die winterlichen Highlands folgt." Sie dachte nach. „Keine Frau ... Dann also vielleicht Besitz oder Wissen. Nein, das Hundsgesicht ist zu dumm, um irgendeine Art von nützlichem oder anderem Wissen zu besitzen."

„Da unterschätzt du ihn. Er mag hässlich sein und alle Eigenschaften besitzen, die du dir bei einem Ehemann nicht wünschst, aber dumm ist er nicht. Wenn er es wäre, wäre er weniger gefährlich."

„Ha, also weißt du etwas."

Tayg schüttelte den Kopf, während er das Pferd durch eine tiefe Schneewehe trieb. „Du weißt nicht, wovon du sprichst, Catriona. Lass es sein."

Catriona lächelte in sich hinein und kuschelte sich enger an Taygs Rücken an. „Ich muss nahe dran sein."

„Aye", sagte Tayg mit seltsam gepresster Stimme und rutschte im Sattel hin und her. „Was wünschst du dir bei einem Ehemann?"

„Du wechselst das Thema."

„Aye, aber ich möchte es trotzdem gern wissen."

„Außer dass er nicht das Hundsgesicht MacDonell heißen soll?"

„Außer das."

Catriona schloss die Augen und versuchte, sich den perfekten Ehemann vorzustellen. „Er muss freundlich sein. Rücksichtsvoll. Er soll mich nicht immer ärgern wie all die anderen Männer, die ich kenne."

Tayg schnaubte. „Wie soll er aussehen?"

„Er müsste groß sein, aber nicht viel größer als ich. Er müsste dunkles Haar, blitzende Augen und einen Mund mit Grübchen auf beiden Seiten haben. Er müsste viel lachen und mich zum Lachen bringen."

„Ist das alles?"

Catriona stockte der Atem bei der ruhigen Frage, die wie warmes Wasser über ihre Haut zu fließen schien, was ihr fast schmerzlich bewusst war. „Was meinst du?“, fragte sie.

„Was ist mit Kindern? Was ist mit Fürsorge? Wünschst du dir das nicht auch?“

„Aye, ein perfekter Ehemann würde mir auch Kinder geben.“

„Und das andere?“

Catriona spürte, wie ihr die Wangen heiß wurden. „Und das andere. Aber das gibt es nicht.“

„Du glaubst nicht, dass du so einen Mann finden wirst?“

„Das werde ich nie. Jedenfalls keinen, der mich heiraten will.“

„Wie kannst du dir so sicher sein?“

„Weil es keinen solchen Mann gibt. Es ist nur ein törichter Traum.“

„Warum willst du dann überhaupt heiraten?“

Eine Weile lang schwieg Catriona. Ja, warum eigentlich? Sicher um nicht das Hundsgesicht heiraten zu müssen. Um ihren Clan vor einer Verbindung mit den MacDonells zu schützen. Doch es würde Broc kaum davon abhalten, irgendetwas ähnlich Dummes anzustellen. Wenn sie den König überzeugen konnte, dass Ailig der beste Mann war, um den Clan zu führen, dann würde sie etwas Gutes für den Clan bewirkt haben.

Vielleicht war da auch noch der Wunsch, ihren Brüdern zu zeigen, dass sie sehr gut ihr Leben selbst bestimmen konnte, dass sie es besser konnte als sie alle. Aber wie konnte sie über ihr eigenes Leben bestimmen, wenn sie einen Mann zum Gatten nahm, dessen Charakter, dessen Wesen sie noch nicht einmal kannte? Wie sollte irgendein Mann die Probleme lösen, die sie mit ihren Brüdern hatte?

In einem Augenblick völliger Klarheit erkannte sie, dass nichts, was sie unternahm, die Probleme mit ihren Brüdern lösen würde. Und die Chance, den König zu überzeugen, den letzten Sohn über den ersten zu setzen, war lächerlich gering.

Was sie vielleicht wirklich finden musste, war jemand, der ihr dabei half, Ausgewogenheit in das unvernünftige Verhalten ihrer Brüder zu bringen, jemand, dem sie zuhörten und dem sie erlaubten, ein Wort bei der Führung des Clans mitzureden. Jemand, der auch ihr zuhörte, der ihr das Gefühl gab, umhegt und begehrt zu werden, der ihr Blut zum Singen bringen würde – wie Tayg …

Nein, niemals würden ihre Brüder den Rat eines niederen fahrenden Barden akzeptieren, der noch nicht einmal gut singen konnte. Sie würden sie lächerlich machen wegen ihrer Selbstsucht, einen solchen Mann zu erwählen, der dem Clan nichts von Wert einbrachte und dazu noch Brocs Verbindung mit den MacDonells ruinierte, die ihm doch so wichtig zu sein schien. Sie holte tief Luft, um ihr hämmerndes Herz zu beruhigen. Sie musste zum König. Vielleicht konnte sie ihn dazu bringen, ihr einen Mann zu suchen, den ihre Brüder als würdig betrachteten und der ihr ein guter Ratgeber wäre. Es war nicht wichtig, ob er ihr gefiel und ob er die Erfüllung ihrer Träume war oder nicht. Sie durfte nicht an sich selbst denken. Wichtig war der Clan; ihre eigenen Sehnsüchte dagegen …

„Nun?“, fragte Tayg.

„Was?“

„Warum willst du heiraten?“

„Das habe ich dir schon gesagt. Wieso glaubst du, meine Antwort würde jetzt anders lauten?“, fauchte sie ihn an. Sie ärgerte sich, dass er ihre Gedanken in diese Richtung gelenkt hatte.

Tayg schüttelte den Kopf und seufzte, als hätte er wirklich eine andere Antwort erwartet.

Doch es konnte keine andere Antwort geben.

Während sie ihr Mittagessen zu sich nahmen, hörte es endlich auf zu schneien. Tayg gab Catriona den üblichen Haferkuchen und das gedörrte Wildfleisch. Dann zog er eine verstöpselte Flasche aus den Tiefen einer Satteltasche.

„Was ist das?“ Er hielt die Flasche hoch, damit Catriona sie sehen konnte.

Sie zuckte die Achseln. „Was geht es mich an. Sie war in deiner Tasche. Vielleicht ist das noch eines deiner Geheimnisse.“

Taygs Brauen zogen sich über den dunklen Augen zusammen, als betrachte er ein hässliches kleines Etwas. Catriona biss die Zähne zusammen, um ihm nicht einfach die Zunge herauszustrecken.

Es war Stunden her, dass sie ihr Gespräch beendet hatten, und seitdem war sie wütend. Wie konnte er sie dazu bringen, über das nachzudenken, was sie nicht haben konnte, niemals haben würde? Einen vollkommenen Ehemann. Ha! Das Leben war viel zu kompliziert, als dass es so etwas geben konnte.

Tayg zog den Lederstöpsel aus der Flasche und schnüffelte. Ein freudiges Grinsen breitete sich auf seinem Gesicht aus, ließ seine Augen blitzen inmitten der langsam verblassenden Prellungen und tiefe Grübchen neben seinem verlockenden Mund entstehen, bevor er den Kopf zurücklegte und einen Schluck aus der Flasche nahm.

„Ah“, sagte er und nahm noch einen Schluck.

Catriona konnte den Blick nicht von ihm wenden, während ihr ihre eigenen Worte über den perfekten Ehemann im Kopf herumwirbelten. Sie hatte Tayg beschrieben, alles an ihm beschrieben, das sie begonnen hatte, an ihm zu bewundern. Bis auf das natürlich, was sie an ihm ärgerte. Aber sie hatte den vollkommenen Ehemann beschrieben.

Catriona schnappte nach Luft.

„Es ist nur Schnaps, Catriona, nichts, weswegen du nach Luft schnappen müsstest.“

Er reichte ihr die Flasche. Sorgsam darauf achtend, dass sie seine Finger nicht berührte, nahm sie sie entgegen. Sie hob sie an den Mund und stellte fest, dass sie noch warm war von seinen Lippen. Dann trank sie und musste husten, als es ihr wie Feuer die Kehle hinunterrann und in ihrem Bauch zum Leben erwachte. Tayg rutschte neben sie, nahm ihr die Flasche aus der Hand und reichte ihr den Wasserschlauch.

„Trink das“, sagte er und strich ihr eine Haarsträhne von den Lippen.

Es gelang ihr, ihre Kehle durch das Wasser etwas zu beruhigen. Dann stieß sie ihm den Ellbogen in die Rippen.

„Uff!“

„Fass mich ja nicht mehr an!“

„Nur gut, dass du nicht Brocs Fäuste besitzt.“

Catriona erstarrte. Seine Rippen! Sie war so wütend auf ihn gewesen, dass sie seine Rippen völlig vergessen hatte.

„Geht es dir gut genug, um so weiterzureisen?“ Dass ihre Stimme scharf klang, tat ihr nicht leid. Sie *war* immer noch wütend auf ihn.

„Es geht mir gut genug, und wir haben keine andere Wahl. Ich glaube nicht, dass die Rippen gebrochen sind, nur geprellt. Die Bandage tut gut, aber dein Ellbogen nicht.“

„Es ist eine Schande, dass wir dir nicht auch noch den Mund zubinden können.“

Er schüttelte den Kopf. „Weißt du eigentlich, dass du dich immer, wenn du Angst hast oder dich bedroht fühlst, hinter deiner Kratzbürstigkeit versteckst?“

„Tue ich nicht.“

„Aye, meine süße Catriona, das tust du. Bei mir solltest du es aber nicht. Hast du Angst vor mir?“

Catriona schaute wütend in dieses Gesicht, das ihr so vertraut geworden war, dass sie es mit geschlossenen Augen hätte beschreiben können …

Doch er war es nicht, vor dem sie Angst hatte. Sie hatte Angst vor sich selbst und der Art, wie sie auf seine Nähe reagierte. Sie sprang auf die Füße und ging zur gegenüberliegenden Seite der Lichtung, die sie entdeckt hatten.

„Ich habe vor nichts Angst, Barde. Zumindest so viel weißt du sicher in der Zwischenzeit über mich.“ Sie wandte sich von ihm und der Enttäuschung, die sie in seinen Augen lesen konnte, ab und war überrascht, wie sehr sich diese Enttäuschung in ihrem eigenen Herzen widerspiegelte. Es war nicht ihr Fehler, dass ihr Herz sich falsch verhielt. Sie würde nicht darauf hören. Diesmal würde sie ihren Kopf benutzen. Sie musste. Ihre Zukunft – und die ihres Clans – hingen davon ab.

Seit sie ihre Reise auf dem verschneiten Pfad entlang des immer breiter werdenden Flusses wieder aufgenommen hatten, herrschte ein vorsichtiger Friede zwischen ihnen. Er attackierte sie nicht. Sie fauchte ihn nicht an. Tatsächlich hatte Catriona sich so weit entspannt, dass sie, die Wange an seinen Rücken gelehnt, die Arme um seine Taille geschlungen, eingeschlafen war. Er bildete sich fast ein, dass sie ihn ein wenig mochte. Sie mochte ihn jedenfalls genug, um sich über sein Wohlbefinden Sorgen zu machen. Und sie mochte ihn genug, um dahinzuschmelzen wie eine schlanke Bienenwachskerze in der Flamme, wenn er sie küsste.

Er holte tief Luft und versuchte, das Verlangen zu unterdrücken, das ihn immer packte, wenn er an solche Küsse dachte, an Catrionas Lippen und die Art, wie ihr Körper sich unter seinen Händen erwärmte.

Wieder holte er tief Luft. Er musste ihr sagen, wer er in Wahrheit war, und zwar bald. Doch es schien so viele Gründe zu geben, es besser nicht zu tun, zumindest jetzt noch nicht. Sie reiste zufrieden mit ihrem Barden. Sie war entspannt, gut gelaunt, und nur, wenn sie sich vor etwas fürchtete, zog sie sich in die Rolle der Kratzbürste zurück. Je näher sie sich kamen, desto sanfter wurde sie.

Gefährlich sanft.

Hatte er ihr allerdings erst einmal seine wahre Identität und den wahren Grund enthüllt, warum er sie zum König brachte, würde sich das schnell ändern. Sie würde ihn hassen. Er konnte es ertragen, von ihr ein Lügner genannt zu werden, den Schmerz in ihrer Stimme zu hören und in ihren Augen zu sehen, aber er wollte nicht der Verursacher dieses Schmerzes sein. Doch er konnte die Wahrheit nicht für immer vor ihr verbergen, vielleicht nur noch für ein oder zwei Tage. Bald würden sie sich Munro-Land nähern, wo man ihn kannte. Aber noch nicht jetzt. Die Stille war heilsam. Das Vertrauen, das ihrer entspannten Haltung innewohnte, war wunderbar. Und er war noch nicht bereit, es aufzugeben.

Ein Reh stürmte zu seiner Rechten aus dem Wald und erschreckte das Pferd. Tayg packte Catrionas Arm gerade in dem Moment, als sie seine Taille fester umklammerte und seine Rippen ein wenig zu stark drückte.

„Alles in Ordnung, Mädchen. Nur ein Reh."

„Zu dumm, dass wir nicht anhalten und es jagen können. Ich hätte gern etwas frisches Wildbret", sagte sie mit warmer, schläfriger Stimme. Tayg stellte fest, dass er diese Stimme gern öfter hören würde.

Fast im gleichen Augenblick stürmte ein weiteres Reh aus dem Wald, das dieses Mal fast in das Pferd rannte und es so erschreckte, dass es zur Seite sprang und auf dem eisigen Weg ins Rutschen kam. Tayg bemühte sich, das Pferd zu beruhigen, und das Reh verschwand den Weg hinunter, den er und Catriona gekommen waren. Genauso schnell brach ein Pferd mit einem schweren Mann im Sattel durchs Gebüsch, aus dem das Reh aufgetaucht war, stieß fast mit ihnen zusammen und drückte sie gefährlich nahe an das steile Flussufer.

„Entschuldigt", sagte der Mann, während er sich bemühte, sein schneeweißes Pferd unter Kontrolle zu bekommen.

„Ihr habt uns fast in den Fluss geworfen." Catrionas Stimme war voller Angst. Tayg lenkte ihr Pferd vom Wegrand fort.

„Aye, ich sollte vorsichtiger sein. Ich jagte gerade ein Reh."

„Es nahm diese Richtung", sagte Tayg und deutete mit dem

Daumen über die Schulter, „aber es ist schon lange fort."

Der Mann nickte. „Ich hätte mir die Jagdfreuden nicht erlauben dürfen. Aber es ist so lange her, dass ich auf der Jagd war." Er lächelte ihnen zu. „Ich bin Bruder John of Auskaird Abby. Wo wollt ihr hin, Freunde?"

„Nach Dingwall", antwortete ihm Catriona. Ihre Stimme klang jetzt ruhiger. Doch Tayg konnte nur mühsam atmen, so fest hielt sie ihn umschlungen.

„Oh", meinte der Mönch. „Ich habe dort in der Nähe zu tun. Habt ihr schon von dem neuen Kloster gehört, das die Schwester des Earls of Ross dort gegründet hat?"

Tayg nickte. Catriona schüttelte den Kopf.

„Ach, es ist noch ein bescheidener Ort. Die Äbtissin hat nur eine kleine Anzahl Mitschwestern, doch ich bin sicher, das Kloster wird wachsen. Ich habe ihnen dort bei der Buchführung zu helfen, natürlich auch bei den Vorbereitungen zur Hochzeit der Schwester des Königs mit dem Sohn des Earls." Ein so breites Lachen lag auf seinem Gesicht, dass es von einem Ohr zum anderen zu reichen schien.

„Dann solltet Ihr mit uns zusammen reisen", sagte Catriona.

Tayg drehte sich rasch nach ihr um. Der Magen zog sich ihm plötzlich zusammen. Wollte sie, dass sie entdeckt würden? Als wollte sie ihn zum Protest herausfordern, hob sie fragend eine Augenbraue. Dann ließ sie ihn los. So war das also. Sie wollte diesen Mönch dazu benutzen, sich selbst vor den Gefühlen zu schützen, die immer offensichtlicher wurden und immer schwerer zu ignorieren waren.

„Das wäre wunderbar", sagte der Mönch, während er sein Pferd auf den Weg neben das ihre lenkte. „Aber ihr habt mir noch nicht gesagt, wie ihr heißt. Ich kann doch nicht mit völlig Fremden reisen", fügte er mit einem Lächeln hinzu.

„Ich heiße Catriona, und das ist Tayg."

Der Mönch warf Tayg einen überraschten Blick zu.

„Ich bin ein Barde", sagte Tayg schnell, bevor der Mönch Fragen stellen konnte, die Tayg gerade jetzt nicht beantworten wollte.

Der Mönch betrachtete ihn eine Weile und wandte dann seine Aufmerksamkeit Catriona zu. „Ich freue mich, eure Bekanntschaft zu machen, Catriona und Tayg, der Barde."

Tayg entdeckte ein Glitzern in des Mönchs Augen, das ihn beunruhigte. Er kannte den Mann nicht, doch das hieß nicht, dass der Mönch ihn nicht erkannte. Er musste herausfinden, was der Mann wusste, doch nicht, solange Catriona in Hörweite war.

Sie ritten den Weg hinunter. Wo der Weg breit genug war, gingen die Pferde Seite an Seite.

„Wieso seid ihr zu dieser Jahreszeit unterwegs?", fragte der Mönch nach einigen Minuten.

„Um zu heiraten", antwortete Catriona. In ihrer Stimme lag eine gewisse Selbstgefälligkeit, die Tayg ärgerte.

„Ihr seid nicht verheiratet? Warum wartet ihr bis Dingwall? Ihr solltet nicht allein gemeinsam reisen, wenn ihr nicht verheiratet seid."

„Wir sind nicht …", begann Catriona, doch Tayg fiel ihr ins Wort.

„Die Heirat wird mit dem Segen des Chiefs und, wenn wir Glück haben, dem des Königs stattfinden. Deswegen müssen wir nach Dingwall."

Der Mönch zog die dicken schwarzen Brauen zusammen, sodass sie ein tiefes V über seinen Augen formten. „Aber euer Chief ist … Angus Dubh Culrain?"

Tayg versuchte, ein erschrecktes Zusammenzucken zu unterdrücken. Kannte dieser Mann ihn also doch?

„Und du musstest dir deine Braut holen?", fuhr der Mönch fort. „Wieso hat ihre Familie sie dir nicht gebracht?"

„Die Braut hat keine Familie", sagte Catriona schnell, bevor Tayg sie wieder unterbrechen konnte.

Tayg zwickte sie in den Arm, mit dem sie ihn umschlang.

„Au!"

„Oh, es tut mir leid, Liebes. Habe ich dich gezwickt? Sie ist so ein zartes Ding", sagte er mit einem, wie er hoffte, unschuldigen Lächeln.

Der Mönch nickte nur. „Ich habe vor, die Nacht bei der Familie meines Cousins zu verbringen. Ihr könnt mit mir kommen. Danach werden wir dann gemeinsam nach Culrain reiten. Wie ich hörte, wird der König sich dort aufhalten, bevor er zur Hochzeit nach Dingwall reist. Dort könnt ihr all die Segen erhalten, die ihr wollt, und ich werde euch als geeignete Begleitung dienen."

„Nein", sagten Tayg und Catriona wie aus einem Mund.

„Euer Angebot ist sehr freundlich, doch wir haben uns bereits verspätet. Wir müssen so schnell wie möglich reiten", meinte Tayg. „Wir haben es so weit allein geschafft, da werden ein oder zwei Tage mehr keinen Unterschied machen."

„Dem kann ich nicht zustimmen, junger Barde. Es ist nicht richtig, dass ihr beide weiterhin zusammen unterwegs seid, ohne Ehegelübde und ohne Gottes Segen. Ihr müsst mir erlauben, euch zu begleiten oder …"

„Oh, wir haben das Gelübde abgelegt, Bruder", sagte Catriona.

Tayg und der Mönch drehten sich gleichzeitig im Sattel um und sahen sie an. Tayg versuchte, ihr durch sein finsteres Gesicht zu signalisieren, dass sie still sein sollte, aber sie lächelte nur, schlang die Arme fest um ihn und presste ihre Brüste an ihn, dass ihm für den Moment einfach nichts mehr einfiel.

„Wie das, Mädchen?", fragte der Mönch, und seine buschigen schwarzen Brauen senkten sich noch tiefer über seine Nase hinab.

„Ihr habt recht. Es wäre nicht schicklich für ein Mädchen, ohne Begleitung mit dem Verlobten zu reisen. Deswegen legten wir heute Morgen, bevor wir zu dieser Reise aufbrachen, vor

Zeugen unser Ehegelübde ab. Wir sind auf dem Weg nach Culrain …" Sie sah Zustimmung heischend zu Tayg, der aber nur die Augen verdrehte. „… um den Segen des Chiefs zu erhalten und natürlich auch eine Feier."

Der Mönch grinste. „Dann ist das heute eure Hochzeitsnacht?"

Taygs spürte in seinem Rücken, wie Catriona erstarrte, aber sie zog sich nicht von ihm zurück. Der verwirrende Druck ihrer Brüste, den er selbst durch den dicken Mantel hindurch spürte, machte es ihm schwer, sich auf den Schlamassel zu konzentrieren, den sie mit ihren Worten angerichtet hatte und durch den sie sich jetzt ihren Weg suchen mussten.

„Bis zu meinem Cousin ist es nicht weit. Wir werden ein Hochzeitsmahl bekommen und ihr ein richtiges Bett für eure Hochzeitsnacht, statt irgendeines mühsam gesuchten Plätzchens im Schnee." Der Mönch trieb sein Pferd zur Eile an und setzte sich an die Spitze, um ihnen den Weg zu zeigen.

Tayg schaute über die Schulter und sah Catriona finster an. „Unsere Hochzeitsnacht?", sagte er mit leiser Stimme und gab sich Mühe, alle möglichen versteckten Andeutungen in seine Worte zu legen.

Sie schaute genauso böse zurück. „Du brauchst dir nichts dabei zu denken, Barde. Es gibt keine Hochzeitsnacht. Es geht nur um einen warmen Platz zum Ausruhen, danach können wir uns wieder auf den Weg machen. Mir ist kalt, und ich bin hungrig. Und du bist noch nicht geheilt."

„Du hättest den Mann nicht anlügen müssen."

Sie hatte immerhin so viel Anstand zu erröten. „Es ist mir einfach so herausgerutscht."

„Dann sag jetzt nichts mehr, Mädchen. Wir müssen sehr vorsichtig sein und aufpassen, damit wir uns nicht verraten."

Tayg wandte sich wieder um und ließ den Blick über den Kopf des Pferdes schweifen. Hochzeitsnacht. Wie konnte man erwarten, dass er die Hände von dem Mädchen ließ, wenn ihre

Gastgeber glaubten, dass sie beide verliebte Neuvermählte waren? Schon jetzt, wo er nicht die Möglichkeiten hatte, die ihm nun winkten, konnte er sie kaum in Ruhe lassen. Er holte tief Luft und ging noch einmal seine Liste der Gründe durch, weshalb er Catriona besser nicht begehren sollte … nur konnte er sich an keinen einzigen mehr erinnern.

Für den Moment klebte der Mönch an ihnen, zumindest bis sie das Cottage seines Cousins erreicht hatten. Wenn er heftig nachdachte und das Bild verdrängte, das das Wort „Hochzeitsnacht“ in seinem Kopf heraufbeschwor, würde er vielleicht einen Grund finden, warum sie diese Nacht nicht in einem bequemen, warmen Cottage, in einem richtigen Bett verbringen konnten … zusammen.

Tayg versuchte, die Vorstellung zu verdrängen, wie Catriona ausgestreckt auf seinem eigenen großen Bett lag, das seidenweiche ebenholzfarbene Haar über dem Kissen ausgebreitet, und wie ihre helle Haut im Kerzenlicht schimmerte.

Er stöhnte. Vielleicht würden sie einfach während der Nacht verschwinden. Schließlich hatten sie es schon einmal so gemacht. Inzwischen waren sie ganz geschickt im unbemerkten Verschwinden.

Wenn sie es nicht taten, war er sich nicht sicher, ob einer von ihnen in dieser Nacht schlafen würde.

Tiefer Schnee ließ sie nur langsam vorwärtskommen, und so war es fast dunkel, als sie sich der Hütte des Cousins näherten. Der vertraute Geruch von Torfrauch hing über der geduckt daliegenden Behausung. Tayg war dankbar für die versprochene warme Mahlzeit und einen Platz am Feuer heute Nacht, obwohl es gefährlich war, noch mehr Zeit mit dem Mönch zu verbringen, der allem Anschein nach mehr über Tayg wusste, als er zugab. In seinem Rücken zitterte Catriona. Auch sie würde für des Cousins Gastfreundschaft dankbar sein. Möglicherweise kannte die Familie Tayg. Dann war da noch das Problem mit dem Mönch, der glaubte, diese Nacht wäre ihre Hochzeitsnacht. Gegen Ersteres konnte er nichts tun, zumindest nicht im Augenblick, doch gegen das Zweite. Sie würden neben dem Feuer schlafen, hatte er beschlossen, wo sie sicher von der ganzen Familie und dem Mönch umgeben waren und so nicht der unleugbaren Anziehungskraft nachgeben konnten, die zwischen ihnen erwuchs.

Die Pferde hielten auf dem kleinen Vorplatz vor der Tür an und holten Tayg wieder aus seinen Gedanken zurück.

„Wir werden hier warten, während Ihr Euren Cousin und seine Familie begrüßt und ihnen von den zusätzlichen Gästen berichtet", sagte Tayg. Als Catriona absteigen wollte, fasste er sie beim Arm. Sie starrte ihn wütend an, doch unter seinem Blick wurde sie still. Sie fror genauso wie er, doch er musste einen Augenblick mit ihr allein sein. Er brauchte ihre Zustimmung zu seinem Plan.

Bruder John ging um sein Pferd herum und sah zu Tayg auf. Sein rundes Gesicht zeigte Entschlossenheit. „Unsinn, Junge. Macht, dass ihr beiden vom Pferd heruntersteigt, und kommt aus der Kälte heraus. Gair und Lina werden nichts gegen noch mehr Gesellschaft einzuwenden haben."

Tayg zuckte bei dem Namen zusammen. Gair war ein häufiger Name, und sicher waren sie Culrain noch nicht so nahe, dass …

Der Mönch streckte die Hand aus, um Catriona zu helfen, und Tayg hatte keine andere Wahl. Er musste ihr erlauben abzusteigen. Rasch folgte er. Furcht drehte ihm den Magen um, und all seine Sinne waren hellwach wie vor einer Schlacht.

Catriona berührte seinen Arm. Ihr besorgter Blick überraschte ihn. „Tayg, was ist los?"

„Halte deine Zunge im Zaum, Catriona", flüsterte Tayg ihr zu. Er wurde mit einem wütenden Blick belohnt.

„Daran musst du mich nicht erinnern, Barde." Das letzte Wort sprach sie auf eine Weise aus, dass es mehr wie ein Spitzname als wie ein Titel klang.

Hatte sie die Reaktion des Mönchs auf seinen Namen bemerkt? Misstraute sie ihm auch? Nein, sie war nur aufgeregt, fror, und deswegen zog sie sich wieder in ihr kratzbürstiges Ich zurück.

„Wir müssen uns wie Neuvermählte benehmen“, sagte er und zog dabei die Augenbrauen hoch, um ihr ein Lächeln zu entlocken.

„Das merke ich“, erwiderte sie kurz.

„Du sagst das, als wäre es ein schreckliches Schicksal“, meinte er und nahm sie bei der Hand, während sie dem Mönch folgten. „Wäre es denn so schrecklich?“

Catriona wollte etwas sagen, doch dann schwieg sie mit entsetztem Blick.

„Kommt, kommt, meine Kinder. Es ist bitterkalt, und ich rieche da drinnen etwas Köstliches.“ Der Mönch hieb einmal mit der Faust gegen die Tür und stieß sie dann mit einem dröhnenden „Allen einen schönen guten Abend“ auf.

Tayg und Catriona blieben an der Tür zurück und schauten in den Raum voller Menschen. Eine große, dicke Frau in einem einfachen rostroten Kleid stand am Herd und rührte in einem großen geschwärzten Kessel. Ein Leinentuch bedeckte ihren Kopf, doch ein langer, rötlicher, teilweise mit Grau durchsetzter Zopf schlängelte sich über ihren Rücken.

„Oh, John!“, rief sie und lachte über das ganze Gesicht. Dabei schwang sie mit einer komischen Begrüßungsgeste ihre Schöpfkelle. „Komm herein, und sei willkommen!“

Überall waren Kinder. Manche lachten, manche rauften, einige stellten Schüsseln auf einen groben Tisch, der nahe dem Feuer stand. Aber alle hielten jetzt inne und rannten mit Freudenschreien und entzücktem Gekicher auf den eintretenden Mönch zu und umarmten ihn.

Im Hintergrund des gemütlichen Raums stieg ein Mann eine Leiter herunter. Zuerst waren seine Füße zu sehen, dann kam der Rest von ihm zum Vorschein. Für Tayg wurden alle Befürchtungen wahr. Er saß in der Falle.

Auld Gair, der mit Tayg und Rob für *the Bruce* gekämpft hatte, sprang von der letzten Leitersprosse und drehte sich zu den Ankömmlingen um.

„John", sagte Gair, „wir glaubten dich schon im Sturm verloren!" Er schritt durch den Raum und drückte den Mönch kräftig an sich.

Tayg reckte die Schultern und machte sich bereit. Gleich würde Gair ihn bemerken und enthüllen, wer er wirklich war. Gair konnte er nicht anlügen. Der Mann würde ihm helfen, zum König zu gelangen, doch Catriona würde es nicht verstehen. Sie würde nur sehen, dass er sie belogen, sie betrogen und benutzt hatte. Denn erst wenn der wahre Inhalt der Botschaft bekannt war, würde sie verstehen, warum er sie zum König brachte. Sie war zu gescheit, es nicht zu tun. Und er wollte sie um alles in der Welt nicht verletzen. Er brauchte Zeit, um ihr alles zu erklären. Aber die würde er nicht haben.

Gair und Bruder John klopften sich gegenseitig auf den Rücken und tauschten einige Minuten liebevolle Beleidigungen aus. Tayg spürte, wie ihm der Schweiß den Rücken hinunterlief, während er auf das Unvermeidliche wartete. Catriona stand still neben ihm und wusste nicht, wie sehr sie ihn gleich hassen würde. Er drückte ihre Hand. Sie erschrak und schenkte ihm dann ein zaghaftes Lächeln. Doch Tayg blieb keine Zeit, um sich zu fragen, warum.

„Lasst mich euch meine jungen Freunde vorstellen." Die dröhnende Stimme des Mönchs lenkte ihn von Catriona ab, hin zu seinem Problem.

„Ah, sie sind ein hübsches Paar", sagte Lina. „Wir sind sehr froh, sie in ihrer Hochzeitsnacht beherbergen zu dürfen."

Auf Gairs Gesicht erschien ein breites Grinsen, und Tayg konnte nicht anders, er musste es erwidern.

„Moment mal, den Kleinen da kenne ich." Auld Gair drängte

sich an seinem Cousin vorbei und packte Tayg bei den Schultern. „Ich dachte, du wärst immer noch bei *the Bruce*, und jetzt bist du hier mit deinem hübschen Mädchen. Deine Frau, wie ich höre." Er lächelte Catriona zu. „Hoho! Seine Frau." Gair machte einen kleinen Luftsprung und rieb sich die Hände. „Ich frag mich, wer jetzt die Wette gewonnen hat, mein Junge. Man sagte immer, du könntest dich nicht für eine entscheiden, und doch hast du sehr gut gewählt. Sie ist 'n hübsches kleines Ding und wird es dir sicher ein wenig austreiben, allen schöne Augen zu machen."

Er schlug Tayg auf den Rücken. Tayg wusste nicht, was er darauf sagen sollte.

„Was?", sagte Gair zu seiner Frau, die dastand, die Hände – in einer hielt sie immer noch den Schöpflöffel – in die ansehnlichen Hüften gestemmt, und ein äußerst verärgertes Gesicht machte.

„Du und der Junge könnt später noch Geschichten austauschen. Jetzt sind die zwei erst einmal nass und kalt, und es gibt auch noch zwei Pferde zu versorgen. Komm, Mädchen, wie heißt du?"

„Catriona", sagte Tayg. „Ihr Name ist Catriona. Vielleicht kannst du ihr einen warmen Platz nahe am Feuer geben, während Gair und ich uns um die Pferde kümmern?" Er musste den Mann rasch zur Seite nehmen. Bis jetzt hatte er ihn noch nicht verraten, und Tayg dankte dem Himmel für diese kleine Gnadenfrist. Doch nicht lange, und Catriona oder der neugierige Mönch würden fragen, woher sie sich kannten. Vielleicht konnte er Gair überreden, zu allen Fragen zu schweigen, zumindest so lange, bis er Catriona alles erklärt hatte.

13. KAPITEL

Während Lina zu ihrem Kessel zurückkehrte, um weiter darin zu rühren, und auf dem Weg noch rasch an einem Spieß mit ein paar gebratenen Vögeln drehte, führte eines der Kinder Catriona zu einem Stuhl nahe dem Feuer.

Nach dem langen Tag in beißender Kälte empfand sie die Hitze so stark, dass sie ihr fast den Atem nahm. Catriona konnte spüren, wie die Kälte immer tiefer in ihre Knochen drang, gerade so, als wollte sie sich vor der Wärme verbergen.

Sie ließ sich auf dem Stuhl nieder, und jemand drückte ihr einen Becher mit Bier in die Hand. Lina und die Kinder schienen sich damit zufriedenzugeben, dass sie still dasaß, während sie fortfuhren, das Essen vorzubereiten. Und Catriona war froh darüber, denn sie musste über vieles nachdenken. Besonders Taygs ruhige Frage ging ihr nicht aus dem Kopf.

„Wäre es denn so schrecklich?“, hatte er gefragt. Sie dachte über diesen Tag nach, den sie die meiste Zeit hinter Tayg sitzend verbracht hatte. Die wiegenden Bewegungen des Pferdes hatten sie immer wieder den breiten Rücken des Mannes berühren lassen, und bei dem gelegentlichen Stolpern des Tieres hatte sie die Arme noch fester um Taygs schmale Taille schlingen müssen. Auch hatte sie sich wegen der Kälte dicht an ihn geschmiegt, um so viel wie möglich von seiner Wärme abzubekommen. Jetzt kämpfte sie schon den ganzen Tag gegen die Erinnerung an, wie er in jener Nacht in der Wandererhütte ihren Körper erregt und die Welt um sie herum hatte versinken lassen.

Wäre es wirklich solch ein furchtbarer Schicksalsschlag, mit Tayg, dem Barden, verheiratet zu sein statt mit einem Unbekannten? Ja, das wäre es! Immer unterwegs sein. Kein eigenes Heim. Wie sollten sie da Kinder großziehen? Der Gedanke rief wieder die Erinnerung an seine Küsse und Zärtlichkeiten wach, die Art, wie er in ihr die brennende Gier nach seinen Berührungen geweckt hatte. Sie konnte sich vorstellen, dass gewisse Dinge in einer Ehe mit dem Barden ganz angenehm sein konnten … doch es war unmöglich.

Sie musste jemanden heiraten, der auf Assynt lebte, jemanden, dem Broc wenigstens erlauben würde, ihn zu beraten. Es war nicht ganz das, was sie geplant hatte, doch im Wesentlichen war es das Gleiche. Sie musste ihre Aufgabe zu Ende bringen. Etwas in ihr erschauerte bei dem Wort „Aufgabe". Die Ehe sollte keine Aufgabe sein, sondern ein Segen, ein Wunder, ein Bund. Aber solche zarten Träume konnte sie sich nicht leisten. Sie hatte es sich zur Aufgabe gemacht, ihren Clan vor dem unbesonnenen Verhalten ihrer Brüder zu retten, und eine Heirat mit dem Barden würde ihr dabei nicht helfen.

Sie musste wissen, wie sie heute Nacht seine Nähe meiden konnte.

Nur die körperliche Distanz, mit einem Feuer zwischen ihnen, hatte sie davon abgehalten, sich ihm in der Hütte in die Arme zu werfen. Auch in dieser Nacht musste es eine Möglichkeit geben, ihn auf Abstand zu halten.

Wieder ging ihr seine ruhige Frage durch den Kopf. Wäre es solch ein schreckliches Schicksal, Tayg, den Barden, zu heiraten? Was ihren Clan betraf, ja, aber für sie …?

„Aus deinem Lächeln schließe ich, dass du an deine Hochzeitsnacht denkst, was, Mädchen?", sagte Lina. „Keine Angst, oben steht ein feines Bett, in dem viele von den Kleinen hier gezeugt wurden." Sie zwinkerte. „Das ist ein Glücksbett …"

Catriona fühlte, wie ihr heiß wurde, und sie musste an ihr augenblickliches Problem denken. Ihre Gastgeber glaubten, sie wären Frischvermählte, obwohl der Mann, Gair, Tayg zu kennen schien, aber nicht erwartet hatte, ihn mit Ehefrau anzutreffen. Sie dachte daran, wie sie sich vorgestellt worden waren. Der Mann hatte Tayg gekannt, doch Tayg war bei seinem Anblick angespannt und ungewöhnlich still gewesen. Er hatte ihre

Hand gedrückt, bis es schmerzte, und Catriona hatte den Eindruck gehabt, er tat es nicht, damit sie still blieb. Und er hatte den Burschen gedrängt, mit ihm in den Stall zu gehen. Langsam klärte sich der durch den plötzlichen Wechsel vom Kalten ins Warme entstandene Nebel in ihrem Kopf.

Was wusste der Mann über Tayg, das den Barden so unruhig werden ließ? Auch als sie dem Mönch begegnet waren, war er unruhig geworden.

Sie sah sich um und sah den Mann auf dem Boden sitzen, mit einem ganz kleinen Mädchen auf dem Schoß. Und ein nicht viel größerer Junge lehnte sich über seine Schulter. Die drei waren ins Gespräch vertieft, das ab und zu von einem wilden Gekicher der Kleinen unterbrochen wurde. Als der Mönch sich an Taygs Namen zu erinnern schien, hatte Tayg die Gelegenheit genützt und sich selbst rasch als Barde vorgestellt, doch sicher nicht aus Stolz auf seinen Beruf. Nein, es gab etwas, das diese beiden Männer, der Mönch und sein Cousin, über Tayg wussten. Zweifellos hatte der sich Gairs Schweigen versichert. Gair kannte ihn aus seiner Zeit mit *the Bruce*, was schon wieder Fragen aufwarf. Sie würde noch herausfinden, was diese Männer über ihren Begleiter wussten. Es war gefährlich, in Unwissenheit gehalten zu werden, und jetzt war es an ihr, das Geheimnis zu lüften. Sie erhob sich und stellte den Becher ab.

„Ich gehe und helfe Tayg“, sagte sie so laut, dass der Mönch den Namen verstehen konnte, doch er reagierte nicht darauf.

„Och, Mädchen, ich weiß ja, dass du frisch verheiratet bist. Aber er wird schon gleich kommen.“

Catriona verstand zuerst nicht, was Lina meinte.

„Du wirst noch viel Zeit mit ihm verbringen – lass ihn und meinen Mann sich einen Augenblick lang ihre Geschichten erzählen. Dann müssen wir sie uns später alle anhören.“ Doch ihr Lächeln strafte ihre Worte Lügen. Catriona erkannte, dass die Frau glaubte, sie würde ihren frisch angetrauten Ehemann vermissen. Nun gut, es würde nur in ihrem Interesse sein, die liebeskranke Braut zu spielen. Das wurde offensichtlich erwartet. Sie schlug die Augen nieder und versuchte ein verlegenes Kichern.

„Ich mag es nicht, wenn er nicht an meiner Seite ist", sagte sie zu Lina. „Ich weiß, es ist dumm, aber so ist es nun mal."

„Aye, Mädchen. Der Stall ist an der Rückwand der Hütte. Gehe nur an den Wänden entlang, und sag Gair, ich brauche ihn zum Torfholen."

Catriona raffte ihren Mantel zusammen und vertauschte die angenehme Wärme mit der dunklen, kalten Nacht.

Tayg und Gair stapften in die Kälte hinaus und holten die Pferde. Zwei fast erwachsene Burschen halfen, die Reisetaschen hineinzutragen, aber dann schickte Gair sie rasch in die Hütte zurück. Er packte das Pferd des Mönchs am Zügel und führte es um die Seite der Hütte herum zum Kuhstall, der an die Rückwand anschloss. Drinnen war es still. Es roch nach Tieren und sauberem Stroh. Einige Zeit arbeiteten sie schweigend, nahmen die Sättel von den Pferden und rieben die müden Tiere trocken.

„Nun, Junge, scheinst nicht gerade allzu erfreut zu sein, Auld Gair wiederzusehen."

Tayg schaute zu dem älteren Mann hin und stellte dabei fest, dass er gar nicht so alt war, wie er ihn in Erinnerung hatte. Gair hatte gerade seine besten Jahre hinter sich, aber er war nicht alt und schwach. Und das Glitzern in seinen Augen sagte Tayg, dass dieser Mann immer noch einen scharfen Verstand besaß.

„Ich freue mich sehr, dich zu sehen, Gair. Es ist nur …"

„Es ist nur, dass du deine hübsche Frau ein wenig länger vor uns verstecken wolltest, eh? Ich habe von Duncan gehört, dass deine Mutter dich verheiraten will und dass du losgezogen bist, dir selbst eine Frau zu suchen. Wie es scheint, war deine Suche erfolgreich." Gair warf Tayg einen anzüglichen Blick zu, und der musste feststellen, dass er errötete.

„Aye, sie ist …"

„Wegen heute Nacht musst du dir keine Sorgen machen, Junge. Ich weiß, dass du bei den Mädchen beliebt bist, aber ich werde nichts davon erzählen. Es ist eure Hochzeitsnacht, und da hat es doch keinen Sinn, deine Frau mit Geschichten über andere Mädchen aufzuregen. Ich habe doch nicht all die Jahre mit Lina gelebt und dabei nicht ein wenig gelernt, was eine Frau hören möchte und was nicht."

„Aye, aber ..."

„Ich bin stolz auf dich, Tayg. An Robs Stelle zu treten und die Verantwortung zu übernehmen, wo es doch klar war, dass du dazu gar keine Lust hattest! Während der Zeit, in der du für *the Bruce* kämpftest, habe ich gesehen, wie du aus einem kleinen Kerl, der seinem Bruder ins große Abenteuer folgte, zu einem Mann wurdest, der Männer in die Schlacht und auch wieder aus der Schlacht hinaus führte. Ich hoffe nur, du hast dir ein Mädchen ausgesucht, das deiner und all dessen, was du in Zukunft sein wirst, wert ist."

Überwältigt von dem unerwarteten Lob, musste Tayg schlucken. Er wollte ihm gestehen, dass nichts von allem wahr war, doch die Freude des Mannes war zu groß. Und wenn Tayg ehrlich war, wünschte er sich selbst viel zu sehr, es wäre wahr. Aber die Wahrheit war gefährlich.

Die Wahrheit würde Catriona zwingen, ihn zu heiraten, auch wenn sie darüber nicht glücklich wäre. Wenn sie einen Weg fänden, ihr das Gefühl zu geben, ihr Clan wäre in guten Händen, würde sie ihr Schicksal vielleicht hinnehmen. Doch nie wieder würde sie ihm vertrauen.

Auch wenn es unvermeidlich war – er wollte dieses Vertrauen nicht verlieren. Schließlich musste sie selbst herausfinden, wer er wirklich war und worum es bei seinem Botengang zum König ging. Ob sie wohl mit einem anderen Bruder als Anführer des Clans einverstanden wäre, sollte Broc in die Sache verwickelt sein? Und wäre ein anderer Bruder besser?

Plötzlich erwachten in ihm ein neues Verständnis und eine

neue Entschlossenheit. Gair hatte recht, er war nicht länger Robs Schatten, der ihm überallhin gefolgt war und seine Befehle ausgeführt hatte. Er war sein eigener Herr, tüchtig und kampferprobt. Er begehrte Catriona, und sie begehrte ihn, auch wenn sie es sich nicht eingestand. Sie hatte gesagt, dass sie ihn heiraten wollte, auch wenn sie nicht gewusst hatte, dass er es war, von dem sie sprach. Er würde es wahr machen. Er würde das Mädchen heiraten und so sein und ihr Problem lösen. Ihr Clan würde mit dem seinen verbunden sein, und durch diese Verbindung wären sie wiederum Verbündete des Königs. Selbst wenn sie sich nicht auf die Seite des Königs stellen würden, wären sie nicht mehr an die MacDonells gebunden. Dann würde Broc bestimmt nicht mehr als nächster Chief infrage kommen, und er konnte ihren Brüdern vielleicht einen Berater zur Seite stellen, damit solche Sachen in Zukunft nicht mehr vorkamen.

Doch zuerst musste er dafür sorgen, dass Catriona all das durch ihn und nicht durch Gair erfuhr, noch durch den Mönch, denn er wusste jetzt, warum der ihn zu kennen schien. Am abendlichen Feuer war Gair ein guter Erzähler. Die *seanachaidh* waren nicht die Einzigen, die Geschichten verbreiteten.

„Gair, ich brauch deine Hilfe“, sagte er schließlich.

„Ich werde dafür sorgen, dass ihr heute Nacht allein seid.“

„Nein. Aye. Aber das ist es nicht, worum ich dich bitten möchte.“

Gair warf ihm über die Rücken der Pferde hinweg einen neugierigen Blick zu.

„Das Mädchen weiß nicht, wer ich bin. Sie hält mich für einen einfachen Barden, und ich möchte nicht, dass sie durch einen anderen als mich die Wahrheit erfährt.“

Gair stand regungslos da und runzelte die Stirn. „Sie weiß nicht, wer du bist?“

„Nein. Ich wollte kein Mädchen heiraten, das nur den Mann zum Gatten haben wollte, über den man sich Heldengeschichten erzählte.“ Gair nickte. „Ich bin im Dienste des Königs als Barde unterwegs, und auch aus diesem Grund möchte ich meine wahre Identität noch einige Zeit geheim halten.“

„Im Dienste des Königs?“

„Aye, und hier benötige ich wieder deine Hilfe.“

Tayg informierte Gair schnell über das Komplott gegen den König, sagte aber nichts über die Rolle, die Catriona bei alledem spielte. Manche Dinge blieben besser im Dunkeln.

Gair war beim Pferd des Mönchs gerade mit Putzen fertig, als Catriona den Stall betrat. „Wie ich sehe, hast du es nicht länger ohne Tayg ausgehalten.“ Er grinste Catriona an, und zu Taygs Verblüffung lächelte die zurück.

„Das ist wahr“, sagte sie, während sie sich neben Tayg stellte und ihm die Hand leicht auf den Arm legte. „Noch nicht einmal für so kurze Zeit möchte ich von meinem frisch angetrauten Mann getrennt sein.“

Tayg fing an zu lachen. Doch er hörte schnell wieder auf, als sie ihm gerade kräftig genug auf den Fuß trat, um ihn daran zu erinnern, wie weh sie ihm tun konnte. Sie hatte etwas vor, und allein bei diesem Gedanken sträubten sich ihm schon die Haare.

Gair ging zur Tür. „Ich lasse euch beide einen Moment allein“, meinte er augenzwinkernd. „Ich bin sicher, Lina braucht etwas.“

„Tut sie“, sagte Catriona. „Sie bat mich, dir zu sagen, du sollst ihr noch mehr Torf bringen.“

„Bleib nicht so lange hier in der Kälte, Junge“, meinte Gair und verließ mit breitem Grinsen den Stall.

„Was hast du vor?“, fragte Catriona.

„Ich habe nichts anderes vor, als ein warmes Essen zu bekommen und mit meiner Braut ein warmes Bett zu teilen“, erwiderte er.

„Wir teilen kein Bett miteinander.“

„Nein? Dank dir glauben diese netten Leute aber, dass wir frisch verheiratet sind."

„Ich erklärte dir doch, dass ich das nicht absichtlich gesagt habe."

„Aber es ist nun mal geschehen, und wir müssen unsere Rollen spielen, sonst kommt noch jemand auf den Gedanken, wir würden nicht die Wahrheit sagen. Willst du, dass sie erfahren, wer du wirklich bist und dass du allein mit einem Barden umherziehst?"

Sie schien kurz zu erschrecken, doch dann zeigte ihr Gesicht wieder den vertrauten entschlossenen Ausdruck, und sie reckte leicht das Kinn.

„Wir werden sofort aufbrechen", sagte sie und ging zu der Stelle, wo er kurz zuvor den Sattel abgelegt hatte.

„Nein." Er packte sie beim Arm und wirbelte sie zu sich herum. „Wir werden nicht aufbrechen."

Die Hände in die Hüften gestemmt, stand sie dicht vor ihm. „Wenn wir bleiben, riskieren wir, entdeckt zu werden. Es ist klar, dass Gair dich kennt und der Mönch auch. Es ist auch klar, dass du nicht der Mann bist, von dem sie je erwartet hätten, dass er heiratet. Sie werden Verdacht schöpfen, wenn wir unsere Rolle nicht überzeugend genug spielen. Wir werden sie nicht zum Narren halten können."

„Du kannst die Rolle nicht spielen?", fragte er, wohl wissend, dass er es dagegen nur zu gut konnte.

„Ich kann, aber ich halte es für keine gute Idee."

Sie hatte recht. Es war ihm schwer genug gefallen, sie nicht anzufassen, sie nicht zu küssen, nicht … Aber irgendetwas in ihm trieb ihn weiter. Er musste jetzt wissen, ob sie ihn genauso leidenschaftlich begehrte wie er sie.

„Wir müssen unsere Rollen spielen, Mädchen. Das Pferd ist müde. Wir haben nichts zu essen, keine Hoffnung auf einen so warmen und gemütlichen Unterschlupf für die Nacht. Und ich gestehe, die Aufmerksamkeiten, die deine Brüder meinen Rippen erwiesen haben, spüre ich immer noch. Wir müssen bleiben, und wir müssen unsere Rollen spielen, die du uns zugewiesen hast."

Einen Moment lang nagte sie an der Unterlippe. „Was muss ich tun?"

Ein kleines Lächeln stahl sich auf sein Gesicht. „Du wolltest, dass ich dich nicht anfasse, nicht küsse. Ich fürchte, das geht nicht, denn man erwartet das von mir."

Er beobachtete sie, wie sie langsam die Bedeutung seiner Worte begriff. Sie straffte die Schultern, reckte das Kinn noch ein wenig höher und nickte. „Gut, gut. Du kannst das alles tun, aber …" Sie deutete mit dem Finger auf ihn. „… gerade oft genug, um unsere Gastgeber zu überzeugen."

„Und kannst du das frisch verheiratete, in seinen Ehemann verliebte Mädchen spielen?", fragte er mit leiser Stimme, in die er gerade genug Sarkasmus legte, um Catriona zu verärgern.

„Ich kann. Ich werde die vollendete Ehefrau sein."

Tayg schnaubte. Sie hatte keine Ahnung, was sie da sagte, was es bedeutete, sich wie Verliebte zu benehmen. Mit einem Mal sah er das Bild vor sich, wie sie beide ineinander verschlungen im Bett lagen. Zorn kochte in ihm hoch. Er trat näher an sie heran. Sie sollte all das unterdrückte Verlangen, all die Begierde in ihm spüren, sollte genauso hart dagegen ankämpfen müssen wie er.

Er wusste, dass sie nicht zurückweichen würde. Langsam kam er immer näher, bis sein Mund dicht an ihrem Ohr war und ihr warmer Atem ihm die Wange wärmte.

„*Kannst* du die perfekte Gemahlin spielen?", flüsterte er, und seine Lippen berührten beinahe schon ihre Ohrmuschel. „Kannst du es zulassen, dass ich dich anfasse?" Er strich ihr mit der Hand den Arm hinauf, seine Fingerspitzen glitten über ihre Brust und in das Tal zwischen ihre Brüste.

„Kannst du mich anfassen, so tun, als könntest du es nicht erwarten, mit mir allein zu sein?"

Sie bog den Kopf von ihm weg, als er ihren Hals mit federleichten Küssen bedeckte.

„Kannst du das Bett mit mir teilen und dich nicht danach sehnen, dass ich dir Freuden bereite?", fragte er und wandte den Blick nicht von ihren halb geschlossenen Augen, während seine Finger über die Wölbung ihres Busens glitten.

Ihre Augen wurden dunkel, und ihr Atem ging schneller, als er die Hände um ihre Brüste schloss und mit den Daumen über die aufgerichteten Knospen strich, die sich durch das Gewebe ihres Kleides drückten.

Sie küsste ihn, hart und fordernd, mit hungrigen Lippen, und fuhr ihm mit den Fingern durchs Haar. Tayg stöhnte auf und streckte die Hand aus, um sie an sich zu ziehen, als sie einen Schritt zurück ins Dunkel trat.

„Ich kann", sagte sie mit ruhiger, sicherer Stimme. Doch ihr Körper und der leidenschaftliche Kuss hatten sie verraten. Tayg wusste, dass sie ihn begehrte.

Gott möge ihm beistehen.

Jetzt hatte er keine Zweifel mehr, dass sie ihre Rollen als verliebtes Paar spielen konnten. Die Frage war nur, würden sie die hitzige Spannung zwischen ihnen aushalten? Würden sie die lodernden Flammen der Leidenschaft verleugnen können, wenn sie erst einmal wieder allein wären? Und würden sie ihre Asche überleben, wenn sie sich trennten?

Tayg schüttelte den Kopf, und ohne auf das Singen seines Blutes und das stürmische Herzklopfen zu achten, ging er zurück, um das Pferd zu Ende zu versorgen.

Catriona hörte mehr, als dass sie sah, wie Tayg sich mit dem Pferd beschäftigte. Der Stall war jetzt völlig dunkel, vom Schnee draußen war der letzte Sonnenstrahl verschwunden. Sie stand völlig still da. Bevor sie nicht ihre verwirrten Gefühle und ihren verräterischen Körper wieder unter Kontrolle hatte, wollte sie nicht gehen. Ihr Herz schien zerspringen zu wollen, und sie bekam keine Luft. Ein so starkes Verlangen hatte sie gepackt, dass sie kaum mehr denken konnte, nur noch fühlen. Noch nie hatte sie so eine Begierde verspürt. Dieser Mann machte, dass jede seiner Berührungen, jeder Atemzug, jeder Blick sich bis in ihr Inneres brannte. Mit einem Wort: Er entfachte die glühende Asche in ihrem Leib zu einem lodernden Feuer, das alles, was sie wusste, alles, was sie zu wollen glaubte, alles, was sie war, zu verbrennen drohte.

„Mistress? Master?", rief ein Junge, fast schon ein junger Mann, draußen vor dem Stall, als getraue er sich nicht hereinzukommen. „Mutter sagt, das Abendessen ist fertig, und Ihr solltet kommen und Euch am Feuer aufwärmen."

Tayg drehte sich zu der Stimme um. „Ich bin mit dem Pferd fast fertig. Wir werden gleich kommen."

Catriona staunte, wie ruhig seine Stimme klang, wie sicher, wie sehr nach Tayg. Gerade so, als wäre nichts Ungewöhnliches geschehen. Und vielleicht war es das ja auch nicht, zumindest für ihn.

Sie erkannte, dass er sie nur auf die Probe gestellt hatte. Er hatte nur sehen wollen, ob sie es fertigbrachte, genug Gefühl zu zeigen, um die Rolle der liebenden Ehefrau zu spielen.

Hell lodernder Zorn flammte in ihr auf. Wie konnte er es wagen, so mit ihren Gefühlen, mit ihrem Körper zu spielen? Aber jetzt wusste sie, was er im Schilde führte, und sie konnte dieses Spiel genauso geschickt spielen wie er. Sie würde ihm beweisen, dass sie die perfekte Ehefrau spielen *und* dabei sich selbst, ihre Gefühle, ihre Begierden unter Kontrolle halten konnte. Jetzt lag es an ihm, sich dieser Herausforderung zu stellen.

Sie atmete tief durch und verließ den Stall.

Am Familientisch saß Catriona am Ende einer Bank. Zu ihrer Linken, viel zu nahe, saß Tayg, und zu ihrer Rechten nahm Bruder John den Platz am Kopf des Tisches ein, den Rücken dem wärmenden Feuer zugewandt. Die Familie, Gair, Lina und ihre fünf Kinder im Alter von sechs oder sieben bis fast erwachsen, nahm die restlichen Plätze rund um den abgenutzten Tisch ein. Am näheren Tischende stand eine hölzerne Schüssel mit einem dicken, schmackhaften Eintopf aus großen Stücken saftigem Rindfleisch und Gemüse, am anderen Ende eine Platte, voll mit knusprig gebratenen Täubchen. Die Becher waren mit Bier gefüllt, und für jeden bei Tisch gab es ein Holzbrett und einen Löffel aus Horn. Dazwischen standen zwei Talglichter auf einfachen Haltern und dienten als Festbeleuchtung. Catriona war beeindruckt von der Reichhaltigkeit des Mahls und auch von der Ausstattung. Trotzdem spürte sie, wie sich etwas in ihr verkrampfte. Auf Assynt waren Familienessen nie eine gemütliche Angelegenheit gewesen.

Neben Lina stand ein Stapel kleiner Schüsseln, in die sie Eintopf schöpfte und sie dann weitergab. Die vier Jungen schienen alle gleichzeitig nach den Tauben greifen zu wollen. Zwischen zwei Schüsseln gab Lina dem Ältesten eine Kopfnuss.

„Benimm dich, Niall", sagte sie. „Wir haben Gäste heute Abend, und die haben den Vortritt." Sie lächelte Catriona zu. „Magst du Täubchen?"

„Aye, danke, aber ich möchte es nicht deinen Kindern wegnehmen", antwortete Catriona. Taygs verblüfften Blick bemerkte sie sehr wohl, aber sie reagierte nicht darauf. Heute Abend würde sie ihn auf mehr als eine Art überraschen.

„Meine Kinder bekommen reichlich zu essen", erwiderte Lina, während sie Zeichen machte, Catriona die Platte zu reichen.

„Das sieht man", sagte der Mönch und spießte mit seinem Messer eine Taube auf, als Lina ihm die Platte hinhielt. „Seitdem ich ihn das letzte Mal sah, und das ist erst ein Jahr her, ist Niall fast einen Fuß gewachsen. Sogar die kleine Cecilia ist gewachsen ... aber sie scheint ihre Zähne verlegt zu haben", fügte er hinzu und lachte das kleine Mädchen mit dem langen braunen Zopf an, das zwischen zweien der Brüder saß. Cecilia lächelte, und Catriona sah, dass ihr tatsächlich zwei Zähne fehlten. Wegen des Mädchens machte sie sich ein wenig Sorgen, aber keiner, noch nicht einmal das Mädchen, schien ihre gefährliche Lage zu bemerken.

Lina legte Tayg und Catriona jeweils eine gebratene Taube auf das Holzbrett.

„Cecilia verlegt eine Menge“, sagte ein anderer Bruder. „Zum Beispiel meinen Dudelsack.“

„Hab ich nicht!“, erwiderte das Mädchen und streckte dem Bruder die Zunge heraus. „Bei der Zusammenkunft hast du ihn Annag gegeben. Ich sah dich. Sim will Annag heiraten. Ich sah, wie er sie geküsst hat.“

Sim wurde feuerrot, fast so rot wie sein Haar. Doch statt über den Tisch zu langen und Cecilia an ihrem Zopf zu ziehen oder etwas ähnlich Schmerzhaftes zu tun, wie es Catrionas Brüder gemacht hätten, brach die ganze Familie nur in lautes Gelächter aus, und Sim nahm die Neckerei seiner Schwester gutmütig hin. Zumindest schien es so. Catriona beschloss, nach dem Essen in der Nähe des Mädchens zu bleiben, um sicherzugehen, dass Sim sich nicht doch noch rächte.

„Er kann Annag haben“, sagte ein anderer Bruder. Catriona wandte sich dem neuen Sprecher zu und sah, dass er die genaue Kopie von Sim war – Zwillinge. Und wie es aussah, auf der Schwelle zum Mannesalter. Sicher machten die beiden Lina und Gair eine Menge Ärger. „Annag ist ganz niedlich, aber ich nehme ihre Cousine Maggie.“

Daraufhin ertönte noch lauteres Gelächter, und Niall sagte: „Als ob sie dich haben wollte, Kennon.“

„Keiner von euch beiden wird sich jetzt schon jemanden nehmen“, mischte sich Lina ein. „Nicht bis ich euch sage, dass es an der Zeit ist, euch eine Frau zu suchen. Noch habe ich euch nicht ausreichend gezähmt, um euch der Obhut einer anderen Frau zu übergeben. Das möchte ich keinem Mädchen antun.“

Sie zwinkerte Catriona zu. „Bevor ihr mit jemandem zusammenleben könnt, müsst ihr noch eine Menge lernen."

„Ich werde nie heiraten", legte jetzt der letzte Bruder los. Er konnte nicht älter als zehn oder elf sein und teilte mit den Zwillingen das kupferfarbene Haar und die Sommersprossen. „Warum will nur jeder ein Mädchen küssen?" Er verzog angeekelt das Gesicht und widmete sich dann mit der ganzen Hingabe eines hungrigen jungen Burschen seinem Essen.

Gair lachte. „Vielleicht haben unserer Gäste ja Lust, dir das zu erklären, Pol."

Alle Augen einschließlich Catrionas wandten sich Tayg zu. Einen Moment lang sah er etwas beunruhigt aus, dann beobachtete sie, wie das kecke Lächeln in seinem Gesicht auftauchte. Er drehte sich zu ihr um und sah sie mit spöttisch erhobenen Brauen an, als wollte er sie herausfordern.

Sie nahm die Herausforderung an und erwiderte sein Lächeln. Mit Befriedigung las sie Besorgnis in seinem Blick, auch wenn er weiterhin lächelte.

„Ach Pol", meinte sie, schmiegte sich an Tayg und legte den Kopf an seine Schulter, „es ist schön, jemanden zu küssen, besonders wenn es jemand ist, den man liebt." Sie richtete sich auf und gab Tayg einen keuschen Kuss.

Jetzt war es an Pol zu erröten. „Bäh, ich hasse diese Küsserei!"

„Das kann man ja wohl kaum Küsserei nennen", meinte Niall und grinste zu Tayg und Catriona hinüber. „Zeig ihm, was ein richtiger Kuss ist, Tayg."

„Aye, für Frischvermählte war das kein richtiger Kuss", fügte Gair hinzu.

Alle am Tisch begannen „Küss sie, küss, sie!" zu singen, und Catriona fühlte, wie ihr Herz einen Sprung machte. Er würde sie hier am Tisch vor jedermann küssen. Es war nur in Ordnung, ihre Gäste davon zu überzeugen, dass sie die waren, die sie behaupteten zu sein. Und sie würde ihm zeigen, dass sie das konnte und dabei nicht den Kopf verlor. Sie würde ihm zeigen, dass er keinen Einfluss auf sie hatte und auch nicht auf ihren Körper, ihren Verstand oder ihr Herz.

Zu dem Gesang trampelte die Familie jetzt auch noch mit den Füßen. Tayg beugte sich zu Catriona und nahm ihr Gesicht in die Hände. „Das hast du dir selbst zuzuschreiben", sagte er gerade laut genug, dass sie es hören konnte.

Und dann küsste er sie, zart und sanft, als wäre sie das Zerbrechlichste auf der Welt. Catriona fasste seine Arme, war sich aber nicht sicher, ob sie ihn auf Abstand halten oder doch näher an sich heranziehen wollte. Die Familie jubelte, und Tayg steigerte seinen Kuss. Catriona schloss die Augen, und die Leidenschaft, die sie mit einem Mal durchströmte, das Verlangen und die Begierde, die sie und Tayg gepackt hatten, rissen sie einfach fort.

„Ähem! Es sind Kinder hier, Junge!"

Catriona war sich nicht sicher, wer da sprach. Sie öffnete die Augen und nahm verschwommen raues Jubelgeschrei wahr und dass Tayg andauernd so seltsam zusammenzuckte, weil die älteren Brüder ihm fortwährend auf den Rücken klopften.

„Es ist das Beste, denke ich, wir räumen den Tisch ab und lassen die beiden hier ein wenig allein", sagte Lina mit funkelnden Augen. „Wir sollten sie nicht länger vom Brautbett fernhalten."

Noch mehr Gelächter, doch Catriona konnte die Augen nicht von Tayg wenden, dessen Blick offen von Verlangen sprach, aber auch noch von etwas anderem, einem tieferen Gefühl. Was immer es auch war, es packte sie und umschlang ihr Herz, ließ sie wünschen, dieser Abend wäre wahr und nicht nur eine Lüge.

Bei dem Gedanken, dass sie sich genau das erhoffte, tat ihr das Herz weh, denn dieser Augenblick enthielt alles, was sie sich ersehnte: eine glückliche Familie, einen liebenden Gatten, ein einfaches Leben, in dem sie sich umsorgt und begehrt fühlte.

Sie wich Taygs Blick aus und sah sich am Tisch um. Hier saß sie, im Arm eines liebenden Ehemannes, umgeben von Menschen, die sie akzeptierten, ihr angebliches Glück feierten und ihr alles Gute wünschten. Vielleicht konnte sie sich, nur für diese Nacht, einbilden, alles wäre wahr.

Sie konnte es.

Nur für heute Nacht.

Sie kuschelte sich enger an Tayg, der sie immer noch im Arm hielt, und spielte glücklich ihre Rolle.

So fest, wie er Catriona umschlungen hielt, so fest hielt er seine in Aufruhr geratenen Gefühle in Zaum. Sie tötete ihn, quälte ihn, forderte ihn heraus, und er konnte nichts dagegen tun. Sie hatte mit dieser Farce begonnen, und jetzt ließ sie sie fast Wirklichkeit werden. Und er wünschte sich, dass es Wirklichkeit wäre! Wenn er sie im Arm hielt, fühlte er, wie er noch nie empfunden hatte. Noch nie hatte er ein Verlangen gespürt, das so stark war, dass es ihm die Eingeweide zu zerreißen schien, bis er kaum noch klar denken konnte. Noch nie hatte er jemanden so begehrt – und das nicht nur körperlich –, wenn das auch sein größtes Verlangen war.

Er sah zu ihr hinunter, wie sie sich zufrieden an ihn schmiegte. Ein Lächeln umspielte ihre vollen Lippen, und in ihren Augen lag ein glücklicher Schimmer. Sie lachte über etwas, das Niall zu einem der Zwillinge sagte, und in Taygs Ohren klang es wie die schönste Musik, die er je vernommen hatte. Sie drehte sich um und sagte etwas zu dem Mönch, und als sie dabei dem Mann die Hand auf den Arm legte, verspürte Tayg eine leichte Eifersucht. Noch bevor er es verhindern konnte, hatte er sie wieder fest an sich gezogen. Er erntete dafür einen erstaunten Blick von Catriona, doch das Erstaunen wich der Wärme, als sie dieselbe Hand zart auf seine Wange legte und ihn küsste.

Der offene Blick, der ihn traf, ließ ihn erzittern. Da lag keine Verstellung drin, das war kein berechnender Blick, da war nur ein verliebtes Mädchen. Als er feststellte, dass er im Herzen das Gleiche empfand, war er von dieser Erkenntnis sehr aufgewühlt. Er liebte Catriona – nicht trotz, sondern wegen ihrer scharfen Zunge, wegen ihres ungezügelten Temperaments, ihrer Leidenschaft und der Art, wie ihre Gesellschaft ihn aufmunterte. Und diese Leidenschaft würde sie gegenüber allen Aspekten ihres Lebens zeigen, und weniger konnte er sich für sein Leben nicht vorstellen.

Er wollte sie, und das nicht nur für diese Nacht, sondern für alle Nächte, die da noch kommen würden, und auch für die Tage, denn die würden in ihrer Gesellschaft genauso vielversprechend sein wie die Nächte, da war er sich sicher. Sie würden wunderbare Partner sein, und ihre Partnerschaft würde hier beginnen. Jetzt.

Catriona lehnte den Kopf an seine Schulter, schlang den Arm um seine Taille und rutschte so nah, dass ihre Hüfte ganz dicht an seiner war und sie die Seite ihrer Brust gegen ihn drückte.

Tayg stockte der Atem, und er hörte den Bruder kichern.

„Sollten wir nicht einen ganz kleinen Schluck von Johns Lebenswasser probieren?“, fragte Gair. „Es ist das Beste in ganz Schottland, jedenfalls behauptet er das.“

„Aye, ist es auch. Die Bruderschaft von Auskaird brennt es seit über hundert Jahren.“ Er zog einen Tonkrug aus seiner Satteltasche, die in einer Ecke des Raums lag. „Wir haben das Rezept so verfeinert, dass dabei das feinste, weichste, kräftigste ...“, dabei grinste er seinen Cousin an, „... Lebenswasser von ganz Schottland herauskommt. Der König selbst wünscht es für seine Tafel.“

„Oh, du spuckst große Töne, lieber Cousin“, meinte Gair. „Aber ich habe dein Gebräu schon früher probiert, und ich stimme dir zu. Es ist ein feines Getränk.“ Er nahm fünf kleinere Becher vom Regal und reichte sie dem Mönch. Als alle Erwachsenen einen hatten, hob Lina den ihren.

„Auf Tayg und Catriona. Mögen sie lange und glücklich leben und viele hübsche Nachkommen in diese Welt setzen!“

Tayg erhob seinen Becher. „Und auf unsere guten alten …“ Er sah Gair an. „… und neuen Freunde, die uns helfen, diesen Anlass zu feiern.“

„Und auf die Gesundheit des Königs!“, meinte der Mönch. Auf einen seltsamen Blick von Gair fügte er hinzu: „Nun, es ist sein Lebenswasser, das wir da trinken.“

Alle lachten, prosteten einander mit ihren Bechern zu und tranken.

„Es ist für den König“, sagte Catriona. „Dort willst du hin, nicht wahr, Mönch?“

Tayg war beunruhigt, als das Gespräch jetzt das Thema wechselte. Er wollte nicht, dass Catriona mit ihrem scharfen Verstand eins und eins zusammenzählte. Sie kannte immer noch nicht den wahren Grund, warum er sie zum König bringen wollte, und was ihn betraf, so war es besser, je weniger über Politik gesprochen wurde.

„Aye, Mädchen. Ich muss wegen der Heirat zwischen Prinzessin Maude und dem Erben des Earls of Ross dorthin. Das ist ein Anblick, den ich ungern versäumen möchte.“

„Wir sollten uns jetzt entschuldigen, Frau“, warf Tayg ein.

„Trink deinen Schnaps aus, mein Junge“, sagte der Mönch mit funkelnden Augen. „Ich werde deine Frau hier schon nicht zu Tode langweilen. Das Treiben des Königs und seiner Hochland-Chiefs ist alles andere als langweilig.“

„Aye, das ist wahr, aber Catriona ist müde von der Reise und möchte gern zu Bett gehen.“ Er warf Catriona einen Blick zu und bemerkte die leichte Röte, die sich ihren hübschen Hals hinaufstahl. Er wusste, wie er sie von Gedanken an Könige und königliche Hochzeiten würde ablenken können. Er beugte sich zu ihr und knabberte an ihrem Hals. „Auch wenn ich zu sagen wage, dass sie dabei nicht an Schlaf denkt“, sagte er so leise, dass er meinte, nur sie würde es hören. Doch der Mönch brach in schallendes Gelächter aus.

„Aye, Junge, vermutlich nicht." Er zwinkerte Catriona zu, und wieder musste Tayg diese eigenartige Eifersucht in seiner Brust besänftigen.

Catriona erwiderte nichts und hielt die Augen züchtig gesenkt.

„Ich bin müde", sagte sie und warf ihm aus den Augenwinkeln einen Blick zu.

Er sah die Herausforderung darin und die Glut. Feuer sprühte Funken, aber er glaubte nicht, dass Zorn die Flammen schürte, sondern etwas Tieferes, Dunkleres. Etwas, das auf ihn übersprang und ihm in die Knochen fuhr, durch sein Blut raste, ihm die Haut aufriss. Das Verlangen ließ ihn aufspringen und Catriona mit sich ziehen. Am liebsten hätte er sie an sich gerissen und davongetragen, aber er war noch nicht gesund genug, um es wirklich zu tun. Er musste sich damit zufriedengeben, sie ganz fest an sich zu drücken.

„Wir wünschen euch allen eine gute Nacht", sagte er und versuchte verzweifelt, das Zittern zu unterdrücken, das sich in seine Stimme schleichen wollte. „Das Mahl war ausgezeichnet, Lina, und wir danken auch ergebenst für eure Gastfreundschaft, aber wir sind …" Er sah auf Catriona hinunter, die, den Arm um ihn gelegt, mit einem leicht benommenen Ausdruck auf dem Gesicht dastand.

„Wir sind müde", beendete sie den Satz, ohne die Augen von ihm zu nehmen.

„Au!" Gair rieb sich die Rippen, wo Linas Ellbogen ihn anscheinend getroffen hatte. Die Kleinen kicherten über ihren Vater. „Man erinnert mich daran, dass ich noch einen Moment mit dir sprechen muss, Tayg", sagt er, doch sein Blick lag dabei auf seiner ernst lächelnden Frau.

Bevor Tayg und Catriona aufschreien konnten, ließ Gair den kalten Wind durch die Tür fegen, während er in der Nacht verschwand.

Tayg drückte Catriona. „Nur einen Moment … Frau."

Er küsste sie auf die Stirn und schlüpfte durch die Tür in die Kälte.

Gair erwartete ihn im Windschatten nahe der Hüttenecke.

„Du musst nicht so finster dreinschauen“, sagte er, als Tayg zu ihm trat.

„Du kannst mein Gesicht im Dunkeln doch gar nicht sehen.“

„Aye, aber ich weiß, wo du jetzt gern sein möchtest. Ich weiß sehr gut, was du jetzt willst.“

„Warum sind wir dann hier?“ Tayg konnte die Ungeduld in seiner Stimme nicht verbergen. Was ihn betraf, so war das seine Hochzeitsnacht, und es war ihm überlassen, die Braut aufzuklären.

„Ruhig, Junge. Ich will dir nur raten, übereile nichts bei dem Mädchen. Dränge sie nicht. Ich weiß, du bist voller Erwartung, aber umwirb sie, wie du sie sicher schon die letzten Wochen und Monate umworben hast. Nur weil sie jetzt deine Frau ist, heißt das nicht, dass du das Mädchen, das du umwarbst, hinter dir gelassen hast.“

„Ich werde mich bemühen, langsam vorzugehen“, sagte Tayg. „In dieser Jahreszeit sind die Nächte lang, und wir haben viel Zeit.“

„Aye, Junge, das ist wahr. Die Matratze ist am Sankt-Aidans-Tag frisch gestopft worden und riecht immer noch nach Heide. Es wird ein hübscher Platz sein, um dort die Nacht zu verbringen. Nimm dir Zeit bei dem Mädchen, und du wirst alles bekommen, was du dir bei einer Frau wünschst.“

Der Ratschlag des Mannes war klüger, als er selber wusste. Tayg atmete tief die kalte Luft ein und sagte sich, dass nichts in dieser Nacht passieren musste. Er durfte sie nicht zu irgendetwas drängen. Bald würde sie das Gefühl, das sie für ihn hegte, erkennen – und auch, dass sie heiraten mussten. Dann wäre alles gut. Aber er musste ihr die Zeit lassen, selbst auf diesen Gedanken zu kommen.

Der kalte Wind drang durch seine wollenen Beinlinge und peitschte ihm das Haar ins Gesicht. Aye, die Kälte tat gut. Er machte noch einen tiefen Atemzug und spürte, wie er ruhig wurde.

„Bist du bereit hineinzugehen?“, fragte Gair.

„Aye. Ich danke dir für deinen Rat. Ich werde an ihn denken.“

Gair brummte vor sich hin, aber aus dem Klang des Brummens konnte Tayg keine Schlüsse ziehen. „Lass uns dahin gehen, wo es warm ist.“

Tayg öffnete die Tür und fand alle noch um den Tisch versammelt. Alle außer Catriona. Sie war fort. Die Angst packte ihn.

„Wo …“

„Bleib ruhig, Junge“, sagte Lina mit einem breiten Lächeln auf dem runden Gesicht. „Deine Braut erwartet dich oben.“ Sie deutete auf die Leiter in der gegenüberliegenden Ecke. „Die Kinder werden diese Nacht hier unten schlafen. So seid ihr unter euch.“

Taygs Blut fing bei der Andeutung der Frau an, schneller zu fließen, und alle guten Vorsätze waren dahin. Er brachte es gerade noch fertig, nicht zur Leiter zu stürmen, aber es fehlte nicht viel.

Er wollte Catriona, und er wollte sie jetzt.

14. KAPITEL

Unter vielem Gekicher und Geflüster verließ Catriona die Familie. Sie kletterte die Leiter hinauf und stand dann da und betrachtete das einfache Kastenbett in der Ecke. Auf einem Regal stand eine Öllampe. Ihr flackerndes Licht beleuchtete den behaglichen Raum. Das Bett unter der Dachschräge zog Catriona an.

Bald würde Tayg die Leiter heraufkommen und sich hier in diesem kleinen Raum zu ihr gesellen. Der Gedanke, dass er seinen schlanken Körper hier neben ihr in diesem Bett ausstrecken würde, ließ ihr heiß werden, bis ihr Herz zu rasen anfing und ihr Atem immer schneller ging. Gott helfe ihr! Sie wollte das Bett mit ihm teilen, wollte seine Hände auf sich spüren und wieder seinen Mund schmecken.

Der Mann war wie guter Wein. Er machte sie benommen und närrisch, und doch sehnte sie sich nach mehr. Sicher war das Begierde, aber irgendwie ging es auch tiefer, war dunkler, erdhafter als reine Lust. Der Mann beherrschte all ihre Gedanken, erweckte mit seinen Küssen beunruhigende Gefühle in ihr.

Der Kuss bei Tisch hatte alles verändert. Wildes Verlangen hatte sie gepackt. Es wurde noch verstärkt durch Taygs große Zärtlichkeit, seine Sanftheit, die Art, wie er danach gelächelt hatte, so als wäre es ihm peinlich, seine Gefühle gezeigt zu haben.

Sie hatten ihre Rollen zu gut gespielt, doch es war nicht länger ein Spiel. Sie wollte ihn wirklich, und obwohl sie in diesen Dingen keine große Erfahrung besaß, war sie sich sicher, dass auch er sie wollte. Ihr wurde so heiß wie in jener Nacht in der Wandererhütte am Feuer – jene Nacht, in der er in ihr einen Feuersturm entfacht hatte, der dem Sturm, der draußen tobte, Konkurrenz machen konnte.

Von unten hörte sie Gelächter heraufklingen und erinnerte

sich, wie er beim Abendessen zusammen mit der Familie gelacht hatte. Er war ein besonderer Mann – charmant und freundlich, lustig, stark, fürsorglich, bot einen mehr als erfreulichen Anblick und war sogar ein wenig eifersüchtig, wenn man seinem Benehmen heute Abend trauen konnte … Und ihr wurde klar, dass man das konnte.

Sie vertraute ihm. Die plötzliche Erkenntnis war süß, einfach und wahr. Sie vertraute ihm, wie sie noch nie zuvor jemandem vertraut hatte, von ganzem Herzen und mit ihrem Leben, ihrem Körper.

Beim Gedanken an sie beide, ineinander verschlungen auf diesem Bett liegend, wurden aus der Glut in ihr hell lodernde Flammen. Sie zweifelte nicht daran, er würde ein leidenschaftlicher, zärtlicher Liebhaber sein. Und er begehrte sie genauso sehr, wie sie ihn begehrte.

Wenn nur … Nein, heute Nacht gab es kein „wenn nur".

Sie vertraute diesem Mann. Sie liebte diesen Mann. Da sollte nichts anderes zählen.

Sie begriff die Wahrheit, und sie erfüllte ihr Herz mit einem wundervollen Gefühl, wie sie es noch nie gekannt hatte. Es war ruhiger, feiner als Begierde, doch genauso stark, genauso heftig.

Sie liebte Tayg, und irgendwie würde sich alles andere schon von selbst ergeben. Sie würden einen Weg finden, ihrem Clan zu helfen. Es gab nichts, das sie nicht zusammen überwinden konnten. Sie wollte seine Braut sein, und sie würde es sein … wenn er sie haben wollte.

Ein Augenblick des Zweifelns drohte ihre Heiterkeit auszulöschen. Wollte er sie? Sie hatte sein Verlangen gespürt, die Leidenschaft in seinem Kuss, hatte in seinen Augen sein Herz erkannt und es nur für das genommen, was es war.

Sie hörte auf, hin und her zu gehen, und begann mit bebenden Händen, ihr Haar zu lösen. Sie hatte sich nicht gewünscht, einen Barden zu heiraten, aber er war der Mann, nach dem ihr

Herz sich sehnte. Sie liebte ihn, und sie war sich sicher, dass er sie auch liebte. Alles andere würde sich mit der Zeit schon von selbst ergeben.

Taygs Stimme klang von unten herauf. Catrionas Herz machte einen Sprung, als sie wieder feuriges Verlangen durchströmte. Sie lächelte. Sie würden nicht das erste Paar sein, das die Hochzeitsnacht vor der Hochzeit feierte.

Tayg stand am Ende der Leiter in dem niedrigen Raum. Catriona war da, wartete auf ihn, und das Licht der Öllampe goss einen goldenen Schein über sie. Ihre Augen waren weit geöffnet, die Hände hatte sie im Schoß gefaltet. Sie hatte ihren Zopf gelöst, und das Haar floss ihr jetzt in dunklen Wellen über die Schultern.

Er konnte sich nicht bewegen, konnte keinen Schritt tun, um die Distanz zwischen ihnen zu überwinden. Das körperliche Verlangen lag im Streit mit all den Gedanken, die ihm durch den Kopf schossen.

Er wollte sie, aber nicht nur für diese Nacht. Doch würde sie ihn noch haben wollen, wenn sie erst einmal wusste, dass er sie darüber, wer und was er war, belogen hatte? Würde sie ihn wollen, wenn sie ihn für einen stümperhaften Barden hielt? Der Ausdruck auf ihrem Gesicht und ihr leidenschaftlicher Kuss unten am Tisch sagten ihm, dass sie ihn begehrte. Doch bald, sehr bald sogar würde er ihr die Wahrheit eröffnen müssen.

Aber nicht jetzt. Jetzt konnte er nur an sie und an das, was sie mit ihm gemacht hatte, denken.

Langsam, während sie sich unverwandt in die Augen sahen, ging er zu ihr. Er wusste nicht, was sie dachte, was sie fühlte. Er blieb vor ihr stehen und streckte die Hand aus, um ihr über das seidige Haar zu streichen. Sie schloss die Augen und schmiegte den Kopf in seine Hand. Das Herz tat ihm weh bei dieser einfachen Geste des Einverständnisses.

„Du bist das schönste Mädchen, das ich je gekannt habe“,

sagte Tayg mit ernsterer Stimme als beabsichtigt. Sie schlug die Augen auf, sagte aber nichts. „Ich muss dich etwas höchst Ernstes fragen."

Sie blinzelte ein wenig, stellte sich dann auf die Zehen und drückte ihm einen Kuss auf die Lippen.

„Zuerst muss ich dir etwas sagen", meinte sie, nahm ihn bei der Hand und führte ihn zum Bett. Schweigend standen sie eine Weile dort. Catriona konnte ihm nicht in die Augen sehen, wusste nicht, wie sie es ihm sagen sollte.

„Was ist es, Mädchen?" Er strich ihr das Haar aus dem Gesicht und hinters Ohr. Es war eine Geste, die sie durch ihre einfache Vertrautheit beruhigte und gleichzeitig versengte, wenn sie daran dachte, was diese kundigen Händen mit ihr alles getan hatten … tun würden …

Sie hob die Augen und traf seinen besorgten Blick. Ein scheues Lächeln umspielte ihre Lippen. „Ich möchte dir sagen …"

Sie hielt inne, unfähig, die Worte auszusprechen, die sie verletzlich machen würden, wenn dieser Mann ihre Gefühle nicht erwiderte.

„Aye, Mädchen?"

Catriona kaute einen Moment lang an der Unterlippe und wich dem Blick seiner verwirrenden zimtfarbenen Augen aus. Sie musste es ihm sagen. „Es war nicht meine Absicht … Was ich sagen will, ist … ich wollte das nie …"

Zu Tayg aufblickend, hoffte sie, er würde etwas sagen und sie aus ihrem Gestammel retten. Doch er zog nur eine Braue hoch und wartete. Das ärgerte sie gerade genug, um ihr den nötigen Mut zu geben.

„Ich hatte nie vor, mich in dich zu verlieben, Tayg. Aber es ist geschehen. So, jetzt habe ich es gesagt. Ich liebe dich, Tayg."

Ein strahlendes Lächeln erschien auf seinem Gesicht. Er riss sie in die Arme und wirbelte sie herum, bevor er sie auf die

Füße stellte. Sie lagen sich in den Armen. Er küsste sie, wie er sie bei Tisch geküsst hatte, und Catriona wusste jetzt, dass sie sich in seinen Gefühlen nicht getäuscht hatte.

„Ich liebe dich auch, süße Catriona." Sein Kuss war wie Feuer, das auf Zunder fiel. Es setzte sie in Flammen und verbrannte alles außer dem Gefühl seines Mundes auf dem ihren.

„Ich weiß, dass wir noch viel übereinander zu lernen haben, aber dazu wird später genug Zeit sein. Ich muss dich etwas Ernstes fragen. In diesen letzten Tagen habe ich viel über meine Zukunft nachgedacht."

Wieder küsste er sie, bis ihr schwindlig wurde und sie fürchtete, ihre Knie würden nachgeben, wenn er sie nicht so fest halten würde.

„Ich möchte, dass du ein Teil meiner Zukunft bist", sagte er ruhig. „Unserer Zukunft. Wirklich, ich kann mir keine Zukunft ohne dich vorstellen."

Noch nie hatte Catriona Tayg so ernst gesehen, noch nicht einmal an jenem ersten Tag, als der Sturm sie überrascht hatte.

„Willst du meine Frau werden?", fragte er, die Lippen dicht an ihrem Mund. „Catriona?" Er hob den Kopf ein wenig und lehnte die Stirn an ihre. „Sag mir, dass du meine Frau wirst, denn eine andere Antwort ertrage ich nicht."

Sie küsste ihn, dann lächelte sie ihn an. „Aye, Tayg, ich will deine Frau werden. Ich habe dir mein Herz geschenkt, da ist es nur richtig, dass mein Körper ihm folgt. Aber lass mich nicht auf meine Hochzeitsnacht warten." Sie lächelte ihn schelmisch an. „Ich fürchte, wenn du mich nicht in dein Bett nimmst heute Nacht, zerfalle ich sofort zu Asche, wirklich, noch in diesem Moment."

Er lachte und nahm sie so fest in die Arme, dass sie um ihre Rippen fürchtete. Aber sie lachte mit ihm, teilte mit ihm ein Glück, das sie noch nie gekannt, nie zu kennen gehofft hatte.

Reine Begierde mischte sich in Taygs Erleichterung über Catrionas Einverständnis. Er zog sie an sich, küsste sie und vergaß all die verwirrenden Gefühle der letzten Stunden, ja, der letzten Tage.

Catriona schmeckte den rauchigen Schnaps und die Kräuter des Mahles. Er küsste sie fester, schlang die Arme um sie, bis sie eng an ihn gepresst war. Er strich ihr über den Rücken, und Catriona stöhnte leise auf. Tayg fühlte, wie das Blut ihm durch die Adern strömte, heiß und voller Verlangen. Immer enger zog sie ihn an sich, drängte sich an ihn und machte ihn fast wahnsinnig. Sie brauchten einander, und er war sich sicher, dass sie vollendet zueinander passen würden.

Wieder küsste er sie und schwelgte in dem Gefühl, sie in den Armen zu halten. Er bedeckte ihre makellose Haut, den schlanken Hals mit Küssen, ließ die Finger durch ihr schweres, seidiges Haar gleiten. Noch nie hatte er diesen Hunger nach einer Frau empfunden, dieses brennende Verlangen, das jeden vernünftigen Gedanken auslöschte.

Catriona wusste nun, wie es im Himmel sein musste. Die Gefühle, die sie überall dort empfand, wo ihr Körper und Taygs Körper sich aneinanderschmiegten, konnten nur von einem Gott erschaffen worden sein. Glut floss durch ihre Adern und über ihre Haut. Wo ihre Lippen sich trafen, loderte Feuer. Alles, was er tat, schien die Flammen nur noch zu nähren, die sie zu überwältigen drohten.

Sein warmer Mund auf ihren entblößten Brüsten löschte jeden Gedanken aus, bis da nur noch das Gefühl seiner heißen Lippen auf ihrer Haut war, sein Mund, der an ihr saugte, und irgendwie nährte all das das Feuer, das tief in ihr brannte. Sie konnte spüren, wie feucht sie wurde, und wunderte sich über ihren Körper, der zu wissen schien, was zu tun war, wenn ihr Verstand benommen und von Gefühlen überwältigt war.

Catriona zerrte an dem Gürtel, der sein Plaid an seinen schlanken Hüften hielt. Sie musste Taygs bloße Haut fühlen, ihn schmecken, wie er sie schmeckte … brauchte … wollte. Ohne zu wissen, wie, standen sich beide auf einmal inmitten ihrer abgelegten Kleider nackt gegenüber und sahen sich an.

Doch anschauen genügte nicht.

Sie hörte ihn aufstöhnen, als er sie an sich zog, sie an sich presste. Sie konnte ihn fühlen, eng an ihren Bauch gepresst, konnte all seine Hitze und seine Begierde spüren. Sie wollte dieses Brandmal. Nichts zählte mehr, nur noch das Gefühl seines Mundes auf ihrem, seine Hände, die über ihren Körper strichen, so wie sie seinen Körper mit den ihren erkundete.

Sie streichelte seinen Rücken, ließ die Finger über die Muskeln gleiten, die seine Winterkleidung so gut verbarg. Sie glitt tiefer, wagte es, mit den Händen über sein Hinterteil zu reiben, wo die Haut erstaunlich weich war. Langsam, mit geschlossenen Augen, damit sie sich besser auf das, was sie fühlte, konzentrieren konnte, ließ sie die Hände nach vorn gleiten, über die Rippen. Sehr vorsichtig berührte sie die Stelle, wo er verletzt war, bis ihre Finger durch die Haare auf seiner Brust fuhren. Sie rieb ihre Brüste daran, wollte die rauen Haare an ihren empfindlichen Spitzen spüren.

„Catriona." Aufstöhnend stieß Tayg nur dieses einzige Wort hervor. Jetzt stand er nicht mehr regungslos wie eine Statue.

Er umschloss ihre Brüste mit den Händen, hob sie hoch, liebkoste sie. Dann neigte er den Kopf und kostete sie. Er legte Catriona aufs Bett und küsste sie, bis sich ihr der Kopf drehte und ihr Körper sich nach Erfüllung sehnte. Es war, als hinterließen seine Küsse auf ihrem Hals, ihren Brüsten und ihrem Bauch eine feurige Spur. Er drückte ihr die Schenkel auseinander und küsste ihre Innenseiten. Sein weicher Schnurrbart kitzelte sie, und Catriona rang nach Luft, als er sie dort küsste, wo das Feuer am heißesten brannte. Sie glaubte, vor Begierde schreien zu müssen. Sie streckte die Arme aus und zog ihn auf sich hinunter, bis er zwischen ihren Schenkeln lag. Ohne zu wissen, warum, hatte sie das Verlangen, ihre Hüften zu bewegen und an ihn zu pressen.

Tayg hinderte sie mit einer Hand daran.

„Catriona." Er stützte sich auf die Ellbogen und nahm ihr Gesicht in beide Hände. Sie war die schönste Frau, die er je gesehen hatte, die interessanteste, die Frau, die ihn am meisten herausforderte. Ihr Temperament zwang ihn zu handeln. Ihre Verletzlichkeit drängte ihn, sie zu beschützen, ein Bedürfnis, das noch keine andere Frau in ihm geweckt hatte. Doch in dieser Nacht wollte er nicht der Beschützer sein. Er wollte sie besitzen.

„Bist du sicher, dass du das willst, Liebste?"

„Aye, Tayg. Das bin ich." Sie bewegte sich unter ihm, und Flammen schienen ihn einzuhüllen. Bei Gott, ihre Leidenschaft war so wild wie ihr Temperament!

Er küsste sie, drang in sie ein und nahm ihr mit einer kräftigen Bewegung ihre Unschuld.

Jäh sog sie die Luft ein, und Tayg blieb ganz still liegen. Sie sollte sich an das Gefühl, dass er in ihr war, gewöhnen. Dann küsste er sie wieder und entfachte die Flammen erneut zu einem ungestümen Inferno. Als Catriona begann, sich leise stöhnend unter ihm zu bewegen, wartete er noch einen Augenblick und gab sich dann ganz seiner Leidenschaft hin.

Es war, als hätten sie ihr ganzes Leben auf diesen Moment gewartet. Jeder verlor sich im anderen und in dem wunderbaren Gefühl, das ihnen die Vereinigung schenkte. Er hörte sie seinen Namen rufen und seine eigene Stimme, die anfeuerte und zärtliche Worte flüsterte.

Sie bewegten sich miteinander, gegeneinander, über- und untereinander, bis er sich nicht länger zurückzuhalten vermochte. Er hielt ihre Hände fest und nahm sie immer wilder. Sie legte ihm die Beine um die Taille, und kurz darauf stieß sie einen hohen, scharfen Schrei aus. Tayg schob auch den letzten Rest von Vernunft beiseite und ergoss sich in ihr.

Catriona erwachte mit dem angenehmen Gefühl, dass Tayg an sie geschmiegt hinter ihr lag und sie an seine Brust drückte.

Seine Schenkel lagen dicht an ihren, und ihr Hinterteil war in seinen Schoß gebettet. Der Gedanke an seinen Schoß brachte die Erinnerung an die letzte Nacht zurück, und Catriona stellte fest, dass sie sich wünschte, diese Vereinigung immer und immer wieder zu erleben. Sie schloss die Augen und dachte an dieses Gefühl, das sie übermannt hatte, die Freude, die überwältigende Zärtlichkeit, der Wunsch, zu berühren und berührt zu werden. Sie kuschelte sich noch enger an Tayg, wollte seine Haut an ihrer spüren. Er fasste sie fester um die Taille. Seine Hand glitt nach vorn und umfasste ihre Brust und die Knospen, denen er letzte Nacht so viel Aufmerksamkeit gewidmet hatte und die schon wieder empfindlich waren.

„Wenn du fortfährst, deinen Po so hin und her zu bewegen, werden wir das, was wir die letzte Nacht getrieben haben, wiederholen müssen, mein Schatz."

Sie konnte das Lachen in seiner Stimme hören, während sie sich umdrehte, um ihn anzusehen. Er begrüßte sie mit einem Kuss, bei dem sich alles um sie herum zu drehen begann und sie nur noch nach seinen Berührungen verlangte. Prompt erfüllte er ihren Wunsch. Catriona schwelgte in seinen Zärtlichkeiten. Dann befriedigte sie ihre eigene Neugier und ließ Hände und Mund über seinen muskulösen Körper wandern. Als sie beide atemlos waren, küsste er sie noch einmal und nahm sie. Er war sanft zu ihr, bewegte sich langsam, bis sie es nicht länger ertragen konnte. Sie bewegten sich im gleichen Rhythmus, schneller, trieben einander an, bis weiß glühende, feurige Wollust sie einhüllte.

Nach einiger Zeit öffnete Catriona die Augen und sah, dass Tayg sie betrachtete. Sein Gesicht schwebte dicht über ihr. Er stützte das Kinn in eine Hand, und mit der anderen streichelte er ihr die Wange.

„Du bist wirklich ein bemerkenswertes Mädchen."

„Trotz meiner spitzen Zunge?"

„Im Augenblick bin ich eher vernarrt in deine Zunge",

meinte er und beugte sich vor, um ihr einen zarten Kuss zu geben.

Es war seltsam, dass so ein kleiner Kuss ihr das Gefühl geben konnte, geliebt und begehrt zu werden.

„Ich denke, wir sollten so schnell wie möglich heiraten", sagte er. „Ich möchte nicht damit warten, dich zu meiner Frau zu machen. Du erinnerst dich doch daran, dass du mich heiraten wolltest, oder?"

Sie lächelte bei seiner Frage. „Ich werde deine Frau, Tayg. Eigentlich ist es ja schon geschehen." Sie betrachtete ihn einen Augenblick, sog den Anblick seiner kraftvollen Erscheinung in sich auf, erinnerte sich an die gemeinsam verbrachte Nacht und an die letzte Stunde. Es würde ihr genügen hierzubleiben, in seinen Armen, für immer sicher vor der Welt. Aber die Welt würde das nicht zulassen.

„Wo ist deine Familie? In Culrain, sagtest du, nicht wahr? Wir sollten hingehen und um den Segen deines Chiefs bitten."

Mit ernster Miene nickte er langsam. „Nach Culrain ist es wenig mehr als ein Tagesritt, bei dem tiefen Schnee vielleicht zwei. Ich denke, ich kann es erwarten."

Sie legte ihm die Hand auf die Wange, beugte sich vor und küsste ihn. Sie legte all ihre Liebe in diesen Kuss. Als sie sich aufrichtete, waren ihre Augen dunkel und voller Leidenschaft.

„Du kannst es vielleicht", meinte sie, „aber ich weiß nicht, ob ich so lange warten kann."

Er grinste verschmitzt. „Manche Dinge müssen nicht warten", sagte er, zog sie an sich und küsste sie wild.

Tayg griff nach seinen Kleidern und zog sich rasch an, ohne dabei den Blick von Catriona zu wenden. Ein starkes, besitzergreifendes Gefühl packte ihn genauso sehr wie die wilde Zärtlichkeit, die er fühlte, während er zusah, wie Catriona sich ankleidete.

Er musste ihr sagen, wer er war, ihr diese ganze komplizierte

Angelegenheit erklären. Doch er wollte diesen ersten strahlenden Morgen ihres gemeinsamen Lebens nicht zerstören. Sie würde heute in seine Arme geschmiegt mit ihm reiten, und er würde ihr die ganze Geschichte von Anfang bis Ende erzählen oder zumindest bis zum heutigen Tag, denn wie sie enden sollte, musste noch entschieden werden. Zweifellos würde sie wütend werden, wenn er ihr sein Täuschungsmanöver enthüllte, doch sie liebte ihn, wild, leidenschaftlich, und vielleicht würde sie ja einsehen, dass es nicht wichtig war, welchen Namen er benutzte oder wer seine Verwandten waren. Alles würde gut werden.

„Beeil dich, Liebste. Ich würde lieber den ganzen Tag hier im Bett mit dir verbringen …“ Er küsste sie. „… aber leider müssen wir so schnell wie möglich zum König.“

„Aye, du musst deine Nachricht übergeben, und wir müssen auch einen Weg finden, meinen Clan vor Brocs Torheit zu schützen.“

Um ihr nicht in die Augen sehen zu müssen, griff er voller Scham nach seinen Satteltaschen. „Das werden wir. Wenn wir erst einmal den König gefunden haben, wird es eine Kleinigkeit sein.“ Wieder griff er nach ihr und küsste sie. Er konnte einfach nicht die Hände von ihr lassen.

„Geh!“ Sie lachte und schob ihn zur Leiter. „Ich bin gleich unten.“

Tayg übersprang die letzten Sprossen der Leiter und landete unten auf dem Fußboden. Er war freudig überrascht, dass ihm beim Aufprall die Rippen nicht mehr wehtaten. Der Mönch, Gair und Lina saßen am Tisch und unterhielten sich leise. Tayg räusperte sich, um sich bemerkbar zu machen.

„Guten Morgen, Tayg“, sagte der Mönch. „Ich denke, du und deine hübsche Frau seid heute Morgen nicht gut ausgeruht.“

Lina gab ihm einen Klaps auf die Schulter, während sie vom Tisch aufstand, doch der Mönch und Gair grinsten Tayg immer noch an. Unwillkürlich musste Tayg zurückgrinsen.

„Stimmt, wir sind nicht gerade ausgeruht, vielen Dank“, antwortete er.

Lina servierte ihm eine Schüssel Porridge aus dem schwarzen Kessel, der über dem Feuer hing. Sie gab sie Tayg zusammen mit einem Löffel.

„Wo ist deine Frau?“, fragte sie, als sie an ihren Platz am Tisch zurückkehrte.

„Sie wird gleich unten sein“, sagte Tayg. „Ich danke euch für eure Gastfreundschaft, aber wir müssen uns, gleich nachdem sie gefrühstückt hat, auf den Weg machen.“

„Wieso so eilig? Bleibt doch noch einen Tag“, sagte der Mönch. „Du hast uns noch nicht mit Geschichten und Liedern unterhalten. Die Gastfreundschaft meines Cousins verdient das doch, oder?“ Er blinzelte Tayg zu.

„Ich habe nur wenig Talent“, erwiderte Tayg lächelnd. „Gairs und Linas Gastfreundschaft verdienen Besseres. Ich verspreche, ich werde einen besseren Barden hierher schicken – und Ihr, guter Bruder, werdet während der Hochzeitsfestlichkeiten in Dingwall jede Menge Lieder und Geschichten zu hören bekommen.“

„Außerdem ist es Winter“, meinte Gair. „Für euch wird’s das Beste sein, das klare Wetter heute auszunützen, auch wenn deine Braut sich sicher nicht so bald auf ein Pferd setzen möchte.“ Gair grinste.

Tayg nickte. „Wenn es sein muss, polstere ich ihr den Sattel aus, aber ihr wisst ja, warum wir so schnell zum König müssen.“

„Zum König?“, sagte der Mönch. „Ach, dann braucht es keine Eile. Die Hochzeit in Dingwall ist erst in zehn Tagen, und bis dorthin ist es höchstens ein Dreitageritt. Der König reitet in der Zwischenzeit zu seinen Anhängern im Norden und sammelt Männer zur Unterstützung von Schottlands Freiheit und die Treueide derer, die noch keine abgelegt haben. Morgen sollte er in Linsmore oder Culrain sein. Man sagt, dass er sich dann auf den Weg nach Süden macht, Richtung Dingwall, und dort erst ein oder zwei Tage vor der Hochzeit ankommen wird, die an Hogmanay stattfindet."

„Diese Neuigkeiten hast du mir gar nicht erzählt, John", sagte Gair. „Tayg, es wird für dich leichter sein, den König zu finden, wenn er sich in deines Vaters Halle in Culrain aufhält."

„Dein Vater?" Der Mönch machte schmale Augen. „Wie mir scheint, Cousin, bist auch du nicht mit all deinem Wissen herausgerückt."

„Nein, John …"

„Das ist kein Barde", fuhr der Mönch fort, als hätte Gair nichts gesagt. „Das ist der tapfere Tayg of Culrain." Ein breites Grinsen zeigte sich auf seinem Gesicht, und Tayg merkte, dass ihm die Situation außer Kontrolle geriet.

„Bin ich nicht."

„Aye, deswegen kamst du mir auch gleich so bekannt vor, als wir uns gestern auf dem Pfad trafen. Ich habe dich und deinen Bruder einmal getroffen, als ihr noch ganz kleine Jungen wart, und ich habe von Gair viele Geschichten und von Barden viele Lieder über deine Heldentaten auf dem Schlachtfeld gehört."

„Bitte, Mönch, Lina", fügte er hinzu, als er merkte, dass die Frau ihn anstarrte, ihr Mund war eine harte Linie. „Es gibt Gründe für die Täuschung. Ich möchte euch bitten, dieses Wissen für euch zu behalten …"

„Catriona weiß von nichts, oder?", fragte Lina ruhig, die Augen auf einen Punkt hinter Tayg gerichtet.

Tayg sträubten sich die Haare, und er drehte sich um.

Wie erstarrt stand Catriona mit kalkweißem Gesicht am Fuß der Leiter.

„Ich glaube, wir sollten die beiden wieder einmal allein lassen", sagte Lina und scheuchte die älteren Männer vom Tisch auf und zur Tür hinaus. „Gib ihm eine Chance, alles zu erklären, Mädchen“, sagte sie zu Catriona. „Ich bin sicher, es ist eine gute Geschichte.“

Catriona starrte auf diesen Fremden auf der anderen Seite des Raums. Er sah aus wie jemand, den sie kannte; und doch, wenn das, was sie gerade gehört hatte, wahr war, war er ein Fremder. Tayg of Culrain, nicht Tayg, ihr Barde. Es war unmöglich.

„Catriona, ich kann alles erklären.“

„Ist das wahr? Wie kann es wahr sein?“

Tayg ging auf sie zu, aber Catriona hob die Hand und hielt ihn auf, bevor er ihr nahe genug kam, um sie zu berühren.

„Du bist ein Barde. Ich habe dich spielen hören.“

„Aber du musst doch sagen, dass ich nicht gut spiele.“

Catriona drohten, die Knie weich zu werden. Blind griff sie hinter sich, um etwas zu finden, auf das sie sich setzen konnte. Schließlich ließ sie sich auf den kalten Boden sinken.

„Catriona? Geht es dir nicht gut?“

Sie schüttelte den Kopf und versuchte immer noch, das alles mit dem Tayg, den sie kannte, in Einklang zu bringen, dem Tayg, mit dem sie gereist war, mit dem sie sich gezankt hatte, den sie geliebt hatte …

Oh, Gott, was hatte sie getan?

„Es kann nicht sein.“

„Aye, Liebste, es ist wahr. Es tut mir leid, dass ich es dir nicht früher sagen konnte.“

„Du hast es mir auch jetzt nicht gesagt!“ Der Schmerz erwachte in ihr, als ihr die volle Bedeutung dessen klar wurde, was hier gerade geschehen war. „Du hast mich in dein Bett genommen, ohne mir je zu sagen, wer du wirklich bist.“ Sie hatte das seltsame Gefühl, ihre Stimme klänge, als käme sie von jemand anderem. Jemandem, der still, atemlos und voller Angst war. „Hast du die ganze Nacht darüber gelacht, wie einfältig Catriona war?“

Sie hob den Blick, um ihn anzuschauen, aber sie konnte ihn

nicht richtig erkennen, weil ihr die Tränen in den Augen standen.

„Nein, Catriona, so war es nicht …“

„Der liebenswerte Tayg von Culrain hat sich nur noch ein weiteres Mädchen genommen, und dieses Mal musste er noch nicht einmal seinen grandiosen Ruf ins Spiel bringen, damit sie sich ihm an den Hals warf.“

Sie wischte sich die Augen. Keine Träne würde sie weinen!

„So war es nicht, Catriona. Und das weißt du auch.“

„Gar nichts weiß ich, wie es scheint. Ich bin nichts als ein unwissendes, einfältiges, dummes Ding, so leicht zu täuschen, dass ich noch nicht einmal merke, dass ich mich in eine Maskerade verliebt habe.“ Die Schwere seines Verrats ließ das Eingeständnis umso härter klingen, machte den Schmerz so viel größer.

„Catriona, bitte, ich wollte dich nicht verletzen. Was meine Gefühle betrifft, so habe ich nicht gelogen. Ich liebe dich. Hast du letzte Nacht nicht die Wahrheit gespürt? Ich möchte, dass du meine Frau wirst, dein Leben mit mir verbringst. Es gibt keinen Grund dafür, dass es nicht so sein kann. Ich bin Tayg of Culrain. Ich bin der junge Mann, von dem du die ganze Zeit sagtest, dass du ihn heiraten willst.“

Sie sah zu ihm auf und gab sich keine Mühe, die Qual, die sie fast zerriss, und die Scham zu verbergen. „Es ist zu spät jetzt“, sagte sie. „Es ist zu spät.“

Langsam ging er zu ihr und kauerte sich vor sie. „Als wir uns trafen, war ich bereits als Barde unterwegs und sah keinen Grund, warum ich dir etwas anderes erzählen sollte. Danach war es dann zu spät, und ich war ein Feigling. Ich wollte die zärtlichen Gefühle, die zwischen uns wuchsen, nicht durch meine Geheimnisse aufs Spiel setzen.“

„Geheimnisse? Gibt es noch andere Lügen? Andere Geschichten, die man über die arme dumme Catriona erzählen kann?“

„Aye.“ Er zuckte zusammen. „Nein, nicht über dich, und

du bist auch weder arm noch dumm." In seiner Stimme klang leichter Zorn mit, doch sie achtete nicht darauf.

„Dann ist da noch mehr?"

Einen Moment lang hielt Tayg ihrem Blick stand, dann sah er zu Boden und schien eine Entscheidung zu treffen. Er ließ sich vor ihr nieder, als säßen sie immer noch in der Wetterhütte mitten im Sturm – nur dass es diesmal ein anderer Sturm war und Catriona nicht glaubte, dass sie ihn überleben würde.

Ob es kurz danach oder Tage später war, konnte Catriona nicht sagen, doch als Tayg seine Geschichte von Hundsgesichts Verschwörung gegen den König, der Rolle, die ihr Clan darin spielte, und ihrer Rolle als Geisel beendet hatte, war sie überzeugt, dass für sie eine Welt untergegangen war. Es gab keinen Ort mehr, wo sie hätte hingehen können, noch nicht einmal mehr den Trost in Taygs starken Armen. Sie konnte nirgendwohin gehen. Sie hatte nichts mehr.

Während der Zeit, die es gebraucht hatte, um die Geschichte zu erzählen, war ihre Welt in Trümmer gefallen, bis nichts mehr übrig geblieben war.

Sie starrte den Fremden vor sich an, und langsam breitete sich in ihrem Herzen eine große Leere aus und löschte das Feuer, das einmal Catriona gewesen war.

15. KAPITEL

Catriona?“ Taygs Innerstes krampfte sich zusammen. Sie war so still, so stumm. Sie reagierte nicht, wie er es sich vorgestellt hatte. Wo waren die scharfen Worte, der zornige Blick? „Catriona? Mädchen? Das ändert doch nichts. Ich liebe dich. Ich will dich heiraten. Für deinen Clan ist es doch besser, du heiratest Tayg of Culrain statt Tayg, den Barden.“

Er erwartete ein Lächeln oder dass sie wenigstens seiner Selbstbeschreibung mit sarkastischen Worten zustimmte. Doch sie fuhr fort, auf seine Brust zu starren, sah ihn nicht an, reagierte überhaupt nicht. Er streckte die Hand aus, und sie zuckte noch nicht einmal zurück oder sagte ihm, er sollte sie nicht anrühren.

Furcht packte ihn und drückte ihm das Herz ab. „Catriona, bitte, schau mich an. Ich habe dir nie wehtun wollen, nie irgendetwas … absichtlich getan. Aber es ist nun einmal geschehen, und ich …“

Die Tür flog auf, und ein aufgeregter Gair brachte jede Menge Schnee mit sich herein, als er auf Tayg zustürzte.

„Ein Reiter, er kommt sehr schnell hierher. Pol sah ihn vom Hügel aus. Ihr müsst sofort verschwinden.“ Er sah von Tayg zu Catriona, bemerkte ihr fassungsloses Gesicht und blickte noch besorgter drein. „Mädchen, der Junge hat es gut gemeint …“

„Lass nur, Gair. Sie weiß jetzt alles.“

Das hier hatte *er* getan, und er wollte nicht, dass man sie jetzt wegen seiner Fehler zu etwas drängte.

Der verlorene Ausdruck auf ihrem Gesicht verwirrte ihn. Hätte sie geschrien, mit Sachen geworfen, er hätte es verstehen können. Doch ihr Schweigen und der verzweifelte Blick waren etwas Neues. Es war, als hätte sie sich von einem schön geschmiedeten Schwert in den feinsten Kelch aus Glas verwandelt – einen leeren Glaskelch, bereit, bei der leisesten Berührung zu zerspringen.

„Catriona, es tut mir leid, aber wir dürfen keine Gefangennahme riskieren. Ich werde nicht zulassen, dass deine Brüder dich in die Hände bekommen – und wir müssen den König warnen."

Sie blinzelte, als würde sie aus einem Traum erwachen. „Was?"

„Wir müssen fort. Es kommt jemand."

Sie übersah die Hand, die er ihr bot, und stand vom Boden auf.

„Meine Tasche ..." Sie sah die Leiter hinauf, und der schmerzliche Zug um ihren Mund sagte ihm, dass sie nicht an den Ort zurückkehren konnte, wo sie ihm so viel von ihrem Herzen und von sich selber geschenkt hatte.

„Ich hole sie. Gair ..." Er drehte sich zu dem Mann um. „... hilfst du ihr mit ihrem Mantel, und bringst du das Pferd her?"

„Das Pferd wird schon geholt", erwiderte Gair und nahm Catrionas Mantel von einem Haken neben der Tür.

Noch bevor Gair ihr den Mantel richtig um die Schultern gelegt hatte, war Tayg schon wieder zurück.

„Meinen Dank für alles, Gair. Und es tut mir leid, dass ich dich in meine Schwierigkeiten mit hineingezogen habe."

„Mit dir zusammen in Schwierigkeiten zu kommen ist eine Ehre, Tayg. Pass auf Catriona auf, und lass ihr etwas Zeit. Sie liebt dich, das ist klar, du hast sie nur etwas erschreckt. Wenn sie erst einmal erkennt, dass sie sich den tapfersten Burschen der ganzen Highlands eingefangen hat, wird's schon wieder werden. Jetzt geht. Schnell. Grüß mir deinen Vater, wenn du ihn siehst."

Tayg nickte und griff in dem Moment nach der Tür, als sie sich von selbst öffnete. Die strahlende Morgensonne, die den verkrusteten Schnee glitzern ließ, blendete ihn für einen Augenblick. Dann trat Pol in den Raum.

„Wir haben hier noch einen Gast, Vater. Er sucht nach Tayg und Catriona."

Tayg stellte sich vor Catriona, während jetzt eine größere Gestalt die Tür blockierte. Blinzelnd versuchte er, deren Gesicht zu erkennen.

„Da hast du uns ja eine schöne Jagd geliefert, Schwester."

Tayg dröhnte der Kopf. Nicht nur, dass er diese Frau, die er liebte, so verletzt hatte, jetzt war auch noch mit Sicherheit ihre Zukunft in Gefahr.

Ailig MacLeod hatte sie gefunden.

„Ich grüße dich, Catriona", sagte Ailig.

Catriona war, als müsste sie sich durch zähen Schlamm kämpfen. Jede Bewegung kostete mehr Kraft, als sie sollte. Die Stimmen schienen gedämpft von weit herzukommen. Nur wenn sie sich sehr konzentrierte, ergaben die Worte Sinn. Als sie Ailig sprechen hörte, fiel es ihr schwer zu glauben, dass er hier war, und noch schwerer fiel es ihr, sich aus ihrem Unglück zu reißen und zu antworten. Tayg sagte etwas in harschem Ton. Aber sie brauchte einige Zeit, bis sie verstand.

„Was willst du? Wo sind die anderen?" Das war Taygs Stimme, und sie klang … besorgt? Er war besorgt, aber nicht erschrocken. Er sollte erschrocken sein. Als er das letzte Mal mit ihren Brüdern zusammengetroffen war, war es ihm nicht gut ergangen. Sie verdrängte die Erinnerung und strengte sich an zuzuhören, kämpfte sich aus dem schwarzen Loch empor, entschlossen, zu verstehen und Erinnerungen zu vermeiden.

„Ich möchte mit meiner Schwester sprechen, Barde", sagte Ailig. „Die anderen sind nicht bei mir. Catriona, lässt du jetzt andere für dich reden?"

Er sprach mit ihr. Sie musste etwas erwidern, aber Worte waren schwer zu finden, wenn sie nichts fühlte.

„Catriona? Geht es dir gut?"

Sie trat hinter Tayg hervor und stellte sich neben ihn. Sie zwang sich, Ailig in die Augen zu sehen, und war erstaunt über die Besorgnis, die sie darin las.

„Ich spreche sehr wohl für mich selbst", sagte sie mit ruhigerer Stimme als gewöhnlich, „aber nur, wenn ich etwas zu sagen habe." Sie schluckte, kämpfte gegen das schwarze Loch an, das sie wieder aufzusaugen drohte. „Geh nach Hause, Ailig. Lass mich. Ich bin es müde, dass so viele Männer mein Leben bestimmen wollen."

„Ich habe dir einiges zu sagen, Schwester. Ich will wissen, was mit dir geschehen ist und warum du mit einem Barden herumreist."

Sie seufzte und rieb sich eine Stelle über dem linken Auge, die zu schmerzen begonnen hatte. „Du weißt sehr gut, warum, und der Rest geht dich nichts an. Das ist etwas zwischen Tayg und mir."

Sie blickte Tayg an. In seinem Gesicht zeigte sich ein kleiner Hoffnungsschimmer, strahlte aus seinen warmen braunen Augen. Einen Augenblick lang hielt er ihren Blick fest und ihr Herz. Einen Augenblick lang hätte sie alles aufgegeben, nur um mit ihm zusammen zu sein, wieder mit ihm im Bett zu liegen und die Welt versinken zu lassen, damit nur noch sie beide übrig blieben, um einander zu genießen. Doch sie würde nicht wieder lieben – ihn nicht und auch keinen anderen –, denn Liebe führte nur zu Schwachheit, Betrug und Schmerzen, und lieber wollte sie für den Rest ihres Lebens gefühllos bleiben, als dass ein Mann ihr immer wieder das Herz brach.

Wie schnell die Freude sich in Schmerz gewandelt hatte, Liebe in … Sie schniefte. Sie wollte Tayg hassen. Musste ihn hassen, denn das war ihr Schutzpanzer gegen den Schmerz, aber sie konnte keinen Hass finden. Verletzung, Enttäuschung, Verrat, all das kam aus dem dunklen Loch und rankte sich um ihr Herz, aber sie konnte es nicht mit Hass festbinden, wie sie es all die Jahre bei Broc und dem Hundsgesicht hatte tun können. Sie wandte den Blick von Tayg und sah entschlossen in Ailigs eisblaue Augen.

„Wenigstens hat mein B… Er half mir. Kein anderer." Sie

ging zu einem Stuhl und setzte sich. „Geh nach Hause, Ailig, und bereite den Clan auf König Roberts Zorn vor. Der ist sicher wohlverdient und wird schnell über euch hereinbrechen, wenn wir dem König erst einmal von dem Komplott gegen ihn berichtet haben."

„Still, Catriona", sagte Tayg, aber er wandte den Blick nicht von Ailig, der bei ihren Worten sehr still geworden war.

„Erkläre mir das", sagte Ailig.

Catriona sah erst zu ihrem Bruder, dann zu Tayg. Auf beide hatte sie sich stützen wollen, beiden vertraut, doch beide hatten sie im Stich gelassen. Etwas bewegte sich, ihr war, als würde sie den Boden unter den Füßen verlieren, und sie hatte Angst, die neue Stärke, die sie in den letzten Tagen mit Tayg gefunden hatte, könnte schwinden. Ihr Schutzpanzer war durch den Verrat brüchig geworden und drohte zu zerbrechen.

Doch das würde sie nicht zulassen.

Ganz gleich, was mit Tayg geschah, sie würde ihre Brüder nicht merken lassen, welche innerliche Verwüstung sie ihrem Herzen verdankte. Sie versuchte, sich zu erinnern, wie sie gewesen war, bevor sie Tayg kennenlernte: zäh, hochmütig, einsam. Doch das war jetzt schwierig, wo sie nichts anderes wollte, als sich zusammenzukauern und mit ihrem Unglück allein zu sein.

„Catriona, ich möchte eine Erklärung. Wieso kommt der Zorn des Königs über uns?"

Ein trauriges Lächeln huschte über ihre Lippen, und sie schüttelte den Kopf. „Jetzt halte du mich nicht auch noch für eine Närrin. Meine Erfahrungen diesbezüglich reichen nämlich für ein ganzes Leben." Sie warf Tayg einen Blick zu, doch sie fand keinen Trost in der Wunde, die ihre Worte ihm schlugen. Sie wandte sich wieder ihrem Bruder zu. „Die Wahrheit, Ailig. Es ist das Wenigste, das du mir schuldest." Sie sprach zwar die Worte, aber völlig kraftlos. „Was für eine Rolle spielst du in Duffs Plan?"

Ailig zog die Brauen zusammen und sah verwirrt aus. „Sein Plan, des Königs Einverständnis zu der Hochzeit zwischen dir und ihm zu erhalten?"

„Aber ...", begann Pol.

„Lasst uns uns niedersetzen und etwas trinken", unterbrach Gair seinen Sohn. „Tayg, mit uns allen um dich herum kann der da dir nichts tun", meinte er. Plötzlich erkannte Catriona, dass die ganze Familie sie umringte, einen Kreis um Ailig bildete und so Catriona und Tayg vor ihm schützten. „Es scheint, hier muss uns eine Geschichte erzählt werden", fuhr Gair fort. „Ich denke, vielleicht sollte der Geschichtenerzähler sie erzählen. Kann sein, dass dann viele Dinge sich sofort klären?" Gair sah von Tayg zu Catriona, doch sie konnte die Frage in seinen Augen nicht beantworten.

„Habe ich dein Wort, Ailig, dass die anderen dir nicht folgen?", fragte Tayg.

„Das hast du. Ich möchte nicht, dass man dich erschlägt, bevor ich weiß, was Catriona sich wünscht." Er betrachtete sie eine Weile. „Doch aus der Art, wie sie dich ansieht, schließe ich, dass ihr egal ist, was geschehen wird, wenn Broc und die anderen dich finden."

Catriona erschrak. „Du wirst ihm nichts tun, Ailig! Noch wirst du es den anderen erlauben."

„Hm, das beantwortet eine meiner Fragen, weckt aber viele andere." Er löste seinen Mantel, und einer der Zwillinge nahm ihn. „Lasst uns die Gastfreundschaft dieser guten Leute genießen, während wir ein paar Wahrheiten herausfinden."

Lina beeilte sich, Feuer zu machen, während Gair wieder einmal den Schnaps des Mönchs vom Regal holte.

„Ich sage immer, mit einem kleinen Schnaps schluckt sich jede Geschichte besser", sagte Gair.

Ailig setzte sich neben Catriona, und Tayg nahm ihnen gegenüber Platz und stützte die Ellbogen auf. Catriona versuchte, die Entschlossenheit, die er ausstrahlte, zu ignorieren. Sie würde sich von seiner Geschichte nicht mitreißen lassen. Noch einmal konnte sie sich die Schwäche, ihm ihr Herz zu öffnen, nicht leisten. Sie musste stark sein, wie sie es immer gewesen war. Aber es war so viel leichter, stark zu sein, wenn man es mit jemandem gemeinsam sein konnte.

„Gair, diese Geschichte ist nichts für Kinder", meinte Tayg mit einem Blick auf die gespannten Gesichter der Kleinen.

„Aye, Jungs, nehmt eure Schwester. Es gibt Feuerholz zu holen und zu hacken. Niall, du bleibst." Sie warteten, bis die Kinder leise maulend, weil man sie von dem aufregenden Ereignis ausschloss, den Raum verließen.

Als sie allein waren, begann Tayg: „Wisst Ihr, wer ich bin?", fragte er Ailig. „Was mein Auftrag ist? In welcher Mission des Königs ich unterwegs bin?"

„Du bist Tayg, der Barde, und du hast eine Botschaft von Duff, die du Broc hast übergeben sollen. Von einer Mission des Königs weiß ich nichts."

Tayg holte tief Luft. „Ich bin Tayg vom Clan der Munro, Krieger des Königs, Sohn von Angus Dubh und zukünftiger Chief meines Clans, was, so Gott will, noch einige Zeit dauern wird."

Als Tayg sich vorstellte, war Catriona mit einem Mal ein wenig stolz auf ihn, doch Ailigs Gesicht blieb regungslos und unbeeindruckt.

„Und was ist die Mission des Königs?", fragte er.

„Wo stehst du … du, Ailig, nicht dein Clan, noch dein Chief, noch deine Brüder … wo stehst du, was König Robert betrifft?"

Sofort richteten sich alle Augen auf Ailig.

„Hat Catriona dir erzählt, dass ich einige Zeit in Edinburgh verbracht habe?", fragte er.

Tayg nickte. „Hat sie."

„Während ich dort war, befand ich mich häufiger in Gesellschaft von Burschen, die mit *the Bruce* in der Schlacht gewesen waren oder ihn in freundlicherer Umgebung getroffen hatten. Sie beschrieben ihn als höflich, intelligent und sagten, dass er trotz der Einmischung seines Vaters Sir William und dessen Kampf gegen die Engländer unterstützte. Ich kam zu der Einsicht, dass er für uns alle in Schottland kämpfte, nicht nur für den Adel, sondern selbst für die Highlander, deren Treue er sich nicht sicher sein konnte.

Ich habe großen Respekt vor diesem Mann und vor dem, was er für Schottland zu erreichen versucht. In meinem öffentlichen Verhalten bin ich durch den Chief meines Clans gebunden, aber ich bin der Herr meines Gewissens, und ich glaube fest daran, dass Schottlands Zukunft nicht in der Stärke liegt, die sich bei den MacLeods of Lewes auf den Inseln zusammenballt noch bei Edward of England, sondern in der Hand unseres eigenen Königs. Wäre ich Chief des Clans der Leods, König Robert besäße meine Treue."

„Catriona hatte recht, als sie sagte, du wärst der klügere Bruder", meinte Tayg. Er suchte in dem Lederbeutel an seinem Gürtel nach den Dokumenten, die in seiner Geschichte eine Rolle spielen würden.

Kurze Zeit darauf, nach einer stärkenden Runde Schnaps, faltete Tayg die Dokumente wieder zusammen und steckte sie zurück in den schützenden Beutel. Er versuchte, die schockierten Gesichter am Tisch zu übersehen, und konzentrierte sich nur auf Ailig, der ziemlich blass aussah. Seine blauen Augen glänzten fiebrig. Er starrte auf die Stelle, wo die Dokumente auf dem Tisch gelegen hatten, als Tayg sie ihm zeigte.

„Was war ich für ein Narr", sagte Ailig mit gepresster Stimme. Catriona war geneigt, ihm recht zu geben, sagte aber nichts.

Wie sie jetzt zum zweiten Mal die Geschichte von der Mitschuld ihres Clans am Komplott gegen den König hörte, erschrak sie noch mehr. Wie hatte sie nur so selbstsüchtig sein können, die Folgen einer Verbindung der beiden Clans einfach zu ignorieren?

„Ich hätte diese Verlobung als das erkennen müssen, was sie wirklich war", sagte Ailig. „Ich wusste, dass Duff diese Verbindung wünschte, aber ich hatte keine Ahnung, wie groß seine Wahnvorstellungen waren und wie weit Broc in sie verwickelt war."

„Es scheint, dass Broc genau wusste, welche Mitglieder seiner Verwandtschaft ihm am meisten ins Gewissen reden würden, aye?" Tayg schaute zu Catriona hin und dann wieder zu Ailig.

„Broc hat weder ein Gewissen noch einen Funken Verstand", sagte Ailig. „Klar ist, dass er und Duff Catriona und dir eine Falle stellen. Und ich habe ihnen auch noch in die Hände gearbeitet, indem ich euch für sie gefunden habe. Sicher hatte Broc damit gerechnet."

„Zweifellos. Und es ist auch eine Falle für den König, da bekannt ist, dass er vor seiner Schwester Hochzeit diese Gegend bereist. Was sollen wir jetzt tun? Warnen wir den König, oder halten wir die Verschwörer auf?"

Catriona sah, wie Ailigs Gesicht wieder Farbe bekam.

„Ich würde die Verschwörer aufhalten", meinte er, „und sie dann zum König bringen, damit er mit ihnen machen kann, was er will. Ich fürchte nur, wir sind in der Minderheit."

Catriona war überrascht und wurde misstrauisch. Einen Augenblick zuvor waren die beiden bereit gewesen, miteinander zu kämpfen, und jetzt, nach Taygs kleiner Geschichte, waren sie mit einem Mal Verbündete?

„Ich muss dir zustimmen. Wir müssen den Aufenthaltsort des Königs herausfinden und so schnell wie möglich zu ihm reiten."

Gair räusperte sich, und Catriona fuhr zusammen. Sie hatte ganz vergessen, dass die anderen soeben auch von der Schande ihres Clans erfahren hatten.

„Ihr werdet auf keinen Fall in der Minderheit sein", sagte Gair. „Wir werden zu siebt sein – ihr beide, John, ich und meine drei Ältesten – gegenüber ihren Fünfen. Wir sollten unseren Vorteil ausnutzen und sie überrumpeln."

„Ich bin auch noch da", sagte Catriona. „Ich will nicht zurückgelassen werden."

„Und Catriona", stimmte Tayg zu.

Gair nickte. „Wir werden kurzen Prozess mit ihnen machen, da wir so viele sind. Ich habe keine Angst, dass Catriona sich gegen ihre Brüder und diesen Duff …"

„Das Hundsgesicht", warf Catriona ein, und ihr Blut fing an zu kochen bei dem Gedanken, diesem Mann die Stirn zu bieten, statt vor ihm zu flüchten.

„Also Hundsgesicht", fuhr Gair fort, „stellt. Aber kannst du das auch, Ailig?" Kannst *du* dich gegen deine Brüder stellen?"

„Aye. Auf die eine oder andere Art habe ich das mein ganzes Leben lang gemacht. Jetzt tue ich es eben offen. Wir müssen den König beschützen, und indem wir das tun, werden wir unseren Clan und Catriona vor dem Übel beschützen, das Broc heraufbeschwören würde. Aber wir können nicht dich und die Deinen hier mit hineinziehen. Noch meine Schwester", fügte er hinzu.

„Glaubst du wirklich, sie bleibt brav hier und überlässt es uns, für sie die Drachen zu erschlagen?", fragte Tayg. „Glaubst du, wir können sie davon abhalten, ihren Anteil zum Schutz des Königs beizutragen?" Für einen Moment hielt er ihren Blick fest, und verwundert entdeckte Catriona den Schmerz darin. „Schließlich möchte sie, dass der König einen Ehemann für sie findet."

„Aber sie ist doch schon mit dir verheiratet!", piepste Pol, und alle Augen richteten sich nach oben, wo Pols Kopf im Einstieg zum Dachboden sichtbar wurde. „Gestern Abend beim Essen hast du sie doch geküsst und so. Ich habe alles gesehen!"

Ailig schoss über den Tisch auf Tayg zu, die blanke Wut im Gesicht. Tayg sprang gerade rechtzeitig zurück, um Ailigs

Schlag zu entgehen, und warf dabei die Bank um.

„Halt!“ Catriona packte Ailig an seiner Tunika und riss ihn zurück. Er taumelte und sah sie an.

„Du bist verheiratet?“

„Ich möchte dich unter vier Augen sprechen, Bruder.“ Sie warf Tayg, der sie mit finsterem Gesicht beobachtete, einen Blick zu.

„Catriona, was hast du getan? Was hast du dir dabei gedacht?“

Sie merkte, wie wieder der Zorn in ihr erwachte. Es war ihr nur recht. „Sprich nicht in diesem Ton mit mir, Ailig. Wenn du mit hinauskommst, werde ich dir alles erklären.“

„Ich komme mit“, sagte Tayg.

„Nein“, antworteten Ailig und seine Schwester wie aus einem Mund.

„Doch. Ihr könnt es mir nicht verbieten. Ich bin ein Teil dieser Geschichte, ob es euch gefällt oder nicht.“

Lina schnalzte mit der Zunge und lächelte die wütenden Männer an. „Kommt, meine Familie, lasst uns an unsere Arbeit gehen und die drei da den Rest der Geschichte klären, ohne dass unsere Ohren ihre Geheimnisse hören. Pol, komm runter von da oben, und mach, dass du in den Stall kommst. Dort muss sicher ausgemistet werden. Heute verdankst du diese Arbeit deinem Lauschen.“

„Mutter!“

„Nichts da mit *Mutter*! Oder ich schleppe dich an deinem Hemd hinaus.“

Die Frau scheuchte selbst Gair und den Mönch schnell aus der Hütte und ließ Tayg und Ailig zurück, die sich böse anstarrten, und Catriona, die überlegte, was sie als Nächstes sagen sollte. Als die Tür sich hinter dem Letzten von Linas Leuten schloss, verschränkte Catriona die Arme vor der Brust. Ihr Blick genügte, und beide Männer setzten sich wieder auf ihre Plätze.

„Wir sind nicht verheiratet. Es ist nichts geschehen außer

einem kleinen Mummenschanz, um während der Reise zu verbergen, wer wir wirklich sind", erklärte sie. Als beide gleichzeitig sprechen wollten, hob sie die Hand und schüttelte den Kopf. „Ich werde keinem von euch beiden zuhören, denn ich kann keinem von euch trauen."

„Ich wollte dich nicht verletzen, Catriona."

„Warum hast du es dann getan? Am Ende bist du auch nicht besser als die anderen. Mein Fehler war nur, dass ich das glaubte. Wie es scheint, bin ich heute noch genauso dumm wie damals, als ich zwölf war. Wie töricht von mir zu glauben, du wärst ganz anders als meine Brüder, anders als das Hundsgesicht."

„Catriona ..."

„Nein, es gibt nichts mehr zu sagen. Ich gehe jetzt nach draußen. Wenn ihr euch immer noch töten wollt, bitte sehr. Ich werde euch nicht noch einmal davon abhalten. Aber eines solltet ihr wissen: Ich werde zum König gehen, mit oder ohne euch. Es ist der einzige Weg, ihm zu beweisen, dass nicht unser ganzer Clan gegen ihn ist." Sie durchbohrte Ailig mit einem eisigen Blick. „Nicht alle von uns sind dumm."

Catriona zwang sich, zur Tür zu gehen, ohne noch einmal zurückzublicken. Sie schlüpfte aus der Hütte und floh in den Wald, bevor jemand die Tränen sehen konnte, die ihr übers Gesicht liefen.

„Was hast du meiner Schwester angetan?", fragte Ailig. Seine Augen blickten hart. Aber sein Blick war nichts im Vergleich zu der Verwirrung, die in Catrionas Augen zu lesen gewesen war, als sie die Hütte verließ.

„Ich habe ihr über mich und den Grund meiner Reise Lügen erzählt. Sonst habe ich ihr nichts vorgelogen, aber sie glaubt mir nicht. Aus gutem Grund."

„Catriona verschenkt nicht so leicht ihr Vertrauen. Sie sieht nur deinen Betrug, nicht den Grund dafür." Ailig musterte ihn einen Moment lang, und Tayg gab sich Mühe, seinem finsteren Blick standzuhalten. „Magst du sie?"

„Ich liebe sie."

„Das habe ich mir gedacht. Du benimmst dich sehr fürsorglich ihr gegenüber."

„Ich habe sie gefragt, ob sie mich heiraten will."

„Und ihre Antwort?"

„Lautete Ja. Doch ich bin mir sicher, dass sie im Laufe des Tages ihre Meinung ändern wird."

„Heute? Sie hat doch sicher nicht erst die Wahrheit erfahren, als du sie mir sagtest?"

„Nein, aber kurz zuvor und nicht auf die Art, wie ich es wünschte. Ich habe alles ruiniert. Ich fürchte, sie wird mir nicht mehr vertrauen. Es war nicht leicht gewesen, überhaupt ihr Vertrauen zu gewinnen."

„Sie hat es nicht einfach gehabt, aber sie hat es auch uns nicht leicht gemacht."

„Willst du damit sagen, dass es ihr Fehler ist, wenn ihre Familie sie so schlecht behandelt?"

„Ruhig, Mann. Ich weiß nur zu gut, dass ihre scharfe Zunge und ihre aufbrausende Art nur der Schutzpanzer gegen die lieblose Behandlung unserer Brüder sind. Aber jetzt ist sie so seltsam still, fast unterwürfig. Sie liebt dich, nicht wahr?"

Es war mehr eine Feststellung als eine Frage, doch Tayg nickte. „Zumindest tat sie es."

„Wirst du dafür kämpfen, ihre Anerkennung zurückzugewinnen?"

„Aye. Stell dich nicht zwischen uns. Ich werde es nicht zulassen."

„Das werde ich nicht. Ich weiß nicht, was alles zwischen euch geschehen ist, aber wenn sie ihren Schutzpanzer lange genug verließ, um sich in dich zu verlieben, bist du sicher ihre beste Hoffnung auf eine glückliche Zukunft. Du wirst es nicht zulassen, dass der König einen anderen für sie aussucht, oder?"

„Nein, das werde ich nicht."

„Und du wirst alles tun, was sie verlangt, um ihr Vertrauen und ihre Zustimmung zu einer Heirat zu gewinnen?"

„Ich tue alles."

„Dann bin ich überzeugt, dass sie mit dir glücklich wird. Und eine Verbindung mit dir und deinem Clan wird unsere Position den MacDonells gegenüber nur stärken."

„Was ist mit den MacLeods of Lewes? Sie sind gegen den König. Bist du ihnen nicht verpflichtet?"

„Aye, aber mit diesem Problem werden wir uns befassen, wenn es so weit ist. Im Augenblick scheint es ihnen zu genügen, sich mit ihren eigenen Angelegenheiten zu befassen, und sie überlassen es uns, uns ohne ihre Hilfe oder Weisungen durchzuschlagen. Ich muss tun, was für meine Schwester und meinen Clan das Beste ist. Sie hatte eine schwere Zeit, und ich möchte sie glücklich sehen."

„Ich werde alles tun, um sie glücklich zu machen, Ailig. Das schwöre ich."

„Gut. Dann lass uns unsere Aufmerksamkeit auf das näherliegende Problem richten, nämlich den König vor meinen Brüdern zu schützen."

Tayg blickte zur Tür, durch die Catriona verschwunden war. Er wusste, dass Ailig recht hatte. Den König zu schützen hatte Vorrang, doch sein Herz drängte ihn, Catriona zu folgen.

Widerwillig konzentrierte er sich auf das, was Ailig ihm über Brocs Plan erzählte.

16. KAPITEL

Nicht lange, und Tayg hatte ihre Habseligkeiten eingesammelt und aufs Pferd gepackt. Seit er und Ailig ihren Plan ausgearbeitet hatten, hatte er Catriona nicht mehr gesehen, doch jeder Moment war mit Gedanken an sie erfüllt. Er dachte an das, was er Tage zuvor, vielleicht schon bei ihrem ersten Zusammentreffen, hätte tun, ihr hätte sagen müssen. Immer und immer wieder spielte er im Kopf jede Möglichkeit durch. Alle bis auf die eine, die er gewählt hatte, hätten ihn von Catriona getrennt. Jeder andere Weg, den er gegangen wäre, hätte ihn nur zu der Kratzbürste geführt, nicht zu Catriona. Nur weil er sich als einer verkleidet hatte, der sie nicht bedrohte, hatte er sie dazu bringen können, ihren Panzer fallen zu lassen und ihr wahres Selbst zu zeigen.

Und das war wunderbar. Wie stolz war er auf sie gewesen, als Isobel ihre Freundin wurde, als Catriona sich durch Nacht und Sturm gekämpft hatte, um ihn sicher in die Schutzhütte zu bringen. Ihre Leidenschaft in Gairs und Linas Hütte hatte ihn beglückt, und ihre immer wieder aufblitzende Intelligenz und ihr Humor hatten ihn fasziniert.

Er überprüfte noch einmal ihre Sachen. Tayg war sich nicht sicher, ob er Ailig trauen konnte. Der Mann schien von Duffs und Brocs Komplott ehrlich überrascht gewesen zu sein. Doch hätte er viel anders reagiert, wenn er davon gewusst hätte?

Falls er log, war Catriona verloren. Ailig war der letzte Mensch, dem sie vertraute. Wenn er log, würde sie glauben, niemanden mehr zu haben. Niemals mehr würde sie einem Mann trauen, egal, was Tayg auch tun würde. Er schickte ein heißes Stoßgebet zum Himmel, Ailig möge der sein, der er zu sein vorgab, um Catrionas und der erhofften gemeinsamen Zukunft willen.

Doch im Augenblick konnte er ihm nicht trauen, und deswegen wollte Tayg, dass Catriona auf seinem Pferd ritt, ob es ihr gefiel oder nicht. So konnte er wenigstens für ihre Sicherheit sorgen, falls es Ärger gab.

Er seufzte, vergewisserte sich, dass das Pferd fertig war, und stellte fest, dass Gair, John und die Jungen schon zum Aufbruch bereit waren. Dann ging er los, Ailig und Catriona zu suchen.

Kurze Zeit darauf waren sie alle aufgestiegen und nahmen die Straße nach Linsmore. Sie ritten hintereinander, mit Tayg und Catriona, die vor ihm saß, an der Spitze, gefolgt von Ailig, Gair und den anderen. Tayg hatte Ailig nicht gern hinter sich, wo er kein wachsames Auge auf ihn werfen konnte, aber Gair konnte den Mann ja beobachten.

Als sie in Linsmore ankamen, hielten sie kurz an einem Gasthaus und fragten nach dem König. Es ging aber das Gerücht, dass er heute in Culrain angekommen wäre. Als sie Linsmore wieder verließen, war es heller Mittag, und der Schnee im Sonnenschein blendete sie. Tayg konnte hören, wie nicht weit entfernt in dem weißen Glitzern der Fluss unter der Brücke von Linsmore hindurchrauschte.

Tayg ritt langsamer und sah sich um, ob Gefahr drohte. Eigentlich erwarteten sie die Brüder an einer Wegstelle, die mehrere Stunden entfernt lag, gerade außerhalb von Culrain, aber Tayg war argwöhnisch. Auch Catriona schien unruhig zu sein, als würde sich sein ungutes Gefühl auf sie übertragen.

„Es tut mir leid“, flüsterte er ihr ins Ohr. „Ich hätte dir meine wahre Identität nicht verschwiegen, wenn es nicht wichtig gewesen wäre.“

Sie holte tief Luft, sagte aber nichts, weder zu ihm noch zu Ailig. Seit sie Gairs Hütte verlassen hatten, hatte sie kein Wort gesprochen. Nichts.

Einige Minuten ritten sie schweigend weiter. Die Straße verlief über einen kleinen Hügel, und dann kam der Fluss in Sicht. Schemenhaft war die Brücke über dem rasch dahinschießenden Wasser zu erkennen. Tayg hielt an und überblickte das Gelände. Wo das helle Licht nicht durch die dichten Bäume fallen konnte, herrschten dunkle Schatten. Alles Mögliche konnte sich dort verbergen.

„Ich reite voran", sagte er, als sie sich der Brücke näherten. „Gair, du bildest die Nachhut."

Gair fiel hinter seine Söhne und den Mönch zurück. Catrionas Bruder nickte nur und nahm seinen Platz hinter Tayg ein. Er schien ebenso wachsam zu sein wie Tayg, dessen Sinne aufs Höchste gespannt waren, als sie sich dem Flussufer näherten.

Dumpf erklang der Hufschlag von Taygs Pferd auf der Brücke. Ailig war der Nächste, und bevor Tayg die andere Seite erreicht hatte, war auch Gair schon auf die hölzerne Brücke geritten. Tayg wollte sich gerade entspannen, als vor ihnen aus dem Dunkel des Waldes ein Ruf ertönte. Hinter ihnen antwortete ein anderer Schrei.

„Du verdammter ...", zischte Tayg, während er sich umdrehte. Er fluchte, weil er mit Catriona im Sattel sein Schwert nicht ziehen konnte.

„Ailig?" Catrionas Stimme klang unsicher.

„Ich schwöre dir, davon habe ich nichts gewusst", sagte Ailig. „Ich schwöre es."

„Ho, hierher, Bruder." Broc MacLeod trat auf das hintere Ende der Brücke und versperrte ihnen den Rückzug. Die anderen Brüder, Callum, Gowan und Jamie standen vor Tayg und grinsten zu ihm hinauf. „Wie ich sehe, hast du Catriona und den Bastard, der sie mitgenommen hat, gefunden. Ich wusste doch, dass du ihr Vertrauen gewinnen kannst, wo ich es nicht kann. Gut gemacht, Ailig. Scheint, du bist am Ende doch zu etwas nütze."

Catrionas Schweigen beunruhigte Tayg, und er befürchtete, dass dieser letzte Verrat ihr Schicksal nun besiegeln würde.

„Warum bist du hier, Broc?", fragte Ailig. „Wir wollten uns nicht hier treffen."

„Aye, das stimmt, aber siehst du, ich bin nicht so dumm, wie du glaubst. Du bist nicht der einzige Meister der Tricks und

Kniffe in unserer Familie."

Tayg schaute die Schafsgesichter an, und dann, ohne diesen Klotz von einem Bruder ganz aus den Augen zu lassen, drehte er den Kopf gerade weit genug, dass seine Stimme gut zu hören war. „Und wo ist dein Meister, Broc? Wo ist Duff MacDonell?"

„Ich habe keinen Meister", knurrte Broc. Keiner sagte etwas, und nach einiger Zeit fügte Broc hinzu: „Er beobachtet den König."

„Er schickt also seinen Lakaien, um mit den Unruhestiftern fertig zu werden ... und ihm vielleicht eine widerstrebende Braut zu verschaffen, die ihn mit deinem Clan verbindet." Tayg grinste die Schafsgesichter an und senkte die Stimme, sodass nur sie die folgenden Worte verstehen konnten. „Wusstet ihr, dass Broc euren Clan Duff MacDonell ausliefern will?"

„Nein, tut er nicht", sagte einer von ihnen.

„Hör nicht auf ihn, Jamie", brüllte Broc. „Runter von euren Pferden." Tayg hörte ihn die Brücke entlang auf sie zukommen.

„Nehmt die Hände von meinem Pferd", sagte Gair mit leiser, gefährlicher Stimme.

„Du hast mich zum letzten Mal benutzt, Bruder", sagte Ailig.

„Jeder Bruder, der Catriona hilft, dem Clan Schande zu bringen, verdient den Dank seiner Verwandten nicht. Du bist nicht länger willkommen auf Assynt, Ailig. Noch du, Catriona, außer du heiratest Duff. Bring mich in dieser Angelegenheit nicht weiterhin in Verruf."

Catriona wandte Broc das Gesicht zu. „Eher würde ich dir die Kehle aufschlitzen, mein Bruder, bevor ich Duff MacDonell heirate", sagte sie. Noch nie hatte Tayg die Worte *mein Bruder* so verächtlich klingen hören, so voller ... nein, nicht Hass ... es war Verachtung. Er lächelte und ergriff die Gelegenheit, ihr ins Gesicht zu sehen.

Das war ein Fehler, denn in dem Moment sprang eines der Schafsgesichter vor und packte Taygs Bein und riss ihn von seinem Platz hinter dem Sattel. Er fiel hart auf das glatte Holz der Brücke. Ailig musste das gleiche Schicksal erlitten haben, denn Tayg hörte einen ähnlich klingenden Plumps, gefolgt von heftigen Worten, die Catriona in ihren besten Augenblicken Ehre eingelegt hätten. Ein Handgemenge sagte ihm, dass Gair und die anderen sich jetzt in die Schlägerei eingemischt hatten. Tayg schüttelte den Kopf und setzte sich auf. In dem Moment zielte ein Dolch auf seine Brust. Er lehnte sich zurück.

„Gut, ich rühre mich nicht, aber verletzt nicht das …“

Bevor er noch das Wort *Mädchen* aussprechen konnte, stieß Ailig einen Schrei aus, gefolgt von einem Schlag, der die Brücke erschütterte. Der über ihm stehende Bruder blickte auf und rief Catrionas Namen. Tayg hieb dem Mann auf den Arm, schlug ihm den Dolch aus den Händen und warf sich auf seinen Angreifer. Aus den Augenwinkeln sah er, wie Catrionas Pferd über die Brücke flog und auf den Wald zuhielt, fort von Culrain.

Erleichterung ergriff ihn. Sie war fort und ritt in die andere Richtung. Duff würde sie nicht finden, und er würde dafür sorgen, dass es auch Broc und den anderen Brüdern nicht gelingen würde. Er feierte den Augenblick, indem er dem Bruder, der ihn zu Boden gerissen hatte, einige harte Schläge in den Magen versetzte. Vom anderen Ende der Brücke ertönte ein Ruf, doch Tayg war zu sehr damit beschäftigt, dem MacLeod-Bruder die Schläge heimzuzahlen, die er in Duchally hatte einstecken müssen, als dass er darauf geachtet hätte. Noch ein Schlag und noch einer, dann riss ihn plötzlich jemand von dem Mann fort und rief seinen Namen.

„Tayg, halt ein! Hör auf! Die Zwillinge haben ihn. Catriona ist fort und Broc ebenso. Wir müssen ihnen nach!“

Tayg versuchte, wieder einen klaren Kopf zu bekommen und sich von der Kampflust zu befreien, die ihn gepackt hatte. Langsam drangen die Worte bis zu ihm durch.

„Sie ist fort, in den Wald hinein“, sagte Tayg, „aber nicht in Richtung Culrain.“

„Aye, aber Broc ist ihr nach“, antwortete Ailig.

Tayg rann es kalt den Rücken hinunter, doch er verdrängte die Angst.

„Kein Problem“, meinte eines der Schafsgesichter unter Bruder John hervor, der mit seinem ganzen beachtlichen Gewicht auf ihm saß. „Das Mädchen würde ja noch nicht einmal aus einem Zimmer mit nur einer Tür finden.“ Der Mönch machte sich ein bisschen schwerer, und der Bruder stöhnte auf. „Broc wird sie schnell genug finden. Geh runter, Mann!“ Der Mönch grinste, rührte sich aber nicht.

„Aye“, sagte Tayg und sprang auf die Füße. „Aber Broc darf sie nicht finden.“

„Er wird ihr nichts tun“, sagte ein anderes Schafsgesicht. Es war der, den Gairs fester Griff gefangen hielt.

Ailig sah von seinen Brüdern zu Tayg. „Ich glaube nicht, dass sich Tayg deswegen Sorgen macht.“

„Das Mädchen hat von Männern genug“, sagte Tayg. „Ich möchte nicht an Brocs Stelle sein, sollte er sie einholen.“

„Folge ihr, Tayg“, sagte Ailig.

„Das wird er nicht“, riefen die Schafsgesichter durcheinander und versuchten, sich zu befreien.

Ailig trat zu seinen Brüdern. „Dieser Mann hat für die Sicherheit unserer Schwester gesorgt. Er hat ihr wie keiner von uns geholfen. Geh, Tayg“, sagte er über die Schulter. „Halte Broc davon ab, sie vor dir zu kriegen.“

„Nein, Ailig. Sie will mich nicht sehen. Du folgst ihr. Ich muss zum König, bevor Duff ihn findet und Unglück über uns alle bringt.“

„Wie könnte er uns Unglück bringen?“, fragte eines der Schafsgesichter. „Er will doch nur des Königs Segen für seine Heirat mit Catriona.“

„Catriona wird diesen Bastard nie heiraten“, erwiderte Tayg.

„Eher bringt sie ihn um."

Das Schafsgesicht bäumte sich auf, aber es kam nicht frei. Ailig zog sein Schwert und richtete es auf den größten seiner Brüder.

„Du würdest für diesen Barden Partei ergreifen und dich gegen deine eigenen Brüder stellen, Ailig?", fragte der Mann.

„Aye, Callum, das würde ich, selbst wenn er nur ein einfacher Barde wäre." Er blickte Tayg an, und der nickte. „Es ist Tayg, der Erbe von Munro, früheres Mitglied der Armee König Roberts. Er reist im Auftrag des Königs. Duff will nicht des Königs Segen. Er und Broc wollen ihm etwas antun und uns damit ruinieren."

Von den Brüdern kam ein Aufschrei, doch Ailig wartete bloß. Tayg auch, aber nicht so ruhig. Duff wartete nur noch auf die Ankunft der MacLeod-Brüder, um den König in Brocs Hinterhalt zu locken, Catriona war irgendwo im Wald und fühlte sich von jedem Mann verraten, den sie je gekannt hatte, und Broc war ihr auf den Fersen, fest entschlossen, sie zu Duff zu bringen. Bis Tayg den König gefunden und gewarnt hatte, würde Broc Catriona schon gefunden haben, die sich verirren würde – worauf ihr Bruder bereits so beredt hingewiesen hatte – und gesucht werden müsste. Er bezweifelte nicht, dass sie ihrem Bruder die Stirn bieten konnte, aber was würde sein, wenn die beiden auf Duff träfen?

„Wir haben jetzt keine Zeit für das hier!", brüllte er die Brüder an und brachte sie damit zum Schweigen. „Ailig, du musst Catriona hinterher. Ich muss zum König und die da … Gair, reitest du mit mir, um sie sicher nach Culrain zum König zu bringen?"

„Es wird mir ein Vergnügen sein", sagte Gair und warf finstere Blicke auf den Bruder, den er immer noch gefangen hielt.

„Gair und die Seinen können nach meinen Brüdern sehen, aber lass mich zum König reiten, Tayg. Wenn er meinen Brüdern gegenüber nicht nachsichtig sein wird, dann vielleicht gegenüber meinem Clan, wenn ich ihm die Wahrheit überbringe. Du musst nach Catriona suchen.“

„Du kannst ihn nicht gehen lassen“, sagte der Kleinste der drei.

„Ich kann, Jamie, und ich muss es auch, oder unserer Schwester wird ein Schicksal bestimmt, das sie nicht will und auch nicht akzeptieren wird. Sie liebt diesen Mann, und er liebt sie. Wie es jetzt steht, ist er der Einzige, auf den sie hören wird.“

„Davon weiß ich nichts“, brummte Tayg gerade laut genug, dass Ailig ihn verstehen konnte.

Ailig blickte ihn über die Schulter an. „Nach dem hier wird sie mir nicht mehr trauen. Und bestimmt traut sie diesem Haufen nicht“, und damit zeigte er mit dem Daumen in Richtung der murrenden Schafsgesichter. „Sie mag von dir enttäuscht sein, aber mit der Zeit kannst du daran etwas ändern.“

Tayg nickte. „Aye, aber der König …“

„Der König wird die ganze Geschichte aus meinem Munde erfahren. Du hast Broc gehört. Ich habe euch nicht vorsätzlich in einen Hinterhalt geführt, doch Broc wird nicht noch einmal mit solch einer List davonkommen, da kannst du sicher sein. Ich bin dem König treu ergeben, und Gair wird da sein, um sicherzustellen, dass ich deine Geschichte auch richtig erzähle. Geh jetzt. Catriona braucht dich.“

Tayg war zwischen seiner Pflicht dem König gegenüber und seinem Verlangen, Catriona in Sicherheit zu wissen, hin- und hergerissen.

„Wann wolltet ihr Duff treffen?“, fragte er die Schafsgesichter.

„Heute Mittag“, antwortete der Kleinste.

Tayg erschrak. Er sah zu Ailig und traf dann eine rasche Entscheidung. Er zog die zwei Botschaften aus seinem Beutel und gab sie ihm. „Wenn du meine Pläne durchkreuzt, werde ich dafür sorgen, dass du und jeder deiner Brüder eines qualvollen Todes stirbt. Gair, nimm diese Narren mit dir, und reite schnell zum König. Bring sie dazu, dir zu sagen, wo Duff ist, und gehe ihm aus dem Weg. Wenn der König erst einmal gewarnt ist, können seine Soldaten Duff suchen. Ich muss Catriona finden."

„Geh!", sagte Ailig. „Ich werde dein Vertrauen nicht enttäuschen."

Tayg galoppierte über die Brücke und folgte der Richtung, die Catriona eingeschlagen hatte. Ailig schrie seinen Brüdern etwas zu, und Tayg flehte zum Himmel, dass er sich in Ailig nicht getäuscht hatte. Das Leben seines Königs und seine Liebe hingen davon ab. Jetzt konnte er nur noch hoffen, dass Broc kein Pferd auf dieser Seite der Brücke gehabt hatte.

Catriona beugte sich über den Hals ihres Pferdes. Sie ritt schnell, aber nicht so schnell, dass ihre Brüder sie nicht hätten einholen können. Sie machte absichtlich so viel Lärm wie möglich und hoffte inständig, dass ihr wenigstens einige ihrer Brüder folgten. Als Jamie Ailig und Callum Tayg von ihren Pferden zerrten, hatte sie den Entschluss gefasst, so viele Brüder wie möglich hinter sich herzulocken. Gairs Söhne waren stark, aber nur halb so stark wie einer der MacLeods. Gair selbst und Bruder John waren nicht mehr jung, und Tayg würde ein weiteres Zusammentreffen mit Broc und den Schafsgesichtern nicht überleben. Ganz gleich, wie groß ihr Herzeleid auch war, sie würde nicht zulassen, dass sie ihn töteten. In der Hoffnung, die Brüder von der Straße abzulenken, damit Ailig und Tayg zum König eilen konnten, hatte sie sich flussaufwärts gewandt. Sie wusste, dass Culrain in der entgegengesetzten Richtung lag.

Sie musste Tayg und Ailig den König warnen lassen und ihren Clan vor dem Verrat des Hundsgesichts retten, danach würde sie über ihre Zukunft nachdenken – eine Zukunft, die jetzt durch die Schande ihres Clans noch düsterer war.

Vielleicht würde sie zu Lina und Gair zurückkehren. Catriona richtete sich auf, und das Pferd wurde langsamer. Nein, nie mehr würde sie zu deren hübschem Cottage reisen. Dort hatte sie Tayg, dem Barden, ihr Herz und ihren Körper geschenkt, nur hatte es den Barden nicht gegeben. Sie war Tayg of Culrains Geisel gewesen … anscheinend eine willige Geisel. Scham packte sie. Er musste sie für die dümmste aller Frauen halten, die sich einem Mann hingab, den sie überhaupt nicht kannte. In seinen Augen war sie wahrscheinlich nicht viel besser als eine Hure, nur dass er mit nichts als ein paar netten Worten und einem Blitzen seiner Augen hatte zu bezahlen brauchen.

Wenn nur der Barde Wirklichkeit gewesen wäre. Der Mann, mit dem sie lachend, streitend und liebend ein glückliches Leben hätte verbringen und Kinder hätte haben können. Oh, Gott, was, wenn sie schwanger war? Das konnte nicht sein. Das wäre eine zu harte Strafe für ihre Torheit.

Tränen trübten ihren Blick, als sie erkannte, dass sie sich nichts sehnlicher wünschte, als von diesem Barden ein Kind zu haben. Den Mann hatte es vielleicht nicht wirklich gegeben, aber ihre Gefühle für ihn hatten existiert. Und dieser Mann hatte sie sogar gefragt, ob sie ihn heiraten wollte. Ha! Was hätte er gemacht, wenn sie es wirklich getan hätte?

Er hätte sich über sie lustig gemacht, sie irgendwo zurückgelassen, und sie hätte für sich selbst sorgen müssen … Aber nein. Das hätte er nicht getan. Aus ihrem wehen Herzen kam die ehrlichste Antwort. Er würde sie nicht im Stich lassen und sich nicht über sie lustig machen.

Ihr Pferd scheute und hätte sie fast abgeworfen, wenn sie sich nicht in seiner Mähne festgekrallt hätte.

„Da ist ja endlich die Kratzbürste“, grollte eine tiefe Stimme.

Sie zügelte ihr Pferd und wischte sich die Tränen aus den Augen. „Verdammt.“

Das Hundsgesicht Duff MacDonell versperrte auf seinem

Pferd den Waldweg. Er war so nahe, dass er Catriona einen der Zügel entreißen konnte.

„Du weißt mit Worten umzugehen, Frau." Er grinste schadenfroh.

„Ich bin nicht deine …"

„Wo sind deine Brüder? Deine … Begleitung?"

Catriona stockte der Atem, als sie sich der Gefahr bewusst wurde.

„Du hast sie zurückgelassen? Selbst deinen früheren Geliebten?" Er trieb sein Pferd dichter an sie heran und packte mit stählernem Griff ihren Arm, als sie Anstalten machte abzusteigen. Er zog sie so nahe an sich heran, dass sie seinen stinkenden Atem auf ihrem Gesicht spüren konnte. „Du wirst ihn nie wiedersehen, hast du verstanden? Wenn er mir je unter die Augen kommt, wird er sterben. Du wirst meine Frau werden."

Zorn schoss in ihr hoch, brennend und willkommen, und verdrängte ihre düsteren Gedanken. „Nein", sagte sie und riss sich los. „Ich werde niemandes Frau sein. Und wenn du glaubst, mich zwingen zu können, dann hast du schnell ein Messer im Herzen, und das sage ich nicht nur so."

„Ich fürchte, das Mädchen sagt die Wahrheit."

Das Hundsgesicht und Catriona fuhren herum. Da saß mit selbstgefälligem Grinsen Broc auf seinem Pferd. „Sie ist eine Teufelsbrut, Duff. Es ist sogar zweifelhaft, ob sie sich ihre Tugend bewahrt hat. Bist du dir sicher, dass du sie noch willst?"

Das Hundsgesicht musterte Catriona mit grimmiger Miene. „Du weiß sehr gut, dass ich keine andere Wahl habe."

Broc ritt an Catrionas andere Seite, und sie wusste nun nicht, welchen der Männer sie im Auge behalten sollte. Jeder von ihnen war gefährlich, doch mit einem Mal spürte sie, dass Broc die Situation beherrschte. Erstaunt betrachtete sie ihn.

Er grinste sie an. „Du dachtest, er wollte dich wegen deines hübschen Aussehens, nicht wahr, Schwester? Nur dumme Barden wünschen sich so etwas bei einer lästigen Frau."

Ihr war, als würde ihr ein Messer im Leib herumgedreht, doch sie zwang sich nachzudenken. „Was gewinnt er ..." Da verstand sie, und alles fügte sich zu einem Bild zusammen. Ihre Mitgift – sein Clan – die Allianz der beiden Clans. Alles wäre zum Vorteil der MacDonells, nicht der MacLeods. Alles würde den MacDonell Broc zu Füßen liegen lassen, ihn tief in seine Schuld bringen.

„Er ist nicht der Anstifter zu dieser Verlobung noch zu dem Komplott gegen den König, nicht wahr, Broc?", fragte sie.

„Normalerweise kann man dir nicht so leicht etwas vormachen, Schwester."

Sie sah zu Duff. „Es ist die Mitgift? Man sagt, dass dein Clan ziemlich verzweifelt ist. Was hat Broc dir versprochen? Nahrung? Vieh? Genug, um dich und die Deinen durch den harten Winter zu bringen?" Sie drehte sich wieder zu Broc um. „Und als Gegenleistung wirst du mich los, aber warum der König? Warum sollte das Hundsgesicht sich gegen den König stellen? Warum du, Broc?"

Es war das Hundsgesicht, das antwortete. „Mein Name ist Duff." Er starrte sie wütend an. „Es geht um Macht und Respekt. Der MacLeod of Lewes erweist vielen Clans im Westen Respekt und unterstützt sie, aber nicht unseren Clan, der mit ihm verwandt ist. Er sieht auf uns herab, weil wir nur barbarische Highlander sind, die ihm nichts nützen – und die nicht wichtig sind."

„Und du versuchst, seinen Respekt zu gewinnen, indem du den Zorn des schottischen Königs und seine Armee auf unsere Clans lenkst?", fragte sie. „Bist du so dumm?" Sie sah zu ihrem Bruder, der selbstgefällig auf seinem Pferd thronte. „Der MacLeod hat nicht recht getan, euch nicht zu beachten. Er hätte euch beide töten sollen, als ihr noch klein wart."

Broc schlug sie so hart, dass sie seitlich vom Pferd fiel, dabei zuerst gegen Duff prallte und, als dessen Pferd zur Seite sprang, schwer zu Boden schlug. Ihr Gesicht schmerzte, und sie schmeckte Blut. Einen Moment lang lag sie im Schnee, versuchte abzuschätzen, ob sie sich etwas gebrochen hatte, und wartete, dass ihr Kopf klar wurde. Sie musste diesen beiden entkommen, aber sie musste sie auch lange genug ablenken, damit Ailig und Tayg den König erreichen konnten. Das Schicksal von Duffs Clan war beschlossen, denn sie hatten ihn zu ihrem Chief gewählt und würden mit ihm leben oder untergehen. Doch Broc war noch kein Chief. Es gab noch Hoffnung, aber nur, wenn Ailig und Tayg den König überzeugen konnten. Und sie *musste* ihnen die Zeit dazu verschaffen.

Das Hundsgesicht packte sie grob am Arm und zog sie auf die Füße. Vor ihren Augen tanzten Sterne.

„Ich sage, wir kehren nach Linsmore zurück. Dort gibt es einen Priester. Dort können wir endlich den Handel besiegeln."

„Nein, zuerst der König", sagte Broc.

„Der König wird noch drei Tage lang in Culrain sein. Wir können uns mit diesem kleinen Problem hier beschäftigen ..." Er schüttelte Catriona so sehr, dass sie schon wieder Sterne sah. „... und immer noch rechtzeitig in Culrain ankommen, um dort unser Geschäft zu erledigen, außer ..."

Das Hundsgesicht zerrte Catriona ums Pferd herum, bis sie vor Broc standen. „... außer du hattest nie ernsthaft vor, sie mir zu geben, mir ihre Mitgift zu geben."

Broc lächelte. Es war ein wissendes, spöttisches Lächeln, das Catriona noch nie zuvor an ihm gesehen hatte. Es war, als würde der ihr bekannte Broc von ihm abfallen und den wahren Broc enthüllen, der die ganzen Jahre darunter verborgen gewesen war. Er war nicht länger ein plumper Dummkopf. Der Mann vor ihr war eindeutig schlauer, als irgendjemand ihm zugetraut hätte, und das durfte sie nicht vergessen.

„Du hast in meinem kleinen Plan brav mitgespielt, Catriona, und auch du, Duff, obwohl deine blindwütige Jagd auf den Barden beinahe alles verdorben hätte. Fast hätte ich das auch noch besorgt, wenn uns diese Frau in Duchally nicht daran gehindert hätte."

„Zu dumm, dass du mich dort nicht gleich an Ort und Stelle erledigt hast."

Bei diesen Worten schnappte Catriona nach Luft. Der Klang der Stimme erfüllte sie mit Erleichterung und Schrecken. Sie drehte sich um und sah Tayg. Er lehnte lässig an einem Baum, die Arme vor der Brust verschränkt, als hätte er keinerlei Sorgen. Doch seine Augen blitzten gefährlich, und in seinem Gesicht war keine Spur von dem Humor zu entdecken, den sie dort sonst so oft gesehen hatte. Er sollte doch beim König sein. Sie blickte sich um, aber sie sah und hörte niemanden. Sie wandte ihre Aufmerksamkeit wieder Tayg zu und sah ihn fragend an. *Was war mit Ailig und den Schafsgesichtern geschehen?*

Tayg sah sie, aber er gab keine Antwort. Kurz huschte ein besorgter Ausdruck über sein Gesicht. Er machte aber schnell kalter Wut Platz, als er sich wieder ihren Gefährten zuwandte. Catriona sog scharf die Luft ein und machte instinktiv einen Schritt zurück. Diesen zornigen Mann vor ihr kannte sie nicht. Ihre Bewegung, gepaart mit der Verblüffung des Hundsgesichts über Taygs Erscheinen, befreiten sie von seinem Griff. Catriona trat langsam noch weiter zurück, wirbelte herum und rannte in den dichten Wald.

17. KAPITEL

Dass Catriona so flott in der Dunkelheit des Waldes verschwand, überraschte Tayg, doch er grinste zufrieden über ihre schnelle Reaktion. Noch vor Brocs Schrei „Halte sie, du Dummkopf!“ stürzte Tayg schon hinter ihr her. Zuerst musste er sie sicher von hier fortbringen, dann konnte er daran denken, wie Broc und Duff lange genug aufzuhalten waren. Er hoffte nur, der König wurde Gairs Bitte folgen und Ailig anhören, denn die MacLeods waren nicht gerade für ihre Königstreue bekannt.

Sie waren aber für ihre kluge Tochter bekannt. Sie lief fast unhörbar durch den Wald, aber doch nicht ganz. Tayg wandte sich nach rechts und fand ihre Spur im verharschten Schnee. Um Duff und Broc nicht auf ihre Fersen zu locken, wagte er nicht, nach Catriona zu rufen, und rannte einfach weiter. Nach kurzer Zeit entdeckte er ihren wehenden Mantel. Er bog nach rechts ab, verließ den Wildpfad, dem sie folgte, rannte zwischen den Bäumen hindurch und sprang ihr zwischen zwei Eichen hervor in den Weg. Sie stießen zusammen, er fing sie auf und milderte ihren Sturz mit seinem Körper.

„Sei gegrüßt, mein Schatz“, lachte er.

Sie starrte Tayg an, als wäre er ein Fremder. Ihre Augen glänzten, als kämpfte sie mit den Tränen, und sie machte sich jäh los von ihm.

„Du solltest auf dem Weg zum König sein“, meinte sie mit leiser Stimme und klopfte den Schnee von ihrem Mantel.

„Ailig, Gair und die anderen, einschließlich deiner Brüder, sind auf dem Weg dorthin …“ Er hob die Hand, bevor sie etwas sagen konnte. „Er wird dem König die Nachricht überbringen. Ich übergab ihm die Briefe als Beweismaterial.“

„Aber die Schafsgesichter …“

„Die sind in guter Hand. Von Duffs Komplott schienen sie keine Ahnung zu haben.“

„Es ist Brocs Komplott."

Tayg starrte sie an, während ihm langsam klar wurde, was sie da gesagt hatte. „Brocs?"

„Aye." Sie blickte sich um, und auch Tayg hörte, was ihre Aufmerksamkeit geweckt hatte. „Wir müssen sie lange genug aufhalten, um Ailig Zeit zu verschaffen, zum König zu reiten."

„Das war auch mein Gedanke", meinte Tayg. „Lass uns ein Versteck finden. Dann werde ich mich um sie kümmern."

„Nein, das hier ist auch meine Schlacht, Tayg. Du wirst nicht erleben, dass ich abseits stehe ..."

„Ich würde dich nie beiseiteschieben, Catriona", erwiderte er und strich leicht über den blauen Fleck auf ihrer Wange. „Wer hat das getan?"

Sie zuckte nur die Achseln. „Das ist jetzt nicht wichtig. Wir sollten uns von ihnen entdecken lassen, dann nimmst du diesen Weg und ich jenen. Vielleicht trennen sie sich. Vermutlich werden wir sie niederschlagen und fesseln müssen."

„Oder wir töten sie."

„Trotz seiner dummen Pläne ist Broc mein Bruder. Ich möchte nicht, dass er getötet wird."

Tayg nickte. Es war jetzt keine Zeit für lange Diskussionen. Außerdem war des Königs Gerechtigkeit bestimmt nicht so gnädig und schnell wie Taygs Dolch.

„Da sind sie", flüsterte sie. „Lass mich!" Er erschrak bei den laut ausgesprochenen Worten. „Leb wohl!", sagte sie etwas leiser, drehte sich um und lief wieder den Wildwechsel entlang.

Tayg grinste hinter ihr her. Sie war ein beherztes Mädchen und besaß mehr Mut als mancher Mann, an dessen Seite er gekämpft hatte. Er warf einen Blick zu dem düsteren Wald zurück und sah die beiden Männer mit gezogenem Schwert zu Fuß auf sich zulaufen. Er zögerte einen Augenblick. Sie sollten ihn ruhig sehen. Dann rannte er in den Wald zurück.

Broc folgte Catriona, und Duff drehte sich um und rannte Tayg hinterher. Es lief genau nach Catrionas Plan.

Catriona warf einen Blick über die Schulter und sah, dass ihr unverwechselbarer Klotz von einem Bruder ihr folgte. Gut, genau das hatte sie gehofft. Auf einer kleinen Lichtung kam sie schlitternd zum Stehen. An deren Rand entdeckte sie einen dicken Baum. Sie überquerte die Lichtung auf dem Wildwechsel und lief dann im Schutz der Bäume an deren Rand entlang. Hinter dem alten Baum versteckte sie sich. Sie holte kurz Luft und machte sich dann daran, ihre Munition vorzubereiten.

Gerade rechtzeitig lugte sie hinter dem Baum hervor, holte aus und ließ den Schneeball fliegen. Mit einem dumpfen Klatschen traf er Broc seitlich am Kopf.

„Catriona!“, bellte er und rieb sich die Stirn. Der Stein, den sie in den Schneeball gepackt hatte, schien seinen Dienst getan zu haben. Der Schlag hatte Broc benommen gemacht, und Catriona konnte sich rasch hinter einem anderen Baum verbergen. Broc drehte sich zu ihr um.

„Der kleine Klaps ist nichts gegen die Prügel, die ich dir verpassen werde, machst du das noch einmal“, schrie er und schüttelte den Kopf.

Catriona warf den nächsten in Schnee verpackten Stein. Er traf seine Schulter, und Broc grunzte wütend.

„Caa-triiiii-ooo-naaa!“, brüllte er und stürzte auf sie zu.

Sie sammelte ihren Vorrat an Schneebällen in ihrem Mantel und lief tiefer in den Wald hinein.

Tayg wie auch Duff hörten das Gebrüll. Weil aber Tayg auf Duff saß, konnte der wenig tun, um Broc zu helfen. Beim Klang der Stimme des anderen Mannes zuckte Tayg zusammen. Das Mädchen musste ihn durch etwas provoziert haben, das über eine einfache Jagd durch den Wald hinausging. Einerseits wollte er zu ihr und sie anspornen, doch andererseits wollte er sie vor jeder weiteren Untat ihres Bruders beschützen.

„Ich muss gehen“, meinte er zu Duff, als hätten sie sich nur unterhalten und nicht miteinander gekämpft. Er packte ihn vorn beim Mantel, holte aus und landete mit der Rechten einen heftigen Schlag gegen das Kinn des Mannes. Man hörte ein Knirschen, und Duff verdrehte die Augen. Tayg ließ ihn los und stand auf. Er hatte kein Seil, um ihn zu fesseln, doch er konnte ihn auch nicht einfach so liegen lassen, damit er sich erholte und erneut angriff. Tayg packte den Saum von Duffs Mantel und schnitt mit seinem Dolch einige Streifen ab. Schade, dass er das tun musste, aber er hatte keine andere Wahl. Schnell rollte er Duff auf den Bauch und band ihm die Hände auf den Rücken. Dann band er ihm noch die Füße, und zum Schluss verknüpfte er mit dem letzten Streifen die Hand- und Fußfesseln miteinander.

„Das sollte halten."

Duff stöhnte, öffnete aber nicht die Augen.

„Gut", sagte Tayg und suchte nach seinem Dolch, den er während des Fesselns aus der Hand gelegt hatte. Aus den Tiefen des Waldes war erneut Gebrüll zu hören, gefolgt von einem überraschten Schrei. Tayg gab seine Suche nach dem Dolch auf und raste in Richtung der Stimmen. Wenn Broc Catriona etwas antat, dann würde er ihn töten, ganz gleich, ob Catriona damit einverstanden war oder nicht. Tayg würde ihre wütenden Worte schon überleben, sie aber nicht die Rache, die ihr Bruder sich für sie ausdenken würde. Zu viel stand auf dem Spiel, und Broc würde keine weitere Einmischung seiner Schwester dulden.

Catriona rannte im Zickzack zwischen den Bäumen hindurch, sodass Broc sie nie genau sehen konnte. Sie blieb immer nur lange genug stehen, dass sie einen Schneeball werfen konnte. Manchmal traf sie, meistens aber nicht. Broc hatte mehr Erfahrung darin, ihren Wurfgeschossen auszuweichen, als Tayg. Noch einmal traf sie ihn im Gesicht, dieses Mal mitten auf den Mund. Er blutete, brüllte auf und rannte mit Wut in den Augen hinter ihr her. Catriona lief, so schnell sie konnte. Seit Jahren hatte sie Übung darin, ihm zu entkommen.

Sie blickte gerade rechtzeitig über die Schulter zurück, um zu sehen, wie Tayg zwischen Bäumen hervorschoss und Broc angriff. Oh, nein! Jetzt hatte sie Broc endlich, wo sie ihn haben wollte, da kam Tayg, der Held, um sie zu retten. Sie brauchte nicht gerettet zu werden. Brauchte ihn nicht. Sollten sich die beiden doch zu Brei hauen! Die Fäuste in die Hüften gestützt, blieb sie seufzend stehen.

Sich laut beschimpfend, rollten die beiden Männer über den vereisten Boden. Catriona beschloss, die einfallsreichen Schimpfwörter ihrem Repertoire hinzuzufügen, und wollte sich gerade auf die Suche nach ihrem Pferd machen, als Tayg aufstöhnte und Broc ein nicht misszuverstehendes Siegesgebrüll anstimmte.

„Nein!“, schrie sie und rannte zurück. Sie schnappte sich einen toten Ast, der neben dem Weg lag, und schwang ihn über die Schulter.

Broc saß mit hoch erhobenem Dolch rittlings auf dem benommenen Tayg, bereit, ihm die Waffe ins Herz zu stoßen. Bevor Catriona noch wusste, was sie tat, schwang sie den Ast. In diesem Moment stieß Tayg Broc von sich herunter. Der Ast pfiff durch die Luft und verfehlte Tayg nur knapp.

„Tayg!“

Broc stürzte sich auf Tayg, der sprang zur Seite und entriss Catriona den Ast. Er holte aus und traf Broc seitlich am Kopf. Der fiel zur Seite und landete neben Catriona, den Dolch immer noch in der Faust. Sie vertraute nicht darauf, dass er bewusstlos war, und trat ihm mit Wucht aufs Handgelenk. Dann entwand sie ihm den Dolch, bereit, ihn gegen ihn zu benutzen, wenn es sein musste.

Tayg warf den Ast ins Gebüsch und nahm ihr den Dolch aus der Hand. „Hat er dich verletzt?“

„Nein, er verletzt nur dumme Kerle, die nicht wissen, wann sie jemanden allein lassen müssen“, antwortete sie und konnte dabei den Blick nicht von Tayg wenden. Langsam wuchs ihm eine große Beule an der Stirn, und seine Lippe blutete.

„Das konnte ich nicht."

„Aye, weil du ein Held bist, ein Krieger."

Tayg wischte sich mit dem Handrücken das Blut vom Mund. Sie sah, dass auch seine Fingerknöchel aufgeschlagen waren, und musste wegschauen. Ihr Herz war verwirrt, und eine Berührung von ihm würde alles nur noch schlimmer machen.

„Wir müssen Broc …" Sie blickte sich um. „Wo ist Duff? Hast du ihn getötet?"

„Nein", sagte er und sah sie immer noch aufmerksam an. „Er liegt weiter hinten am Weg, gefesselt und bereit, zum König gebracht zu werden."

Sie nickte. „Dann lass uns dasselbe mit dem hier machen. Wir werden die Pferde brauchen, um die beiden zu transportieren."

„Ich fessle ihn, dann können wir zu den Pferden zurückkehren." Tayg nahm Brocs Mantel und begann, Streifen davon abzureißen."

„Ich werde gehen."

„Aber du wirst dich verirren."

Sie blickte ihn einen Moment lang an, dann lauschte sie in den Wald hinein. Etwas entfernt zu ihrer Rechten konnte sie den Fluss rauschen hören. „Ich überquerte das Wasser und wandte mich dann nach links, flussaufwärts. Wenn ich also diesem Wildwechsel folge und das Rauschen des Flusses zu meiner Linken lasse, werde ich zu den Pferden kommen." Herausfordernd sah sie ihn an. Sollte er es nur wagen und sagen, sie irre sich.

„Du hast diesen Weg bewusst eingeschlagen", stellte er fest, und sein Gesicht verriet, wie überrascht er war. „Du wusstest, dass du dich in die entgegengesetzte Richtung von Culrain wandtest."

„Jemand musste diese Narren doch fortlocken. Aber du hättest zum König reiten sollen. Man darf kaum hoffen, dass der König sich geduldig Ailigs Geschichte anhört, ohne seinen tapferen Krieger Tayg of Culrain neben sich, der für Ailigs gute Absichten einsteht."

Sie sah, wie er bei den Worten „tapferen Krieger" zusammenzuckte. Das war gut so. Das war er schließlich, ganz gleich, was er ihr gegenüber behauptet hatte. Den Barden hatte es nie gegeben, und sie wäre eine Närrin, ihm zu glauben, auch wenn sein verschmitztes Lächeln und dieses Glitzern in den Augen die Sehnsucht nach seinen Berührungen weckten, seinem Humor, seinem hart erkämpften Lob, das ihr so viel bedeutete. Nein, ihr Entschluss stand fest. Sie würde nicht weich werden. Nie mehr würde sie sich solch eine Schwäche erlauben. Denn selbst wenn sie ihm je wieder vertrauen könnte, sein Clan würde einem zukünftigen Chief nie erlauben, sich mit der Tochter eines verräterischen Clans zu belasten. Sie würde dafür sorgen, dass Duff und Broc dem König ausgeliefert wurden. Danach …

„Catriona …"

Sie drehte ihm den Rücken zu und stapfte den Pfad hinunter zu den Pferden.

Catriona führte die Pferde auf dem Wildwechsel zurück. Um sie zu finden, hatte sie länger gebraucht als angenommen. Während sie sich darauf konzentrierte, den Fluss ständig zu ihrer Linken zu haben, musste sie sie verpasst haben und hatte dann den ganzen Weg zurückgehen müssen. Aber sie hatte sie gefunden und war deswegen stolz auf sich.

„Catriona!" Taygs Stimme kam aus einiger Entfernung zu ihrer Linken. Hatte sie die Lichtung versäumt? „Catriona!", rief er wieder, und sie sah ihn zwischen den Bäumen auf sie zulaufen. „Ich habe Broc zu der Stelle gebracht, an der ich Duff zurückgelassen habe. Komm mit", sagte er, band den Zügel los, der das zweite und dritte Pferd miteinander verband, und nahm das Erstere.

Er ritt auf dem Weg zurück, den sie gekommen war, und

sie folgte ihm. Im Stillen kochte sie vor Zorn, weil er nichts darüber sagte, dass sie die Pferde wirklich gefunden hatte. Vielleicht war sein Vertrauen in sie aber auch so groß, dass er am Gelingen ihres Vorhabens überhaupt nicht gezweifelt hatte. Bei diesem Gedanken schmerzte die Kränkung weniger. Aber sie dachte nicht lange darüber nach, damit das warme Gefühl, das sie dabei empfand, sie nicht doch noch milde stimmte gegenüber Tayg of Culrain.

„Nun, hier sind eure Pferde, und jetzt liegt es an euch, wie ihr reiten wollt", sagte Tayg.

Catriona betrachtete die beiden Männer, die mit auf dem Rücken gefesselten Armen und angezogenen Knien – ein Stoffstreifen verband die Hände mit den Füßen – dasaßen. Sie lehnten an Bäumen, die so weit voneinander entfernt waren, dass sie sich nicht flüsternd miteinander unterhalten konnten.

„Mit dir reiten wir nirgendwohin, Culrain", knurrte Broc höhnisch.

„Dann werdet ihr eben mit mir reiten", bestimmte Catriona. „Und du wirst dem König sagen, dass du derjenige bist, der hinter diesem Komplott steckt. Du wirst erklären, dass der Rest von uns nichts damit zu tun hat." Sie sah zu dem Hundsgesicht hinüber. Er war nur noch der jämmerliche Rest seiner selbst, böse und zornig, aber keine Bedrohung mehr. „Und du wirst Duffs Rolle erklären, die er aus Not übernommen hat. Ich werde ihn nie heiraten, aber vielleicht akzeptiert der König den Treueid des Clans MacDonell, wenn er die wahren Hintergründe erfährt."

„Aye, ich werde gern dem König die ganze Angelegenheit erklären", sagte Duff. „Es wird mir eine Freude sein zu erzählen, wie Broc gelogen und dafür gesorgt hat, dass mein Clan am Ende so verzweifelt war, dass ich mich sogar bereit erklärte, das böse Weib von Assynt in mein Haus aufzunehmen, nur um meinem Clan das Überleben zu sichern."

„Pass auf, was du sagst, MacDonell", knurrte Tayg.

„Aye, halt deine Zunge im Zaum, Duff, oder ich bin gezwungen, sie dir rauszuschneiden", sagte Broc.

„Hübsche Worte von einem Mann, der wie ein großer, fetter Ochse gefesselt daliegt", spottete Catriona.

„Provoziere mich nicht, Schwester mein."

„Ich provoziere dich, solange es mir Spaß macht. Mein ganzes Leben lang habe ich das schon getan, nicht wahr?"

„Aye, du warst mir immer ein Dorn im Fleisch. Von dem Augenblick an, wo du sprechen konntest, hast du mir widersprochen", fauchte Broc sie an. „Von dem Moment an, wo du einen Satz formulieren konntest, hast du alles getan, um meine Autorität über dich und andere zu untergraben. Und jetzt ist es genauso, jetzt, da ich unseren Platz in der Geschichte bestimme, unseren Platz in den Highlands. Wenn ich diese Tat vollbracht habe, werden alle unseren Beistand suchen. Die MacDonells sind erst der Anfang."

„Nein, wir werden nichts mehr mit dem verräterischen, unzuverlässigen Clan der MacLeods zu tun haben wollen", stieß Duff hervor. „In meinem eigenen Haus würde ich dir nicht trauen, würde deiner Aufrichtigkeit nicht trauen, selbst wenn du mir deine Gastfreundschaft anbietest. Lieber sehe ich, wie mein Clan verhungert, als dass er sich einem wie dir unterwirft."

„Für deinen Clan bedeute ich doch die Rettung", spie Broc in Duffs Richtung. „Ohne die Unterstützung meines Clans sind die MacDonells nichts."

„*Nichts* zu sein ist ein besseres Schicksal, als dich am Hals zu haben." Duff wandte seine Aufmerksamkeit Tayg zu, der mit einem kleinen Lächeln, die Arme vor der breiten Brust verschränkt, dastand und die Auseinandersetzung beobachtete. „Bring mich zu König Robert. Ich werde ihm erzählen, was Broc plant … alles!"

„Das wirst du nicht!", schrie Broc und sprang plötzlich von seinem Platz am Baum auf. Einen Dolch in der hoch erhobenen

Hand, stürmte er über die Lichtung und wollte sich auf den gefesselten Duff werfen. Der rollte zur Seite, als auch schon Tayg sich auf Broc stürzte und ihn niederschlug. Broc flog einige Fuß entfernt zu Boden.

Mit vor Schreck geweiteten Augen versuchte Duff, sich aufzurichten. „Binde mich los! Binde mich los, bevor dieser Mensch mich wieder angreift!“

Catriona ging langsam zu ihrem Bruder hinüber, der mit dem Gesicht nach unten regungslos dalag. Sie sah zu Tayg, der näher kam, bückte sich dann und schüttelte Broc an der Schulter. Er regte sich nicht. Tayg packte seine Schulter und rollte ihn auf den Rücken. Der Dolch steckte bis zur Hälfte zwischen Brocs Rippen.

„Es tut mir leid, Catriona.“

Sie schüttelte den Kopf und versuchte, das Bild ihres Bruders in sich aufzunehmen, des Mannes, der ihr das Leben zu einer einzigen Qual gemacht hatte und der jetzt tot zu ihren Füßen lag. Ein kleiner Teil in ihr betrauerte den Verlust. Immerhin war er ihr Bruder gewesen, ganz gleich, wie wenig Gutes von ihm gekommen war. Doch der größere Teil in ihr fühlte nur Kälte und Distanz, so als wäre der Mann zu ihren Füßen ein Fremder.

„Du hast keinen Anteil an dem hier, außer dass du einen Mann verteidigen wolltest, der sich selbst nicht verteidigen konnte“, sagte sie.

„Doch. Es ist mein Dolch. Ich verlor ihn, als ich Duff fesselte.“

„Und Broc fand ihn, als du ihn an den Baum gesetzt hast“, erwiderte Duff.

Tayg starrte den Mann zornig an. „Du wusstest, dass er bewaffnet war, und hast ihn noch angestachelt?“

„Von Duff konnte man noch nie behaupten, dass er klug ist“, sagte Catriona, und selbst in ihren Ohren klang ihre Stimme seltsam hohl.

„Ich hätte ihn nicht zurückhalten sollen", sagte Tayg zu Duff. Er nahm eine Decke aus seiner Satteltasche und breitete sie neben Broc auf dem Schnee aus. Dann zog er den Dolch heraus und reinigte ihn im Schnee vom Blut. Sorgsam rollte er den Körper in die Decke ein, band sie zusammen und legte die Leiche schließlich über den Sattel von Brocs Pferd.

Danach löste er Duffs Fußfesseln gerade lang genug, um dem Mann in den Sattel zu helfen, und band ihm dann sofort wieder die Füße unter dem Pferd zusammen. Catriona stieg auf, und Tayg schwang sich hinter ihr in den Sattel. Es war so angenehm, dass seine Arme sie wieder umfingen, doch sie würde sich nicht zurücklehnen. Nein, diesen Trost würde sie sich nicht erlauben. Er befestigte die Zügel von Duffs Pferd an seinem Sattel, so wie er die von Brocs Pferd an Duffs Sattel befestigt hatte, und still ließen sie den blutbefleckten Ort hinter sich.

Ailig war jetzt sicher schon in Culrain. Sie mussten so schnell wie möglich auch dorthin, denn es war zu befürchten, dass der König Gair nicht die gleiche Aufmerksamkeit zollen würde wie Tayg. Er würde Ailigs Bericht keine Beachtung schenken. Ailig brauchte Tayg, den Krieger, dem der König vertraute. Er musste sich für ihn und den Clan verbürgen, damit sie nicht für Brocs bösen Plan zur Verantwortung gezogen würden. Der König würde Ailig in den Kerker werfen oder noch Schlimmeres tun, und Catriona wollte an diesem Tag nicht noch einen Bruder verlieren.

18. KAPITEL

Die Abenddämmerung brach schon herein, als Tayg den anderen voran ins Dorf Culrain und an den Hütten vorbei zum Hallhouse ritt. Dieses Mal wurde er von keinen Willkommensrufen begrüßt. Das Dorf lag wie verlassen da, was hieß, dass alle in der Großen Halle versammelt waren und auf des Königs Antwort auf Ailigs Bericht warteten – wenn er Ailig überhaupt zugehört hatte.

Wie so oft auf diesem Ritt schaute Tayg über die Schulter, um sich zu vergewissern, dass Duff noch da war. Seit sie die Lichtung verlassen hatten, hatte Catriona kein Wort zu ihm gesagt. Während sie durch den Wald geritten waren, hatte Duff versucht, seine Tat zu erklären. Aber Taygs gelassen ausgesprochenes Versprechen, Brocs Drohung, ihm die Zunge herauszuschneiden, wahr zu machen, schien Duffs Mitteilungsbedürfnis schließlich zu stoppen.

Tayg hielt in der Nähe der Stufen an und band dort sein Pferd an einen Pfosten. Er ging zurück, um Catriona vom Pferd zu helfen. Sie schien jedoch wie benommen und merkte gar nicht, dass er neben dem Tier stand.

„Mädchen?“, sagte er und berührte leicht ihre Wade.

„Wir müssen Ailig von Broc erzählen.“

„Aye, es gibt vieles, das wir Ailig und dem König erzählen müssen. Aber wir können es nicht hier draußen tun.“ Er hob die Arme, fasste sie bei der Taille und half ihr herunter.

Wie versteinert stand sie da. Er hob ihr Gesicht, doch sie sah ihn immer noch nicht an. Zart strich er mit dem Finger über die dunkel verfärbte Prellung auf ihrer Wange. „Ich bedauere, was geschehen ist.“

Sie schüttelte den Kopf. „Das musst du nicht. Broc ist selbst an seinem Schicksal schuld.“ Sie sah ihm in die Augen. „Ich empfinde in meinem Herzen nur wenig Trauer um ihn. Ich bin wirklich das kaltherzige Biest, für das er mich immer gehalten hat.“

Tayg schlang die Arme um sie und war erleichtert, als auch sie ihm die Arme um die Taille legte und sich an ihn schmiegte. „Nein. Bei der kleinsten Gelegenheit zeigst du ein weiches Herz. Du hast mir das Herz erwärmt wie noch niemand zuvor.“ Er küsste sie aufs Haar und legte die Wange an ihre weichen Locken. „Du empfindest wenig Trauer, weil er dir nie Grund gegeben hat, ihn zu mögen. Lass ihn nicht jetzt noch den Sieg davontragen, indem du an dir zweifelst.“

Er trat etwas zurück und nahm ihr Gesicht in beide Hände. „Ich liebe dich. Das hast du mit deiner Wärme, deinem Humor und deiner Sturheit erreicht.“ Er grinste. „Und deiner Art, dir Freunde zu gewinnen – deiner Art, mich für dich zu gewinnen.“

Dann küsste er sie und legte all seine Gefühle für sie in diesen Augenblick. Fast verzweifelt erwiderte sie seinen Kuss, und er zog sie fest an sich.

„Wir haben viel zu tun“, meint er dann und lehnte seine Stirn an ihre. „Aber ich möchte so bald wie möglich dieses … Gespräch … zu Ende führen, denn es gibt so vieles zu besprechen, vieles zu erklären.“

„Nein.“

„Doch, aber zuerst müssen wir den König sehen und uns überzeugen, dass es Ailig und deinen Brüdern gut geht.“

Sie löste sich aus seinen Armen und schlug den Mantel um sich. „Also, auf zum König.“

Tayg band Duffs Füße los und half ihm auch vom Pferd. „Was, kein zärtliches Wort für mich?“, fragte Duff. „Sie sollte die Meine werden, trotz ihrer scharfen Zunge. Sie war immer für mich bestimmt.“

„Du wolltest doch nur das, was das Mädchen dir mitgebracht hätte.“

„Und du willst weniger?“

„Nein, ich will mehr“, gab Tayg zur Antwort und schob den Mann zu den Stufen. Er sah zu Catriona und bemerkte ihren erschrockenen Blick. „Ich will ihr Herz. Nichts weniger."

Catriona holte bebend Luft, und Tayg erkannte einen Riss in der Mauer, die sie um ihr Herz errichtet hatte. Vielleicht gab es für sie beide doch noch Hoffnung.

Er schob Duff durch die Tür in die lärmerfüllte Halle, doch keiner schien ihren Eintritt zu bemerken. Tayg blickte sich um. Seine Eltern und der König waren nirgends zu sehen, jedoch die Tür zur „Bärenhöhle" war geschlossen, und Duncan hielt dort Wache. Er stieß Duff, dessen Hände immer noch auf dem Rücken gefesselt waren, in diese Richtung, nahm Catriona bei der Hand und zog sie mit sich. Während sie durch die Halle gingen, verstummten die ihnen am nächsten Stehenden, bis schließlich die ganze Versammlung schwieg. Duncan nickte Tayg zu. Er klopfte zuerst an die Tür, öffnete sie dann und machte den Weg frei, damit die drei eintreten konnten.

Der König saß im Stuhl von Taygs Vater, und sein reich bestickter Mantel bauschte sich zu seinen Füßen. Sein Haar war dunkel, der Bart kurz geschnitten, und seine Augen funkelten vor kaum unterdrückter Wut.

Angus Dubh, Taygs Vater, Gair und Bruder John standen hinter ihm. Ailig und die anderen Brüder standen vor dem König wie Figuren auf einem Schlachtfeld, während rings im Kreis Soldaten standen.

„Sire, hier ist Tayg", sagte Ailig. „Lasst ihn mit seinen eigenen Worten erzählen, was er alles entdeckt hat."

Der König erhob sich und nahm Taygs und Catrionas Ehrbezeugung entgegen.

„Das ist also das Mädchen, das diese ganze Jagd verursacht hat?", grollte der König.

Catriona zuckte zusammen, aber sie wich nicht zurück. Tayg legte den Arm um ihre Taille und zog sie an sich. „Aye, Sire, das ist sie. Und wäre sie nicht gewesen, wäre Euer Leben jetzt in großer Gefahr …"

Einige Stunden später lag Catriona auf einem Bett in dem Raum, den man ihr gegeben hatte. Es war ein großer Raum, das Bett war breit und besaß eine Federmatratze. Sie war müde, alles tat ihr weh von der langen Reise und von dem durch Broc herbeigeführten Sturz vom Pferd. Sie wollte schlafen, all dem, was sie in den letzten paar Stunden gehört, was sie erlebt hatte, entfliehen. Und auch der Erkenntnis, dass Tayg nicht der Mann war, den sie sich eingebildet hatte. Denn sie war überzeugt, dass sie sich ihren Barden nur eingebildet hatte. Was für eine andere Erklärung gab es sonst dafür, dass sie den Mann, den sie so beredt für ihren Clan hatte eintreten sehen, jemals für einen charmanten Barden hatte halten können? Als er die Geschichte vortrug, um ihren Clan, Ailig, die Schafsgesichter und, wie sie erst jetzt erkannte, auch sie selbst vor dem nur zu gut sichtbaren Zorn des Königs zu retten, war Tayg jeder Zoll ein Krieger gewesen. Alle konnten sehen, dass er in der Gunst des Königs stand. Ailig hatte schweigend danebengestanden und zuerst Tayg, dann, als er vernommen wurde, auch Duff erlaubt, die Geschichte zu bestätigen, die er dem König noch vor ihrer Ankunft erzählt hatte.

Schließlich schickte der König alle außer Tayg hinaus. Duff, Ailig und die anderen wurden unter Bewachung gestellt. Erst als Tayg dem König etwas zuflüsterte, entließ er Catriona in die Obhut von Taygs Mutter. Sie musste aber versprechen, in ihrem Gemach zu bleiben, bis sie wieder zum König gerufen würde. Das Versprechen gab sie gern. Die Frau hatte sie seltsam angesehen, während sie sie aus der überfüllten Halle in diesen gemütlichen Raum geführt hatte. Doch außer dass sie ihr den Badezuber gezeigt hatte und die Kleider, die für sie bereitlagen, hatte sie wenig gesprochen.

Catriona hatte in dem Bottich verweilt, bis das Wasser ungemütlich kalt geworden war. Dann hatte sie sich angezogen. Zuerst legte sie ein schön gearbeitetes Leinenhemd an, darüber ein Kleid, das schöner war als alles, was sie je zuvor getragen hatte. Es war aus fein gewebter waidblauer Wolle, wie das Kleid, das Isobel ihr damals angeboten hatte. Es war weich und warm, mit einer komplizierten Stickerei entlang jedes Ärmels, die wiederum mit winzigen grauen und weißen Süßwasserperlen verziert war. Eine ähnliche rahmte den Ausschnitt ein. Das restliche Kleid umfloss schlicht ihre Gestalt und reichte fast bis auf den Boden, als wäre es nur für sie gemacht. Ein Plaid aus verschiedenen Rottönen, durchkreuzt von safranfarbenen und schwarzen Fäden, diente als Umschlagtuch.

Sie hatte sich das Haar gekämmt und am Feuer trocknen lassen. Jetzt trug sie es offen. Nur die vordere Partie hatte sie zu Zöpfen geflochten und am Hinterkopf mit einem Lederband zusammengenommen. Nun wartete sie und fragte sich, ob sie sich vielleicht für ihre Hinrichtung angekleidet hatte.

Von der Tür her erklang ein leises Klopfen. Ihr stockte der Atem, als sie sich aufrichtete. Würde sie jetzt das Schicksal ihres Clans erfahren? Würde sie ihr eigenes Schicksal erfahren?

„Komm herein“, sagte sie.

Die Tür schwang auf, und Tayg trat ins Zimmer. Er hatte seine Kleider nicht gewechselt ... immer noch befleckte Brocs Blut seine Tunika. Catriona stand auf. Auf dem Bett sitzen bleiben konnte sie nicht, erinnerte es sie doch an Dinge, die sie sich wünschte und die sie nicht haben konnte.

Tayg starrte sie an. Er leckte sich über die Lippen, blickte sich um, als wollte er etwas sagen, blieb aber stumm stehen. Dann schüttelte er den Kopf und machte einen Schritt auf sie zu.

„Du bist noch schöner, als ich bereits wusste“, sagte er.

Catriona sah auf ihre Füße, unfähig, die Frage in seinen Augen zu beantworten. „Es ist das Kleid.“

„Nein“, sagte er und hob mit dem Finger ihr Kinn an. „Nein, du bist es.“

„Bin ich zum König gerufen?“, fragte sie und hatte Angst, noch mehr zu fragen.

„Bald. Er möchte, dass wir ihm beim Abendessen Gesellschaft leisten.“

Sie nickte und reckte etwas das Kinn, um sich aus seinem Griff zu lösen, denn er verwirrte sie genauso wie der sehnsüchtige Blick seiner Augen.

„Du musst dir keine Sorgen machen, Mädchen. Der König ist gerecht. Bis jetzt hat er noch nicht über das Schicksal der MacLeods und der MacDonells entschieden. Ich glaube nicht, dass irgendjemand außer denen, die sich gegen ihn gewandt haben, Leid zu befürchten hat.“

„Und der Rest von uns wird von Heim und Hof vertrieben?“

„Du wirst immer ein Heim haben, wenn du mich heiratest.“

Tränen brannten in ihren Augen, und es schnürte ihr die Kehle zu. „Ich kann meinen Clan nicht im Stich lassen, um meine eigene Zukunft zu sichern.“

„Ich verlange ja nicht, dass du ihn im Stich lässt. Ich bitte dich, bei mir zu bleiben.“

„Das ist dasselbe. Ich kenne dich doch gar nicht. Du bist so viel mehr als der Barde.“

Catriona, ich …“

„Still! Lass mich ausreden“, sagte sie und legte ihm den Finger auf die Lippen. Das war ein Fehler, denn alles, was sie sich ersehnte, war, ihre Lippen auf die seinen zu pressen und in seiner Umarmung alles zu vergessen. Sie wollte alles vergessen, sie wollte, dass es war, wie es immer gewesen war, wenn sie in seinen Armen gelegen hatte: dass es nur noch sie beide gab. Sie wollte Liebe, Anerkennung und Sicherheit spüren. All das wollte sie und noch so viel mehr. Doch nichts davon würde sie bekommen. Konnte es nicht bekommen, dank Broc.

„Ich kann dich nicht heiraten, Tayg. Wenn du nur ein Barde wärst, wäre es etwas anderes, denn dann würde der dunkle Fleck auf dem Namen meines Clans nicht wichtig sein. Doch von Tayg of Culrain kann ich nicht verlangen, ihn nicht wichtig zu nehmen. Ich verspreche, alles zu tun, um sicherzustellen, dass mein Clan sich nicht mehr gegen den König wendet. Und wenn Ailig und ich können, werden wir den Clan überreden, dem König den Treueid zu schwören – ob der Clan allerdings bereit ist, uns überhaupt zuzuhören, bleibt abzuwarten. Sie könnten uns alle verbannen und sich einen anderen wählen, der sie führt. Meinen Vater wird das kränken, und das sollte es ihn auch, aber ich kann wenig tun, um daran etwas zu ändern."

Tayg stand schweigend da und verschlang sie mit Blicken. Schließlich fragte er: „Wirst du tun, worum der König dich bittet?"

„Was bleibt mir anderes übrig?"

Tayg nickte und wandte sich zum Gehen. An der Tür blieb er stehen, die Hand auf der Klinke. „Liebst du mich?", fragte er. „Die Wahrheit, Catriona. So viel bist du mir schuldig."

Die Tränen stiegen ihr in die Augen, aber sie weinte nicht. „Ich liebe dich, Tayg, von ganzem Herzen. Ich verstehe jetzt auch, warum du deine Identität verbergen musstest – und alles andere auch. Aber ich kann dich nicht mit der Schuld meines Clans belasten. Du bist für Größeres bestimmt. Es würde mir das Herz brechen, wenn ich zuschauen müsste, wie du meinetwegen scheiterst."

Taygs Augen waren dunkel und entschlossen, doch er sagte nichts, als sich die Tür hinter ihm schloss.

Um den König und sein Gefolge zu bewirten, war noch ein Tisch auf das Podest in der Halle gestellt worden. Tayg fand seinen Platz am Ende der Tafel. Duncan saß zu seiner Linken, und zu seiner Rechten, etwas näher am noch leeren Platz des Königs, saßen seine Eltern. Nahe dem Feuer spielte ein Barde, gerade so wie er vor zwei Wochen. Wie hatte sich alles nur so schnell verändern können?

Vor gerade mal zwei Wochen hatte er noch nicht an Heirat denken wollen. Jetzt war er geradezu lächerlich schlecht gelaunt, weil ein schwieriges schönes Mädchen ihm mit einer nur zu logischen Begründung einen Korb gegeben hatte. Das Argument hätte von Rob stammen können, aber er war nicht Rob – und Catriona auch nicht. Das Mädchen trug keinerlei Schuld am Komplott seines Bruders. Sie hatte alles getan, um es zu verhindern. War sie deswegen nicht wert, die Braut eines Kriegers des Königs und zukünftigen Chiefs der Munro of Culrain zu werden?

„Dummes Mädchen."

„Aye, das sind sie alle", sagte Duncan und betrachtete Tayg auf eine Weise, die ihn an den Blick seiner Mutter erinnerte, wenn sie ihn als kleinen Buben beim Naschen erwischt hatte. „Aber auch nicht dümmer als ein verliebter Bursche. Ist es eine Bestimmte, über die du brütest?", fragte er mit vielsagendem Grinsen.

Tayg warf ihm einen bösen Blick zu. „Du weißt genau, wer es ist. Sie will mich nicht."

Rechts von ihm lächelte seine Mutter. „Eigentlich ist es nur gerecht, dass du endlich einmal ein Mädchen findest, das du willst, das dich aber nicht will."

„Das hat wenig mit Gerechtigkeit zu tun", knurrte er. „Sie glaubt, der Verrat ihres Bruders mache sie unwürdig."

„Und stimmt das?", fragte die Mutter ruhig.

Tayg sah sie an und überlegte sich die Antwort gut. „Nein. Sie ist ein äußerst würdiges Mädchen. Sie ist loyal, und ich würde ihr mein Leben anvertrauen. Ich habe es sogar getan. Es ist nicht ihre Schuld, dass ihr Bruder ein Narr war."

„Aye", sagte sein Vater. „Nach dem zu urteilen, was man berichtete, hat sie viel riskiert, um zu verhindern, dass der Clan Beute ihres Bruders wurde."

„Und über viele Jahre hinweg", sagte Tayg mehr zu sich selbst. „Viele Jahre lang war sie Broc ein Dorn im Fleisch. Wäre es nicht so gewesen, hätte er vielleicht schon früher so etwas versucht. Der MacDonell hätte ihn sicher auch schon früher unterstützt."

„Trotz ihres Rufs scheint sie ein edles Mädchen zu sein."

Tayg ließ ein Schnauben hören. „Ihre scharfe Zunge ist nur zu ihrer Verteidigung da. Hinter diesem Schutzpanzer ist sie ein süßes Mädchen, ein starkes Mädchen."

Seine Mutter lächelte wissend.

„Warum lächelst du, Mutter?"

„Wegen dir, mein Junge. Catriona ist die Frau für dich, das ist klar. Doch du sitzt da, als ob die Welt untergegangen wäre und man nichts mehr tun könnte, als die Zerstörung zu betrachten."

„Sie will mich doch nicht. Sie sagt, sie will mich und diesen Clan nicht beschmutzen. Rob hätte ihr zugestimmt."

„Aye, aber Rob konnte manchmal ganz schön kurzsichtig sein", meinte sein Vater.

Bestürzt wusste Tayg nichts zu sagen.

„Du bist nicht Rob, mein Sohn", fuhr Angus fort. „Rob war ein guter Mann und hätte den Clan gut geführt, wenn auch mit wenig Fantasie. Du hast in dieser Situation mit den MacLeods und den MacDonells mit Fantasie und Diskretion gehandelt. Es ist dir gelungen, für die Sicherheit des Königs zu sorgen und gleichzeitig nicht die Würde all der Menschen zu verletzen, die in diese Geschichte verwickelt waren. Die Munros werden dir folgen, nicht Rob, Gott sei seiner Seele gnädig. Du musst sie auf deine Weise führen. Du musst sie mit dem Herzen wie mit dem Kopf leiten, Tayg, und beides wird im Gleichgewicht sein. Dafür wird Catriona schon sorgen."

„Sie will mich nicht."

„Du denkst nicht nach, Tayg", sagte Duncan. „Es ist klar, dass du sie liebst, und wenn ich mich nicht irre, hat das Mädchen dir gegenüber seine Liebe bewiesen, oder?"

Tayg bemühte sich, bei der Andeutung, die sein Freund da machte, nicht rot zu werden, obwohl er recht hatte. Selbst bevor sie es ihm gesagt hatte, hatte er an der Reaktion ihres Körpers erkannt, was sie für ihn empfand. „Sie sagt, dass sie mich liebt. Sie sagt, wenn ich der Barde wäre und nicht der Erbe von Culrain …“

„Dann finde einen Weg. Du bist immer noch der Barde, den sie damals traf, oder? Er ist ein Teil von dir. Warst du während deiner Zeit mit dem Mädchen weniger du selbst, weil du den Barden spieltest?“

„Nein.“ Er schüttelte den Kopf, während er über die Frage seines Freundes nachdachte. „Nein, ich war mehr ich selbst als je zuvor. Ich versuchte nicht länger, wie Rob zu sein, noch bemühte ich mich, nach irgendwelchen anderen Vorstellungen zu leben als meinen eigenen.“

„Dann musst du dem Mädchen nur zeigen, dass du noch derselbe Mann bist, in den es sich verliebt hat. Catriona liebt dich, sicher, aber sie muss ein wenig überredet werden.“

Bilder von ihrer Reise tauchten in Taygs Kopf auf. Die erste Nacht in der Höhle, wie sie neben Dolag stand, als er dieses schreckliche …

Er grinste. „Jetzt weiß ich es. Entschuldigt mich“, sagte er und erhob sich von seinem Platz. „Ich muss mit dem König sprechen.“

Catriona saß auf dem Bett, immer noch genau da, wo sie gesessen hatte, als Tayg sie verließ. Sie hätte sich am liebsten aufs Bett geworfen und sich die Seele aus dem Leib geweint und gleichzeitig diesen Raum verlassen und nie wieder an den dunkeläugigen Mann gedacht, der den Weg hinter ihren Schutzpanzer gefunden und sich einen Platz in ihrem Herzen verschafft hatte. Das Herz tat ihr weh, und sie war sicher, dass dieser Schmerz nie mehr enden würde. Alles, was sie sich gewünscht hatte, war in Reichweite, war ihr angeboten worden, und sie konnte es nicht annehmen, konnte Tayg und seine Familie nicht mit in diesen dunklen Sumpf ziehen, der dank ihres Bruders und dieses Dummkopfs, dem Hundsgesicht, jetzt das

Schicksal der MacLeods sein würde.

Hier gab es nichts mehr für sie. Wenn sie Assynt doch nie verlassen hätte! Wäre sie Tayg doch nie begegnet! Wenn sie sich doch nie in diesen verwirrenden Mann verliebt hätte!

Aber sie hatte sich verliebt. Und wenn sie ehrlich zu sich selbst war, musste sie zugeben, dass es für alle schlimmer gekommen wäre, wären sie einander nicht begegnet, hätten sie nicht Brocs und Hundsgesichts Pläne durchkreuzt, hätten sie sich nicht gemeinsam bemüht, den König zu warnen. Auch für sie wäre es schlimmer gekommen, denn sie wäre jetzt mit dem Hundsgesicht verheiratet, und dann wäre ihre Zukunft noch schwärzer gewesen, als sie es jetzt war.

Es klopfte leise an der Tür.

„Komm herein."

Die Tür öffnete sich. Einen kurzen Moment lang machte ihr Herz einen kleinen Sprung, weil sie dachte, es wäre Tayg, der zurückkam und sie bat, ihre Meinung zu ändern. Es war Ailig.

„Wir wurden in die Halle gerufen, Catriona. Wir müssen gehen."

Sie nickte und stand auf, strich ihr schönes Gewand glatt und ging vor ihm zur Tür hinaus. Es war kalt auf dem Gang, aber sie mussten nur zur Wendeltreppe gehen und ein Stockwerk hinuntersteigen. Die Treppe führte sie direkt in die Halle. Sie war voller Menschen. Es waren viel mehr als bei ihrer Ankunft vor ein paar Stunden. An einer der Längswände brannte ein Feuer, und zwei lange Reihen Schragentische füllten den Raum aus. Das Gemach, in dem sie den König getroffen hatte, war an diesem Ende der Halle. Doch dieses Mal saß der König am anderen Ende der Halle über allen anderen erhöht an einem Tisch, der auf einem Podest stand.

Ailig legte ihr behutsam die Hand in den Rücken und schob sie an der Wand entlang, wo man einen schmalen Gang frei gehalten hatte.

„Warum, glaubst du, will der König uns sehen?“, fragte sie ihn leise.

„Ich weiß es nicht, Schwester. Hab keine Angst. Es ist sicher nur eine Formalität, bevor er uns zurück nach Assynt schickt. Vielleicht will er auch, dass wir in seiner … Obhut bleiben … als Pfand, damit sich unsere Clansleute gut betragen. Doch ganz gleich, was geschieht, halte dein Temperament im Zaum.“

Sie sah ihn mit schmalen Augen an. „Falls du mich reizen willst, das wird dir nicht gelingen. Da habe ich keine Angst. Ich weiß, wie wertvoll Schweigen sein kann … beizeiten … und auch die Selbstbeherrschung.“

Ailig lächelte ihr zu. „Du bist eine bemerkenswerte Frau. Und Tayg ist ein bemerkenswerter Mann.“

Catriona blickte zu Boden. „Das ist er.“

Kurz darauf standen sie vor dem Tisch des Königs. Ailig verbeugte sich, und Catriona machte einen Knicks. Doch sie konnte sich überwinden, zum Tisch aufzuschauen. Sie wollte Tayg nicht sehen, denn sie konnte ihm nicht in die Augen blicken. Er würde sonst erkennen, wie es ihr das Herz zerriss. Sie wollte ihm keinen Grund geben zu glauben, sie wäre mit sich und dieser Entscheidung nicht völlig im Einklang. Sie wollte ihm keine Gelegenheit geben, vor einem Mädchen, dem das Herz gebrochen wurde, den Helden zu spielen.

„Ailig of Assynt“, dröhnte die Stimme des Königs über die Menge und machte, dass Catriona jetzt doch aufblickte. Sein Blick ruhte auf ihnen. Seine Stimme war fest, der Ausdruck auf seinem Gesicht … unergründlich. Catriona begann zu zittern, und Ailig nahm ihre Hand und drückte sie. Das machte ihr Mut. Was immer der König für gerecht halten würde, gemeinsam würden sie sich seinem Urteil stellen.

„Ich habe über die Information nachgedacht, die du mir heute überbracht hast. Ich habe mich mit jedem deiner überlebenden Brüder, deiner Schwester …“ Er neigte leicht den Kopf in ihre Richtung. „… mit dem MacDonell und mit meinem treuen Gefolgsmann Tayg of Culrain besprochen."

Catriona hielt den Atem an. Sie wusste, ihr eigenes Schicksal war mit dem ihres Bruders verbunden.

„Ich finde deine Treue zu mir bemerkenswert und weiß sie zu würdigen. Auch halte ich den Tod von Broc MacLeod of Assynt für ein Glück, weil nun die zukünftige Leitung des Clans noch offen ist." Er schwieg und beobachtete Catriona und Ailig einen Moment lang. Unter seinem prüfenden Blick fiel es Catriona schwer, ruhig zu bleiben.

„Ailig, auch wenn du der jüngste Sohn deines Vaters bist, halte ich dich für einen Mann, dem ich vertrauen kann, einen Mann, der treu zu mir und Schottlands Wohlergehen steht. Willst du mir hier und jetzt den Treueid schwören?"

„Aye, Sire", sagte Ailig, ohne zu zögern. Er zückte seinen Dolch, legte ihn auf die Handfläche und bot ihn dem König an. Dann beugte er das Knie und senkte den Kopf. „Ich schwöre, auch wenn man mich deswegen aus Assynt verjagen sollte. Ich schwöre Euch, Robert, König von Schottland, die Treue."

„Erhebe dich."

Ailig erhob sich, und der König gab ihm den Dolch zurück.

„Meine Wachen werden den MacDonell nach Dingwall begleiten, wo ihm der Earl of Ross Gastrecht in seinem Verlies gewähren wird, damit er seinem Clan kein weiteres Leid mehr antun kann. Den dreien, Gowan, Jamie und Callum des Clans Leod of Assynt, befehle ich, in meiner Armee zu dienen, bis ich ihren Dienst für beendet erkläre. Ailig, dir trage ich auf, deinen Clan in die schottische Gemeinschaft einzubringen."

„Aber Sire ..."

„Einem guten Chief dürfte diese Aufgabe keine Schwierigkeiten bereiten."

Zuerst dachte Catriona, das wäre ein Tadel, dann erkannte sie die Bedeutung der Worte des Königs. Sie sah zu ihrem Bruder. Er machte ein ernstes Gesicht, und seine Augen blickten sorgenvoll. Genau das hatte sie gewollt. Und genau das wollte Ailig nicht.

„Ich werde tun, was ich tun muss, Sire. Der Clan Leod of Assynt wird dem König von Schottland dienen."

Catriona wusste, dass das leichter gesagt als getan war, aber Ailig würde schon einen Weg finden.

„So soll es sein", sagte König Robert. „Und was dich betrifft", fuhr er fort und wandte seine Aufmerksamkeit Catriona zu. „Welche Gunst wünschst du dir für deine Treue?"

Erschrocken über die unerwartete Frage, antwortete sie: „Ich verlange nichts, außer mit meinem Bruder nach Hause zurückzukehren."

„Man hat mir zu verstehen gegeben, dass du die Reise von Assynt hierher unternommen hast, um mir eine gewisse Bitte zu unterbreiten."

Catriona versuchte, den Schmerz zu verbergen, den ihr diese Worte bereiteten. Sie schluckte, hob das Kinn und sah dem König in die Augen. „Nein, Sire. Das tat ich nicht. Meine Aufgabe ist es, nach Assynt zurückzukehren und es Euch und den guten Leuten von Culrain zu überlassen, für die Zukunft Schottlands zu sorgen."

Der König schüttelte den Kopf. „Es gibt einen, der etwas anderes will."

„Ich kann nicht, Sire. Er verdient etwas Besseres als die verstoßene Tochter eines in Ungnade gefallenen Clans."

„Hm … ist sie verstoßen, Ailig?"

„Nein, Herr, niemals."

„Ist dein Clan in Ungnade gefallen?"

Ailig erwiderte kein Wort.

„Er ist es nicht", sagte der König. „Ich bin zufrieden, dass die Verantwortlichen ein Geständnis abgelegt haben und für ihre Teilnahme an dem Komplott bezahlen werden oder schon bezahlt haben. Also, du bist weder verstoßen noch in Ungnade gefallen, Catriona. Und selbst wenn, dann würde das einem schlechten Barden doch recht wenig ausmachen.“

Plötzlich wurde eine Trommel geschlagen, ein wenig unsicher zwar, aber laut. Catriona drehte sich um und sah, dass die Menge, die zu Beginn so dicht gewesen war, sich jetzt in der Mitte zwischen den Tischen geteilt hatte und Tayg sichtbar werden ließ. Er saß auf einem Hocker, die Trommel auf den Schenkel gestützt und mit einem Lächeln im Gesicht.

Vom nahen Ende der Tische erhob sich eine hochschwangere Frau, nahm Catriona beim Ellbogen und zog sie die Halle hinunter.

„Barde“, rief die Frau laut.

„Aye, Mairi?“

„Willst du nicht über dieses Mädchen hier ein Lied machen? Es ist das hübscheste, das ich seit Langem gesehen habe.“

„Ich bin nicht sehr gut in solchen Dingen“, sagte er, und Catriona musste trotz des Steins, der ihr im Magen lag, lächeln.

„Ich bin mir sicher, dass du einen feinen Vers machen kannst. Über dieses Mädchen gibt es doch eine Menge zu sagen, aye?“

Taygs und Catrionas Blicke hielten einander fest. Er griff wieder nach dem Schlegel, und Mairi zog Catriona nach vorn. Hinter ihnen schloss sich die Menge und zerstörte so jede Hoffnung auf Flucht.

Er pfiff die Melodie des Lieds, das er auf Dolag gedichtet hatte, und Catriona schüttelte den Kopf. „Sing nicht …“

„Ein Mädchen, genannt Catriona, es ist treu und wahr.“ Seine Stimme übertönte ihren Einwand. „Ihre Stimme klingt wie eine Flöte, ebenholzfarben ist ihr Haar.“

Catriona schlug die Hände vor den Mund und gab sich alle Mühe, nicht zu weinen und Tayg, dem Herzensbrecher, zu erliegen.

„Meine süße Liebe, ihr gehör ich mit Herz und Leib, und niemals, nein, niemals ist sie ein böses Weib.“

Er schwieg, und in der Halle war es völlig still. Catriona

konnte nicht atmen, nicht denken. Tränen rannen ihr über die Wangen.

Tayg reichte irgendjemandem die Trommel, stand auf und ging langsam zu ihr. „Du siehst, Catriona …“, sagte er und nahm ihre Hände. Er hielt sie fest, hob sie an die Lippen und küsste sie. Bei der sanften Berührung seines Mundes überlief Catriona ein Schauder. Sie musste ihn immerzu ansehen. „… ich bin derselbe Mann, der ich war, als wir uns zum ersten Mal trafen … Nein, ich bin ein besserer Mann, und das ist dein Verdienst. Ich kann nicht leben ohne dich. Ich habe gefragt: Wenn du nicht hier in Culrain bleiben willst, so habe ich die Erlaubnis meines Lehnsherrn, dir nach Assynt zu folgen. Dort werde ich dir täglich Lieder singen, bis du es nicht mehr erträgst und aus Mitleid mit mir meine Frau wirst. Denn ich werde nicht ruhen, bis du mein bist, Geliebte.“

Er lächelte sie an. „Willst du mich heiraten, meine mutige Catriona? Willst du mich heiraten, mit allen Folgen, die eine Hochzeit mit sich bringt? Es wird Streit und Tumult, Not und Glück, Lachen und Liebe geben. So Gott will, werden wir Kinder bekommen mit deiner Schönheit und meinem fröhlichen Gemüt.“ Er lachte sie an, das Lachen ihres Barden, des Mannes, den sie liebte, des Mannes, der aus ihr einen besseren Menschen gemacht hatte, der sie gelehrt hatte, zu lachen, zu spielen. Der ihr Herz, ihren Geist und ihren Körper zum Klingen gebracht hatte, trotz seines geringen Talents im Verseschmieden.

„Sag Ja, Mädchen“, bat er. Und er sagte es mehr mit seinen Augen als mit seiner Stimme.

„Sag Ja“, schrie die Menge.

Catriona sah in die strahlenden Gesichter um sich herum. Sie sah über die Schulter zurück zu dem Podest und entdeckte, dass der König, Taygs Eltern und Ailig ihr zulachten. Ailig nickte ihr zu, Taygs Mutter ebenfalls, und selbst der König lachte und nickte.

„Sag Ja zu ihm“, dröhnte die Stimme des Königs.

Tayg nahm ihr Gesicht in beide Hände und küsste sie sanft und zärtlich. „Sag, dass du meine Frau werden willst, Catriona. Der König hält dich des erhabenen Erben von Culrain für würdig", meinte er mit leichtem Grinsen. „Willst du mich nicht heiraten?"

„Aye", sagte sie und küsste ihn zart auf die Lippen, während ihr Herz vor Freude einen Sprung tat. „Ich will dich heiraten."

Tayg packte sie um die Taille, und mit einem Freudenschrei schwang er sie unter den Hochrufen der Menge herum.

„Warte!", rief Catriona. „Warte!"

Tayg ließ sie herunter und sah sie fragend an.

„Ich stelle eine Bedingung", sagte sie und bemühte sich mit aller Kraft, nicht zu lachen, als sie den besorgten Ausdruck auf seinem Gesicht sah.

„Jede", antwortete er voller Ernst.

„Ich heirate dich, aber … du musst versprechen, nie mehr irgendwelche Lieder zu dichten."

Tayg blieb ernst. „Ich weiß nicht, ob ich dir ein solches Versprechen geben kann."

Jetzt war es an Catriona, besorgt dreinzuschauen.

„Wenn wir einmal ein kleines Mädchen haben werden, muss ich doch ein Lied machen." Er grinste, und Catriona ging das Herz auf. Er war ihr Tayg, ihr Herzensbrecher, jetzt und für alle Zeit.

– ENDE –

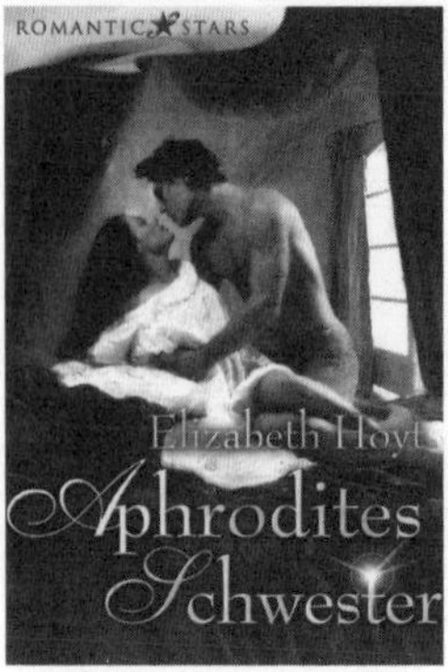

Elizabeth Hoyt
Aphrodites Schwester
Band-Nr. 25390
5,95 € (D)
ISBN: 978-3-89941-633-6
400 Seiten

Anne Gracie
Ein köstliches Spiel
Band-Nr. 25385
6,95 € (D)
ISBN: 978-3-89941-622-0
480 Seiten

Diana Groe
Der Gesang der schönen Sklavin
Band-Nr. 25377
5,95 € (D)
ISBN: 978-3-89941-610-7
384 Seiten

Gaelen Foley
Nacht der Sünde
Band-Nr. 25373
6,95 € (D)
ISBN: 978-3-89941-606-0
512 Seiten

Jessica Trapp
Der Kerker des Königs
Band-Nr. 25359
5,95 € (D)
ISBN: 978-3-89941-578-0
320 Seiten

Pam Rosenthal
Gefährliche Enthüllung
Band-Nr. 25352
5,95 € (D)
ISBN: 978-3-89941-570-4
384 Seiten

Kat Martin
Perlen für die Herzogin
Band-Nr. 25345
5,95 € (D)
ISBN: 978-3-89941-561-2
448 Seiten

Kathleen Harrington
Die List der stolzen Schottin
Band-Nr. 25338
5,95 € (D)
ISBN: 978-3-89941-553-7
400 Seiten